Peter F. Hamilton

FALLEN DRAGON

- 3 -

Sternenfeuer

Ins Deutsche übertragen von
Axel Merz

BE
Belle Époque Verlag

Titel der englischen Originalausgabe:

Fallen Dragon, Chapter 14-19

Lizenzausgabe des Belle Époque Verlags, Inh. G. Pahlberg,
Wiesenstr. 7, 72135 Dettenhausen,
mit freundlicher Genehmigung der Rechteinhaber.

Lektorat: Martina Sahler/Stefan Bauer
Korrektorat: Chris Woods
Innenlayout und Schriftsatz: Hans-Jürgen Maurer
Covergestaltung: © Tom Edwards / tomedwardsdesign.com

Herstellung: Custom Printing, Wał Miedzeszyński 217/1,
04-987 Warszawa, Polen

ISBN 978-3-96357-335-4

FALLEN DRAGON

-3-

Kapitel 1

Die Kriegsgerichtsverhandlung fand in der Bankettsuite des Barnsdale Hotels statt, in dem acht von Zantiu-Brauns Platoons und das halbe Industrietechnologiekorps untergebracht waren. Am einen Ende des langen Saals gab es ein Podest, auf dem normalerweise eine Band spielte. Heute stand dort ein einzelner Tisch mit drei Stühlen für die Vorsitzenden Offiziere. Ebrey Zhang war der Leiter der Verhandlung. Unterhalb des Podests, auf dem Tanzboden, standen zwei weitere Tische. Einer war von den Anklagevertretern besetzt, angeführt vom Vertreter von Zantiu-Braun, der vom Polizeimagistrat von Memu Bay, Heather Fernandes, unterstützt wurde, und von zwei weiteren hochrangigen Beamten. Am Tisch der Verteidigung gab es nur zwei Stühle, auf denen Hal und Lieutenant Bralow saßen. Hinter den beiden Tischen hatte man fünfzig Plastikstühle in Reihen aufgestellt. Zantiu-Braun-Personal und ausgesuchte Mitglieder der Öffentlichkeit sowie einige Repräsentanten der Medien saßen dort.

Die erste Reihe war für den Bürgermeister und seine Gäste reserviert, ganz gleich, wer sie waren. Er hatte zwei alte Freunde bei sich, Margret Reece und Detective Galliani. Zehn Skins standen herum und bewachten den Raum. Sie wurden von der zivilen Zuschauerschaft demonstrativ ignoriert. Endlich einmal war die Stromversorgung sichergestellt, und die Lichtkonusse leuchteten mit maximaler Intensität.

Als Lawrence eintraf und Hal in den Saal eskortierte,

war er entsetzt über die Verteilung der Plätze. Der Junge hatte einen Blick auf den Saal geworfen und war praktisch zusammengebrochen.

»Das wird ein verfluchter Schauprozess!«, grollte Lawrence zu Bralow, während kurz Hal abgelenkt war. Der Lieutenant antwortete mit einem leicht verlegenen Schulterzucken.

Lawrence nahm einen Stuhl aus den Publikumsreihen und stellte ihn zu den beiden am Tisch der Verteidigung. Er setzte sich hin und klopfte Hal beruhigend auf das Knie. Der Junge antwortete mit einem erbärmlichen, aber dankbaren Lächeln.

Niemand protestierte gegen Lawrences Anwesenheit. Er trug seine Ausgehuniform, mit mehr Auszeichnungen und Orden, als die meisten Offiziere ringsum aufzuweisen hatten. Wenn er einem Squaddie unter seinem Kommando beistehen wollte, würde ihn keiner von den anderen Unteroffizieren, die bei den Vorbereitungen zur Verhandlung mithalfen, davon abhalten. Bryant bemerkte Lawrence und funkelte ihn wütend an, bevor er sich zu den übrigen Offizieren setzte.

Der Sergeant Major rief zur Tagesordnung und verlangte, dass sich alle für das Gericht erhoben. Die Vorsitzenden Offiziere kamen herein und nahmen ihre Plätze auf dem Podium ein.

Lawrence fand nichts an der Verhandlung auszusetzen. Die Anklage machte ihre Sache gut. Die Einzelheiten der Tat wurden dem Gericht dargelegt. Ausgewählte Passagen mehrerer Vernehmungsprotokolle von Hal wurden vorgelesen. Der Prozess dauerte noch keine zwanzig Minuten, und es sah bereits nach einer verlorenen Sache aus. Detective Galliani wurde in den Zeugenstand gerufen und berichtete den Richtern von Hals Alibi, auf das sich der Junge immer wieder berufen hatte.

»Konnten Sie das Taxi finden, welches der Angeklagte angeblich genommen hat?«

»Nein, Sir«, antwortete Galliani. »Die Verkehrsregelungs-AS hat keinen Logbucheintrag von irgendeinem Taxi, das in der fraglichen Zeit in dieser Straße gewesen ist. Und Mr. Grabowski hat auf dem Zeitpunkt beharrt, zu dem er die Unterkunft verlassen haben will. Tatsächlich haben wir die Logs von jedem Taxi durchgearbeitet, das an diesem Tag in Memu Bay im Einsatz war. Keines davon war zum Zeitpunkt der angeblichen Hin- oder Rückfahrt zu dem vorgeblichen Bordell abwesend oder ohne Fahrgast.«

»Ah ja«, sagte der Ankläger selbstgefällig. »Das Bordell, von dem der Angeklagte behauptet, dort gewesen zu sein. Existiert dieses Bordell, Detective?«

»Nein, Sir. Mr. Grabowski selbst hat die Minster Avenue als die Straße identifiziert, in der dieses angebliche Bordell liegen soll. Wir haben jedes Haus besucht. Es handelt sich ausnahmslos um private Wohnhäuser.«

Lawrence hatte die Minster Avenue zwei Tage zuvor selbst besucht. Nicht in Skin, sondern in ziviler Kleidung, einem Hemd mit einem hohen Kragen, um die Ventile am Hals zu verbergen. Bevor er hingefahren war, hatte er Bilder der Straße aus dem Stadtplanungsamt besorgt und Hal gezeigt, der, ohne zu zögern, auf Haus Nummer achtzehn gedeutet hatte.

Lawrence hatte draußen vor dem Haus gestanden und sich eine ganze Weile umgesehen. Er fand den hübschen kleinen Vorgarten mit dem schmiedeeisernen Gitter, genau wie Hal es beschrieben hatte. Eine konturlose weiße Steinfassade mit großen Fenstern, die Farbe sauber und frisch.

Wie all die anderen Häuser in der Straße auch ein Zuhause für Angehörige der oberen Mittelklasse. Lawrence aktivierte seinen Armband-Pearl und startete das Prime. Ein kompliziertes, indigofarbenes Bild entstand auf seinen optronischen Membranen, als das quasi-intelligente Programm aus seinem Speicherblock entkomprimiert wurde. Vielleicht war es nur Einbildung, aber es schien heller zu leuchten als die normalen Standardsymbole des Pearls.

Lawrence öffnete eine Verbindung zum Datapool von Memu Bay und befahl dem Prime, die Haushalts-AS und die lokalen Verkehrs-Logs zu analysieren. Fast augenblicklich scrollten Informationen über seine Membranen. Welche Software auch immer *Kill-Boys* Widerstandsgruppe benutzte, um ihre Spuren zu verdecken, sie war exzellent – was Lawrences Vermutung erhärtete, dass sie E-Alpha kompromittiert hatten.

Die Haushalts-AS von Nummer achtzehn hatte nichts gespeichert, denn sie war seit einer Woche deaktiviert, und das System wartete immer noch auf seine Reparatur. Kleinere, unabhängige Sektionen des Hausnetzes funktionierten im autonomen Backup-Modus, doch sie besaßen keine Memory-Logs. Am Merkwürdigsten von allem war jedoch, dass das Sicherheitssystem ebenfalls offline war und seine Sensoren nicht einmal mit Strom versorgt wurden.

Die Verkehrs-Logs der Minster Avenue bestätigten, dass in der Nacht, in der Hal angeblich in Nummer achtzehn gewesen war, sehr wenig Fahrzeuge die Straße befahren hatten. Und ganz offensichtlich hatte kein Taxi die Nummer achtzehn angesteuert. Doch das Prime grub tiefer in den Daten des lokalen Transportnetzwerks und fand heraus, dass der Datenfluss zwischen ein Uhr achtundvierzig und zwei Uhr zehn um einen kleinen Prozentsatz zugenommen hatte.

Nachdem Hal das Haus wieder verlassen hatte.

In den Logs fand sich keinerlei Hinweis für die Ursache der Zunahme.

»Wahrscheinlich haben sie den Laden dicht gemacht«, murmelte Lawrence zu sich selbst. Die winzige Abweichung in den Datenströmen würde kein Gericht überzeugen, das Kenntnis davon hatte, dass Hals DNA in der Vagina des Mädchens nachgewiesen wurde. Er war nicht einmal sicher, ob seine Entdeckung vor Gericht als Beweis zulässig gewesen wäre. Doch es reichte ihm; ein elektronisches Graffito, als hätte jemand *KillBoy war hier auf* die Fassade des Hauses gesprüht.

Lawrence überquerte die Straße und betätigte die Messingglocke. Es dauerte eine Minute, bevor die schwarze Eingangstür geöffnet wurde. Eine Frau in einer Schürze stand im Hausflur und musterte ihn misstrauisch. »Ja?«

»Elena Melchett?«

»Das bin ich. Wer sind Sie?«

»Lawrence Newton. Ich ermittle in dem Vergewaltigungsfall.«

Elena Melchett sah nicht danach aus, als würde sie mit den Medien kooperieren. »Und?«

»Der Verdächtige behauptet, er wäre irgendwo in dieser Straße gewesen, als das Verbrechen geschah. Es ist sein Alibi. Ich frage mich, ob Sie vielleicht etwas gesehen haben?«

»Mr. Newton, dieses obszöne Verbrechen hat sich um ein Uhr morgens ereignet. Ich habe zu dieser Zeit im Bett gelegen und geschlafen. Ganz gewiss habe ich keinen von diesen Fremden draußen auf der Straße gesehen.«

»Das dachte ich auch nicht, Ma'am. Danke sehr. Äh …« Er kramte in seinen Taschen, während Elena Melchett zunehmend ungeduldig wurde. Er fand seine Media Card und aktivierte eine visuelle Datei. »Bitte entschuldigen Sie, wenn ich so lästig sein muss, aber kennen Sie diesen Mann?« Der Schirm der Media Card zeigte ein Bild von Hal.

Elena Melchett betrachtete es. »Nein.«

»Tatsächlich? Das ist eigenartig.«

»Wie meinen Sie das?«

Lawrence aktivierte eine andere Datei. »Das ist ein Grundriss Ihres Wohnzimmers, nicht wahr?« Er sah an der Frau vorbei zu der großen Treppe, die hinauf zur Galerie im ersten Stock führte.

Diesmal warf Elena Melchett kaum einen Blick auf das Bild. »Sieht so ähnlich aus, ja.«

»Ich würde sagen, es ist identisch. Sogar bis zum Marmorboden.«

»Was wollen Sie, Mr. Newton?«

»Dieser verdächtige Fremde – er hat dieses Bild mithilfe eines Architektenprogramms zusammengesetzt. Wie kann er wissen, wie Ihre Eingangshalle aussieht, wenn er noch nie zuvor hier gewesen ist? Sie haben gesagt, dass Sie ihn nicht kennen, richtig?«

»Verschwinden Sie!«, befahl Elena Melchett mit durchdringender Stimme. »Hinaus, und kommen Sie nicht wieder! Wenn ich Sie noch einmal hier sehe, rufe ich die Polizei.« Die glänzende Tür fiel ins Schloss.

Die Anklage hatte Hal im Zeugenstand. Endlich begriff Lawrence das Sprichwort von jemandem, der selbst sein größter Feind war. Es lief überhaupt nicht gut. Es war unerträglich, auch nur im gleichen Raum zu sein.

Die Anklage wollte wissen, warum er die Ausgangssperre durchbrochen hatte.

Hal – der gute ehrliche Bauerntrampel Hal – sagte, er

wäre ausgebrochen, weil er verrückt nach Sex gewesen wäre.

Die Anklage wollte wissen, wohin er in jener Nacht gegangen wäre, um Sex zu bekommen.

Hal erzählte ihnen von dem Bordell in der Minster Avenue und blieb beharrlich bei seiner Schilderung der Ereignisse. Lawrence nahm an, dass seine Mutter ihn dazu erzogen hatte, immer die Wahrheit zu sagen.

Die Anklage zerriss Hals Version der schicksalhaften Nacht in der Luft, und es gab nicht einen einzigen Beweis, den Lieutenant Bralow zu Hals Entlastung anführen konnte. Anschließend fragte die Anklage nach den genetischen Proben. Hal behauptete, das Mädchen sei eine Hure und die ganze Geschichte – die angebliche Vergewaltigung, das nichtexistente Bordell – wären eine Falle, die *KillBoy* ihm gestellt hätte.

Es kam nicht gut an. Francine Hazledines beklemmende Aussage war bereits vom Band abgespielt worden. Lawrence hatte die vorsitzenden Offiziere beobachtet, als ihre zarte Stimme beschrieb, was in jener Nacht geschehen war, eine quälende Einzelheit nach der nächsten.

Je länger die Farce andauerte, desto mehr bewunderte Lawrence *KillBoys* Strategie und Erfindungsreichtum, und desto wütender wurde er. Hal war ein zu leichtes Opfer. Er wollte aufspringen und den Einheimischen zurufen, warum sie ihr mieses Spiel nicht mit ihm spielten. Doch andererseits ging es genau um diesen vernichtenden Effekt auf die Moral der Truppen von Zantiu-Braun. Das war es, was hinter dieser brillanten Strategie steckte.

Außerdem wurde er von dem schrecklichen Gespenst der Verantwortung verfolgt. Als er das letzte Mal auf Thallspring gewesen war, hätte es ein ähnliches Verfahren geben müssen. Die Tatsache, dass es niemals stattgefunden hatte, war in nicht geringem Maße ihm zu verdanken. Damals war die Gerechtigkeit umgangen worden, statt ihr Genüge zu tun. Dafür kam sie jetzt doppelt und dreifach auf ihn zurück.

Lawrence verbrachte den größten Teil der Zeit mit der Überlegung, ob die beiden Ereignisse möglicherweise miteinander in Verbindung standen.

Höchstens, wenn es einen Gott mit einem sehr schrägen Sinn für Humor gibt, dachte er.

Nach fünf Stunden Zeugenaussagen und Beweisvorlagen zogen sich die Vorsitzenden Richter zurück, um über ihr Urteil zu entscheiden. Sie benötigten neunzig Minuten, in Lawrences Augen ein rein diplomatischer Schachzug angesichts der Tatsache, dass sie das Urteil bereits gefällt hatten, bevor die Kriegsgerichtsverhandlung überhaupt begonnen hatte.

Hal stand vor dem Podium, den vorsitzenden Offizieren zugewandt, die Schultern trotzig nach hinten gereckt, während der Vorsitzende Ebrey Zhang das Urteil verkündete.

Im Falle des Verstoßes gegen einen direkten Befehl und des Verstoßes gegen die Ausgangssperre: Schuldig.

Im Falle der Irreführung der einheimischen Polizei: Schuldig.

Im Falle des Überfalls und der Vergewaltigung einer Minderjährigen: Schuldig.

»Nein!«, kreischte Hal aufgebracht. »Bin ich nicht!«

Ein Seufzen ging durch das Publikum, nicht der Freude, sondern eines Gefühls der Gerechtigkeit und ihres Sieges. Gegen jede Wahrscheinlichkeit war das richtige Urteil gefällt worden.

Hal setzte sich, während Lieutenant Bralow eine, wie

Lawrence eingestehen musste, eloquente Bitte um Nachsicht vortrug. Anschließend erhoben sich alle zur Urteilsverkündung.

Ein sehr betrübt aussehender Ebrey Zhang sagte: »Halford Grabowski, angesichts der Schwere dieses abscheulichen Verbrechens stellen wir fest, dass wir keine andere Wahl haben, als die höchste Strafe zu verhängen, die dieses Gericht verhängen darf. Sie werden zum Tode verurteilt.«

Hal Grabowski drehte durch. Er schrie den Vorsitzenden Offizieren Obszönitäten ins Gesicht und wollte zur Tür rennen. Jeder, der ihm in den Weg kam, wurde von seinen mächtigen Fäusten beiseitegeschoben. Die Zuschauer warfen sich schreiend in Deckung.

Zwei Skins waren nötig, um den aufgebrachten Squaddie zu halten und ihm ein Beruhigungsmittel zu verabreichen. Sein bewusstloser Körper wurde aus dem Saal geschleift.

Ebrey Zhang straffte seine Uniform und räusperte sich. »Die Strafe wird übermorgen früh bei Sonnenaufgang vollstreckt. Ein Gnadengesuch wird nicht akzeptiert. Lieutenant Bralow, bitte informieren Sie Ihren Mandanten über das Ergebnis. Die Gerichtsverhandlung ist hiermit geschlossen.«

Die Offiziere gingen nach draußen. Lawrence bewegte sich nicht. Bralow drehte sich zu ihm um und sagte: »Es tut mir wirklich leid. Das hat er nicht verdient.« Da er keine Antwort erhielt, nickte er nervös und eilte nach draußen. Die Zuschauer drängten sich an der Tür, um nach draußen, nach Hause und zurück in ihren Alltag zu kommen. Es dauerte nicht lange, bis alle verschwunden waren.

Amersy und die verbliebenen Mitglieder von Platoon 435NK9 reihten sich vor dem Tisch der Verteidigung auf. Lawrence sah einen nach dem anderen an. »Wenn einer von euch auf der Seite von Zantiu-Braun steht, dann verschwindet er jetzt besser gleich.«

Zwei von ihnen schnaubten verächtlich, der Rest wartete schweigend darauf, was ihr Sarge ihnen als Nächstes zu tun befahl.

»Also schön«, sagte Lawrence. »Es ist an der Zeit, dass auch wir ein wenig unfair spielen.«

*

Diesmal fuhr Josep mit einem Wagen nach draußen zum Raumhafen. Er kam nachmittags an und passierte das Tor mit der Identität von Andyl Pyne, einem Juniormanager bei der Cateringgesellschaft, die das Franchise für den Verwaltungsblock hatte. Die allgemeine Management-AS wies seinem Wagen einen Stellplatz im Parkbereich sieben zu. Wegen Andyl Pynes relativ unbedeutender Stellung hatte er einen weiten Weg zum Block.

Er trug einen schmalen Koffer bei sich, *de riguer* für Management jeder Stufe. Eine Sonnenbrille war ebenfalls obligatorisch, also trug er ein billiges Plastikmodell. Sein hellgrüner Overall entsprach nicht ganz den Gepflogenheiten, doch auf der Brusttasche prangte das Logo der Cateringgesellschaft. Außerdem trug er Stiefel statt Halbschuhen. Alles in allem lag sein Aussehen noch innerhalb der tolerierbaren Norm.

Vor ihm schien die Nachmittagssonne auf eine fünfseitige Konstruktion mit leicht konvexen Wänden aus dunklem Glas. Von seiner Position aus erinnerte der Verwaltungsblock an eine geschlossene Tulpenblüte mit stumpfer Spitze. Er stand allein am einen Ende des Terminalgebäudes und abseits vom wesentlich größeren Kontrollturm. Obwohl er nur fünf Stockwerke hoch war, zeigten die Architektenpläne, die sein Prime aus dem Datapool gefischt hatte, eine Serviceetage sowie fünf weitere Stockwerke unter der Erde.

Als Josep den Haupteingang erreicht hatte, musste er den gesamten Identifikationsprozess wiederholen. Die AS überprüfte seine Handfläche und sein Gesichtsmuster. Die Sicherheit war allgemein sehr viel höher im Verwaltungsblock als am Hauptterminal, dank des Zantiu-Braun-Personals, das inzwischen hier arbeitete.

Als er durch die Kontrollen war, ignorierte er den Empfangsschalter und die beiden dort stehenden Skins und marschierte direkt auf die Reihe von Aufzügen in der zentralen Lobby zu. Niemand, der regelmäßig im Gebäude zu tun hatte, wäre vom Anblick der Skins noch in irgendeiner Weise beeindruckt oder gar verängstigt. Er nahm einen Aufzug hinunter zum ersten Untergeschoss, wo die Gebäudeverwaltung ihre Büros hatte und die Kantine untergebracht war. Bis jetzt entsprach alles dem Grundriss und den Bildern der Sicherheitskameras, die sie heruntergeladen hatten.

Josep betrat die Waschräume und schloss sich auf einer Toilette ein. Die AS vermerkte sein Eintreten mithilfe einer Sicherheitskamera. Die Gebietserfassung innerhalb des Verwaltungsblocks war so gut wie lückenlos, und nur ganz private Örtlichkeiten wie die Toiletten waren frei von Kameras. Nicht, dass ihre Abwesenheit etwas ausgemacht hätte – die AS verfolgte jedermanns Position ununterbrochen. Es war nicht möglich, mit jemandem die Rollen zu tauschen: Andyl Pyne betrat die Toilette, und falls jemand anderes wieder herauskam, würde die AS Alarm schlagen.

Doch es war nicht die AS, die Josep zu vermeiden versuchte. Er benötigte einfach nur Zeit, um ein paar Veränderungen vorzunehmen. In diesem Stadium waren scharfäugige Menschen sein größtes Problem. Sein Prime drang in das Netzwerk des Verwaltungsblocks ein und manipulierte die Monitor-Logs. Bald darauf war die AS überzeugt, dass nicht Andyl Pyne, sondern Sket Magersan auf der Toilette saß. Sobald das Vertauschen der elektronischen Aufzeichnungen abgeschlossen war, stand Josep still und konzentrierte sich. Die digital geschriebenen Organellen tief im Innern seiner Zellen wurden lebendig und fingen an, sein Fleisch zu modifizieren. Die Hautpigmentierung seines Gesichts wurde ein wenig dunkler. Gesichtszüge veränderten sich, seine Nasenspitze verbreiterte sich, während die Nüstern größer wurden. Die Lippen wurden dicker. Seine Backen erschlafften ein wenig, dann wurden sie wieder steif und erweckten den Eindruck eines weniger ausgeprägten Unterkiefers. Seine Iris wurde haselnussbraun.

Er hatte einen kleinen Schminkspiegel in seinem Aktenkoffer. Josep nahm ihn hervor und untersuchte sein verändertes Gesicht.

Sie hatten viel Zeit damit verbracht, Sket Magersan zu beobachten, wenn der Raumflugzeugpilot von Zantiu-Braun in Durrell in den Bars getrunken und in den Restaurants gegessen hatte. Sie hatten ihn ausgewählt, weil er Josep in Alter, Größe, Gewicht und allgemeinem Profil relativ ähnlich war, sodass Joseps digital geschriebene Systeme ohne allzu große Schwierigkeiten imstande waren, Magersans äußeres Erscheinungsbild zu imitieren. Seine Stimme war tiefer als die von Josep, und sein Akzent war echtes Capetown, doch eine direkte Verbindung mit einem neurotronischen Pearl, auf dem ein Vokalsynthesizerprogramm lief, kümmerte sich um dieses Problem. Josep bewegte sich sogar genau wie der Mann; seine Schultern hatten einen gewissen Schwung, wenn er eilig ging.

Das Bild im Spiegel war das von Sket. Josep nickte zufrieden, streifte seinen einteiligen grünen Overall ab und drehte ihn auf links. Linksherum war es ein standardmäßiger dunkelgrauer Zantiu-Braun-Pilotenoverall komplett mit Rangabzeichen, weiten Beintaschen und elastischem Vorderteil.

Josep verließ das Toilettenhäuschen und wusch sich ausgiebig die Hände, um sicherzustellen, dass die Sicherheitskamera ihn auch deutlich sah. Das Prime überwachte die Sicherheits-AS, doch es gab keinerlei Alarm. Er kehrte zu den Aufzügen zurück und fuhr hinunter in das fünfte Untergeschoss.

*

Simon Roderick hatte sich für das einfachste mögliche System entschieden, um den Schlüsseltresor zu beobachten: Beschränke die Elektronik auf das absolute Minimum und greife auf menschliche Wächter zurück. Diescs Misstrauen gegenüber der Elektronik ging so weit, dass er die Raumhafen-Sicherheits-AS nicht über die verdeckt stattfindende Operation informierte. Nicht einmal die lokalen Sicherheitsleute erfuhren etwas.

Nach den Aufzeichnungen des Verwaltungsblocks war das Büro im vierten Untergeschoss Quan und Raines zugewiesen, die zum Personal des Quartiermeisters der Dritten Flotte gehörten. Sie waren verantwortlich für Ersatzteile, die von den Raumschiffen zur Oberfläche gebracht wurden, um die Xiantis einsatzfähig zu halten, und sie arbeiteten mit einer eigenen AS, um die Kosten auf dem geringst-möglichen Niveau zu halten. Selbst die Daten, die aus den lokalen Netzwerken in das Büro kamen, unterstützten die offizielle Version von ihrer Aufgabe. Auch wenn eine Menge Informationen enthalten waren, die nicht direkt mit ihrem Job in Verbindung standen, wie Personalplanung und Flugprofile. Typischer Informationsüberfluss.

Simon saß im sich daran anschließenden Büro. Die AS führte ihn als Systemmanager für Raumflugzeug-Avionik. Ein Titel, der von der Menge an Kisten und kleinen Paketen untermauert wurde, die ununterbrochen in sein Büro geschafft wurden und ausnahmslos mit Barcodes aus der Elektronikabteilung gekennzeichnet waren.

Das Einzige, was in beiden Büros fehlte, waren Sicherheitskameras. Simon würde nicht riskieren, dass die Opposition seine eigenen Spione ausspionierte.

Sie hatten das Büro als Observationszentrum eingerichtet. Eine Wand war mit Bildpaneelen bedeckt und übertrug verschiedene Kamerabilder aus dem Verwaltungsblock. Jede einzelne Kamera war mit einem Glasfaserkabel direkt mit dem Büro verbunden. Die Bildqualität war ein gutes Stück unter Standard, doch auf diese Weise war keine elektrische Verkabelung erforderlich. Ein Energiefluss, wie klein auch immer, konnte entdeckt werden. Die Schirme verfügten sogar über ihre eigene unabhängige Stromversorgung, eine Reihe von Batterien in einer Ecke. Auf diese Weise gab es keine Entnahme aus den Stromkreisen des Verwaltungsblocks, die durch den Datapool zurückverfolgt werden konnte.

Adul Quan beobachtete, wie sich die Aufzugstür im fünften Untergeschoss öffnete. Ein Mann in einer Z-B-Uniform kam heraus.

»Wen haben wir denn da?«, grunzte Adul. Standardprozedur war, die Identität jeder Person zu bestätigen, die im fünften Untergeschoss eintraf. Die Schirmkameras waren verbunden mit einem Desktop-Pearl, der nicht mit dem lokalen Netz gekoppelt war. Stattdessen waren die Personaldaten in ihm gespeichert. Wer auch immer der Neuankömmling war, er ging direkt unter der Linse vorbei, die die Aufzüge beobachtete.

»Sket Magersan«, las Braddock vom Display ab. »Einen Augenblick.« Er runzelte die Stirn, während er durch einen Stapel Ausdrucke blätterte. Sowohl er als auch Adul hatten über Roderick geflucht, weil er darauf bestanden hatte, gedruckte Aufzeichnungen zu benutzen. Doch ihr Boss war überzeugt, dass E-Alpha kompromittiert worden war und ihre Datenspeicher weit offen waren für gegnerische Manipulation. Also wurden Morgen für Morgen die Personaldienstpläne ausgedruckt. Auf diese Weise konnten sie überprüfen, wer im Verwaltungsblock arbeitete und wer verdächtig war.

Braddock sah hinunter auf Magersans Datenblatt, stockte und las es noch einmal sorgfältig. »Heilige Scheiße, er hat heute frei! Er hat die letzten fünf Tage pausenlos Einsätze geflogen!«

Adul richtete sich auf und blickte zu den anderen Schirmen, die das fünfte Untergeschoss abdeckten. »Und was hat er dann hier zu suchen, unten im fünften Stock?«

»Gute Frage.« Braddock trat zu seinem Kollegen. Sie beobachteten, wie Magersan durch einen Korridor lief und anderen Leuten freundlich zunickte.

»Er geht in Richtung Schlüsseltresor«, sagte Adul mit leiser, aufgeregter Stimme.

»Das wissen wir noch nicht.«

»Scheiße!« Adul saß nervös auf der Stuhlkante.

Magersan war in der Kommunikationsabteilung angekommen. Er nannte dem Sicherheitssensor ein Codewort und legte die Hand auf den Scanner. Sein Stimmabdruck und sein Blutgefäßmuster schienen zu passen, denn die Tür glitt auf.

»Sir!« Braddock rannte auf die Verbindungstür zu Rodericks Büro zu. Er riss sie hastig auf. »Sir, ich glaube, wir haben etwas!«

*

Die Kommunikationsabteilung bestand aus drei Büros, die durch einen kurzen Gang miteinander verbunden waren. Sicherheitskameras bestätigten, dass gewöhnlich nur zwei Leute dort arbeiteten, einer im ersten Büro, der zweite im dritten. Als sich die äußere Tür öffnete, schlüpfte Josep hinein und wartete, bis sie sich wieder geschlossen hatte. Das Prime entfernte sein Bild aus den Sicherheitskameras. Keiner der beiden Z-B-Offiziere im Bereich hatte die Tür gehört. Er zögerte eine Sekunde, dann befahl er seinem Prime, den Mann im ersten Büro zu rufen. Es war eine Anfrage von der Wartungsabteilung wegen eines Fehlers in der Satellitenverfolgungseinheit des Raumflugzeugs, und das quasi-bewusste Programm erzeugte die Stimme und das Bild des entsprechenden Supervisors.

Als der Kommunikationsoffizier anfing zu antworten, marschierte Josep schnell an seinem Büro vorbei und betrat den zweiten Raum. Sein Prime entschärfte drei Alarmsensoren, die durch sein Eintreten ausgelöst worden wären. Er verschloss die Tür und verriegelte sie manuell, dann atmete er tief durch, während er abwartete, ob einer der Offiziere reagierte. Bilder von den Sicherheitskameras schwebten vor seinem geistigen Auge und zeigten, dass sie unverwandt an ihren Schreibtischen saßen und arbeiteten.

Der Schlüsseltresor besaß eine massive, mit Borfasern verstärkte Stahltür. Bevor Z-B eingetroffen war, war dort das Gold und Platin aufbewahrt worden, das in der Mikroschwerkraftfabrik zur Herstellung elektronischer Komponenten eingesetzt wurde. Jetzt war das Metall nach oben zu den Raumschiffen verfrachtet worden und jede Menge Platz vorhanden, wo Z-B die Schlüssel verstauen konnte.

Es gab zwei Schlösser, die mithilfe von Tiefenscan-Handmustern betätigt wurden. Sie mussten simultan von zwei verschiedenen Personen betätigt werden. Josep zog ein Paar kleiner, Drachen-extrudierter Module aus seinen Beintaschen und befestigte eins über dem ersten Schloss. Seine Oberfläche bewegte sich in langsamen Wellen, als es mit dem Scanner verschmolz. Das zweite Modul ging auf das untere Schloss. Er aktivierte sie gleichzeitig, und mit einem lauten *Klong!*, das Josep zusammenzucken ließ, schnappten die magnetischen Bolzen zurück. Er zog an der schweren Tür, und sie schwang auf. Der Tresor war ein Würfel mit einer Kantenlänge von acht Metern. Helle Deckenbeleuchtung schaltete sich ein, als er ihn betrat. Die Wände waren bedeckt von Metallregalen; in der Mitte stand ein einzelner Tisch. Fünfzehn schwarze Plastikboxen waren in den Regalen gelagert, jede fünfundsiebzig Zentimeter lang und fünfzehn Zentimeter hoch. Auf jeder prangte Zantiu-Brauns silbernes Emblem.

Josep nahm die erste Box aus dem Regal und legte sie auf den Tisch. Er scannte sie mit einem Sensor, ohne Ergebnis. Es gab keine erkennbare Energiequelle in ihrem Innern. Wenn sie alarmgesichert war, dann hatten sie es auf eine Weise gemacht, die er nicht deaktivieren konnte. Er legte das Schloss um und öffnete den Deckel. Sein Prime berichtete, dass der Datapool weiterhin schwieg. Kein Alarm.

Die Box enthielt drei übereinander gestapelte Tabletts, jedes mit etwa hundert Memory-Chips. Die Xianti-Flugpläne für die nächsten fünf Tage waren bereits festgelegt und ihre Kommunikationskodes zugewiesen. Josep und Ray hatten einen ausgewählt, der in vier Tagen stattfinden würde, was jedem, der bei der Operation dabei war, mehr als genügend Zeit gab, von Memu Bay hierherzukommen.

Er fand den entscheidenden Schlüssel in der dritten Box, die er öffnete. Der kleine Memory-Chip passte in den Interface-Slot seines Armband-Pearls, und der Code wurde in einem Rutsch übertragen.

Josep grinste breit. Das war es. Das letzte große Hindernis eliminiert. Nicht, dass der Rest einfacher gewesen wäre, doch die Chancen für eine erfolgreiche Operation waren gerade beträchtlich gestiegen. So viel hatte von diesem Augenblick abgehangen, so viele beeindruckende Möglichkeiten.

Er legte die Box genauso ins Regal zurück, wie er sie vorgefunden hatte, und verließ den Tresor.

*

Simon Roderick wartete geduldig draußen vor den Aufzügen im fünften Untergeschoss. Sein DNI verband ihn durch einen einzelnen Audiokanal mit Adul, der im Stockwerk darüber in seinem Büro saß und den Bildschirm beobachtete.

»Jetzt schließt er den Tresor«, meldete Adul. »Er nimmt die Geräte von den Schlössern. Steckt sie in die Taschen zurück.«

Simon verschob den Fokus seines Sensoriums. Der blaugraue Korridor ringsum schmolz zu undeutlicheren Schatten. Er wurde zerteilt von langen, dünnen Fäden aus smaragdfarbenem Licht, die unter so gut wie jeder Oberfläche lauerten. Einige von ihnen leuchteten mit einer Intensität, die der Sonne Konkurrenz machte, während andere feiner waren und in Frequenzen flackerten, die fast zu schnell waren, um etwas zu sehen. Er war sich sogar des kleinen bernsteinfarbenen Lichts in seinem eigenen Schädel bewusst.

Die gewöhnlichen menschlichen Sinne Geruch, Tasten, Schmecken, Sehen und Hören liefern dem Gehirn einen phänomenalen Input, den es zu verarbeiten hat. In den meisten Fällen tut es das, indem es sich subtil auf einen Sinn nach dem anderen konzentriert und die übrigen zurückdrängt. Indem Genetiker diese inhärente neurale Programmierfähigkeit ausgenutzt hatten, waren sie zu dem Schluss gekommen, dass das Sensorium um weitere Inputs expandiert werden konnte. Die verschiedenen Roderick-Chargen lieferten ihnen eine perfekte Gelegenheit zum Experimentieren, und jede neue Generation wurde adaptiert und modifiziert.

Die Idee dahinter war alt, eine Fähigkeit zu entwickeln, elektronische Muster zu »sehen«.

Medien, Schamanen und Trickbetrüger hatten jahrhundertelang immer wieder behauptet, dass sie imstande wären, die Nordrichtung zu finden und auch andere geheimnisvolle Wahrnehmungsfähigkeiten besäßen. Dann hatte die Entdeckung von Magnetit in menschlichen Gehirnen gegen Ende des zwanzigsten Jahrhunderts ihre Behauptungen mit der Art von pseudowissenschaftlicher Unterstützung untermauert, auf der das Geschäft solcher Leute florierte. Angesichts der winzigen Mengen Magnetit, die tatsächlich vorhanden waren, erschien es extrem unwahrscheinlich, dass einer von ihnen als menschlicher Kompass funktionieren konnte. Außerdem gab es keinerlei Interface zwischen den Partikeln und dem Gehirngewebe. Das war erst zustande gekommen, als Gentechniker Zellen manipuliert und Magnetitpartikel in ein Ferro-Vesikel-Zellmodell eingebaut hatten. Die Wirkung eines magnetischen Feldes auf die in seröser Flüssigkeit eingebetteten Partikel erzeugte, wie man feststellte, wahrnehmbare neurale Impulse.

Anschließend musste nur noch die Ausrichtung der Ferro-Vesikel festgestellt werden, um ein stichhaltiges Bild zu erzeugen, zusammen mit der erforderlichen Größe und der Art und Weise, wie die erzeugten Impulse am besten dem Gehirn zugeführt wurden. Zum Zeitpunkt der Zeugung der SK2s war das Design im Prinzip abgeschlossen. Ihr elektrisches Sinnesorgan besaß die Form einer membranösen Krone mit einer Nervenbahn, die direkt in die Medulla oblongata führte. Sie gestattete ihnen, stromführende Drähte zu sehen – oder Datenfluss. Doch am wichtigsten von allem – und der Grund, warum die Rodericks diese Fähigkeit in erster Linie gewollt hatten – sie gestattete ihnen, die Impulse anderer menschlicher Gehirne zu sehen. Sie würden niemals imstande sein, direkt Gedanken zu lesen, doch indem sie ein Gehirn bei der Arbeit beobachteten, konnten sie die emotionalen Bestandteile feststellen und sehen, wie viel Kreativität in einem Gedankenprozess steckte und wie viel Erinnerung. Als Lügendetektor war das Ferro-Vesikel-Organ nahezu unfehlbar. Sie hatten so einen gewaltigen Vorteil bei Verhandlungen mit dem führenden Management anderer Companys.

»Er kommt raus«, sagte Adul.

Simon setzte sich in Bewegung. Ein paar andere Leute waren im Gang. Er durfte selbstverständlich nicht riskieren, das Gebäude räumen zu lassen – das hätte Sket Magersan gewarnt. Simon war jetzt schon besorgt wegen der offensichtlichen Fähigkeiten des Mannes; das Letzte, was Roderick für seine Operation gebrauchen konnte, war ein unkontrollierter Ausbruch offener Gewalt.

Er kam an der Aura eines Mannes vorbei, die hell und dicht leuchtete und kaum von seiner Kleidung verzerrt wurde. Sie entsprach der Zufriedenheit in seinem Gehirn. Ein weiterer Mann war beträchtlich dunkler mit Gegenden unter seinen Emanationen, die an Sonnenflecken erinnerten. Simon war erfahren genug, um einen Kater zu erkennen, ohne irgendwelche Fragen stellen zu müssen.

Sket Magersan verließ die Kommunikationsabteilung. Im elektromagnetischen Spektrum war er eine menschliche Nova. Simon wäre fast stehen geblieben, so sehr überraschte ihn die Helligkeit von Magersans Aura. Einen Augenblick lang glaubte er, vielleicht einen Androiden vor sich zu haben. Doch nein, die bioelektrischen Muster des Körpers waren erkennbar menschlich, nur um wenigstens eine Größenordnung intensiver. Außerdem trug er eine Reihe elektronischer Module in den Taschen. Dichte Flusslinien pulsierten um sie herum und wiesen auf Hochleistungs-Energiezellen hin.

Simon erkannte nichts von alledem. Es war schwer, durch die lebendige elektromagnetische Grellheit irgendetwas zu erkennen, doch das sekundäre Muster, das von seinen inneren Organen herrührte, war unwahrscheinlich komplex und durchdringend. Die gewöhnliche Signatur neurotronischer Pearls war nicht zu erkennen.

Als beide im Korridor aneinander vorbeigingen, bemerkte Roderick in Magersans Gedanken eine Spur von Nervosität, doch bei weitem nicht genug, um Misstrauen anzuzeigen. Simon fragte sich, was sein eigenes Gehirn dem anderen verriet. Hätte er gewusst, gegen was er hier antrat, er wäre niemals im gleichen Gebäude wie dieser … fremdartige Mann und seine unbekannte Technologie geblieben. Diese Entdeckung allein hatte einen Wert, der alles an Gewinnrealisierung überstieg, das Thallspring möglicherweise liefern konnte. *Wo zur Hölle kommt er her? Und wodurch kommt diese Aura zustande?* Eines stand fest, das war auf gar keinen Fall Sket Magersan, der Pilot aus den Akten von Zantiu-Braun.

»Sir?«, fragte Adul.

»Vielleicht besitzt er Waffen. Ich bin nicht sicher. Machen Sie weiter wie geplant.«

Josep betätigte den Aufzugsknopf. Es dauerte ein paar Sekunden, bis ein Lift eintraf. Er widerstand dem Impuls, den alten Mechanismus anzubrüllen, dass er sich gefälligst beeilen sollte. *Ich hab's geschafft!* Er war in die sicherste Anlage von Zantiu-Braun eingedrungen und hatte ihre Kronjuwelen gestohlen. Das letzte verbliebene Problem war, den Drachen mithilfe des Raumflugzeugs durch die Raumflugzeug-Sicherheit zu schmuggeln. Er und Raymond hatten bereits eine Vorstellung, wie das zu bewerkstelligen war.

Die Aufzugtüren öffneten sich. Ein Mann kam heraus und nickte Josep geistesabwesend zu. Josep trat zur Seite, um ihn vorbeizulassen, dann betrat er die Kabine. Er drückte auf den Knopf für das erste Untergeschoss. Die Türen schlossen sich, und der Aufzug setzte sich in Bewegung.

Eine rasche Änderung der Identität zurück zu Andyl Pyne in der Toilette. Keine dreißig Minuten später würde er wieder im Wagen sitzen und in Sicherheit sein und sich vom Raumhafen entfernen.

Seine digital geschriebenen neuralen Zellen verloren unerwartet den Kontakt mit dem Netzwerk des Verwaltungsblocks. *Wie kann das sein?* Er runzelte die Stirn, doch die Beleuchtung brannte immer noch, und der Aufzug fuhr ebenfalls weiter. Vielleicht isolierte ihn die Kabine vom Knoten. Andererseits war es auf dem Weg nach unten nicht geschehen.

Josep blinzelte, als er gegen die Wand torkelte. Das Kontrollpaneel mit seinen Knöpfen und der beleuchteten Etagenanzeige waberte, als würde er durch Wasser hindurchsehen.

Was zur *Hölle ist das?*

Er hämmerte auf den Notknopf. Nichts geschah. Der Aufzug bewegte sich immer noch, Seine Beine gaben nach, und er sank in die Knie. Flecke tanzten vor seinen Augen. Er bekam keine Luft. Er atmete tief durch, doch es machte keinen Unterschied. Seine Kräfte verließen ihn schnell.

*

An diesem Abend fragten sie Hal, ob er am nächsten Morgen einen Priester wollte. Er sagte ihnen, dass sie verschwinden und sich einen Skinschwanz irgendwohin stecken sollten. Sie fragten, was er als letzte Mahlzeit wollte. Er sagte, ein gekochtes Ei. Danach ließen sie ihn allein.

Die Morgendämmerung über Memu Bay setzte um fünf Uhr zweiundzwanzig ein.

Um vier Uhr dreißig kamen Lawrence und Dennis zu Besuch. Hal wurde in einem der Kellerräume unter dem Barnsdale Hotel gefangen gehalten. Zwei Skins standen permanent vor der Holztür Wache, und der Waffenmeister hatte Hal außerdem ein Sicherheitshalsband umgelegt, das durch einen Funkimpuls gezündet werden konnte – nur für den Fall. Niemand rechnete wirklich mit Schwierigkeiten. Die Skins erhielten einen Anruf über Lawrences bevorstehenden Besuch, eine Minute, bevor er auftauchte. Er und Dennis schoben einen kleinen Servierwagen aus der Hotelküche vor sich her.

»Aber er wollte doch gar nichts essen«, sagte einer der Skins.

»Ich weiß«, antwortete Lawrence. »Wir haben trotzdem etwas mitgebracht. Es ist ein Filetsteak, seine Lieblingsmahlzeit.« Er nahm den silbernen Deckel von einem Teller, sodass der Skin es sehen konnte.

»Meinetwegen. Dann geht ihr jetzt besser rein.«

Hal lag auf einer schmalen Pritsche in einer Ecke des Raums, die Hände hinter dem Kopf. Er blickte auf, als Lawrence und Dennis den Wagen in seine Zelle schoben. »Ich habe ihnen doch gesagt, dass ich nichts von ihrem verdammten Dreck haben will!«

»Der Chef ist ein Einheimischer«, sagte Lawrence. »Und offensichtlich hat er Schuldgefühle bekommen. Wenn ich zurückgehe und ihm sage, dass das Fleisch zu lange auf dem Grill gewesen ist, braucht er wahrscheinlich für den Rest seines Lebens therapeutischen Beistand. Du weißt doch, was diese Liberalen für eine Bande sind.«

Hal grinste und trat zum Wagen. Der Wachposten schloss die Tür.

»Sarge«, sagte Hal leise. »Ich weiß zwar, was du zu mir gesagt hast, aber ich hab' drüber nachgedacht. Ich möchte doch lieber die Injektion. Sie tut nicht weh, und es ist, als schliefe man einfach ein. Ich denke, das ist am besten so, weißt du?«

»Hal, es ist erforderlich, dass du dem Erschießungskommando gegenübertrittst. Tut mir leid, ich weiß, dass es hart werden wird, das Härteste, was es für jemanden überhaupt gibt. Aber es ist die einzige Möglichkeit.«

»Die einzige Möglichkeit *wofür?*«

Dennis bückte sich und schlug die weiße Leinendecke des Servierwagens zur Seite. Auf dem unteren Regal lag ein Erste-Hilfe-Kasten.

»Wozu ist der denn?«, fragte Hal.

»Ein einfacher Weg aus diesem Schlamassel«, sagte Lawrence. »Und genau das macht mir ein wenig Sorgen. Jemand anderes könnte dahinterkommen. Setz dich, Hal.«

Hal tat wie geheißen.

Dennis stellte den Kasten neben Hal auf die Pritsche und öffnete ihn. Er wickelte zwei Reihen durchsichtiger Schläuche auseinander und steckte sie in Hals Halsventile.

»Und jetzt hör genau zu«, sagte Lawrence und begann zu erklären.

*

Es war untypisch kalt für Memu-Bay-Verhältnisse, als die ersten Spuren grauen Tageslichts über den Horizont glitten. Myles Hazledine hatte einen warmen Wollmantel übergezogen und begleitete Ebrey Zhang nach draußen in den Obstgarten auf der Rückseite des Barnsdale Hotels. Der Garten war ausgewählt worden, weil er von einer großen Steinmauer eingefasst war.

Myles nahm an, dass Zantiu-Braun die Exekution vor den Augen der sensationslüsternen Bevölkerung verbergen wollte. Doch Zhang hatte ihn aufgeklärt, dass die Mauer die Kugeln aufhalten würde.

Myles hatte einen Augenblick gebraucht, um zu begreifen, was der Mann sagte. »Ein Erschießungskommando?«, hatte der entsetzte Bürgermeister gefragt. Er konnte nicht glauben, dass jemand so barbarisch sein konnte, nicht einmal Zantiu-Braun. Wie die übrigen Einwohner von Memu Bay hatte der Bürgermeister die ganze Zeit über schweigend angenommen, dass man dem Verurteilten einfach eine Überdosis eines Schlafmittels verabreichen würde. Dass Grabowski still und friedlich einschlafen und nicht wieder aufwachen würde und die Sache damit zu Ende wäre.

Er hätte es besser wissen müssen. Dieser ganze schreckliche Zwischenfall würde niemals mit stiller Würde enden. Jetzt würde er dabei sein und zusehen müssen, wie Kugeln einen Mann zerfetzten und Blut spritzte. Es war ein ungeheuerlicher Gedanke, der jeglicher bürgerlichen Anständigkeit zuwiderlief. Er verspürte nicht einmal mehr Freude, dass Grabowski auf diese Weise sterben würde. Er hatte Gerechtigkeit gewollt, sicher. Aber das hier erinnerte mehr an einen mittelalterlichen Racheakt.

»Der Verurteilte hat gewisse Rechte«, hatte Ebrey Zhang verlegen erklärt. »Es gibt drei Möglichkeiten, eine Exekution vorzunehmen, und er kann sich für eine entscheiden. Tut er das nicht, entscheidet das Gericht für ihn. Es ist ungewöhnlich, das Erschießungskommando zu verlangen.« Auf Ebrey Zhangs Stirn hatte sich trotz der morgendlichen Kühle ein dünner Schweißfilm gebildet.

Myles fragte nicht nach der dritten Methode. Er folgte Zhang zu einer Stelle auf der Rückseite des Obstgartens. Sein Blick wich nicht für eine Sekunde von dem einzelnen Pfosten ab, den man vor der hinteren Wand in den Boden gerammt hatte. Die Erde rings um seine Basis war frisch. Dahinter waren Sandsäcke aufgestapelt.

Das hier war Stück für Stück das, weswegen seine Vorfahren die Erde verlassen hatten. Die ultimative, gefühllose Unmenschlichkeit. Myles steckte die zitternden Hände in die Taschen und starrte auf das Gras. *Denk an Francine*, sagte er sich immer wieder. *Denk an das Entsetzen, das sie durchleben musste.*

Irgendjemand bellte Befehle. Myles zwang sich, den Blick zu heben.

Der Sergeant Major führte das acht Mann starke Erschießungskommando aus der Tür und ließ es hinter der Linie antreten, die sieben Meter vom Pfosten entfernt auf das Gras gemalt war. Die unglückseligen Squaddies waren durch Strohhalmziehen ausgewählt worden. Er hatte vorher mit jedem einzelnen gesprochen und gesagt, dass Grabowski sich jemanden wünschte, der vernünftig schießen konnte, und sie würden ihn nicht enttäuschen, ganz gleich, was sie sonst noch darüber dachten. Und der Sergeant Major hatte ihnen ausdrücklich versichert, dass diese Pflicht keinen Eingang in ihre Akten finden würde.

Als sie das Briefing bedrückt und niedergeschlagen verlassen hatten, dankte er im Stillen Allah, dass er nicht selbst den Abzug durchziehen musste. Dann war Lawrence Newton hereingekommen und hatte ein paar leise Worte mit ihm gewechselt. Der Sergeant Major hatte sich die Bitte seines alten Kameraden angehört und zustimmend geruckt. Mehr musste und wollte er gar nicht wissen.

Edmond Orlov und Corporal Amersy führten den Verurteilten hinaus in den Garten. Hal zeigte keinerlei Emotionen, als sie vor dem Pfosten stehen blieben. Edmond band ihm die Hände hinter dem Pfosten zusammen und flüsterte seinem Freund etwas zu. Ein Lächeln spielte über Hals Lippen. Amersy bot ihm eine Augenbinde an, und Hal nahm sie.

Die beiden Männer von Platoon 435NK9 salutierten vor ihrem Kameraden und marschierten davon.

Der Sergeant Major sah zu Ebrey Zhang, und dieser nickte leicht.

»Erschießungskommando, die Waffen bereit!« Das Geräusch von Händen, die exakt gegen Waffen klatschten, hallte durch den Obstgarten.

»Legt an!«

»Hey, Zhang!«, rief Hal. »Du bist ein elender Waschlappen von einem Kommandanten, Mann!« »Feuer!«

Myles Hazledine übergab sich. Das Geräusch von acht Gewehren, die gleichzeitig feuerten, hatte ihn betäubt. Die Zeit war in Schweigen erstarrt. Dann drehte er den Kopf und sah Grabowskis Körper beben, als er gegen den Pfosten zurückgeworfen wurde. Blut spritzte mit erschreckender Geschwindigkeit aus seiner Brust. Und der große junge Mann fiel, sank nach vorn auf die Knie, und nur seine gebundenen Hände hielten seinen zerfetzten Rumpf aufrecht. Geräusch kehrte in Myles' Universum zurück. In seinen Ohren war ein Brüllen. Ein menschliches Wesen war vor seinen Augen niedergemetzelt worden. Seinetwegen. Wegen des Handels, den er mit Zantiu-Braun eingegangen war.

Er kniete nieder und erbrach sich hilflos auf das taufeuchte Gras des Obstgartens.

*

Traditionell wurden sie die *Beerdigungsabordnung* genannt. Obwohl es auf Thallspring niemals ein Grab für einen Angehörigen von Zantiu-Braun geben würde. Die Companypolitik, was Todesfälle außerhalb der Erde anbetraf, schrieb Verbrennung vor und Verstreuen der Asche.

Hal Grabowskis eigenes Platoon hatte das Recht verlangt, den letzten Dienst selbst durchzuführen, und Captain

Bryant würde gewiss nicht versuchen, nein zu sagen – er konnte im Augenblick keine offene Rebellion unter seinen Männern gebrauchen. Und während das Erschießungskommando weggeführt wurde, kamen sie mit einer Bahre und einem Leichensack aus dem Hotel. Sie lösten Hals Hände von den Fesseln, während Ebrey Zhang den würgenden Bürgermeister stützte, und legten ihren toten Freund auf das blutdurchtränkte Gras. Er wurde vorsichtig in den Leichensack gehoben, der verschlossen und dann auf die Bahre gelegt wurde. Sie trugen ihn davon, als der Bürgermeister und die höheren Offiziere in das Hotel zurückkehrten. Anschließend kam das Aufräumkommando, um den Pfosten und die Sandsäcke zu entfernen. Das Blut musste ebenfalls weggespült werden. Bis zum späten Vormittag würden keine Spuren mehr darauf hindeuten, dass hier eine Exekution stattgefunden hatte.

Das Beerdigungskommando trug die Bahre durch die rückwärtigen Korridore des Hotels und hinaus in den kleinen Hof, der von Zulieferern benutzt wurde. Ein Lieferwagen wartete bereits, um den Leichnam zum Krematorium zu schaffen. Die Türen wurden hastig geöffnet und die Bahre hineingeschoben. Hätte jemand einen Blick hineinwerfen können, er hätte überrascht gesehen, wie viel medizinische Maschinerie sich im Innern befand. Fast hätte man meinen können, dass es ein Notarztwagen war.

»Los!«, rief Lawrence zu Louis. »Los doch!«,

Der Wagen brauste vom Hof. Dennis riss bereits den Leichensack auf. »Ach du liebe Scheiße!«, grunzte er, als er das zerfetzte Fleisch sah, das einmal Hals Brust gewesen war. »Wie viele Kugeln?«

»Nur drei«, sagte Lawrence. Er sah den Leichnam. »Heilige Mutter Maria! Schaffst du es trotzdem?«

Dennis aktivierte bereits Hals Skinsuit, der zusammengefallen in einer Ecke des Lieferwagens lag. Er brachte die Verbindungsschläuche heraus und stöpselte sie in die Halsventile des Jungen. »Schneid' ihm das verdammte Hemd runter!«

Blut sprudelte aus den ausgefransten Wunden und ergoss sich auf den Boden des Lieferwagens. Lawrence nahm ein Skalpell und zerschnitt das Gewebe des Hemds, dann zerrte er den durchtränkten Stoff beiseite und machte Platz, damit Dennis arbeiten konnte. Als er die Hände wegnahm, tropften sie vor Blut.

Zum ersten Mal kamen Lawrence Zweifel. Etwas, das er vorher nicht hatte zugeben wollen. Er hatte sich geweigert, Zweifel zu einem Teil der Gleichung werden zu lassen, während er sich darauf konzentrierte, dieses eine Ziel zu erreichen: Nicht zuzulassen, dass diese Bastarde Hal ermordeten. Er wollte einen Sieg über *KiliBoy*, der genauso subtil und verschlagen war wie *KillBoys* unablässige Angriffe auf die Platoons in den Straßen von Memu Bay. Doch jetzt, nachdem er die schrecklichen Wunden sah, die die Kugeln des Erschießungskommandos verursacht hatten …

Dennis versuchte, die zerfetzten Arterien in der Brusthöhle zu klammern. »Sein Herz ist nur noch rohes Fleisch. Wir müssen die Lungen spülen und aufpumpen.«

»Das Gehirn?«, fragte Lawrence. »Was ist mit seinem Gehirn?«

»*Ich weiß es nicht.*« Dennis sah ihn gequält an. »Es waren sieben Minuten.« Seine optronischen Membranen zeigten medizinische Daten; sie scrollten fast zu schnell zum Lesen. Hals Skin benutzte die Medikamentenkapseln in gefährlicher Dosierung, während sie versuchten, das Zelltrauma zu minimieren.

»Aber wir hatten sein Blut mit Sauerstoff gesättigt«, sagte Lawrence. »Du hast gesagt, das würde ihm helfen durchzuhalten.«

»Das sollte es. Das sollte es.« Dennis hatte endlich eine Arterie geklammert und machte sich an die nächste. »Odel, kannst du etwas feststellen?«

Odel befestigte einen Sensor an Hals Kopfhaut. Er blickte auf sein Palmtop-Display. »Nichts bis jetzt. Noch immer kein Signal.«

»Komm schon!«, brüllte Dennis den Jungen an. Sein Gesicht war verschmiert mit Hals Blut, und er verteilte es mit dem Handrücken noch mehr.

»Lawrence, wie lange noch, bis wir da sind?«, fragte Lawrence.

»Drei Minuten, Sarge!«

»Lebt er?«

»Ich weiß es nicht!«, bellte Dennis.

»Drei Minuten, Dennis, das ist alles. Das Notfallteam wartet.«

»Notfallteam?« Dennis' Stimme überschlug sich vor aufkeimender Hysterie beinah. »Ein Arzt, dem die Approbation entzogen wurde, und ein paar Sanitäter, und du erwartest ernsthaft, sie könnten eine Herztransplantation durchführen?«

»Es ist ein Biomech-Herz, Dennis, du setzt es ein und schaltest es ein, das ist alles.«

Dennis lachte auf. »Heiliges Kanonenrohr!«

»Dennis! Was ist mit Hal?«

»Ich versuch's ja, Mann, verdammter Kerl!« In seinen Augenwinkeln glitzerten Tränen. »Ich versuch's ja!«

»Hey!«, rief Odel plötzlich. »Hey, ich habe hier ein paar Gehirnwellen!«

Hals Mund fiel herab. Seine Zunge bewegte sich kraftlos in seinem Mund, während er durch das tiefrote Blut hindurch gurgelte, das aus seiner Kehle schäumte.

»Hal!«, brüllte Lawrence. »Hal, kannst du mich hören? Kannst du mich hören, Hal? Du musst durchhalten, Junge! Wir haben dich, und wir lassen dich nicht im Stich! Halte durch, Hal!«

KAPITEL 2

Santa Chico. Der wahre paradiesische Planet.

Aus dem Orbit waren die Farben intensiv. Erdähnlich, doch leuchtender, lebendiger. Hier gab es keine Pastelltöne, keine sanften Schattierungen. Die Vegetation war lebendig smaragdfarben, schnell wachsend, alles überwuchernd. Das machte die wenigen vorhandenen Wüsten unerträglich bleich, heiß wie die Hölle und trocken wie den Mars. Die Grenzen zwischen den Extremen überreichen Lebens und toter Wüste waren scharf und machten den Kontrast noch deutlicher. Die Ozeane, die die Hälfte der Oberfläche bedeckten, leuchteten in lebendigem Saphir. Schneeweiße Wolken wurden von der dichten Atmosphäre vergrößert, als sie durch die hohen turbulenten Jetstreams rasten.

Die Luft mit ihrem Sauerstoffgehalt von dreißig Prozent war für unangepasste Menschen giftig. Doch für das einheimische Leben bedeutete das Gas rohe Nuklearenergie für die biochemischen Prozesse. Die Evolution hatte allem und jedem Dornen wachsen lassen.

Für einige bedeutete es eine großartige Herausforderung. Eine Chance auf ein anderes Leben, ohne die Beschränkungen, die die Gesellschaft auf der Erde beherrschten.

Wie anders dieses Leben war, das begriff Corporal Lawrence Newton jetzt erst allmählich. Jetzt, nachdem der Trupp aus acht Platoons bei der chemischen Fabrik angekommen war, fanden sie nichts außer Niedergang. Die Fabrik dehnte sich über mehrere Hundert Quadratmeter, und ihr Design illustrierte nur zu gut, mit welcher neuen Einstellung die Bewohner von Santa Chico sich alten Problemen näherten. Am nächsten wäre noch die Beschreibung organisch-gotisch gewesen. Große Sektionen der Maschinerie waren lebendig, Membranen und Knoten, die sich glatt in das Metall und Plastik einfügten. Oder zumindest waren sie lebendig gewesen. Oder waren noch lebendig, aber im Eingehen begriffen, während sie sich zu primitiveren Formen zurückentwickelten. Er wusste es nicht genau zu sagen. Die Fabrik war offensichtlich seit einiger Zeit nicht mehr in Betrieb.

Sie lag in einem kleinen Tal, einem natürlichen Habitat für Gargul-Pflanzen. Es waren Büsche mit gelben und roten schwammartigen Dendriten, deren Saft wundervoll komplexe Moleküle enthielt, die als Basis für Impfstoffe dienen konnten. Diese Komponenten waren ein wichtiger Gesichtspunkt bei den ursprünglichen Kolonisierungsbemühungen gewesen. Santa Chicos Vegetation war eine natürliche *Pharmacopoeia*, ein wahres Füllhorn, aus der sich nach der Ernte eine erstaunliche Vielfalt medizinischer und industrieller Anwendungen gewinnen ließ.

Doch jetzt waren die Garguls zur Fabrik zurückgekehrt und hatten die inerte Maschinerie überwuchert. An zahlreichen Stellen konnte Lawrence Risse in den Rohren und organolytischen Krackern sehen, die den Büschen ermöglichten, Wurzeln zu schlagen. Flauschige Flechten befleckten die großen Metallapparaturen. Pinkfarbene perlschnurartige Pilze wanden sich an Stützstreben hinauf. Ranken und Kriechpflanzen überzogen die höchsten Brenntürme und bildeten dicke vernetzte Knoten.

Jeeps und Trucks, die die Platoons transportierten, schwärmten von dem schmalen überwucherten Weg aus und hielten neben dem fruchtbaren Material an. Captain

Lyaute befahl, die Gegend abzusuchen. »Ich weiß, dass es wie vollkommene Zeitverschwendung aussieht«, sagte er den Platoons über die allgemeine Frequenz. »Aber wir müssen trotzdem feststellen, ob sich aus diesem Haufen Scheiße noch etwas bergen lässt.«

Lawrence nahm Kibbo, Amersy und Jones mit sich. Sie blieben dicht zusammen, als sie die ihnen zugewiesene Sektion der Fabrik absuchten. Eine Stunde lang wanderten sie durch ein Gewirr von Maschinen. Grüngelb gestreiftes Tigergras wuchs auf den Wegen zwischen der Maschinerie und reichte ihnen bis zu den Knien, was selbst in den Skinsuits das Gehen erschwerte. Über ihnen wölbten sich Rohre, die aussahen, als wären sie aus Rinde gemacht, und verbanden Tanks mit Raffineriebauten. Dunkle, nasse Flüssigkeiten tropften aus kleinen Rissen. Sie wanderten um Ionentauscher und Splitter herum, die aus durchsichtigen Pilzen von der Größe von Appartementblocks zusammengesetzt waren. In unregelmäßigen Abständen ragten Ventile und Pumpen aus dem Boden, hoffnungslos antiquiert und fehl am Platz inmitten der raffinierten biomechanischen Systeme. Ein Ende ihres Bereichs bestand aus einem Büroblock aus aufeinandergestapelten länglichen Räumen in einem Würfel aus Trägern; kein Strom, zerbrochene Fenster, tote Elektronik. Als sie durch die offenen Türen spähten, glitten Kreaturen durch die dunkleren Nischen und flüchteten vor ihrer Beobachtung. Es gab nichts, das auch nur im Entferntesten etwas wert gewesen wäre. Nichts, das noch arbeitete.

Jedes Mal, wenn sie in der Ferne einen Vogel sahen, zuckte Lawrence zusammen. Vier der Landegleiter des Platoons waren mit den Windwürgern kollidiert, fliegenden Tieren, die größer waren als Pterodactylos. Der Aufprall hatte die Windwürger augenblicklich getötet, doch auch die Landegleiter waren abgestürzt und am Boden zerschellt.

Das war, als Lawrence feststellte, dass es ein Fehler gewesen war, hierher zu kommen. Von dem Augenblick an, als der Landegleiter von Platoon 435NK9 im See außerhalb von Roseport einschlug, wollte er nichts weiter, als in ein Raumflugzeug steigen und wieder an Bord eines Raumschiffs zurückkehren. Falls es überhaupt noch eins gab. Er hatte von Anfang an nicht hinunter zur Oberfläche gewollt.

Sie hatten bereits während des Anflugs mit exosphärischen Waffen zu tun gehabt. Ein Raumschiff ausgelöscht, keine Überlebenden. Zwei weitere stark beschädigt. Man konnte den Platoons in den Schiffen, die verschont geblieben waren, derartig schlimme Nachrichten nicht vorenthalten.

Den Gerüchten zufolge hatten der Admiral und die kommandierenden Captains zu Beginn nicht einmal gewusst, was sie angegriffen hatte. Die Sensoren hatten massive Stürme in der weitläufigen Magnetosphäre des Planeten entdeckt. Die Flussbänder hatten sich zusammengezogen und in Hunderte kilometerlange Wirbel verwandelt, die tödliche Partikelstrahlen ausgespien hatten. Ferngesteuerte Satelliten, die in das Herz der magnetischen Hurrikans geschickt worden waren, entdeckten gigantische Netze aus Molekularfaser-Ketten, die aus Stabilitätsgründen rotierten und das planetare Magnetfeld manipulierten. Santa Chico hatte herausgefunden, wie man Einmal-Energiekanonen von wahrhaft titanischen Ausmaßen erschaffen konnte.

Sie waren nicht einmal für diesen bestimmten Zweck erbaut worden. Wie die Flotte später herausfand, waren die Netze einfache Induktionssysteme, die Orbitalfahrzeuge und Mikroschwerkraftstationen mit Energie versorgten. Sie in Waffen zu verwandeln, hatte nicht mehr als eine Neuprogrammierung erfordert. Als die Raumschiffe den Parkorbit erreichten, fanden die Satelliten keinerlei größere Städte auf dem gesamten Planeten. Es gab nur große Siedlungen wie Roseport. Sie fanden Tausende kleinerer Dörfer und Gemeinden, die alle aus scheinbar identischen, perlweißen Gebäuden bestanden. Und es schien keinen Datapool zu geben, zumindest keinen, mit dem die Flotte Verbindung aufnehmen konnte. Was wiederum bedeutete, dass es keine Zentralregierung gab, der Zantiu-Braun seinen gesetzlichen Anspruch auf Gewinnrealisierung hätte übermitteln können. Die Kehrseite dieser Tatsache war, dass sie keine Warnung wegen einer drohenden Gammabestrahlung aussprechen konnten. Nicht, dass sie gewusst hätten, wo sie den Gammastrahler einsetzen sollten, um die Einheimischen einzuschüchtern. Das vermittelte allen einen Vorgeschmack auf das, was noch folgen sollte.

Für Lawrence war der entscheidende Augenblick gekommen, als er aus dem Landegleiter ans Ufer watete. Sie hatten auf einen großen See gezielt, der an der Seite von Roseport entlang verlief, einer der ältesten Siedlungen. Während der letzten Annäherungsphase hatten die vorderen Kameras einen Flecken weißer Häuser gezeigt, der von brillanter smaragdgrüner Vegetation fast überwuchert war. Es erinnerte an ein griechisches Fischerdorf zwischen steinigen Hängen oberhalb einer Küste.

Roseport mochte vielleicht ursprünglich von Menschen erbaut worden sein, doch die neuen Einheimischen, die nun dort wohnten, waren nicht länger reinrassige Menschen. Zweibeiner, Dreibeiner, Vierbeiner, selbst schlangenartige Organismen bewegten sich über die freien Flächen zwischen den Häusern und dem See; sie waren Säuger oder Reptilien, Hunde, Affen, Pferde, gewaltige Kolosse, die zu keiner irdischen Klassifizierung passten. Jedes Einzelne hatte einige menschliche Elemente behalten: Hände, Gliedmaßen, Gelenke, Gesichter, selbst Haare in Form von Mähnen und Schöpfen. Doch das war auch schon alles. Die meisten besaßen eine Art segmentiertes Exoskelett, eine dunkelbraune Hülle, die so flexibel war wie dicker Gummi. Wobei einige ganz neue Formen von Häuten entwickelt hatten.

Die Skins standen schweigen in einer langen Reihe unmittelbar am Ufer und starrten hinauf zu den Bewohnern der Stadt, und eine Vielzahl unterschiedlicher Augen und Schallorgane starrte zurück.

»Wer zur Hölle sind die?«, fragte Ntoko, während er sich bekreuzigte.

Er hätte es wissen müssen.

Die Santa-Chico-Besiedlungs- und Investment-Gesellschaft war durch ein paar ganz besondere Companys daheim auf der Erde gegründet worden, Companys, die Herausforderungen liebten und sie mit einem bravourösen Mangel an Orthodoxie angingen. Die Mehrzahl stammte aus einer einzigen Region.

Kalifornien war schon immer eine technologisch führende Gegend gewesen, deren Hightech-Companys die cleversten Forscher und die mutigsten Unternehmer angezogen hatten, und die meisten von ihnen waren moderat unkonventionell. Geld entschuldigte eine ganze Menge und gestattete ihnen, so zu leben, wie sie wollten, vorausgesetzt, niemand anderes erlitt dadurch Schaden – und die Technologiekonzerne verdienten eine ganze Menge Geld. Mit Hollywood in der Nachbarschaft und als leuchtendes Beispiel wurde jede nur denkbare Kombination von sexueller Phantasie und Betäubungsmittelmissbrauch in zügellosen Kommunen ausgelebt.

Zu Beginn basierte diese Hippie-Chique-Company-Kultur auf elektronischer Hard- und Software und verbreitete sich vom Techno-Herzland Silicon Valley aus in jedes städtische Industriegebiet menschlicher Siedlungen. Dann, als das menschliche Genom endlich entschlüsselt war, begann der Aufstieg von Genetik und Biotechnologie zur vorherrschenden Wissenschaft. Die Natur von »unerhörtem« Verhalten begann sich zu verändern. Statt mit Drogen, Jungen und Mädchen experimentierten die neuen Herren der Biotechnologie nun mit sich selbst. Die Aufsichtsräte, die die Forschungsaktivitäten der Companys überwachten, bestanden hauptsächlich aus älteren Ratgebern, von denen viele streng religiöse Ansichten vertraten. Sie betrachteten das Klonen als ein Werk des Bösen und jede Veränderung der menschlichen Norm als unheilige Sünde. Es war nicht die Art von Restriktionen, die Pioniere hinnahmen, die in mehr als einer Hinsicht ganz andere moralische Wertvorstellungen besaßen. Mehrere Forschungsgebiete gingen in den Untergrund.

Verjüngung war das Hauptziel, der heilige Gral der Biotechnologie. Obwohl dazu noch die erweiterten Funktionen des Körpers beziehungsweise der Organe hinzukamen, genau wie ein Redesign der Gliedmaßen und andere Dinge. Athleten, sowohl Profis wie Amateure, waren eifrige Kunden. Die kosmetischen Anwendungsbereiche waren ebenfalls heiß begehrt, Kaliforniens ultimative Gottheit. Genau wie das Internet die Privatsphäre und die Zensur fünfzig Jahre zuvor eingerissen hatte, so half diesmal die Flutwelle von quasi-legalen medizinischen, genomorphen und kosmetischen Produkten, die Moralgesetze zu überwinden.

Milliardäre heilten sich selbst von Krebs und klonten sich, um auf diese Weise neue Formen von Dynastien zu gründen. Sie wechselten das Geschlecht, verloren an Gewicht, ohne sich mühsamen Abmagerungskuren oder unbequemen Fettabsaugungen unterziehen zu müssen, fügten neue Sinne hinzu und verlängerten ihr Leben um Dekaden. Die Muskelskelettsuits (die Vorläufer von Skinsuits) waren ein beliebtes Produkt bei den paramilitärischen Verbänden von Regierungen und Companys. Neurotronische Pearls beherrschten den Markt für Prozessoren. Tausende neuer Produkte drangen tief in alle Bereiche des täglichen Lebens ein.

Das Herz von alledem waren die Spezial-Companys. Kleine Partnerschaften von phantasievollen Leuten mit hippen Forschungslabors und einer Menge Optionsscheine an den Börsen, deren Produkte von den größeren Gesellschaften für die Massenproduktion lizenziert wurden. Sie waren diejenigen, die von Santa Chico fasziniert waren. Hier gab es ein ganz neues Spektrum von hochenergetischer Biochemie, das nur darauf wartete, ausgebeutet zu werden. Und der einzige Weg, an diese Reichtümer zu gelangen, bestand darin, die gegenwärtigen physiologischen Modifikationsverfahren bis ins Extrem weiterzuführen. So brauchten sie keine mit Gammastrahlern keimfrei gemachten Gegenden, um ihre Siedlungen zu gründen, sie konnten sich selbst an den Überschuss an Sauerstoff anpassen. Jede Körperform konnte verändert werden, um aus der neuen Umwelt Vorteil zu ziehen.

Sie erwarteten nicht, dass diese Konversion in einem einzigen sauberen Schwung durchgeführt werden konnte. Verschiedene Möglichkeiten würden im Verlauf mehrerer Generationen erforscht werden müssen. Fehlentwicklungen aufgegeben. Erfolge weiter ausgebaut. Doch langsam, aber sicher würde die Divergenz von der terranischen Menschheit zunehmen, bis die finale Generation nackt unter einer fremden Sonne wandeln und die Luft ohne technische Hilfe atmen könnte.

Zantiu-Brauns Briefing hatte den Platoons all das erklärt. Auch wenn die Betonung auf zellulärer Anpassung gelegen und den Eindruck von gewöhnlich aussehenden Menschen mit leicht veränderten Lungen erweckt hatte. Das Briefing hatte mit keinem Wort erwähnt, wie groß die physiologischen Veränderungen wirklich waren.

Als Lawrence die Bewohner von Roseport sah, wusste er, dass das Briefing die wahre Geschichte von Santa Chico höchstens gestreift hatte. Was auch immer hier seit der ersten Besiedlung passiert war, es hatte sich nicht zu ihrem Vorteil hin entwickelt.

Zu Beginn war Santa Chico die Ausnahme von der Regel gewesen, dass interstellarer Handel eine nicht-profitable Aktivität war. Der Planet stieß unter anderem ein vollständiges Spektrum hoch wirksamer Impfstoffe, Biologicals, Antivirals, Vektor-Behandlungen und Biotronics aus, Produkte, die einzigartig, unglaublich fortgeschritten und schwer zu kopieren waren. Mit einer ganzen planetaren Ökologie potenter Vegetation und Wasserpflanzen als Rohstoffe war jede neue Charge eine Verbesserung der vorangegangenen, noch weiter entwickelt, noch effektiver. Neue Siedler kamen von der Erde hierher, und die fertiggestellten Produkte wurden zur Erde verschifft. Sie deckten die Kosten für die Raumschiffe und für jedes technische und industrielle Stück Ausrüstung, das die Einheimischen verlangten. Doch im Verlauf der letzten paar Jahre waren die Raumschiffe mit immer weniger Fracht zur Erde zurückgekehrt. Und da weniger Siedler nach Santa Chico emigrierten, war der erdgebundene Zweig der Santa-Chico-Entwicklungsgesellschaft bald hoch verschuldet. Zantiu-Braun hatte schließlich einen Leveraged Buy-Out durchgeführt und seine Dritte Flotte ausgeschickt, um all die höchst profitablen biologischen Aktivposten in Gewinn umzuwandeln.

Die Platoons entlang dem Ufer erhielten den Befehl, in Roseport einzurücken. Ihre Zuschauer wichen zur Seite, während die Luft von lauten, zwitschernden Geräuschen widerhallte, als würde ein Dschungel voller Schimpansen auf einmal loskreischen. Später würde die AS an Bord des Raumschiffs das Gezwitscher als extrem schnelle Hybridsprache aus Spanisch und Silicon-Valley-Englisch identifizieren. Einstweilen jedoch befahlen die Captains ihre Unterdrücker-Trupps nach vorn, um einzelnen Einwohnern Kollateralhalsbänder umzulegen. Skin-Lautsprecher dröhnten Instruktionen. Widerstand sei zwecklos und sie wären verantwortlich für …

Der Kampf begann auf der Stelle. Neue Eingeborene schwärmten über den felsigen Hang und stürzten sich auf die Reihe von Skins. Sie schienen keine Waffen zu benutzen, doch sie waren stark und unglaublich schnell und den Skins mit Leichtigkeit gewachsen. Es waren so viele und die Platoon noch immer so dicht beieinander, dass der Einsatz von Pfeilen und anderen nicht-tödlichen Massenwaffen schwierig war.

Etwas, das aussah wie ein haarloser Affe, stürzte sich auf Lawrence und riss ihn zu Boden. Riesige Hände versuchten entweder, ihm den Skinhelm vom Kopf zu reißen oder wahrscheinlicher den ganzen Kopf von den Schultern. Lawrence packte die Handgelenke des Dings und versuchte, seinen Griff zu lösen. Sein Skinsuit war nicht stark genug. Die Überraschung ließ ihn für einen Augenblick erstarren.

Nichts im Training hatten ihn auf eine Situation wie diese vorbereitet. Skinsuits verliehen den Squaddies immer den nötigen Vorteil.

Er drückte das rechte Bein nach hinten, und sie rollten herum. Dann versetzte er dem Ding einen Faustschlag gegen das Brustbein. Es grunzte schmerzerfüllt auf, doch seine Klauen blieben unverändert um Lawrences Hals. Lawrence boxte das Ding erneut und spürte, wie die harte dunkelbraune Haut ein klein wenig nachgab. Nach einigen weiteren Sekunden vergeblichen Ringens befahl Lawrence seinem Skin, den elektrischen Puls abzufeuern. Das Affending kreischte und versteifte sich, als die Ladung durch seinen Körper zuckte, doch dann setzte es seine Enthauptungsbemühungen fort. Ein zweites Ding, das aussah wie ein Baby-Elefant, kam ihm zu Hilfe und trat Lawrence in die Rippen. Er hatte keine andere Wahl mehr. Die in den Skinsuit eingebaute Neun-Millimeter-Pistole entlud sich durch den Panzer hindurch, und er feuerte aus allernächster Nähe auf das Affenwesen. Die erste Kugel machte es nur noch wütender. Lawrence musste ein halbes Dutzend Schüsse in die wahnsinnige Kreatur pumpen, bevor sie endlich reglos auf dem Tigergras liegen blieb. Leuchtend rotes Blut strömte aus den Kugellöchern in ihrem Torso und Hals.

Lawrence stolperte weg von dem Ding, und seine Rippen schmerzten von dem Tritt, den der Baby-Elefant ihm versetzt hatte. Übelkeit und Schwindel drohten, ihm die Beine unter dem Leib wegzuziehen. Er hatte noch nie zuvor jemanden umgebracht. Keinen anderen Menschen, und das war dieses Ding gewesen, wie unkenntlich auch immer. Die cleveren Skin-Waffen hatten ihn stets davor bewahrt und das Problem auch ohne Töten erledigt.

Inzwischen knisterte die Luft ringsum von den Entladungen anderer Waffen. Die Todesschreie schwer verwundeter Neuer Eingeborener übertönte alles. Etwas, das aussah wie ein Neandertaler, rannte direkt in Lawrence hinein, und beide gingen stolpernd zu Boden. Lawrence riss seinen Pistolenarm instinktiv herum. Die Zielgrafik erfasste den Kopf des prähistorischen Atavismus'. Er hatte einen großen bogenförmigen Kamm, der von der Nasenwurzel über den Schädel bis zum Hinterkopf verlief, und ein Geflecht blauer Adern pulsierte deutlich sichtbar. Sehr menschliche Augen starrten ihn wild an, und Lawrence las die Wut und Angst des Neuen Eingeborenen.

»Verpiss dich!«, bellte Lawrence und riss den Pistolenarm hoch, um drei Schüsse in die Luft zu feuern. Der Neue Eingeborene rollte sich zur Seite und sprang auf, um davonzurennen. Lawrence erhob sich langsam, während die peristaltischen Muskeln seines Skinsuits neue Munition durch das Laderohr in das Pistolenmagazin schoben.

Zu beiden Seiten von ihm herrschte Bewegung, und Hunderte von Stimmen brüllten gleichzeitig in seinen Kommunikationslink. Lawrence benötigte eine Weile, bis er begriff, was geschah. Der Kampf zog sich auseinander. Neue Eingeborene flüchteten den Hang hinauf in die Straßen und Häuser von Roseport. Sie rannten, hüpften, humpelten, und einige galoppierten sogar. Dutzende von Toten lagen unten am Ufer über den bleichen Felsen, einige im Wasser, und Blut strömte aus ihren Wunden und färbte das Wasser rot. Hunderte von kleinen Wellen kräuselten die Oberfläche, als aquatische Kreaturen anfingen, sich über den unerwarteten Festschmaus herzumachen. Es war Leichenfledderei in einem Maßstab, wie Lawrence es noch nie gesehen hatte. Auch waren es nicht ausschließlich Neue Eingeborene, die am Boden lagen. Lawrence bemerkte mehrere Skins mit zerfetzten Panzern, und aus ihren Bäuchen quollen Eingeweide und Blut.

Noch immer wurde geschossen. Kugeln trafen die flüchtenden Neuen Eingeborenen in den Rücken. Sergeants und Captains mussten brüllen, damit das Feuer eingestellt wurde.

»Gütiges Schicksal!«, flüsterte Lawrence. Ringsum waren Skins auf den Knien, die Helmventile offen, und erbrachen sich. Lawrences Skin-AS meldete, dass sie ihm einen Cocktail aus Narkotika verabreichte, damit er besser mit dem Schock fertig wurde, den seine medizinischen Monitore festgestellt hatten. Er fühlte sich beschwingt, als wäre alles, was er soeben mitgemacht hatte, nur ein Teil eines grauenhaften I-Dramas. Er wollte sich nicht bewegen, nicht mithelfen, seine verletzten Kameraden zu versorgen. Irgendjemand sollte dieses verdammte Bild abschalten und die Erinnerung aus seinem Kopf löschen.

»Hey, seht nur!«, rief Nic. »Dort oben! Gütiger Gott, was ist nur los mit dieser Welt?«

Lawrence schob den Sensorfokus hinauf in den wolkenlosen Himmel. Fast hätte er aufgelacht; die betäubenden Drogen waren daran schuld. Gerade, wenn man glaubt, dass es nicht mehr schlimmer kommen kann …

Die Frachtkapseln prallten auf die untere Atmosphäre, und ihr verwegener Landeanflug verlangsamte sich auf Unterschallgeschwindigkeit. Weiße und gelbe Fallschirme erblühten hoch über ihnen und ließen sie langsam herabschweben. Ein Schwarm Windwürger glitt mit geschickter Eleganz zwischen den Kapseln hindurch. Massive, krokodilartige Schnäbel schnappten und rissen an den Kuppeln aus Stoff. Zähne von der Größe menschlicher Hände zerfetzten das Nylon. Ohne funktionierende Fallschirme beschleunigten die Frachtkapseln wieder und rasten der Oberfläche entgegen. Sie prallten mit größtmöglicher Geschwindigkeit auf dem Boden auf und zerplatzten in lautlosen Explosionen aus zerfetzten Kisten und zerstörter Ausrüstung.

*

Nachdem die verletzten Skins behandelt worden waren, so gut es ihr beschränkter medizinischer Nachschub gestattete, versammelte der designierte Gouverneur von Roseport seine Offiziere für eine Lagebesprechung. Sie waren seit neunzig Minuten unten auf dem Planeten und hatten die Stadt bisher nicht einmal betreten, geschweige denn einen kollateralen Zustand hergestellt. Fast ein Drittel der Frachtkapseln war vernichtet, und mit ihnen die Ausrüstung. Die Neuen Eingeborenen waren nicht annähernd das, was sie nach den Briefings von Zantiu-Braun erwartet hatten. Und die Kommandanten der Raumschiffe berichteten von ununterbrochenen Sabotageversuchen und Angriffen auf die großen Schiffe im Orbit. Subversive Software kontaminierte jeden Datalink, und kinetische Speere in rückläufigen Orbits stellten ihre physische Verteidigung auf eine harte Probe. Die Befehle des Admirals lauteten, eine dominante Präsenz unter den Neuen Eingeborenen zu etablieren und anschließend ein Inventar möglicher Aktivposten zu erstellen.

Der Gouverneur von Roseport war prinzipiell mit der Vorgehensweise einverstanden, doch er setzte die Sicherung des Raumhafens an die oberste Stelle auf seiner Prioritätenliste. Lawrence war in der Kompanie, deren Aufgabe in der Bergung der Kapseln bestand, die den Absturz überstanden hatten. Er schätzte sich glücklich, dass 435NK9 nicht zu den Platoons gehörte, deren Aufgabe der Einmarsch in Roseport war. Während er noch mit seinen Leuten durch das hohe, haftende Tigergras trottete, hörten sie ein unablässiges Trommelfeuer aus Handwaffen und Granatwerfern. Sie sahen kaum eine Bewegung zwischen den friedlich dastehenden weißen Häusern der Stadt, doch der

Kommunikationslink lieferte ihnen nicht enden wollende Geschichten von Fallen und Hinterhalten.

Selbst hier draußen auf der überwucherten Ebene, die die Stadt umgab, waren sie nicht in Sicherheit. Die Infrarotsensoren waren im hohen, schwankenden Tigergras so gut wie nutzlos. Überall lauerten Neue Eingeborene geduckt zwischen den Wurzeln, massige Gestalten, die durchaus im Stande waren, einen Skin-Panzer mit ein paar schnellen Schlägen zu zerfetzen. Häufig gelang ihnen ungeschoren die Flucht, nachdem sie blitzartig einen Squaddie überfallen und zusammengeschlagen hatten. Die Kommunikation wurde immer schwieriger, als Interferenzen und Störsignale im Verlauf des Tages zunahmen. Irgendjemand mit einer hoch entwickelten Elektronik war da am Werk.

Als es dunkel wurde, hatte die Kompanie genügend Ausrüstung geborgen, um ein Lager mit einem schwer bewachten Perimeter zu errichten. Jeeps und Laster transportierten alles hinüber zum Raumhafen, einer einzelnen Startbahn, die im Norden der Stadt angelegt worden war. Nachdem der Fluchtweg gesichert und ein Arsenal großkalibriger Waffen zur Hand war, entspannten sich die Squaddies ein wenig.

In der Nacht schien Licht in der Stadt, und zitronengelbe Fenster leuchteten hell in die Dunkelheit. Fremdartige Schatten bewegten sich ruckhaft an Wänden entlang. Geräusche echoten durch die stille Luft und befeuerten die Phantasie der Squaddies. Jeder fragte sich, was die Neuen Eingeborenen da so geschäftig bauten.

Am zweiten Tag teilte der Gouverneur seine Streitkräfte auf. Mehrere Platoons sollten versuchen, erneut in der Stadt Fuß zu fassen, während andere Kompanien zu bekannten industriellen Vierteln abkommandiert wurden. Die Satellitenobservation hatte ergeben, dass die Fabrikgebäude noch immer intakt waren, auch wenn sie scheinbar verlassen aussahen. Am besten war noch, dass ein Geschwader von TVL88, Taktischen Unterstützungshubschraubern, die Landung überstanden hatte. Die Techniker hatten sie im Verlauf der Nacht zusammengesetzt. Die Kompanien konnten volle Luftunterstützung anfordern, falls sie in Schwierigkeiten gerieten. Als Lawrences Kompanie an diesem Morgen losfuhr, schlossen die Piloten Wetten ab, wer von ihnen die meisten Windwürger erledigen würde.

Lawrence meldete Ntoko, dass die Büros der Fabrik ebenfalls leerstanden. Sie brachen ihre Aktion ab und kehrten zu den wartenden Fahrzeugen der Kompanie zurück. Nach den ersten Berichten war Captain Lyaute zu der Entscheidung gekommen, dass diese Fabrik nie wieder arbeiten würde. Er rief sämtliche Erkundungstrupps zurück.

»Ich begreife das einfach nicht«, sagte Kibbo. »Warum haben sie diese Fabrik verfallen lassen?«

»Weiß der Geier«, entgegnete Lawrence. »Aber wenigstens wissen wir nun, warum sie aufgehört haben, all den teuren biologischen Kram zu exportieren. Sie stellen ihn einfach nicht mehr her.«

»Das ist noch lange kein Grund, Corp«, sagte Jones. »Warum haben sie Fabriken wie diese hier aufgegeben? Wir wissen, dass sie fortgeschrittener waren als alles auf der Erde.«

»Sie sind Tiere, Mann, deswegen haben sie es getan!«, sagte Kibbo. »Seid ihr vielleicht blind? Habt ihr diese Dinger nicht gesehen, die uns gestern angegriffen haben? Das sind keine Menschen mehr, das sind Freaks! Das ist ein beschissener Planet voller Freaks! Kein Tier kann eine Fabrik führen. Und sie brauchen keine Menschenmedizin mehr.«

»Sie sind keine Tiere«, widersprach Lawrence. »Sie sind Menschen. Sie sehen nur anders aus, das ist alles.«

»Ganz bestimmt nicht, Mann! Sie sind dreckige Tiere! Sie reden nicht einmal mehr, sie schreien nur noch merkwürdiges Zeug. Sie haben uns ohne jeden Grund angegriffen!«

»Es war territorial«, sagte Amersy.

»Was?«

»Territorial. Du hast gesagt, sie wären Tiere.«

»Der Corp hat gesagt, sie wären keine.«

»In diesem Fall stecken wir ziemlich tief in der Scheiße«, sagte Jones. »Wenn sie alle so kämpfen und wenn sie intelligent sind, dann will ich lieber gar nicht wissen, was sie uns als Nächstes entgegenwerfen.«

»Meinst du, das weiß ich nicht selbst?«, brummte Amersy.

»Aber warum haben sie ihre Welt so verfallen lassen?«, fragte Kibbo.

»Wer weiß?«, sagte Amersy. »Sie benutzen immer noch Technologie. Du hast gestern Abend die Lichter in Roseport gesehen. Unsere Kommunikationsverbindungen werden von ihnen gestört. Und die Rollbahn vom Raumhafen ist intakt. Ich hab' heute Morgen mit einem der Techniker geredet, und er meint, die Raumflugzeuge, die sie in ihren Hangars gefunden hätten, wären immer noch flugtauglich. Irgendjemand scheint sie zu warten.«

»Also gibt es noch ein paar richtige Menschen. Na und? Das bedeutet noch lange nicht, dass es hier irgendetwas gibt, womit wir etwas anfangen könnten.«

Lawrence musste Kibbo zustimmen, wenn auch nicht aus den gleichen Gründen. Er glaubte nicht, dass die Neuen Eingeborenen Tiere waren. Sie mochten vielleicht nicht das gleiche Verhaltensmuster aufweisen wie Menschen, doch sie waren zweifellos intelligent. Wo genau sie nun evolutionstechnisch anzusiedeln waren, konnte er nicht sagen.

Captain Lyaute ließ alle in die Fahrzeuge steigen und befahl den Rückmarsch zum Raumhafen von Roseport. Als er dem Gouverneur die Rückkehr meldete, wurde er informiert, dass sämtliche Erkundungsmissionen eine ähnliche Situation angetroffen hatten. Die Städte wurden bewohnt von extrem feindseligen Neuen Eingeborenen, während die Fabriken verrotteten. Bisher war kein Dialog mit den Neuen Eingeborenen zustandegekommen. Der Admiral und Simon Roderick wussten nicht, was sie als Nächstes unternehmen sollten. Sie überlegten, ob sie ein Raumschiff zu einem Rendezvous mit dem großen eingefangenen Asteroiden schicken sollten, der in einem polaren Orbit in zweitausend Kilometern Höhe kreiste. Einzelne Bereiche der weltraumgestützten Industrie des Planeten arbeiteten offensichtlich noch, obwohl zahlreiche Stationen und Mikroschwerkraftmodule zerstört worden waren, als sie die Induktionsnetze eliminiert hatten. Wenn schon nichts anderes zu holen war, konnten die Raumschiffe die verbliebenen orbitalen Industrieeinrichtungen mit zurück zur Erde nehmen; wenigstens ein kleiner Gewinn auf dem Kontenblatt.

Bis dahin, fuhr der Gouverneur fort, würden sie wahrscheinlich sämtliche Platoons geradewegs wieder hinauf in den Orbit schicken. Es gab allerdings Bedenken wegen der Wasserstoffvorräte bei den Raumhäfen, die bereits gesichert waren. Der Raumhafen von Roseport verfügte über mehrere volle Tanks, doch die Raffinerie selbst war abgeschaltet worden. Die Techniker untersuchten gegenwärtig die Maschinerie in dem Versuch, die Produktion wieder zu starten.

Lawrence fuhr einen der Jeeps, und das halbe Platoon

435NK9 saß mit im Wagen. Sie waren an achter Stelle in dem langen Konvoi, der auf dem gleichen Weg zurückfuhr, auf dem er zur Fabrik gekommen war. Es ging nur langsam voran; die Straße war völlig überwuchert mit Kriechpflanzen und Tigergras. Auch wenn es Hinweise gab, dass sie noch hin und wieder von vereinzelten Fahrzeugen benutzt wurde. Lawrence dachte an den Great Loop Highway von Thallspring und wünschte sich im Stillen eine so saubere und gerade Straße.

Das Terrain, durch das sie fuhren, war hügelig, eine Landschaft aus flachen, zerknitterten Tälern und kurzen, steilen Hängen. Hohe Bäume wuchsen an den oberen Hängen der Kämme und ragten wie schlanke Türme über das Walddach hinaus. Mit ihren flauschigen violetten Blattkronen sahen sie aus wie die Banner einer mittelalterlichen Armee, die in die Schlacht zog. Während die Bäume unten im Tal fette, fast kugelrunde Brocken waren, deren silbergraue Rinde mit harten, giftigen Dornen gespickt war, um Holzbohrer und Säureläuse fernzuhalten. Die obere Hälfte ihrer geschwollenen Stämme war umgeben von konzentrischen Kreisen von Peitschenästen, an denen kleine ledrige Blätter im Wind raschelten und ein unaufhörliches dissonantes Klappern erzeugten. Sie wuchsen so dicht beieinander, dass sie einen fast undurchdringlichen Zaun bildeten, und sie zerrten und rissen aneinander, während sie ihre Jahrzehnte alten Schlachten um Boden und Licht ausfochten. Diejenigen, die unterlagen und starben, waren mit Löchern übersät, wo Tiere ihre Nester in das verrottende Holz gebohrt hatten. Schwärme von Pilzen überzogen die bröckelnde Rinde und erzeugten ein glitzerndes Chaos aus Farben, wo sie ihre klebrigen Flüssigkeiten mit den Sporen ausstießen. Farne und Knollenblätter beherrschten den dunklen Boden des Tals und verdrängten Tigergras und Büsche, während karnivore Lockengespinste von Gabelungen in den Ästen herabhingen, um zwischen ihren sich windenden Wedeln Insekten zu fangen.

Die Straße erreichte den ersten Waldabschnitt einige Kilometer von der Fabrik entfernt. Ihre Erbauer hatten sich bemüht, den Wald nach Möglichkeit zu meiden und die Straße an Hängen entlanggeführt oder an den Ufern schnell strömender Bäche. Aus diesem Grund konnte das führende Fahrzeug nie weiter als zwei- oder dreihundert Meter sehen.

Lawrence runzelte die Stirn, als der Konvoi langsamer wurde. Er erkannte keinen Grund dafür. Die Straße war in einem schlimmen Zustand, zugegeben, doch sie stellte kein besonderes Problem für ihre Fahrzeuge dar. Sie hatten noch nicht einmal den Wald erreicht, der sich fünfzig Meter entfernt an der Flanke hinzog. Voraus war eine scharfe Kurve, die um den Fuß eines kleinen Hügels herumführte. Doch es gab keine Barriere, nichts, das die Fahrbahn blockiert hätte.

»Was ist los?«, fragte er über den Kommandolink. Sie standen inzwischen fast.

»Irgendwas ist vor uns. Der Boden bewegt sich.«

»Der Boden bewegt sich?«, fragte Lawrence. Er verstand nicht, was das zu bedeuten hatte.

»Hörst du das?«, fragte Nic.

Lawrence hielt endgültig an. »Was denn?« Er befahl seiner AS, die Audio-Empfindlichkeit seines Skinsuits zu erhöhen. In diesem Augenblick bemerkte er, dass der Jeep leicht schwankte und zitterte.

»Das!«, beharrte Nic.

Die Rezeptoren des Skinsuits empfingen ein leichtes Bassrumpeln.

»693 und 762, mit Karabinern vorwärts sichern!«, befahl Captain Lyaute. »541, ihr sichert nach hinten.«

Skins sprangen von den Jeeps und bewegten sich in einer Doppelreihe vorwärts. Waffenmündungen schoben sich aus ihren Armpanzern.

Lawrence gefiel die Situation nicht. Keines der Briefings hatte angedeutet, dass sie sich in einer Erdbebenzone befanden.

Die Horde Makrorexe polterte um den Fuß des Hügels herum, eine Wand aus über acht Meter hohen Bestien, jede einzelne wenigstens zehn Tonnen schwer. Im Gegensatz zu den irdischen Dinosauriern besaßen sie keine langen Hälse und Schwänze. Ihre Körper waren stämmige Zylinder von fünfzehn Metern Länge mit drei Beinpaaren. Es war eine Anordnung, die ihnen ermöglichte, sich in einer Sequenz synchroner Sprünge fortzubewegen, wobei sie das Rückgrat durchbogen, sodass eine Wellenbewegung durch ihre Wirbelsäule verlief und jedes Beinpaar synchron nach vorn geworfen wurde. Ein flacher, herzförmiger Kopf hob und senkte sich, während der Körper wogte, und schwang dabei von einer Seite zur anderen, soweit es der kurze Hals erlaubte. Das Ende der Kiefer wurde von drei geschwungenen Fangzähnen gebildet, die länger als ein menschlicher Arm waren. Zwei von ihnen zeigten nach oben, einer nach unten, und sie öffneten und schlossen sich in einem unablässigen Rhythmus. Die Seiten des Kopfes liefen in eine Reihe scharfer dreieckiger Finnen aus, die aussahen, als könnten sie Stahl zerschneiden. Die Augen waren unsichtbar irgendwo zwischen den Knochengraten des oberen Schädels.

Jetzt, nachdem die Makrorexe in Sicht gekommen waren, zerschnitten ihre trompetenden Schreie die Luft.

Unterholz und Büsche zerplatzten einfach unter dem massigen Anprall ihrer Beine.

Lawrence glaubte im ersten Augenblick, dass die Drogen des gestrigen Tages noch in seinem Kreislauf spukten. Er erinnerte sich aus den Briefingdateien an die gigantischen Bestien, doch sein Verstand weigerte sich zu begreifen, dass vierzig oder fünfzig der Monster auf ihn zugetrampelt kamen.

»Das soll wohl nur ein übler Witz sein!«, stöhnte Nic. In seiner Stimme lag echte Angst.

Die Skins draußen vor den Jeeps eröffneten das Feuer. Lawrence konnte nicht erkennen, ob die Kugeln die schmutziggraue Haut der Monster auch nur ankratzten. Jedenfalls schienen sie keinerlei Wirkung zu haben. Das Trompeten erhob sich zu einem Crescendo, und Lawrence erkannte, dass die Makrorexe nur noch hundertfünfzig Meter entfernt waren. Nichts auf der Welt konnte sie aufhalten.

Captain Lyaute brüllte zusammenhanglose Befehle in den Kommandolink. Irgendjemand anderes rief verzweifelt nach Helikopterunterstützung. Skins rannten mit Höchstgeschwindigkeit davon und brachen durch das haftende Tigergras, als die Makrorexe auf sie zu polterten. Lawrence trat das Gaspedal durch und riss das Lenkrad herum. Die Reifen drehten auf dem glitschigen Boden durch. Es gab absolut keine Möglichkeit, eine Hundertachtzig-Grad-Wende zu schaffen, bevor die erste Reihe von Makrorexen sie erreicht hatte.

»Festhalten!«, rief er und steuerte den Jeep schlitternd und springend auf den Waldrand zu. Aus den Augenwinkeln sah er zwei Makrorexe, die entlang der Bäume rannten. Kleinere Stämme wurden in einer Wolke von Spänen pulverisiert, als ihre riesigen gepanzerten Beine sie einfach umrannten. Lange Peitschenäste wurden sauber von den Finnen an den Seiten der Köpfe durchtrennt und segelten durch die Luft davon.

Die erste Reihe der Herde holte die flüchtenden Skins ein. Fangzähne blitzten hinter dem langsamsten und durchbohrten seinen Panzer, ohne in ihrer Bewegung auch nur langsamer zu werden. Er wurde in die Luft geschleudert, und Blut spritzte aus ihm, während er sich haltlos überschlug. Zwei weitere wurden überholt und verschwanden unter donnernden Beinen. Die Fangzähne senkten sich erneut. Schreie hallten durch den Kommunikationslink und wurden mit schrecklicher Plötzlichkeit abgeschnitten. Die Makrorexe bewegten sich mit einer phänomenalen Geschwindigkeit. Ein kühler Teil von Lawrences Verstand wusste, dass sie diese Geschwindigkeit niemals längere Zeit durchhalten konnten, nicht einmal in der sauerstoffreichen Atmosphäre dieser Welt. Sie waren zweifellos erst unmittelbar vor der Begegnung mit der Kompanie losgestürmt.

Die dicken Bäume waren nur noch fünfzehn Meter von ihm entfernt. Seine Sicht verwackelte heftig, als das Fahrwerk über Felsen und versteckte Gräben sprang. Er kurbelte wild am Lenkrad und zielte auf eine Lücke, die hoffentlich breit genug war, um den Jeep hindurchzulassen. Zu seiner Rechten kamen die Makrorexe in einer Wolke von Holzsplittern rasend schnell näher.

Das war, als er etwas erblickte, das auf dem Hals eines der Monster saß. Ein zusammengekauertes Profil von einem Mensch-Leopard-Hybriden, mit Vordergliedern, die in wilder Begeisterung wedelten. Der Mund war weit zu einem irren, triumphierenden Lachen aufgerissen.

Das konnte unmöglich …

»Lawrence!«, kreischte Amersy.

Lawrence riss am Lenkrad. Die Stoßstange des Jeeps prallte gegen einen dornigen dicken Stamm, und sie wurden heftig nach rechts geschleudert. Lawrence kämpfte gegen die Bewegung, und Skinmuskeln und Servolenkung zwangen die Räder herum. Trägheit schob sie in weitem Winkel durch die Lücke. Einer der Reifen platzte, als er gegen einen Felsen krachte. Lawrence hielt den Fuß auf dem Gaspedal und jagte den Wagen weiter unter die Bäume. Peitschenäste fetzten über die Windschutzscheibe. Und dann war ein riesiger Baum mitten im Weg. Lawrence hämmerte den anderen Absatz auf die Bremse, doch es machte keinen nennenswerten Unterschied. Der Jeep krachte mit seinem Prallschutz frontal gegen den Stamm, und alle wurden nach vorn gerissen. Skinpanzer verhärteten sich und schützten die verletzlichen Körper vor den schlimmsten Auswirkungen des Aufpralls.

»Raus!«, befahl Lawrence. »Los, Beeilung!«

Es war, als wäre der Aufprall noch immer im Gange. Das Geräusch von zersplitterndem Holz wurde lauter. Sie konnten kaum das Gleichgewicht halten auf dem bebenden Boden.

Lawrence stolperte vorwärts und hoffte inbrünstig, dass er sich in die richtige Richtung bewegte. Seine Orientierung war gestört. Das AS-Gitter-Display war nicht mehr fokussiert.

Drei Meter hinter ihm landete ein riesiges Bein senkrecht auf dem Jeep und stampfte ihn in den Boden. Die Schockwelle riss Lawrence von den Beinen. Dann hob sich der Pfeiler aus Fleisch wieder. Es gelang Lawrence, seinen Helm zu verdrehen, sodass die Sensoren das zerquetschte Wrack zeigten, unmittelbar bevor die mittleren Beine der Bestie herunterkamen. Lawrence kroch vorwärts, so schnell er konnte. Das letzte Beinpaar landete und warf den Jeep um neunzig Grad herum. Er stand auf dem zerschmetterten Heck, als die Beine wieder im Himmel verschwanden, dann kippte er langsam zurück. Mehrere zerfetzte Peitschenäste regneten auf ihn herab.

Lawrence drehte sich um. Seine Neun-Millimeter-Pistole war aus dem einen Unterarm ausgefahren, während der Karabiner aus dem anderen ragte. Lawrence schwang die Arme in schnellen Bögen und deckte die Spur aus Verwüstung ein, die der Makrorex zurückgelassen hatte. Die Zielerfassung glitt im autonomen Suchmodus über den Bereich und suchte nach Anzeichen von Gefahr. Jetzt wäre der ideale Zeitpunkt für gegnerische Bodentruppen, um den Skins den Rest zu geben. Doch weder Lawrence noch seine AS fanden eine Spur von einem Neuen Eingeborenen.

Seine Waffen glitten wieder zurück. Er konnte die Herde immer noch hören, die sich donnernd entfernte, doch das lauteste Geräusch in diesem Augenblick war sein hämmerndes Herz. Das medizinische Gitter zeigte, wie viel Adrenalin in seinem Blut kreiste. Unter dem Skinsuit wurde seine Haut bereits kühl, nachdem die unmittelbare Gefahr vorüber war.

Er rief das Telemetriegitter auf und überprüfte die Skins unter seinem Kommando. Jeder, wie es schien, hatte die verrückte Flucht des Jeeps überlebt. Er blickte sich um und sah, wie sie sich langsam aufrappelten. Staub lag in der Luft, leuchtendes Ocker in den hellen Sonnenstrahlen, die durch das lückenhafte Blätterdach fielen.

»Sarge?«, fragte Lawrence. »Alles in Ordnung?«

»Heilige Scheiße, Mann!«, spuckte Ntoko. »Ja, ich schätze schon.«

Es waren die vordersten Fahrzeuge gewesen, die die volle Wucht des Makrorex-Angriffs abbekommen hatten.

Insgesamt waren lediglich vier Jeeps und ein Laster unversehrt. Mehr als zwanzig Skins waren tot, zerfetzt von Fangzähnen oder zu Tode getrampelt. Und es gab eine Reihe von Verletzten.

Einer der Makrorexe war ebenfalls auf der Strecke geblieben, erledigt vom wilden Karabinerfeuer dreier Skins, die sich am Waldrand dem Kampf gestellt hatten. Es war ihnen gelungen, seinen gewaltigen Schädel zu zerfetzen. Nichtsdestotrotz hatte rohe Trägheit ihn nach vorn gerissen, bis er einen der stämmigen Bäume umgerissen hatte. Hinter der toten Kreatur erstreckte sich eine breite Furche aufgewühlter schwarzer Erde.

Captain Lyaute ließ ein Lager am Waldrand errichten. Sie waren fünfundvierzig Überlebende, von denen siebzehn verwundet waren. Weitere fünf hatten beschädigte Skinsuits. Zwei Platoons wurden abkommandiert, um an Waffen und Ausrüstung einzusammeln, was sie in der Welle der Zerstörung, die die Makrorexe hinterlassen hatten, finden konnten. Die Kommunikation mit dem Raumhafen war lückenhaft. Mit dem Satellitenrelais schien irgendetwas nicht zu stimmen. Lyautes dringende Bitte um Luftevakuierung wurde rundweg abgelehnt. Zwei Helikopter waren bereits ausgefallen. Andere Erkundungstrupps waren ebenfalls angegriffen worden. Der Gouverneur hielt die verbliebenen Helikopter zurück; sie bewachten den Raumhafen.

Ein Platoon, das die Makrorexe verfolgen sollte, kehrte zurück und berichtete, dass sie einen Kilometer weiter friedlich umhertrotteten. Nirgendwo war eine Spur von den Neuen Eingeborenen zu sehen, die auf ihnen geritten waren.

Lyaute beschloss, dass die Verwundeten auf den verbliebenen Wagen verteilt wurden und sie unverzüglich zum

Raumhafen zurückkehrten. Es würde ein langer Marsch werden. Einige der Verwundeten waren übel zugerichtet und konnten nicht schnell gefahren werden. Die gesunden Skins würden die Fahrzeuge zu Fuß eskortieren. Sie hatten zweieinhalb Stunden gebraucht, um hinaus zur Fabrik zu fahren, und es war inzwischen Mittag. Er schätzte, dass sie es bis zum Einbruch der Dunkelheit schaffen müssten. Lawrence wusste, dass das Blödsinn war.

»Wir übernehmen die Spitze, Sir«, sagte Ntoko dem Captain. »Wir erkunden, ob weitere Hinterhalte vor Ihnen lauern.«

Lyaute war sofort einverstanden. Keiner der anderen Sergeants hatte sich mit seinem Platoon freiwillig gemeldet.

Lawrence aktivierte einen abhörsicheren Kanal und fragte den Sergeant: »Was sollte das? Diese Dinosauriermonster waren nur der Anfang, und sie waren ganz bestimmt nicht der einzige Überfall für heute. Wir kriegen alles ab, was sie dort draußen noch an Überraschungen für uns bereithalten.«

Ntoko marschierte an der Reihe geborgener Waffen vorbei. Er nahm zwei Trommelgranatwerfer auf und reichte einen davon Lawrence. »Vielleicht, vielleicht auch nicht.« Seine Stimme war leise und eindringlich. »Sieh es einmal so. Der Captain hat uns die Wahl der Waffen überlassen. Wir können in einer anständigen Formation vorgehen, sodass uns niemand überrascht. Und wir sind ein gutes Stück vor den anderen.«

»Na und?«

»Denk nach, Mann. Wir stecken so tief in der Scheiße, dass es kaum noch tiefer geht. Unsere Verletzten sind zum Teil wirklich schlimm zugerichtet. Sie verlangsamen den Rückzug der anderen.«

»Ja, aber …«

»Hast du die taktischen Meldungen nicht gesehen, Lawrence? Wir haben nicht genügend Wasserstoff, um alle wieder in den Orbit zu bringen. Das heißt, wenn sie die Raumflugzeuge überhaupt an den Windwürgern vorbeikriegen. Möchtest du nun vorne in der Schlange sein oder nicht?«

Lawrences Blicke gingen über das provisorische Lager. Die Verwundeten wurden auf die Jeeps geladen. Sanitäter hatten bereits eine Menge Erste-Hilfe-Kits verbraucht, um sie überhaupt transportfähig zu machen. Zwei Techniker arbeiteten an einem Jeep und ersetzten verbogene Aufhängungsteile mit Ersatzteilen, die aus einem Wrack ausgeschlachtet worden waren.

Lawrence sah ein, dass die Kompanie schweren Schaden genommen hatte. Wenn so etwas geschah, packte man zusammen und stellte sicher, dass alle zurück zur Basis kamen. Und jetzt kamen Zweifel auf, zusammen mit anderen bestürzenden Gefühlen und Gedanken. Doch die anderen im Stich zu lassen … auch wenn seine Loyalität immer nur dem Platoon selbst gegolten hatte. Was zur Hölle wusste ein einfacher Corporal schon über die zugrunde liegende Strategie? Er konnte nicht für die gesamte Invasionsstreitmacht mitdenken, geschweige denn, sie retten. Wo also sollte man die Grenze ziehen?

»Wir hätten niemals hierherkommen dürfen«, sagte Ntoko.

Lawrence nahm den sperrigen Granatwerfer von seinem Sergeant entgegen und schlang sich den Munitionssack über die Schulter. Seine Skin-AS aktivierte das Interface mit dem Zielsystem der Waffe. »Okay. In Ordnung.«

435NK9 brach als Erstes auf. Das Platoon marschierte über die Überreste der Straße, die nach Roseport führte.

Ntoko ließ Lawrence und Nic vorneweg gehen, der Rest folgte in einer weit auseinandergezogenen Doppelreihe mit einem Abstand von sieben Metern von Mann zu Mann. Ntoko selbst bildete den Abschluss.

Lyautes Auftrag lautete, jeden möglichen Hinterhalt aus dem Weg zu räumen. *Bemüht euch nicht zu sehr, mögliche Sichtungen zu untersuchen, setzt einfach eure Feuerkraft ein, um Neue Eingeborene zu eliminieren.* Der Rest der Kompanie würde ihnen in einem Abstand von zweihundert Metern folgen.

Zwanzig Minuten später hatte sich der Abstand bereits auf vierhundert Meter verdoppelt. Ntoko hatte Lawrence das Tempo diktiert. »Ich regle das, wenn Lyaute Einwände hat«, hatte er gesagt. Es kamen keine. Die elektronischen Interferenzen waren unbarmherzig. Es musste mehr sein als einfache Powerblock-Störungen. Die Kommunikation reichte kaum weiter als die Sichtlinie.

Zuerst war Lawrence noch mit seiner AS beschäftigt und sammelte relevante Daten. Sie hatten genügend Blutpacks, um zwanzig Stunden durchzuhalten. Er schätzte, dass sie ohnehin tot wären, falls es ihnen bis dahin nicht gelungen war, den Raumhafen zu erreichen. Auch wenn er es ein wenig besorgniserregend fand, dass sie die Skins nicht einfach abstreifen konnten, wenn ihnen die Vorräte ausgingen. Sie brauchten Schutz vor dem Sauerstoff. Ntoko hatte davon gesprochen, den Helm zu behalten und ihn als einfachen Luftfilter zu benutzen. Er konnte in die Halsventile eingestöpselt bleiben, und die Körperorgane würden ihn ohne allzu große Belastung versorgen. Lawrence rief die taktischen Karten von den Beobachtungssatelliten im niedrigen Orbit auf und versuchte, aus den Bildern Stellen für mögliche Hinterhalte vorherzusagen. Er hätte seinen gesamten Missionsbonus (nicht, dass er damit rechnete, überhaupt einen zu erhalten) dafür gegeben, wenn er einen Echtzeitscan der unmittelbaren Umgebung erhalten hätte. Doch die Satelliten im niedrigen Orbit waren bereits vor Stunden aus dem Kommunikationsnetz ausgestiegen.

»Ich bin überrascht, dass du überhaupt noch bei uns bist, Corp«, sagte Nic, als sie durch einen Bach stapften. »Was ist aus deiner Versetzung zu den Spaceboys geworden?«

Lawrence hätte die Schuld zu gerne Morteth, Laforth und Kmyre zugeschoben, doch sie waren nur der Auslöser gewesen, nicht die Ursache. Sie waren unehrenhaft entlassen worden, sobald das Platoon wieder auf der Erde gelandet war. Sie waren wütend und voller Hass gewesen und hatten Rache geschworen. Es war die ganze Art und Weise, wie der Zwischenfall in Arnoon-Village abgehandelt worden war, der ihm gegen den Strich ging. Vielleicht war es sein eigener Hintergrund, der das wirkliche Problem darstellte, doch er musste immer wieder daran denken, dass die drei vor ein Gericht gehört hätten. Auf diese Weise hätte es Verantwortlichkeit gegeben, und sie wären zur Rechenschaft gezogen worden. Indem er sich einverstanden erklärt hatte, über die Sache schweigend hinwegzugehen, hatte er mit der Company gemeinsame Sache gemacht. Es war genau die Art von Handel, die sein Vater abgeschlossen hätte. »So funktioniert die Welt nun einmal«, pflegte Doug Newton zu sagen.

Also warum zur *Hölle habe ich Amethi überhaupt jemals verlassen?*

Wenn er heutzutage darüber nachdachte, fiel ihm immer nur Roselyn ein und der Schmerz, den sie verursacht hatte. Joona hatte gar nicht so falsch gelegen mit ihrer Meinung über die Companys und ihre Unikultur. Jede menschliche

Welt entwickelte sich in eine stereotype Fotokopie der Erde. Mit Ausnahme von Santa Chico natürlich.

»Ich habe meine Beförderung bekommen«, sagte Lawrence. »Das war mir zu dem Zeitpunkt wichtiger. Ich kann zur Raumschiffsdivision wechseln, wann immer ich will.«

»Nicht nach dieser Sache hier«, widersprach Nic. »Wenn das hier vorbei ist, hat Zantiu-Braun keine Schiffe mehr.«

Lawrence rechnete ständig damit, dass Lyaute ihnen den Befehl zum Halten gab. Sie marschierten nun seit mehr als eineinhalb Stunden mit dem gleichen Tempo. Die Jeeps hinter ihnen waren außer Sicht. Die Kommunikation mit Lyaute und seinen Lieutenants wurde zunehmend sporadischer. Sie gaben immer wieder ihre Position durch, wenn sie eine Verbindung bekamen.

Selbst in seinem Skinsuit glaubte Lawrence zu spüren, wie die schwere, dicke Atmosphäre des Planeten gegen ihn arbeitete. Jede Bewegung schien irgendwie gebremst zu werden. Es lag nicht an der Gravitation; Santa Chico besaß nur fünfundneunzig Prozent Erdstandard. Es musste an der trägen Luft liegen, die von allen Seiten gegen ihn drängte. Noch so ein verdammtes Problem.

Der Dunst von der starken Sonnenstrahlung war ein weiterer Nebeneffekt. Alles, was weiter entfernt war als einen Kilometer, waberte verzerrt in der vom Boden aufsteigenden Hitze. Ihre Fernsensoren waren so gut wie unbrauchbar. Infrarot war selbstverständlich hoffnungslos. Ein Neuer Eingeborener musste nichts weiter tun, als sich im Gestrüpp zu ducken, und schon war er unsichtbar. Jeder von 435NK9 hatte sein Laserradar eingeschaltet und tastete die Seiten der Straße mit gefächertem pinkfarbenem Licht ab. Bisher hatten sie ein paar mögliche Sichtungen, doch das war auch schon alles gewesen. Nichts, auf das man hätte schießen können.

Zehn Kilometer hinter der Fabrik kam die Straße aus einem weiten Tal hervor und setzte sich in hügeligem Gelände fort. Zur Abwechslung hatten sie einmal freie Sicht auf das vor ihnen liegende Terrain.

Sie verließen das Tal. Weit entfernt im Norden erkannte Lawrence ein paar Makrorexe, die an einem Bach entlang zogen. Ihre wuchtige Bewegung war leicht zu sehen, genau wie sich die schmutziggraue Fellfarbe vom hellen Tigergras abhob. Er fragte sich, wie viel Nerven es wohl kostete, einer solchen Bestie in den Nacken zu steigen und sie zum Laufen zu bringen. Mehr, als er besaß, so viel schien sicher. Wer in Schicksals Namen dachte sich überhaupt so etwas aus?

»Etwas bewegt sich«, sagte Nic.

»Wo?«

»Zweihundert Meter südwestlich.«

Lawrence expandierte Nics Telemetriegitter und unterlegte das Sensorbild seinem eigenen. Dort war tatsächlich etwas, eine verschwommene Stelle, die nicht von der Hitze flimmerte.

»Ich glaube, wir haben einen Schatten«, sagte Lawrence zu Ntoko.

»Hinter uns sind auch zwei«, antwortete der Sergeant.

Lawrence aktivierte eine taktische Karte. Zwei Kilometer voraus und östlich von ihnen stand eine Gruppe von Häusern, umgeben von kleinen, weit auseinandergezogenen Gehöften, nicht genug, um als Dorf klassifiziert zu werden. Das Satellitenbild hatte Aktivitäten ergeben, doch das war bereits einen Tag her. Lyaute hatte sich nicht die Mühe gemacht, das Dorf in Augenschein zu nehmen, als sie am Morgen vorbeigekommen waren.

»Zieht euch zusammen«, befahl Ntoko.

»Aber dann sind wir ein einfacheres Ziel für sie«, entgegnete Lawrence über den abhörsicheren Kommandolink.

»Das weiß ich selbst. Aber sie schleichen sich trotzdem an uns an, und das bedeutet, dass sie auf jeden Fall angreifen werden. Wenn wir näher beieinander sind, können wir unsere Feuerkraft besser konzentrieren.«

Lawrences Audiosensoren fingen eine Reihe verzerrter Rufe auf, die mitten aus dem hohen Tigergras zu kommen schienen. Einen Augenblick überlegte er, ob er den Ruf mit hoher Lautstärke wiederholen sollte. Die Skin-AS konnte ihn nicht übersetzen.

Ein kleiner bronzefarbener Vogel schoss auf ihn zu. Er besaß drei Flügel, einer davon kleiner als die anderen, und benutzte eine Art Drehbewegung, wie ein asymmetrischer Propeller. Silberne Flügelspitzen zeichneten helle spiralförmige Nachbilder auf die Netzhaut, wo sie vom Sonnenlicht gefangen wurden. Nic schoss mit der Neun-Millimeter-Pistole. Die Kreatur zerplatzte.

»Worauf schießt ihr?«, fragte Ntoko.

»Nichts, Sarge«, antwortete Lawrence. »Nur ein Vogel.«

»Behaltet gefälligst die Ruhe da vorne.«

»Hast du gehört?«, fragte Lawrence.

»Ich vertraue nichts auf diesem Scheiß-Planeten!«, grunzte Nic.

Lawrences Sensoren fingen nun überall plötzliche Bewegungen auf. Neue Eingeborene rannten und sprangen ein paar Meter, dann duckten sie sich wieder in Deckung. Keiner war näher als hundertfünfzig Meter. Weitere bronzefarbene Vögel wurden von ihnen aufgescheucht. Lawrence beobachtete, wie sie umherflatterten. Er war nicht ganz so misstrauisch wie Nic, doch auch er hatte seine Zweifel. Es waren viel zu viele. Als er seiner AS befahl, in den Datenbänken nach einheimischem Leben zu suchen, fand sie keinerlei Hinweis auf die Vögel. Andererseits waren die Informationen beschränkt auf ein paar Dutzend hervorstechender Spezies wie die Windwürger und die Makrorexe.

Die Vögel drängten sich in kleinen Scharen von sechs oder sieben und kurvten dicht über dem Gras dahin. Je länger Lawrence sie beobachtete, desto sicherer war er, dass sie auf das Platoon zu getrieben wurden.

»Sarge?«

»Ja, Mann, ich seh's auch. Aber ich weiß nicht, wie wir alle abschießen sollen; wir haben nicht genügend Munition dafür, selbst wenn wir sie treffen würden.«

Eines der Telemetriegitter auf Lawrences Display blitzte rot auf.

»Scheiße!«, brüllte Kibbo.

»Was ist denn, verdammt?« Lawrence erkannte an Kibbos Telemetrie, dass sein Skinsuit von irgendetwas getroffen worden war.

»Ich bin getroffen worden. Ah, Scheiße!«

Lawrence drehte sich um und sah Kibbo fünfzig Meter hinter sich. Er taumelte blind umher, dann fiel er auf die Knie. Er hielt sich einen Arm. Skins rannten auf ihn zu.

Das Telemetriegitter zeigte die merkwürdigsten Daten. So etwas hatte Lawrence noch nie gesehen. Irgendetwas hatte den Panzer durchdrungen, doch es war winzig, nicht größer als zwei Millimeter im Durchmesser. Wenn eine Kugel die Oberfläche durchbrochen hatte, dann hätte das darunter liegende Gewebe sie auffangen und augenblicklich stoppen müssen. Doch stattdessen begann der synthetische Muskel rings um die punktierte Stelle zu überhitzen. Die Nervenfasern drohten zu versagen.

Kibbo schrie. Seine medizinischen Daten spielten verrückt.

»Runter!«, befahl Ntoko. »Die Köpfe runter, Leute!«

Lawrence kam bei Kibbo an, als dieser vornüber auf das Gesicht fiel. Seine Arme und Beine zuckten und strampelten unkontrolliert.

»Eine Art Krampf.«

»Was macht sein medizinisches Programm nur, verdammte Scheiße!«

»Es ist sein Skinsuit, der sich verkrampft.«

Ntoko eilte herbei, und Lawrence sah ihn direkt an, als der Pfeil traf. Er krachte in den Sack mit der Granatwerfermunition, den er über den Rücken geschlungen trug, und hätte ihn fast von den Beinen gerissen. Er ließ sich auf alle Viere fallen und grunzte überrascht.

Lawrence kroch zu ihm und richtete den Sensorfokus auf das kleine Loch im Sack.

»Was zur Hölle war das?«, fragte Ntoko.

»Weiß nicht.« Lawrence wechselte auf Infrarot. Das kleine Loch war nass. Die spektrographische Analyse ergab eine unbekannte Kohlenwasserstoffverbindung. »Scheiße. Könnte eine Art Biowaffe sein.«

Sein Skinsuit fuhr eine Aerosoldüse aus und besprühte die Stelle mit einem Multispektrum-Neutralisationsmittel. Die Flüssigkeit zischte und brodelte giftig gelb.

Kibbo schrie erneut. Die Krämpfe rissen ihn vom Boden. Der Rest des Platoons umkreiste ihn. Keiner wusste, was zu tun war. Die AS seines Skinsuits und die medizinischen Systeme versuchten alles, um ihn zu stabilisieren, vergebens. Unvermittelt endeten die wilden Bewegungen. Die Notöffnungen seines Helms klappten auf. Blut strömte hervor.

»Jesses!«

Die Skins wichen zurück, als könnte die rote Flüssigkeit sie verbrennen.

»Waren das die Vögel?«, fragte Nic. »Haben die Vögel das getan?«

»Bestimmt nicht, Mann. Wie denn?«

Lawrence riskierte einen raschen Blick in die Runde. Die Luft war voll von Hunderten rotierender Flügel, ein funkelnder Strom, der durch den Himmel jagte. Sie hatten einen vollständigen Ring um das Platoon herum gebildet.

»Das sind die Leute, deren Großväter die Skins erfunden haben«, meinte Nic. »Wenn irgendjemand weiß, wie man uns schaden kann, dann sie.«

»Schießt sie ab«, befahl Ntoko. »Karabiner raus! Kreisformation, zehn Grad Überlappung. Bewegung, Leute!«

Sie feuerten, als sie sich auf die Beine erhoben, und jagten Kugeln in das dichte flirrende Gewirr, das sie umkreiste. Der Schwarm brach auseinander und stieg in einer wogenden Bewegung höher. Auf diese Distanz war das Zielen auf einzelne Individuen völlig unmöglich.

Foster schrie zur gleichen Zeit auf, als sein Telemetriegitter alarmierend blinkte. Er kippte vornüber, und seine Glieder zitterten unkontrolliert. Die übrigen Squaddies warfen sich automatisch in Deckung.

»Sie bringen uns um!«, kreischte Jones. »Wir sind tot, verdammt! Tot!«

Fosters ersterbendes Gurgeln erfüllte den allgemeinen Kommunikationskanal.

»Lawrence, Brandgranaten!«, befahl Ntoko. »Wir nutzen diese verdammten Bedingungen zu unserem Vorteil! Reichweite zweihundertfünfzig Meter, halbkreisförmiges Muster. Du nimmst Norden.«

»Verstanden, Sarge!« Er rollte sich auf den Rücken und richtete den Granatwerfer nach Norden, bis die Zielerfassungsgraphik bestätigte, dass die Entfernung stimmte. Dann begann er zu feuern. Das dumpfe Geräusch der Granaten war durch den Skinhelm hindurch zu hören. Ntoko feuerte in die entgegengesetzte Richtung. Schwache Rauchspuren erschienen in der Luft und bildeten weite Bögen, die von dem in Deckung kauernden Platoon nach draußen verliefen.

Die erste Granate detonierte. Es war, als wäre eine neue blaue Zwergsonne aufgegangen. Ein Halo aus blendendem Licht stieg aus dem Tigergras auf. Die Brandgranaten waren für den Einsatz in einer gewöhnlichen Atmosphäre geschaffen und brannten hier im überschüssigen Sauerstoff der Luft sehr viel heißer als gewöhnlich. Das Unterholz stand augenblicklich lichterloh in Flammen.

Lawrence feuerte weiter. Er bewegte den Werfer in präzisen Inkrementen. Die sonnenhellen Detonationen verschmolzen rasch zu einer Wand aus prasselndem Licht. Die Flammen leuchteten in lebendigem Blau und fraßen selbst die saftig-lebendige Vegetation. Saft zischte und verdampfte, noch bevor das Feuer heran war, und die verwelkten Blätter zerplatzten im Feuer.

Es dauerte weniger als eine Minute, bis sie vollkommen von Flammen eingeschlossen waren. Der Kreis brannte unbarmherzig nach innen, doch Lawrences Sensoren sahen, dass ein breiterer, gleich heller Ring aus Feuer sich nach draußen fraß.

»Schieß die restlichen Granaten auch noch ab!«, befahl Ntoko. »Ich habe keine Lust, die Hitzegarantie des Herstellers dieser Munitionssäcke auf die Probe zu stellen.«

»Einverstanden.« Lawrence verfeuerte zuerst sämtliche

Brandgranaten, dann die Splittergranaten in willkürlicher Streuung. Als er fertig war, nahm er den Munitionssack von der Schulter und schleuderte ihn zusammen mit dem nutzlos gewordenen Granatwerfer in Richtung des heranbrausenden Infernos.

Die Vögel hatten sich alle in Sicherheit gebracht und kreisten hoch oben über den wütenden Flammen. Foster lag tot am Boden. Blut troff aus dem offenen Notventil seines Helms und versickerte im Boden.

»Jetzt wollen wir doch mal sehen«, grollte Ntoko.

»Und wie sollen wir aus dieser Scheiße entkommen?«, fragte Jones mit Panik in der Stimme. »Es gibt keinen Weg durch die Flammen!«

»Genau so war es gedacht«, entgegnete Ntoko. »Du musst schon auf deinen Skinsuit vertrauen, mein Freund. Dieses Feuer brennt so schnell, dass es in ein paar Sekunden an uns vorbei ist.«

»Heilige Scheiße, Sarge!«

»Bleib einfach dort, wo du bist!«

Lawrence hätte beinahe aufgelacht. Er hatte es für sich herausgefunden, bevor er angefangen hatte zu feuern. Die Zeit für Einsprüche war längst vorbei. Jetzt blieb ihnen nichts anderes mehr übrig, als es durchzustehen.

Die Audiosensoren seines Helms übertrugen das wütende Brüllen der Flammen. Es wurde stetig lauter. Sie kamen mit unglaublicher Geschwindigkeit näher, während sie das Tigergras fraßen. Sein Briefing hatte eindringlichen Warnungen über Feuer in dieser Atmosphäre enthalten, doch so etwas Gewaltiges hätte er sich nicht im Traum vorgestellt. Jetzt waren Schreie zu hören, die das Brüllen im Hintergrund übertönten. Ein Neuer Eingeborener rannte am Platoon vorbei. Es war ein Zweibeiner mit Armen, die bis zu den Knien reichten. Eine lange Mähne roter Haare wuchs auf seinem Rückgrat, und es hatte bereits angefangen zu schwelen und sich zu kräuseln. Lawrence bemerkte eine Art Bandoliere mit zylindrischen elektronischen Modulen, die in Schlaufen steckten. Der panische Neue Eingeborene bemerkte das Platoon und änderte augenblicklich die Richtung, mehr aus Angst als aus Überlegung.

»Renn nur, Arschloch!«, brüllte Ntoko hinterher. »Du kannst rennen, aber du kannst dich nicht verstecken!«

Zwei weitere Neue Eingeborene rannten vorbei. Einer von ihnen war ein stämmiger Vierbeiner mit einer Art Hunde-DNS im genetischen Cocktail. Lawrence blickte ihm hinterher, wie er die Flammenwand ansprang, die ihm entgegen raste. Er konnte kaum glauben, dass etwas so Großes so unglaublich hoch springen konnte. Doch selbst das brachte ihn nicht hoch genug. Die wütenden blauen Flammen erfassten seinen Unterleib und fraßen sich durch das gelbe Fell. Risse bildeten sich in dem schrumpelnden, schwarz angelaufenen Fleisch, und dampfende Flüssigkeit quoll daraus hervor. Der Neue Eingeborene stieß einen schrillen Todesschrei aus, während seine gesamte Haut schlagartig in Flammen aufging. Der Tod musste mit gnädiger Geschwindigkeit über ihn gekommen sein. Das Wesen regte sich bereits nicht mehr, als es mitten in den Flammen auf dem Boden aufschlug.

»Heilige Scheiße!«, flüsterte Ntoko. Die Flammen waren inzwischen kaum noch fünfzig Meter entfernt und näherten sich rasend schnell. Sie schossen sieben, acht Meter hoch in die Luft.

Lawrences Display gab bereits Hitzewarnungen aus. Sein Panzer wurde ganz weiß, um den massiven infraroten Strahleneinfall zu reflektieren. Langsam erhob er sich, um die Flammen zu erwarten. Der Rest des Platoons folgte seinem Beispiel. Die Sensoren mussten zwei Lagen Filter aktivieren, um das höllische Licht der Flammen zu bekämpfen.

Lawrence deaktivierte seine visuellen Sensoren ganz in dem verrückten Bemühen, das Entsetzen dadurch zu vertreiben. Es funktionierte nicht; die Dunkelheit war noch nervenaufreibender. Sein indigofarbenes Displaygitter hing in der Mitte von Nichts. Die Ziffern, die die externe Temperatur registrierten, begannen zu verschwimmen, als hätten sie stattdessen angefangen, Millisekunden zu zählen. Lawrence aktivierte die Sensoren wieder. Die Flammen waren nur noch zehn Meter entfernt.

Zwei Mann des Platoons murmelten Gebete. Er wünschte, er hätte sich anschließen können, doch er kannte keines. Die Temperaturwarnungen waren so unglaublich, dass es fast wie ein Witz aussah.

Rings um ihn herum verwelkte das Gras im Zeitraffertempo, und Dampf strömte aus jedem Spreit, während es schwarz wurde und zu schwelen begann. Dann brannte es unter Lawrences Füßen. Der Feuertsunami war plötzlich da. Fast hätte die Wucht ihn erneut von den Beinen gerissen. Irgendetwas packte seinen Skinsuit und begann daran zu rütteln, als wäre Lawrence in einer Zeitlupenexplosion gefangen.

Er konnte nichts sehen. Kein Sensorprogramm hätte etwas in dem flammenden Chaos erkannt, das gegen ihn anbrandete. Er sah nichts außer dem einen Displaygitter, das den Status seines Skinsuits anzeigte. Jeder einzelne thermische Indikator sprang in Richtung Überlastung. Und doch stand er hier, absolut komfortabel im Zentrum des Feuersturms. Er hielt den Atem an, spannte jeden Muskel, als er sich auf den bevorstehenden Tod vorbereitete. Dann zwang er sich dazu, ruhig und gelassen zu atmen. Nichts, was er unternahm, würde etwas bewirken. Es hing alles nur noch von der Technologie ab und davon, wie groß die in den Skinsuit eingebaute Sicherheitsspanne war.

Seine Hand fuhr zu seinem Hals und der Stelle, an der der Anhänger hing. Rings um ihn herum begannen Muster zu materialisieren, schwache Schatten, die das unerträgliche Licht durch seinen Helm warf, und dann wurde es langsam wieder dunkel. Es war wie Wasser, das über ein schmutziges Fenster lief und undeutliche Bilder dessen erzeugte, was sich dahinter befand.

Die Flammen erstarben und enthüllten ein Land, das vollkommen schwarz war. Spitze Wurzelknollen übersäten den gebackenen Erdboden, und noch immer quollen dichte blaue Rauchwölkchen hervor. Ein dichter Ascheregen sank herab, und Flocken landeten auf jeder Oberfläche einschließlich der Skins.

Er wandte sich um und sah die Flammenwand keine zehn Meter hinter sich. Sie entfernte sich so rasch, wie sie gekommen war. Der Rest des Platoons stand in einem lockeren Kreis herum, schwarze Silhouetten vor dem massiven Gleißen des Feuers. Als Lawrence eine Hand hob, um sie zu untersuchen, sah er, dass der Panzer in tiefem Zinnoberrot glühte, während die Thermofasern ihre gewaltige Ladung abstrahlten. Er überflog seinen Status und stellte erleichtert fest, dass die Reserveblasen ihre Integrität behalten hatten. Mit ihrer Hilfe und den Reserve-Blutpacks konnte er es leicht bis zum Raumhafen schaffen.

Lachen und erleichterte Jubelrufe erfüllten das allgemeine Kommunikationsband. Der Lärm besaß einen entschieden hysterischen Unterton.

Noch immer regnete Asche herab, doch Lawrence weitete seine Sensorerfassung aus und versuchte, den Regen zu durchdringen. Die zweite Welle von Buschfeuer wütete noch immer vor ihnen und sandte einen dichten Vorhang von Rauch und noch mehr Asche in den Himmel. Er konnte kaum glauben, wie viel Zerstörung sich in so großer Geschwindigkeit ausgebreitet hatte. Der Holocaust, den sie verursacht hatten, war inzwischen über einen Kilometer weit und dehnte sich noch immer aus. Er fragte sich, wie weit er gehen würde. Nicht, dass mit dem Gedanken Schuldgefühle aufgekommen wären. Santa Chico musste derartige Katastrophen kennen.

»Ich kann den Captain nicht erreichen«, sagte Ntoko.

»Meinst du, das Feuer ist schon bei ihm angekommen?«

»Könnte sein. Die Skins werden es überstehen. Weiß nicht, was mit den Fahrzeugen ist.«

»Willst du umkehren und nachsehen?«

»Nein. Wir marschieren weiter, bis wir einen anderen Befehl erhalten. Selbst dann weiß ich nicht, ob ich Lust habe.«

»Von mir aus.«

»Ein Gutes hat das Ganze: Niemand wird sich jetzt noch ungesehen an uns heranschleichen.«

»Sarge, es gibt niemanden mehr, der sich an uns heranschleichen könnte.« Seine Sensoren hatten einen kleinen Hügel gefunden, die Überreste eines Neuen Eingeborenen. Er sah aus wie ein Klumpen Kohle.

Von der Straße, die sich durch die Hügel gezogen hatte, war nichts mehr zu sehen. Sie überprüften ihre Trägheitsleitsysteme und setzten sich wieder in Bewegung. Einige waren unglücklich darüber, dass sie Foster und Kibbo zurücklassen mussten, doch Ntoko erstickte ihren Protest mit ein paar schroffen Worten. Die Kameraden hätten sicher gewollt, dass ihr Platoon den Raumhafen erreichte.

Der Untergrund war noch immer sehr heiß, obwohl das für ihre Thermofasern kein Problem darstellte. Unterwegs stießen sie immer wieder auf Flecken von Tigergras und sogar Bäumen, die völlig vom Feuer verschont geblieben waren. Es schien keinen besonderen Grund dafür zu geben. Launen der Natur. Unebenheiten im Land, Bäche, die zu breit waren für das Feuer, um hinüberzuspringen. Sogar ein paar Büsche mit fetten Dornenblättern hatten mitten im Chaos überlebt. Sie standen einsam und unbeeindruckt im verbrannten Land.

Das Dorf war ebenfalls noch intakt, zusammen mit einer schmalen umgebenden Zone Gebüsch. Sie untersuchten es durch den immer noch herabfallenden Ascheregen. Ihre Sensoren entdeckten Bewegung zwischen den Gebäuden. Ntoko entschied, dass sie das Dorf nicht ignorieren durften.

Als sie dort ankamen, war der Teppich aus lockerer Asche mehrere Zentimeter dick. Er bedeckte alles. Böen wirbelten kleine Wolken auf, doch sie senkten sich schnell wieder herab. Nichts war frei von dieser Decke. Das Gras schwankte und wogte in der Brise, als versuchte es, die Asche abzuschütteln. Doch die Flocken waren zu klein und tückisch und hafteten zu stark.

Die Häuser des Dorfes waren einfache Konstruktionen, breite runde Türme mit Kuppeldächern und nicht mehr als zwei Stockwerke hoch. Sie schienen aus einer elfenbeinfarbenen Korallenform gemacht zu sein, mit einer körniggrauen Oberfläche, die wie ein Magnet auf die Asche wirkte. Sie legte sich in jede Ecke und jeden Winkel. Die Fenster waren Bögen, bedeckt mit dicken Membranen, die von einem Geflecht zarter silberner Adern durchzogen waren.

Die Neuen Eingeborenen, die dort wohnten, waren größtenteils Zweibeiner. Kleiner als normale Menschen, mit wirren Haaren, die sich in einer dichten Mähne über ihren Rücken zogen und in manchen Fällen über die Arme bis hinunter zu den Ellbogen reichten. Ihre Hemden und ärmellosen Jacken waren so geschnitten, dass die Haare sichtbar waren. Häufig waren sie geflochten. Helle, bunte Perlen wurden von den Kindern bevorzugt.

Es gab Ausnahmen. Katzenartige Hominiden, die sich nur mühsam aufrecht hielten und immer wieder auf die vorderen Gliedmaßen niederließen, um ein paar Schritte zu laufen. Ein vierschrötiger Gigant, der aussah wie eine Kreuzung zwischen einem Sumo-Ringer und einem Troll. Dünne, zerbrechliche Elfen, deren Beine zu dünn erschienen, um ihre Körper zu tragen.

Sie sahen nicht fremdartig aus, sondern eher primitiv. Auch wenn ihre Felle die für Santa Chico offensichtlich typische durchschimmernde Bernsteinfarbe besaßen und keiner der Zweibeiner einen menschlichen Brustkorb oder ein menschliches Becken besaß. Knochenkämme auf den Körpern erinnerten mehr an Insekten als an irgendetwas anderes. Die Gesichter waren steifer als Skin, und doch drückten sie grundlegende Emotionen aus. Auch wenn es vielleicht nur die Augen waren.

Ntoko nahm Lawrence und Amersy mit in das Dorf und verteilte den Rest des Platoons draußen. Sie waren den leeren Blicken der Bewohner ausgesetzt, die in offenen Eingängen standen. Neue Eingeborene auf der Straße gingen zur Seite, um sie passieren zu lassen. Es war das erste Mal, dass ihre Autorität anerkannt wurde, wenn auch nur mit der Pistole auf der Brust.

Lawrences Sensoren entdeckten nur schwache elektronische Aktivität in den Gebäuden, nichts oberhalb gewöhnlicher Desktop-Pearls. Es schien so gut wie keine mechanischen oder elektronischen Hilfsmittel zu geben. Ganz eindeutig gab es keine Fahrzeuge zu sehen.

Die Neuen Eingeborenen schienen unsicher, was sie wegen der Skins unternehmen sollten; sie warteten darauf, dass die Eindringlinge den ersten Schritt unternahmen. Während sie ins Zentrum des Dorfes marschierten, tauchten immer mehr Neue Eingeborene auf und folgten in respektvollem Abstand. Falls nicht die Hälfte der Kuppeln unbewohnt war, passten die Zahlen nicht zueinander. Lawrence fragte sich, wie viele Einwohner in der Gruppe gewesen waren, die die Vögel aus dem Tigergras aufgescheucht hatte. Und wie viele von ihnen überlebt hatten.

Ntoko blieb neben einem großen, ausladenden Baum stehen, der von einer Schicht allgegenwärtiger Asche bedeckt war. »Kann mir vielleicht jemand sagen, was hier vorgeht?«

»Ihr habt unser Land angesteckt«, sagte eine Stimme. Sie besaß einen starken Akzent.

Lawrence identifizierte den Besitzer, eine Frau, die ihm nicht bis zu den Schultern reichte. Ihr üppiges Haar war schneeweiß, obwohl er nicht sicher war, ob dies ein Hinweis auf Lebensalter war. Sie besaß ein flaches Gesicht mit ein paar Falten auf den Wangen, die ihrem Unterkiefer beträchtliche Flexibilität verliehen. Sie trug ein Gewand mit silbernen Verzierungen; eine DNS-Helix in Purpur und Türkis war auf die Vorderseite gestickt.

»Sie sind die Chefin hier?«, fragte Ntoko.

»Nein. Ich bin Calandrinia.« Sie fuhr sich mit der Hand durch die Haare und schüttelte ein paar letzte Reste von Asche heraus.

»Werden Sie mit mir verhandeln?«

»Werden Sie mich töten?«

»Nicht, solange Sie mir keinen Grund dafür geben.«

Sie entblößte die Zähne, die lang genug waren, um als Fänge durchzugehen. »Ich hätte eine Menge Gründe, aber ich werde ihnen heute nicht nachgeben.«

»Danke sehr. Würden Sie mir nun vielleicht erzählen, was zur Hölle hier überhaupt vorgeht?«

»Sie sind in unser Leben eingedrungen. Das ist unsere Art zu reagieren. Was hatten Sie erwartet?«

»Weniger Gewalt wäre für den Anfang nicht schlecht. Ihr müsst doch völlig verrückt sein! Habt ihr überhaupt eine Ahnung, wie viel Feuerkraft wir im Rücken haben?«

Calandrinia zeigte erneut ihre Fangzähne. »Nicht mehr ganz so viel wie zum Zeitpunkt eures Auftauchens.«

Lawrence benutzte seinen abhörsicheren Kommandolink. »Kann ich mit ihr reden, Sarge?«

»Sicher, nur zu, wenn du glaubst, dass es zu irgendetwas führt. Ich hasse diese Klugscheißer.«

»Danke.« Lawrence war nicht ganz sicher, doch Calandrinia schien sich ihm zuzuwenden, kurz bevor er anfing zu sprechen. »Ich würde gerne erfahren, warum Sie Ihre Fabriken aufgegeben haben.«

»Warum gibt man etwas auf, Erdmensch? Sie sind obsolet und bedeutungslos. Wir züchten, was immer wir benötigen, auf direktem Weg.«

»Aber Ihre Produkte waren auf der Erde nicht obsolet. Sie waren sogar verdammt nützlich. Warum haben Sie aufgehört, Ihre Waren zu exportieren?«

»Warum hätten wir weitermachen sollen? Wenn die Erde Medikamente braucht, soll sie sie gefälligst selbst herstellen.«

»Beispielsweise, weil Sie für Ihre Exporte das Geld bekommen hätten, ohne das Sie nicht imstande sind, die Produkte zu importieren, die Sie nicht selbst auf Ihrer Welt herstellen.«

Sie lachte ihn offen aus. »Was wir nicht selbst herstellen, brauchen wir auch nicht. Was wir nicht brauchen, stellen wir nicht her.«

»Das ist alles? Sie haben der technologischen Zivilisation den Rücken gekehrt? Sie stürzen sich munter in die Regression?«

Irgendwo in seinem Hinterkopf drängte sich die Frage auf, wie oft er diese Konversation noch würde führen müssen und auf wie vielen Welten. Regressortypen schien es tatsächlich überall zu geben.

»Der Technologie – nein«, erwiderte Calandrinia. »Der mechanischen Technologie – ja. Wozu brauchen Sie Maschinen? Biologische Systeme sind sehr viel effizienter in der Herstellung von allem, was wir benötigen.«

»Aber Sie können unmöglich für alles biologische Äquivalente erschaffen.«

»Nicht für alles, was unsere Gesellschaft zum Funktionieren benötigt, nein. Andererseits haben wir auch keine Gesellschaft mehr, wie Sie sie kennen. Wir haben uns angepasst und nicht die Welt nach unserer Vision verbogen. Welten sind viel zu groß dafür. Warum sollten wir in isolierten Siedlungen auf tödlich verstrahlter Erde leben, wenn wir uns so anpassen können, dass wir die Freiheit der gesamten Welt zu genießen imstande sind.«

»Das muss eine ziemlich beeindruckende Ideologie sein, die Sie da entwickelt haben, wenn Sie Menschen überzeugen, ihre Vergangenheit hinter sich zu lassen.«

»Es ist keine Ideologie, es ist Evolution. Sie wissen, dass unsere Vorfahren hierher kamen mit der Absicht, sich selbst zu verändern. Warum sind Sie so überrascht von dem, was Sie vorgefunden haben?«

»Niemand konnte ahnen, wie weit Ihre Modifikationen

gehen würden. Wie haben nichts von dem hier erwartet. Hätten wir gewusst, was wir hier finden, wären wir ganz sicher nicht hergekommen.«

»Und doch sind Sie jetzt hier. Wie soll es nun weitergehen?«

»Wenn es nach mir geht? Wir fliegen wieder nach Hause.«

»Warum bleiben Sie nicht bei uns? Ihre Kinder hätten eine wunderbare Zukunft. Es würde ihnen niemals an irgendetwas fehlen.«

»Entschuldigen Sie, aber das klingt nicht einmal annähernd verlockend. Wenn ich diesen Helm abnehme, sterbe ich. Sie wissen es, und ich weiß es.«

»Ich könnte Ihnen im Uterus meines Hauses einen Sauerstofffilter züchten. Er wäre ein Teil von Ihnen, wie es dieser Anzug niemals sein kann. Sie würden in vollkommener Symbiose damit leben.«

Lawrence hob den Finger. »Hören Sie auf. Hören Sie augenblicklich damit auf. Ich werde ganz bestimmt nicht bei Ihnen bleiben, klar?«

»Warum nicht? Was fehlt uns? Ich spotte nicht, ich bin ehrlich neugierig. Sie scheinen so primitiv im Vergleich zu uns. Ich verstehe Ihr Zögern nicht. Möchten Sie sich denn nicht verbessern? Teil werden einer reicheren, erwachseneren Kultur als der Ihren?«

»Wir sind also die Primitiven? Wer von uns lebt denn in Lehmhütten, Lady? Ich würde eine Existenz wie diese nicht meinem schlimmsten Feind wünschen, ganz zu schweigen von meinen eigenen Kindern. Sie entwickeln sich schneller zurück, als der Fortschritt uns aus dem finsteren Mittelalter katapultiert hat. Sicher, diese Art zu leben mag verlockend wirken, Sie sind ja immer noch nahe dran an der industriellen Ökonomie, um zu glauben, dass das Leben stressfrei und reich an Karma sein kann. Noch zwei Generationen, und Sie sind nicht einmal mehr imstande, eine Erkältung zu kurieren, ganz zu schweigen von Krebs. Und das nennen Sie ein erfülltes Leben? Ich nenne es Betrug an Ihren Kindern.«

»Ah.« Calandrinia schüttelte entschieden den Kopf. »Jetzt beginne ich zu verstehen. Wie alt bin ich, Erdenmensch?«

»Ich habe nicht die geringste Ahnung.«

»Ich bin vierzehn.«

Die Information verblüffte Lawrence. Er begriff einfach nicht, was sie mit allem zu tun hatte. »Tatsächlich?«

»Ja. Es waren nicht allein ihre biotechnologischen Talente, die unsere Vorfahren hierher auf diese Welt brachten, sondern sie brachten auch ein Sprichwort mit: *Lebe schnell, stirb jung und hinterlasse einen wunderschönen Leichnam.* Dank ihnen kann ich dies tun.«

»Wie lange leben Sie denn?«, fragte Lawrence. Er wollte die Frage eigentlich nicht stellen, denn er wusste irgendwie, dass ihm die Antwort nicht gefallen würde.

»Vielleicht dreißig Jahre. Können Sie sich eine so lange Zeit vorstellen? Wie sie sich am Ende dehnen muss?«

»Der Sauerstoff. Es ist der Sauerstoff, nicht wahr?«
»Selbstverständlich. Alles hier geschieht schneller. Dynamischer.«

»Aber … dreißig?«

»Dreißig ganze Jahre, während derer ich leben und lieben und denken werde. Was ist daran falsch? Warum wollen Sie so eine lange Zeit leben?«

»Leben bedeutet Erfahrungen sammeln. Das kann man nicht in dreißig Jahren. Es gibt so vieles im Universum zu erfahren.«

»Ich sammle Erfahrungen, mehr als Sie es jemals tun werden. Ich werde schneller erwachsen. Ich lebe schneller. Wir alle tun das. Das Leben auf dieser Welt ist so viel vitaler als Ihre langweilige Biologie. Was das Universum angeht, so befindet es sich in Ihrem Bewusstsein. Observation ist nur relativ. Ich kann die Sterne von hier aus beobachten, sie alle, während Sie in Ihren Blechbüchsen zwischen ihnen herumkriechen und immer nur einen zur gegebenen Zeit sehen. Ich weiß mein Leben zu schätzen, Erdenmensch. In meinem Gehirn gibt es weniger Erinnerungen, aber dafür viel mehr Gedanken.«

»Gedanken!«, schnaubte er. »Aber Sie benutzen sie nicht! Was für einen Sinn haben Gedanken, wenn man sie nicht ausprobieren, nichts erschaffen kann?«

Calandrinia stieß pfeifend den Atem aus, wie einige andere Neue Eingeborene auch. »Wir tun nichts anderes als erschaffen, Erdenmensch. Glauben Sie, wir haben Zeit, unsere Kinder auszutragen und zu gebären, wie eure Erdenfrauen es tun? Ich passe meine Kinder an die Welt an, wie ich sie sehe und kenne.«

»Sie reden von der Gestalt, stimmt's? Das ist der Grund, warum Sie alle anders aussehen.«

»Wir wurden morphogenisch. Das größte Geschenk, das uns unsere Vorfahren hinterlassen haben. Meine Kinder werden so, wie ich sie mir denke. Können Sie sich vorstellen, wie das ist? Wenn ich einen Baum sehe, der so groß und voll erhabener Würde ist, dass ich mich hinsetzen muss und voll Bewunderung zu ihm aufsehe, kann ich ein Kind zeugen, das imstande ist, bis in seine Krone zu klettern und vor Freude darüber zu lachen. Wenn ich in einem Bergsee schwimme, tue ich das nur ein paar aufregende Minuten lang, doch meine Tochter wird imstande sein, durch seine

Tiefen zu gleiten und mit den Fischen zu spielen. Und wenn ich vor Ehrfurcht erzitterte, wenn ein Makrorex vorüberzieht, kann ich sein Wesen absorbieren und es mit meinem eigenen Bewusstsein vermischen.«

»Heiliges Schicksal, das ist Sodomie!«

»Wie erbärmlich doch Ihr Verstand funktioniert. Wie bemitleidenswert. Glauben Sie allen Ernstes, dass wir Menschen allein intelligent sein sollten und empfindsam? Wenn wir mit diesem Planeten leben wollen, müssen wir das Beste, das wir haben, mit ihm teilen. Sind Sie vielleicht so selbstlos, Erdenmann? Oder werden Sie uns davon abhalten, Gaia zu erwecken?«

»Ich halte Sie nicht ab. Aber ich will auch nicht daran teilhaben. Sie sind nicht länger menschlich.«

»Oh, danke sehr. Ich bekomme nicht häufig so ein Kompliment.«

»Warten Sie mal, gottverdammt!«, sagte Ntoko. »Wollen Sie damit etwa andeuten, dass die Makrorexe zum Teil menschlich sind? Dass sie intelligent sind?«

»Einige von ihnen«, antwortete Calandrinia. »Sie sind unsere Freunde, und sie helfen uns, wenn wir sie darum bitten.«

»Und die Windwürger auch?«

»Selbstverständlich.«

»Herr im Himmel.«

»Wenn es bei Ihnen keine Schwangerschaft mehr gibt«, fragte Lawrence, »woher kommen dann all diese Kinder?«

»Sie werden in den Haus-Uteri ausgetragen«, antwortete Calandrinia einfach.

»In den Haus…?« Er starrte auf die einfachen Gebäude, aus denen das Dorf bestand. »Sie meinen, diese Häuser besitzen so etwas wie einen künstlichen Uterus?«

»Hören Sie eigentlich zu, wenn man Ihnen etwas sagt? Es ist nichts *Künstliches* an einem Haus-Uterus. Es ist völlig natürlich. Unsere Häuser waren die letzte Stufe beim Überwinden dessen, was wir waren, auf dem Weg zu dem, was wir sind. Verraten Sie mir, haben Sie in Ihren Dateien Informationen über Fastrocks?«

»Ja.« Seine Skin-AS rief die Informationen auf. Fastrocks waren im Prinzip eine polypartige Pflanze, die für Santa-Chico-Verhältnisse relativ langsam wuchs. Sie erinnerten an ockerfarbene Steine, die sich in großen Kolonien zusammendrängten und absolut feuerfest waren. Ihre Schalen waren außerdem hart genug, um den Bissen von allem zu widerstehen, das kleiner war als ein Makrorex.

Calandrinia deutete auf die Häuser. »Unsere Vorfahren haben diese kleinen Pflanzen so modifiziert, dass aus ihnen die stabilen Häuser wachsen, die Sie hier sehen. Eine wahre und großartige Verschmelzung der Gene zweier Welten. Wir leben heute in lebendigen Häusern. Ihre Wurzeln reichen bis tief in den Boden, wo sie Wasser und Nährstoffe sammeln, während die Oberseiten das Sonnenlicht einfangen. Wir werden von unseren Häusern ernährt, ohne den Planeten so zu verwunden, wie Sie das tun. Die Organe unserer Häuser kümmern sich auf die gleiche Weise um unser Wohlergehen, wie Ihre Maschinen das tun, obwohl unsere Bindung enger und gegenseitiger ist.«

»Sie meinen symbiotisch.«

»Ah, Sie hören also doch zu. Ja, unsere Häuser sind Teil unserer Familien. Wenn ich ein befruchtetes Ei habe, lege ich es in einen Haus-Uterus und lasse es dort heranreifen.«

»Haben sie auch ein Bewusstsein?«

»Selbstverständlich! Wie könnte man mit einer Wesenheit zusammenleben, die nicht denkt?«

»Gutes Argument«, entgegnete Lawrence sarkastisch. »Ich nehme an, dass Sie sich völlig von diesen Gebilden abhängig gemacht haben? Sie erzeugen auch Ihre Nahrung, stimmt's? Unsere Satelliten haben keine noch arbeitenden Proteinzellraffinerien finden können.«

Calandrinia griff nach oben und zog ein Büschel kleiner roter Beeren aus dem Baum. »Es war die erste und schwierigste Aufgabe, vor der unsere Vorfahren standen. Sie mussten die Pflanzen von Santa Chico so weit verändern, dass sie terrestrische Nahrung produzierten. Doch sobald sie herausgefunden hatten, wie man die unterschiedlichen genetischen Moleküle erfolgreich vereinen kann, wurde all das möglich, was wir heute sind. Es dauerte Jahrzehnte und bedurfte gewaltiger Anstrengungen, bevor so etwas Komplexes erreicht war – das ist der Grund, warum wir Handel treiben mussten. So viel unserer gegenseitigen Biochemie war inkompatibel, genau wie auf jeder anderen von Menschen kolonisierten Welt. Die alten Lebensweisen, Ihre Märkte und Maschinen, mussten während dieser ganzen Zeit aufrechterhalten werden, während wir unsere Probleme lösten. Und jetzt, wie Sie sehen, haben wir das alles hinter uns gelassen.«

»Und Ihre Schulden haben Sie ebenfalls nicht bezahlt«, sagte Ntoko.

»Nur auf Ihrem Planeten, Erdenmensch. Hier gibt es nichts dergleichen. Hier sind wir eins.«

»Die Behauptung, über solchen Dingen wie Geld zu stehen, ist ein sehr bequemer Weg, sich vor dem Problem zu drücken«, sagte Lawrence. »Aber ich weiß, dass Sie Ökonomie und Technologie begreifen. Sie besitzen immer noch Raumflugzeuge und Orbitalstationen. Sie müssen gewartet werden, Ersatzteile und Treibstoff müssen hergestellt werden. Das können Ihre Häuser nicht für Sie tun.«

»Wir hatten solche Maschinen, bis ihr gekommen seid und sie zerstört habt«, sagte Calandrinia. »Einige von uns träumen die gleichen Träume wie Sie, Lawrence Newton, Träume von Reisen durch das Weltall. Sie stecken voller Ideen, wie sie unsere Zellen so verändern können, dass sie in der Wüste jenseits des Himmels überleben. Unsere Weltraum-Enthusiasten möchten, dass wir die Monde und Kometen besiedeln, die um unsere Sonne kreisen. Es ist ein schöner Traum, denke ich. Aber sie sind eine Minderheit. Und Ihre Ankunft hat all ihren Bestrebungen ein Ende gesetzt. Sie haben sich einverstanden erklärt, ihre Anstrengungen wieder auf Santa Chico zu konzentrieren. Sie werden uns helfen, den Himmel zu versiegeln und Sie daran zu hindern, hierher zurückzukehren.«

»Woher wissen Sie meinen Namen?«

»Bitte entschuldigen Sie«, sagte Calandrinia. »Ich wusste nicht, dass es ein Geheimnis ist.«

Lawrence gefiel nicht, wie beiläufig sie klang. Wenn die Neuen Eingeborenen ihre Kommunikationsverbindungen entschlüsselt hatten, was er als sehr wahrscheinlich betrachtete, dann hatten sie vielleicht gehört, wie sein Name benutzt worden war und wie er sich mit Nic unterhalten hatte. Doch individuelle Skinsuits zu identifizieren war gar nicht so leicht. Es gab einfach zu viele Dinge hier, die die Neuen Eingeborenen als selbstverständlich betrachteten. Er für seinen Teil wusste beispielsweise immer noch nicht, wie sie über größere Entfernungen kommunizierten.

»Was meinen Sie damit, den Himmel versiegeln?«, erkundigte sich Ntoko.

»Sie sagen, dass Sie von hier weggehen, und das ist es, was wir wollen«, entgegnete Calandrinia. »Und anschließend werden wir sicherstellen, dass Sie nicht wieder zurückkehren. Wenigstens nicht, solange Ihre gegenwärtige Gesellschaft die dominante Kultur auf der Erde darstellt. Und dazu müssen wir den Himmel versiegeln.« Sie entblößte erneut ihre Fangzähne.

»Komm, wir müssen weiter«, sagte Ntoko über die abhörsichere Kommunikationsverbindung zu Lawrence. »Wir verschwenden hier nur unsere Zeit. Wir müssen weiter. Wenn sie etwas hätten, womit sie uns erledigen können, hätten sie es inzwischen längst benutzt. Wir müssen einfach nur aufpassen, was in unserem Rücken geschieht, und wir schießen alles ab, was sich da draußen bewegt.«

»Richtig.«

»In Ordnung, wir gehen jetzt«, sagte Ntoko zu den Neuen Eingeborenen. »Ihr werdet uns nicht folgen. Auf diese Weise kommt es nicht zu Missverständnissen, und niemandem geschieht etwas.«

»Welch ein weiser Ratschlag, Sergeant«, antwortete Calandrinia. »Wir werden versuchen, ihn uns zu Herzen zu nehmen.«

»Verdammte Klugscheißer«, brummte Ntoko. »Am liebsten würde ich jeden Einzelnen von ihnen in die Luft jagen.«

Das Platoon rückte ab. Ihre Stiefel wirbelten große Wolken pulverfeiner Asche auf. Sie überquerten den schmalen Streifen Tigergras und Bäume, der das Dorf einschloss, und kehrten auf das schwarz verbrannte Land zurück, das die Buschfeuer hinterlassen hatten. Der Ascheregen hatte inzwischen aufgehört, und sie konnten die Landschaft vor sich sehen. In der Ferne brannte es noch immer, und dichte Rauchsäulen und Asche wurden Hunderte von Metern hinauf in den indigofarbenen Himmel getragen. Doch es war keine massive Flammenwand mehr; das Buschfeuer hatte sich an Flüssen und Gräben geteilt und war in Dutzende kleinerer Brandherde zerfallen, die jeder für sich weitertobten.

»Was zur Hölle hältst du von all dem?«, fragte Ntoko.

»Ich bin nicht sicher«, gestand Lawrence. »Es könnte nichts weiter als riesengroßer Mist sein, den sie erfunden hat, um uns zu erschrecken. Oder es könnte stimmen, und in diesem Fall ist es noch viel furchteinflößender. Jedenfalls gibt es eine ganze Menge Dinge hier, die irgendwie nicht zusammenpassen.«

»Meine Güte, intelligente Tiere beispielsweise. Vielleicht stimmt das ja.«

»Bestimmt ist nicht alles wahr. Sie haben alles eingesetzt, was sie hatten, um unsere Schiffe auf dem Weg hierher anzugreifen. Sie können diesen Planeten nicht gegen den Weltraum abschirmen.«

»Verdammt, ich wünschte, wir hätten Kontakt mit dem Captain. Wir müssen es unseren Leuten
erzählen.«

»Die Satellitenrelais sind immer noch nicht wieder online.«

»Ich weiß. Hoffen wir nur, dass der Gouverneur immer noch in Roseport wartet.«

*

Lawrence war die restliche Zeit des Marsches nervös und angespannt. Falls Calandrinia die Wahrheit gesagt hatte, dann wusste niemand, was für die Squaddies gefährlich werden konnte und was nicht.

Am späten Nachmittag schienen die Buschbrände erloschen zu sein. Rauch und Asche vernebelten die Luft und verdunkelten den Himmel zu einem trüben Grau-Blau. Sie sahen keine Tiere mehr, weder kleine noch große. Mehrere Male meinte Lawrence, in der Ferne Windwürger zu erspähen, doch vielleicht waren es auch nur dichtere Wirbel in all dem Rauch. Unter ihren Füßen hatten die schwarzen Tigergras-klumpen angefangen zu nässen. Klebrige Säfte traten aus den verbrannten Spreiten. Die Wurzeln hatten das Feuer offensichtlich überstanden, doch es war schließlich auch so schnell vorübergezogen, dass die Hitze nicht tiefer als ein paar Zentimeter in den Boden eindringen hatte können. Es würde nicht lange dauern, bis die ersten neuen Schösslinge durch den Aschemantel sprossen.

Die verbrannte Zone endete an einem schmalen, tiefen Einschnitt, durch dessen Sohle ein Wildbach mit rötlichem Wasser gurgelte. Das Land zu beiden Seiten war von Steinbrocken und Geröll bedeckt, und zwischen den Rissen wuchs nur spärliche Vegetation, was dem Feuer die Intensität geraubt hatte. Als Lawrence an den Rand der Böschung trat, erkannte er, dass es in Wirklichkeit keine Steine waren, aus denen der Boden bestand. Kein einziger bewegte sich unter seinen Füßen, nicht einmal die winzigsten Kiesel. Es war in Wirklichkeit ein ausgedehntes Bett voller Fastrock.

Während das Platoon den Graben überquerte, jagte eine Xianti 5005 über ihre Köpfe hinweg, in weniger als einem Kilometer Höhe. Sie verlor rasch an Höhe.

»Wir halten den Raumhafen also noch«, sagte Nic. »Gott sei Dank!«

Eine halbe Stunde darauf überquerten sie einen Kamm, der ihnen eine Aussicht auf Roseport in einer Entfernung von einigen Kilometern ermöglichte. Die Stadt am Seeufer war in einem schlimmen Zustand. Viele der Häuser waren zerstört. Lawrences Sensoren zoomten heran. Dunkle, klebrige Flüssigkeit troff aus den zerbrochenen Schalen und strömte auf die Straßen wie geschmolzener Teer. Innere Organe lagen offen und ungeschützt und waren nur noch eine unkenntliche Masse aus rotem Brei. Niemand bewegte sich in den Straßen.

Als Lawrence den Fokus zurücknahm, sah er, dass automatische Kanonen in einem breiten Kreis um die Ausläufer der Stadt herum aufgestellt worden waren. Olivgrüne Kugeln auf dicken Metallfüßen, die im Boden verankert waren. Jede Einzelne verfügte über drei magnetische Gatling-Trommeln, die aus der Mittelsektion ragten und langsam von einer Seite zur anderen schwenkten, während sie zwischen den zerstörten Häusern nach beweglichen Zielen suchten. Falls jemand sich aus der Stadt hervorwagte, würde er innerhalb von Millisekunden von Kugeln durchsiebt.

Lawrence wusste, dass die automatischen Kanonen zur Flottenausrüstung gehörten, doch er hatte sie noch nie in Aktion erlebt. Sie waren wie Laserzäune und Landminen Waffen, die nur im äußersten Notfall zum Einsatz kamen.

Nachdem das Platoon Sichtkontakt hatte, kam auch die Kommunikationsverbindung zum Feldhauptquartier des Gouverneurs wieder zustande. Ntoko meldete sich und berichtete dem Stab, dass sie den Kontakt mit Captain Lyaute vor Stunden verloren hatten.

Nachdem der Zugang zu den taktischen Flottendaten wieder möglich war, erbat Lawrence von der Hauptquartier-AS einen aktualisierten Lagebericht. Es war noch schlimmer, als er befürchtet hatte. Rings um Roseport hatte eine nahezu ununterbrochene Schlacht getobt. Skins, die bis in die Stadt vorgedrungen waren, waren durch die verschiedensten chemischen und biologischen Waffen getötet worden. Jedes Mal, wenn sie gelernt hatten, sich vor einer bestimmten Waffe zu schützen, hatte der Gegner sie mit etwas Neuem angegriffen. Am Ende hatte der Gouverneur den Einsatz der automatischen Wächter befohlen in der Hoffnung, die Neuen Eingeborenen so lange damit in der Stadt festzuhalten, bis die Evakuierung abgeschlossen war.

Selbst das stand auf Messers Schneide. Makrorex-Herden hatten den Raumhafen dreimal angegriffen. Die Skins mussten panzerbrechende Smartmissiles gegen sie einsetzen, bevor die Bestien das Rollfeld erreichen konnten. Nichts anderes hielt sie auf. Windwürger stürzten sich auf die Xiantis, wenn sie in den Landeanflug übergingen. Die Raumflugzeug mussten ununterbrochen Anti-Missile-Luftminencluster abfeuern, um sie fernzuhalten. Von den elf Kompanien Skins, die zu Fabriken und industriellen Anlagen geschickt worden waren, waren nur vier zurückgekehrt. Drei weitere (einschließlich Lyaute) hatten gemeldet, dass sie angegriffen würden, bevor die Kommunikation zusammengebrochen war. Die verbliebenen vier galten gegenwärtig als im Kampf vermisst.

Die Ereignisse im Orbit waren gleichermaßen feindselig. Der Software-Angriff auf die Raumschiffe ließ nicht eine Sekunde nach. Die Kommunikationsbandbreite wurde auf ein Minimum reduziert, um der Bord-AS zu ermöglichen, jedes Byte an Datenverkehr zu untersuchen, bevor es in das Netzwerk des Schiffes gelassen wurde. Kinetische Projektile in gegenläufigem Orbit hatten mehrere Satelliten ausgeschaltet. Ein Schwarm hatte die Verteidigung der *Mahonia* durchschlagen und ein Habitationsrad sowie einen der Tokamaks des Kompressionsantriebs beschädigt.

Angesichts der sich abzeichnenden Katastrophe hatte der Admiral die völlige Evakuierung angeordnet. Pläne, die Orbitalstationen von Santa Chico einzufangen, standen längst nicht mehr zur Debatte.

Lawrence fand nicht heraus, wie viele Raumflugzeuge noch operierten. Die Daten waren geheim. Auch Schätzungen, wie lange die Evakuierung dauern würde, waren nicht zugänglich. Ebenfalls die Anzahl der überlebenden Skins.

Ntoko wandte sich mit ein paar ermutigenden Worten an das Platoon, dann führte er sie in einem weiten Bogen um Roseport herum in Richtung Raumhafen. Sie marschierten schweigsam in Richtung Rollfeld. Lawrence wusste, dass alle von der gleichen Angst erfüllt waren. Sie hatten das Ziel inzwischen vor den Augen. Sie mussten nichts weiter tun, als sich bis zum Rollfeld durchzuschlagen. Irgendjemand anderes würde sich um den Rest kümmern, der Admiral oder die Piloten der Xiantis. Damit blieb nur noch das Gelände zwischen ihrer augenblicklichen Position und dem Raumhafen.

Auf halbem Weg erreichten sie ein weites Feld verbrannter Erde. Das Tigergras schwelte an den Rändern noch immer. In der Mitte lag das zerfetzte Wrack eines TLV88 Helikopters.

Ntoko hielt es für zu gefährlich, das freie Feld zu überqueren, und führte sie am Rand entlang. Eine weitere Verzögerung auf dem weiten Weg zurück. Es half nicht, dass sie das Feuer eines automatischen Wächters hören konnten.

Die letzten dreihundert Meter waren ein einziger Sprint. Die Disziplin ging völlig vor die Hunde, und das gesamte Platoon rannte über das Tigergras, wich Bäumen aus, sprang über niedrige Felsen. Niemand achtete noch darauf, ob er dem Gegner ein Ziel bot oder nicht. Sie schafften es an den Verteidigungsstellen vorbei, wo Skins in flachen Schützengräben mit den schwersten Waffen auf Lauer lagen, die sie in ihrer Ausrüstung mitführten.

Ntoko meldete sich bei dem kommandierenden Lieutenant des Abschnitts, der ihnen eine Stunde Rast gewährte. Sie erhielten eine Ration Standard-Feldverpflegung, eine Paste, die sie zu sich nehmen konnten, ohne die Helme abzusetzen. Das Hauptquartier nannte ihnen außerdem eine Flugnummer. Falls die Raumflugzeuge ihren gegenwärtigen Plan einhielten, würden sie in sechs Stunden auf dem Weg nach oben sein.

Der Lieutenant teilte sie zum Wachdienst um den Wartungshangar herum ein. Sie gingen in Stellung, als die Sonne hinter den Horizont sank, und integrierten die neuen Waffen, die sie aus der Waffenkammer bezogen hatten. Lawrence hatte einen Smartmissile-Werfer genommen. Bisher war es den Neuen Eingeborenen noch nicht gelungen, die Hardware der Raketen zu stören.

Er nahm seine Patrouille auf und stellte sicher, dass er zu unregelmäßigen Zeiten an den verschiedenen Kontrollpunkten vorbeikam. Seine visuellen Sensoren lieferten ihm ein verschwommenes, blauweißes Bild der nächtlichen Landschaft mit kleinen roten Felsen, die ihre im Lauf des Tages gespeicherte Wärme langsam abstrahlten. Nichts bewegte sich im Gras, nicht einmal kleine Tiere. Lawrence war unendlich dankbar dafür.

Als er den Blick nach Roseport wandte, erstrahlte es in hellem Infrarot und war von einer rosa korallenfarbenen Aura umgeben. In keinem der Gebäude brannte Licht. Die automatischen Wächter feuerten alle paar Minuten auf unsichtbare Ziele. Die Unterhaltungen auf dem allgemeinen Kommunikationskanal konzentrierten sich auf die Munitionsvorräte der Roboter und darauf, wie lange sie noch reichen würden.

Unaufhörlich landeten Raumflugzeuge. Sie fielen im durchdringenden Lärm ihrer Rolls Royce Turbojets auf vollem Umkehrschub aus dem Nachthimmel. Manchmal ging ihrer Landung spektakuläres rotes und grünes Magnesiumfeuerwerk voraus, wenn sie mit ihren Gegenmaßnahmen einen Anflugkurs durch die Luft säubern mussten.

Eine Stunde nach Einbruch der Dunkelheit meldete sich eine der vermissten Kompanien. Nach ihrem Bericht zu urteilen waren sie von einer Herde Makrorexe angegriffen worden und hatten den größten Teil ihrer Fahrzeuge verloren. Auf dem Weg zurück waren sie nahezu ununterbrochen von Heckenschützen beschossen und von Neuen Eingeborenen angegriffen worden. Dann hatten sie eine andere Kompanie getroffen und waren gemeinsam weitergegangen. Die andere Kompanie hatte dreißig Prozent ihrer Skins verloren. Gemeinsam verfügten sie über genügend Feuerkraft, um die Neuen Eingeborenen auf Distanz zu halten. Sie waren nur langsam vorangekommen mit all den Verletzten, um die sie sich kümmern mussten, doch sie schätzten, dass sie in weiteren neunzig Minuten auf dem Raumhafen eintreffen würden. Insgesamt handelte es sich um einhundertzwanzig Mann.

Lawrence spürte schuldbewusste Erleichterung, dass es nicht Lyaute war. Der Captain hätte eine verdammt gute Erklärung von ihnen verlangt, wohin 435NK9 verschwunden und was geschehen war. Alle anderen jubelten über die Neuigkeiten. Es bedeutete mindestens einen zusätzlichen Flug mit einem Raumflugzeug und würde die endgültige Evakuierung um weitere zwanzig Minuten hinausschieben.

Das Feuer der automatischen Wächter ließ nach den ersten zwei Stunden beträchtlich nach, doch Lawrence war überzeugt, dass die Neuen Eingeborenen alles versuchen würden, um den Raumhafen zu infiltrieren. Es versetzte ihn in einen Zustand nervöser Erregung, den die Drogen in seinem Skinsuit nicht zu dämpfen vermochten. Ganz allein an vorderster Linie unbekannten Gefahren gegenüberzustehen, die durch das hohe Gras herangeschlichen kamen, kostete ihn eine ganze Menge Willenskraft. Die Gegend direkt vor ihm war mit Hunderten von Sensoren gespickt, die über abhörsichere Links mit seinem Display-Gitter verbunden waren. Er vertraute ihnen nicht ganz, während seine Gedanken immer wieder zu Calandrinia wanderten und der Art und Weise, wie sie sie im Stillen verspottet hatte.

Zwei Stunden vor ihrem planmäßigen Evakuierungsflug fand er heraus, warum sie so zuversichtlich gewesen war. Alles, was sie gesagt hatte, hatte der Wahrheit entsprochen. Zu Beginn glaubte Lawrence, eine weitere Xianti auf dem Weg nach unten würde Gegenmaßnahmen ausstoßen. Mehrere Flammenspeere jagten über den Himmel und verblassten sogleich wieder. Lawrence starrte nach oben, doch er sah nichts von der intensiven thermischen Signatur einer Xianti. Weitere Speere erblühten zwischen den Sternen. Was die Flugbahn der Xiantis anging, waren sie in einer anderen Ecke des Himmels. Lawrence erkannte, dass es sich um einen Meteoritenschauer handeln musste, und grinste knapp. Noch bevor die Flammen wieder erstorben waren, begann eine dritte Ladung ihren feurigen Weg nach unten. Diese Partikel waren etwas größer als die beiden vorangehenden, mit einem dicken Kopf und einem funkensprühenden Schwanz, der durch die obere Atmosphäre schnitt. Sie schienen kein Ende nehmen zu wollen. Lawrences Grinsen verblasste. Der Bereich am Himmel, wo die Flammenspeere leuchteten, wurde länger und länger. Er verlief in Nord-Süd-Richtung und wuchs unaufhörlich weiter.

»Heiliges Schicksal!«, stöhnte Lawrence, als ihm die Erkenntnis dämmerte. *Wir werden den Himmel versiegeln.*

Ein Skin kam vom Hangar auf ihn zugerannt. »Lawrence?« Es war Ntoko. Er benutzte seinen Skin-Lautsprecher mit geringer Lautstärke.

»Ja«, antwortete Lawrence auf die gleiche Weise. »Sie haben es getan, stimmt's? Das ist es, wovon Calandrinia gesprochen hat.«

»Ja. Anscheinend haben sie den Asteroiden im Polarorbit zerstört, richtig pulverisiert. Dieser Schauer ist nur der Anfang des Trümmerschwarms.«

»Gottverdammt! Du kennst dich doch aus mit diesem Orbitalmechanikscheiß, schaffen es die Raumschiffe da hindurch?«

»Ja. Aber sie müssen bald aus dem Orbit raus, falls sie es nicht schon sind. Die Trümmer haben noch nicht angefangen, in Kaskaden überzugehen. Bis jetzt haben wir nichts weiter als eine sich ausbreitende Wolke von Felsen im polaren Orbit.«

»Was ist eine *Kaskade?*«

»Sieh mal, die Sprengung hat den Asteroiden in Millionen Trümmer zerrissen, ja? Einige davon werden geradewegs nach unten rasen und in der Atmosphäre verglühen. Das ist es, was wir im Augenblick sehen. Aber wenn die Neuen Eingeborenen die Sprengladungen richtig gesetzt haben, dann bleibt eine riesige Ladung von Felsbrocken und Steinen und Staub oben im Orbit. Im Augenblick fliegen sie nur auseinander, jeder in einem eigenen unregelmäßigen Orbit, aber sobald sie einmal um den Planeten herum sind, fangen sie an zu kollidieren. Jeder Felsen, der mit einem anderen zusammenkracht, führt zu einer weiteren Kaskade kleinerer Felsen, die ihrerseits wieder gegen andere Felsen krachen und so weiter. Es ist wie eine nicht enden wollende Kettenreaktion. In einem Jahr von heute an ist der ganze

Planet umgeben von einem zehntausend Kilometer dicken Schild aus Steinen. Wie die Saturnringe, aber eben eine Kugel. Calandrinia hatte recht, nichts auf der Welt kann das durchdringen. Sie haben sich vom restlichen Universum abgeschottet. Es wird Jahrtausende dauern, bis die Partikel weit genug zerfallen oder in der Atmosphäre verglüht sind. Vielleicht geschieht es niemals. Scheiße, ich weiß es nicht. Niemand hat je zuvor eine echte Kaskade beobachtet.«

»In Ordnung. Schnapp dir die Jungs. Macht, dass ihr zu diesem Raumflugzeug kommt.« Er zeigte es Lawrence. »Es ist voll aufgetankt.«

»Aber …«

»Du hast es selbst gesagt, Mann. Die Raumschiffe müssen sich zurückziehen. Und jetzt setzen Sie Ihren Arsch in Bewegung, Corporal!«

Lawrence erhöhte die Lautstärke seines Anzugs. »Hierher, Leute! Kommt, lasst uns gehen!« Er begann zu joggen, dann rannte er. Ntoko brüllte ebenfalls. Die Überlebenden von Platoon 435NK9 rannten ihnen entgegen.

Hoch über ihnen hatten größere Trümmerteile die Atmosphäre erreicht. Sie kreischten in einer Hülle aus Plasma herab, bis der Druck sie in einem blendenden Halo detonieren ließ. Die Wolke dehnte sich aus und wurde immer heller, während sie der Oberfläche entgegenraste. Manchmal explodierten die Trümmerstücke erneut und erneut, als die Felsen von superheißen Ionen in immer kleinere Fragmente zerlegt wurden und pyrotechnische Schockwellen nach außen sandten. Hunderte konischer Flammenbündel erblühten vor der schwarzen Nacht und durchliefen das gesamte Spektrum, bevor sie langsam zu violetten Gespenstern verglühten.

Der halbe Kontinent war in ein Licht getaucht, das heller erstrahlte als die Sonne. Lawrence sah, dass der gesamte Raumhafen in Bewegung war. Skins rannten planlos durcheinander. Keiner wusste, was geschah. Es gab keine Kommandokette mehr. Keine Befehle. Keine Informationen. Keine Disziplin. Nicht einmal Neue Eingeborene mit ihren superoxygenierten Muskeln konnten mit der turbogeladenen Geschwindigkeit der Skinsuits mithalten. Alles geschah wie in Zeitraffer.

Hundert Meter vor Lawrence parkte die Xianti auf dem Vorfeld. Die Turbinen liefen bereits an. Die Tankschläuche waren abgezogen und sanken zurück in den Beton.

Die Gangway war noch immer an Ort und Stelle. Skins rasten hinauf. Lawrence hatte keine Ahnung, wie viele bereits im Innern der Maschine waren. Er erreichte die Gangway in weniger als fünf Sekunden. Zwanzig Skins drängten sich dort und trampelten die Aluminiumstufen hinauf.

Draußen auf dem Rollfeld startete eine Xianti.

»Lawrence!«, brüllte Ntoko. »Gib mir deinen Werfer!«

Lawrence reichte dem Sergeant die Waffe, während er sich am Boden der Treppe mit Händen und Füßen nach vorn arbeitete. Abgesehen von Ntoko, der bereits einen Werfer in den Händen hielt, konnte Lawrence nicht sagen, wer wer war. Seine AS zeigte keine Individualmarkierungen mehr. Das gesamte Kommunikationsband war zusammengebrochen.

»Wofür brauchst du ihn?«

»Du passt auf, Lawrence. Du kümmerst dich um meine Jungs, hörst du?«

»Sarge?«

»Ich halte Wache.« Ntoko löste sich bereits aus dem umgebenden Gedränge von Skins. Er öffnete eine Klappe unten an dem Werfer, den Lawrence ihm gegeben hatte, und zog ein Kabel hervor, das er in das Interface seines Skins stöpselte. Die Mündungen oberhalb des Gestells spuckten orangefarbene Flammen, die mehrere Sekunden lang pulsierten.

Explosionen erblühten über dem Rollfeld. Die Skins, die zu dem verbliebenen Raumflugzeug rannten, warfen sich in Deckung. Weitere Explosionen liefen an der Seite eines Hangars entlang. Kompositpaneele und Stahlträger krachten auf den Asphalt. Staub und Rauch quollen empor. Skins begannen zu schießen. Panzerbrechende Geschosse durchlöcherten den Kontrollturm. Karabiner feuerten.

»Ntoko! Verdammte Scheiße, das kannst du nicht machen!« Lawrence stand unten am Fuß der Gangway. Seine Sensoren zeigten ihm, wie sich Ntoko gelassen vom Gedränge vor der Treppe entfernte, einen Werfer in jedem Arm. Flammen sprühten aus den Mündungen, als weitere Smartmissiles die Läufe verließen. Der Sergeant hob grüßend einen der Werfer, dann marschierte er weiter.

Einen Augenblick lang zögerte Lawrence. Doch die Skins hinter ihm drängten ihn weiter. Und sein eigener Selbsterhaltungstrieb war übermächtig. Er stolperte die Treppe hinauf und in die Kabine. Das Raumflugzeug begann sich zu bewegen und löste sich von der Gangway. Lawrence packte den Skin ganz oben und zerrte ihn zu sich herein. Ein weiterer Skin sprang über die sich weitende Kluft und krachte gegen alle, die sich in der Luftschleuse drängten. Ein dritter sprang, und es gelang ihm, den Rand der Schleuse zu packen. Er hing dort und baumelte, während die Xianti in Richtung Startbahn beschleunigte.

Lawrence starrte zurück zu der schwankenden Gangway. Die zurückgelassenen Skins brüllten der Xianti mit voller Lautstärke hinterher und befahlen ihr zurückzukommen.

Einer fuhr seinen Karabiner aus und begann zu feuern. Ein paar Querschläger zwitscherten durch die Schleuse. Lawrence duckte sich automatisch. Dann gab es am unteren Ende der Gangway eine Explosion. Das ganze Gebilde stürzte in sich zusammen und begrub die Skins unter sich.

»Danke, Sarge«, flüsterte Lawrence.

Er bewegte sich ins Innere der Xianti, als sich die Schleuse schloss. Die Kabine war übervoll, selbst im Mittelgang drängten sich noch Skins. Er dachte nicht eine Sekunde an das zusätzliche Gewicht. Der Sarge war dort draußen und gab ihren Ärschen Rückendeckung, wie er es immer getan hatte. Sie würden es schaffen.

Im Innern der versiegelten Kabine konnte sein Skinsuit eine Verbindung zum internen Netzwerk der Xianti herstellen. Er schaltete sich auf die externen Kameras.

Draußen regneten noch immer glühende Trümmerstücke des Asteroiden herab. Am Boden liefen Skins auf ihre charakteristisch schnelle Weise durcheinander. Jeder schien auf irgendetwas zu schießen. Explosionen erblühten über den zerfetzten Gebäuden. Rauchwolken zogen über den Boden, als wütende blau-weiße Flammen aus zerstörten Ausrüstungsblocks quollen.

Die Xianti bog scharf auf die Startbahn ein. Der Pilot verschwendete keine Zeit; Lawrence spürte, wie die Vibrationen zunahmen, als die Turbojets auf maximale Drehzahl gebracht wurden, noch bevor die Nase die richtige Richtung hatte. Dann jagten sie vorwärts, schneller und schneller, bis sie vom Boden abhoben.

Die gigantischen Turbojets heulten im roten Bereich, als sie steil in den Himmel stiegen. Die Kameras des Raumflugzeugs zeigten die ruhigen oberen Wolkenbänder, die in funkelndem Silber erstrahlten, erhellt von Hunderten herabsinkender Feuerbälle. Als sie die dünne Schicht passierten, veränderte sich die Perspektive, bis es aussah, als flögen sie über einer frostigen Wüste im winterlichen Mondlicht dahin.

Der Scramjet zündete und schob sie noch höher. Die Wolkenschwaden schrumpften zu einem leuchtenden Nebel zusammen, der die gesamte Welt einzuhüllen schien. Schillernde goldene Schweife brannten sich ihren Weg durch die leere Dunkelheit auf die Wolken zu, tauchten ein, wurden dunkler und verschwanden.

Vor der Nase des Raumflugzeugs glitzerten die Sterne in kaltem Willkommen.

KAPITEL 3

Eine Reihe medizinischer Module hing an Hals und Torso und drängte sich um die roten Wunden und chirurgischen Nähte. Einige davon waren mit Flecken aus künstlicher Haut verbunden, die mit den zerfetzten Hautschichten verschmolzen und Regenerationsviren in den Plexus von Kapillaren injizierten. Andere waren komplexere Systeme, aus denen dünne Röhrchen kamen und die Narben penetrierten, um spezielle Flüssigkeiten in die beschädigten Organe zu pumpen oder aus ihnen zu entnehmen und sie auf diese Weise zu unterstützen, bis Hal entweder Ersatz oder eine richtige Behandlung erhielt. Er trug ein weites weißes Nachthemd über allem, doch die Module waren zu sperrig, um sie völlig zu verbergen. Es sah aus, als würden aus seinem Körper Plastiktumoren wachsen.

Er saß in einem hohen Ledersitz, und sein Kopf lag schlaff auf der Seite, gestützt von einem Kissen, als wären die Halsmuskeln nicht stark genug, das Gewicht zu tragen. Jedes Mal, wenn einer seiner Freunde in die kleine private Personalkammer kam, die sie zu seinem Krankenzimmer umfunktioniert hatten, grinste er ihn an und gab ein glückliches Grunzen von sich. Edmond ging zu ihm und streckte ihm die erhobene Hand hin. Lawrence fröstelte innerlich, als er sah, wie Hals Hand unsicher zitterte, während er sich angestrengt darauf konzentrierte einzuschlagen. Die anderen sahen weg, und ihre Gesichter waren ernst, als ihnen bewusstwurde, wie schlimm Hals Zustand war.

Lediglich Dennis sah ihn ungerührt an. Und Lawrence

wusste, dass Dennis in letzter Zeit zu viel von seinen eigenen Sedativa geschluckt hatte.

Amersy kam als Letzter hinzu. Er schloss die Tür und grüßte Hal mit erhobenem Daumen, wie man es mit einem alten Freund machte. Es waren seine Augen, die rasch zur Seite zuckten, die verrieten, was in ihm vorgehen musste.

Was von Platoon 435NK9 übrig war, wandte sich zu Lawrence um.

»Erstens«, sagte Lawrence, »macht euch keine Gedanken, wie wir Hal wieder an Bord der *Koribu* schaffen können. Ich habe einen Kontaktmann im Raumhafen von Durrell.«

Hal stieß ein schnaufendes Stöhnen aus. Sein Unterkiefer begann sich zu bewegen. Es sah aus, als kaute er Luft.

Als Hal wieder zu sich gekommen war, nachdem Lawrences medizinisches Lumpengesindel das Biomechherz eingesetzt hatte, war er auf der ganzen rechten Seite gefühllos und taub gewesen. Seitdem war der Tastsinn langsam zurückgekehrt, wie bei einem Schlaganfallpatienten auf dem Weg der Genesung.

Wenn es die einzige Komplikation gewesen wäre, wäre Lawrence glücklich gewesen. Doch trotz des superoxygenierten Blutes hatte sein Gehirn Schäden aufgrund des Sauerstoffmangels erlitten. Die Gedanken des Jungen waren langsam und verworren, und er hatte Gedächtnislücken. Ihm mit seinen paralysierten Muskeln und den Schwierigkeiten beim Suchen der richtigen Worte beim Sprechen zuzusehen war schmerzhaft. Die meiste Zeit über wusste er genau, was er sagen wollte, und wurde wütend auf sich selbst, wenn die Worte sich nicht auf seinen Lippen bilden wollten. Manchmal brachte ihn der Zorn so weit, dass er mit seiner gesunden Hand auf die Lehne des Sessels schlug und Tränen der Frustration über seine Wangen liefen.

»Danke. Sarge«, grunzte er, und die Anstrengung ließ Adern und Sehnen an seinem Hals deutlich vorstehen.

»Dafür bin ich hier, Hal.« Lawrence sah zu den anderen Gesichtern im Zimmer und versuchte, ihre Stimmung abzuschätzen. Sie waren alle erwartungsvoll und neugierig auf das, weswegen er sie hergerufen hatte. Seit der Kriegsgerichtsverhandlung und der Erschießung hatten sie ihre Wut und ihr Entsetzen auf Zantiu-Braun in Form von Captain Bryant und Ebrey Zhang gerichtet. Ablehnung und das Gefühl, betrogen worden zu sein, hatten sich bisher nicht in irgendeiner kohärenten Form manifestiert, doch es war schwierig geworden, die Disziplin einzufordern. Nicht, dass die übrigen Platoons in Memu Bay gegenwärtig disziplinierter gewesen wären, doch der verwundete, lebende Hal sorgte dafür, dass 435NK9 einen gewissen inneren Zusammenhalt zeigte. Sie taten, was Lawrence ihnen sagte, nicht, weil es die Befehle von Bryant waren, sondern weil Lawrence wollte, dass sie ausgeführt wurden.

Er hätte sich keine besser geeignete Gruppe von Männern wünschen können, um sein persönliches Ziel zu erreichen.

Eigenartig, wie sich die Dinge manchmal entwickeln.

»Der Grund für meinen Kontakt in Durrell ist etwas, über das ich sowieso früher oder später mit euch gesprochen hätte. Also kann ich es genauso gut jetzt tun. Ich glaube, dass es irgendwo im Hinterland einen großen Schatz gibt, von dem Zantiu-Braun nichts ahnt. Ich möchte diesen Schatz bergen.«

»Für Zantiu-Braun?«, fragte Karl entrüstet.

Lawrence lächelte humorlos. »Ganz bestimmt nicht.«

Lewis klatschte in die Hände. »Leck mich am Arsch.«

»Das schon eher.«

»Was für ein Schatz?«, fragte Amersy. Er klang eher misstrauisch als neugierig.

Lawrence zog einen Desktop-Pearl hervor. Das Paneel entfaltete sich und zeigte ein Satellitenbild des Plateaus hinter Memu Bay. »Das dort ist Arnoon Province. Ich war dort oben, als wir das letzte Mal auf Thallspring waren, auf einer Patrouille durch das Hinterland. Nach den offiziellen Aufzeichnungen von Memu Bay ernten die Leute, die dort oben leben, Willow-Webs im Wald und machen daraus Decken und Pullover und ähnlichen Mist. Als wir dort ankamen, fanden wir ein nettes kleines Dorf in den Wäldern mit einem sehr gehobenen Lebensstandard. Es war eher ein Fünf-Sterne-Ferien-Ressort. Ich habe derartig isolierte Siedlungen auf verschiedenen Welten gesehen. Keine große Sache. Aber an diesem Dorf war einiges faul. Ihr müsst mir in dieser Sache glauben, aber unter gar keinen Umständen können sie sich durch das Verkaufen von Wollsachen einen Lebensstandard wie diesen leisten. Jedes Haus war bis unter die Decke vollgestopft mit Kinkerlitzchen und Elektronik, nur das Neueste vom Neuesten. Außerdem lebten eine Menge Leute dort; mehr, als die Verwaltung in Memu Bay wusste, und viel zu viele, als dass die Wollspinnerei sie hätte ernähren können. Keiner von ihnen war krank. Ich rede hier nicht von Krankenhausfällen. Sie waren die gesündesten Menschen, die ich in meinem ganzen Leben gesehen habe.«

»Du willst also sagen, dass sie über eine andere, zusätzliche Einkommensquelle verfügen?«, fragte Amersy. »Lawrence, ich hab' auch schon solche Gemeinden gesehen. Sie werden irgendeinem illegalen Deal nachgehen, oben im Wald, wo es keine Stadtpolizei und, wichtiger noch, keine

Finanzämter gibt. Bestimmt ist es nichts, das wir mit nach Hause nehmen könnten.«

»Nein. Sie haben Geld in einem Ausmaß, das weit über jede gewöhnliche illegale Geschichte hinausgeht. Ich rede von Größenordnungen, Mann. Sie sind wahrscheinlich die reichsten Leute auf dieser Welt.«

»Wie kommst du darauf?«

»Ich brauchte eine Weile, um es zu erkennen. Sie hatten die beste Tarnung, die es gibt; versteck dein größtes Geheimnis vor den Augen aller. Ich habe gesehen, wie sie Früchte von einem Baum gegessen haben.« Er lächelte das Platoon vielsagend an.

»Na und?«, fragte Lewis. »Sie *sind* Regressoren. Niemand sonst macht so etwas. Es ist schmutzig. Anständige Leute essen Proteinzellennahrung.«

Lawrence kicherte. »Und genau das beweist, was ich gesagt habe. Du siehst es ebenfalls nicht. Willow-Webs sind einheimische Pflanzen. Die Wälder dort oben auf dem Plateau sind ebenfalls einheimisch. Arnoon Province wurde nicht mit Gammastrahlen sterilisiert.«

»Unmöglich!«, protestierte Dennis scharf. »Irdische Pflanzen wachsen nicht in einer fremden Umgebung, weil es nicht die richtigen Bodenbakterien gibt. Deswegen muss man den Boden mit Gammastrahlen sterilisieren und das Land mit unseren eigenen Bakterien impfen.«

»Ganz richtig«, sagte Lawrence. »Und trotzdem habe ich es gesehen. Ich habe gesehen, wie sie Früchte von einem Busch gepflückt und gegessen haben. Nach allem, was ich weiß, war es nicht einmal ein terrestrischer Busch.«

»Dann hast du ihn vielleicht einfach nicht gekannt, Sarge. Tut mir leid, aber Menschen besitzen nun einmal nicht die Biochemie, die mit den einheimischen Organismen dieser Welt kompatibel ist. Ich mag vielleicht meine Approbation vermasselt haben, aber so viel Grundlagen habe ich trotzdem begriffen.«

»Ich weiß. Aber ich habe es schon einmal gesehen, auf einem anderen Planeten. Damals warst du noch nicht bei uns.« Lawrence blickte mit erhobener Augenbraue zu Amersy. »Du erinnerst dich an Calandrinia?«

»Schwer zu vergessen, oder?«

»Sie war eine von den Neuen Eingeborenen von Santa Chico«, erklärte Lawrence den anderen. »Sie aßen Früchte, die auf ihren Bäumen wuchsen. Ich nannte sie Regressoren. Aber ich habe mich getäuscht. Calandrinia hat mir erzählt, dass die Biochemiker, die von Kalifornien nach Santa Chico ausgewandert waren, irgendwann herausfanden, wie man terrestrische und einheimische Gene vermischt. Dadurch wurde Calandrinias Generation zu dem, was sie war, und sie konnten sich auf die althergebrachte Weise ernähren. Sie waren nicht länger abhängig von Nahrungsmittelraffinerien. Es war ein Teil ihrer Philosophie, sich von jeder Maschinerie zu befreien. Also ist es möglich.«

Dennis schnitt eine Grimasse. »Vielleicht. Auf Santa Chico kann ich es ja glauben. Aber hier, auf Thallspring? Herrgott, Sarge, das Fortschrittlichste, was jemals aus Memu Bay kommt, ist wahrscheinlich eine neue Form für ein Surfboard!«

»Zugegeben. Und laut Calandrinia hat Santa Chico Jahrzehnte gebraucht, um die Mischung der Gene zu entwickeln. Jahrzehnte der Forschung durch Hunderte der größten Genetiker und Biochemiker, die die Erde je hervorgebracht hat. Und doch stehen wir hier, mitten im Hinterland eines zweiunddreißig Lichtjahre von Santa Chico entfernten Planeten, und ich sehe genau das Gleiche. Wie erklärst du das, Dennis?«

»Du glaubst, dass sie Santa Chico die Technologie abgekauft haben, stimmt's?«, fragte Amersy.

»Woher sonst soll sie denn gekommen sein? Und sie haben sicher eine Menge Geld dafür hingelegt. Sie müssen von hier nach Santa Chico gereist sein und einen vollständigen Satz Bakterien- und Pflanzenproben von Thallspring im Gepäck gehabt haben. Außerdem braucht man ein Team von Wissenschaftlern, um die Techniken anzupassen. Das kostet richtig Geld. Milliarden, ganz gleich, in welcher Währung.«

»Santa Chico ist von der Außenwelt abgeschnitten«, warf Edmond ein. »Das weiß jeder.«

Lawrence schüttelte den Kopf. »Ich war auf Thallspring, bevor die Sache mit Santa Chico passiert ist. Das, wovon ich rede, muss sich vor dreißig, vierzig Jahren ereignet haben, vielleicht sogar noch früher. Zu einer Zeit, als Santa Chico noch scharf war auf unser Geld.«

»Also schön«, sagte Amersy. »Ich sehe ja ein, dass es theoretisch möglich ist, dass die Bewohner von Arnoon Bäume haben, die irdische Früchte produzieren. Aber woher soll das Geld stammen?«

»Zwei Möglichkeiten«, erwiderte Lawrence. »Erstens, sie sind Exilanten. Eine Gruppe von Milliardären, die eine Kolonie in einer Kolonie gegründet haben. Wenn sie wirklich autark sein wollen, kommen die Bäume an dieser Stelle ins Spiel. Sie haben einen unglaublich hohen Lebensstandard, den sie dadurch aufrechterhalten, dass sie sämtliche Konsumgüter kaufen, die eine relativ fortschrittliche Welt zu bieten hat. Ich habe nur ein Problem mit dieser Möglichkeit: Milliardäre leben nicht auf diese Weise. Man arbeitet sich nicht den Arsch wund und häuft ein riesiges Vermögen an, um es in einer idyllischen Waldgemeinde auszugeben. Die

Erde ist ihr Element, mit ihren Aktienmärkten und Optionsgeschäften und den Companys.«

»Und wie lautet die andere Möglichkeit?«, fragte Odel.

»Dass Arnoon genau so angefangen hat, wie sie es sagen. Eine Gruppe ehrlicher Leute auf der Suche nach einem ruhigen Leben, die Willow-Webs sammeln und zu Wolle verspinnen. Sie gründen ihre Gemeinde und haben ihre Grundsätze, an die sich jeder hält. Dann plötzlich finden sie etwas Wertvolles. Etwas unglaublich Wertvolles. Es ist der absolute goldene Volltreffer. Was sollen sie tun? Wenn sie es dem Rest der Welt erzählen, will jeder ein Stück davon abhaben. Arnoon Province wird entwickelt und industrialisiert. Ihre Art zu leben wird vernichtet. Also beschließen sie stattdessen, ihr gutes stilles Leben zu beschützen, das sie dort oben auf dem Plateau führen.

Einige von ihnen kaufen eine Schiffspassage zur Erde auf einem Schiff von Navarro House. Von dort aus fliegen sie weiter nach Santa Chico. Einige Jahre später, nachdem die genetische Vermischung gelungen ist, kehren sie auf dem gleichen Weg wieder nach Thallspring zurück. Danach ist es ganz einfach. Sie können ihre Bevölkerung vermehren, ohne dass die Behörden etwas davon mitkriegen, weil sie nicht vom Nahrungsmittelnachschub abhängig sind. Sie kaufen jeden zivilisierten Luxus, und auch das fällt ihnen nicht schwer; sie gründen unten in Memu Bay ein paar Handelsgesellschaften, vielleicht sogar eine in der Hauptstadt. Es sind Tarnfirmen, die ihre Produkte auf das Plateau schicken, ohne dass es irgendjemand erfährt.«

»Wie haben sie von Santa Chico erfahren?«, fragte Amersy. »Wir wussten verdammt noch mal überhaupt nichts, bevor wir gelandet sind.«

»Wir wussten nicht, wie weit die Modifikationen fortgeschritten waren«, widersprach Lawrence. »Aber dass es Modifikationen gab, war allgemein bekannt. Sie waren der große Unterschied, auf den die Siedler so stolz waren. Santa Chico würde nicht auf die gleiche Weise kolonisiert werden wie jeder andere Planet. Das haben sie von Anfang sehr eindrücklich klar gemacht und allen verkündet. Selbst auf Amethi hatte ich schon von Santa Chico gehört.«

»Schön, meinetwegen, vielleicht hast du. Aber eine Bande von Willow-Web-Sammlern?«

»Sie hatten Zugang zum Datapool und sie hatten Geld. Eine wundervolle Kombination; man kriegt alles, was man will.«

»Ich kann nicht glauben, dass Hunderte von Leuten ein Geheimnis so lange für sich behalten können. Einer kommt bestimmt nach Memu Bay und prahlt in einem Club damit. Und bald wüssten es alle.«

»Niemand weiß von ihnen«, sagte Lawrence. »Also haben sie ihr Geheimnis bewahrt. Einfache Logik.«

»Ich wüsste nicht wie.«

Lawrence hob die Schultern. Die nackten Tatsachen waren nun einmal nicht zu bestreiten.

»Hey, Sarge!«, sagte Karl. »Was ist dieser Schatz deiner Meinung nach?«

»Das ist der Punkt, an dem es interessant wird. Die Überwachungssatelliten haben nie etwas anderes außer Bauxit auf diesem Plateau gefunden. Geologisch gesprochen müsste es sich also um etwas handeln, das eigentlich nicht dort sein dürfte. Eine Anomalie. Vergrößere das Plateau«, befahl er der AS des Desktop-Pearls. Das Bild geriet ins Fließen. Schneebedeckte Berge flimmerten, als der Fokus an ihnen vorbeiglitt. Große Waldstücke fegten vorbei, bis die AS das Bild um ein Tal mit einem kreisförmigen See zentrierte. Er hatte eine kleine Insel in der Mitte. »Das hier hab' ich auch beim ersten Mal schon gesehen, als ich auf Thallspring war. Ich hab' es damals nicht erkannt, weil ringsum alles voller Bäume war.«

»Heiliges Schicksal!«, murmelte Odel. »Es ist ein Kratersee!«

»Ganz genau. Und zwar von einem Einschlag, nicht von einem Vulkan. Diese Insel ist der zentrale Punkt. Ein Brocken von irgendeinem Asteroiden oder Kometen ist vor ein paar Tausend Jahren oder weniger hier runtergekommen. Die Klippe auf der Westseite ist immer noch fast senkrecht. Es gab sehr wenig Bewegung und Erosion seit damals.«

»Und was war es?«, fragte Karl, während er sich vorbeugte und angestrengt auf den Bildschirm starrte.

»Ich würde auf Metall tippen«, antwortete Lawrence. »Ein massiver Klumpen Metall. Er würde den Eintritt in die Atmosphäre überleben, genau wie den Einschlag. Und er gibt den Bewohnern von Arnoon etwas, das sie bergen können.«

»Was für ein Metall?« Karl wollte es glauben. Manna vom Himmel und eine großartige Schatzsuche. Er kaufte sich gerade ein.

»Das weiß ich nicht mit Sicherheit, aber es muss eins von den kostbareren sein. Gold oder Platin. Vielleicht irre ich mich auch, und es war ein ganz gewöhnlicher kohlenstoffhaltiger Chondrit, der von der Hitze des Aufschlags und vom Druck zu Diamant verwandelt wurde.«

Karl schlug Odel auf die Schulter. »Hörst du das? Da oben in den Bergen gibt es einen riesigen Diamanten, und wir holen ihn uns!«

Odel musterte ihn mit einem mitleidigen Blick.

»Vielleicht ist es so«, sagte Lawrence. »Und genau das

müsst ihr für euch entscheiden. Jeder für sich allein. Ich muss wissen, ob ihr dabei seid oder nicht. Mit Sicherheit weiß ich nur eins: dass es Beweise für eine Menge Geld dort oben in den Bergen gibt und dass es gleich um die Ecke einen Einschlagkrater gibt. Wenn ihr mich fragt, das ist mehr als Zufall. Aber ich kann nichts garantieren.«

»Und was für einen Vorschlag willst du uns unterbreiten, Sergeant?«, fragte Odel.

»Gleicher Anteil für jeden, der mit mir nach dort oben geht. Außerdem müssen wir meinen Kontakt in Durrell und einen Raumflugzeug-Piloten auszahlen.«

»Und wie kommen wir dorthin?«, fragte Amersy.

»Wir wurden zu einer Hinterland-Patrouille abkommandiert. Wir brechen morgen früh um null achthundertdreißig auf. Geschätzte Dauer zwei Tage.«

»Meine Güte!«, Amersy grinste. »Das ist ja wirklich ein Kontakt, den du da hast. Unsere Aufträge kommen direkt aus Zhangs Büro.«

»Ich plane das schon eine ganze Weile«, war alles, was Lawrence dazu sagte. Selbst jetzt war er nicht bereit, irgendjemandem von seinem Prime zu erzählen.

»Mann, wir sind gedeckt!«, sagte Lewis, während sein Grinsen breiter wurde. »Wir brechen zu einer offiziellen Patrouille in die Gegend auf! Und die Dorfbewohner sind die Letzten, die wegen einer privaten Gewinnrealisierung Protest einlegen würden. Damit würden sie zugeben, dass sie etwas Wertvolles vor dem Rest des Planeten versteckt gehalten haben.« Er sah Lawrence bewundernd an. »Wahnsinn, Sarge! Ich bin dabei!«

Alle wandten sich um, als Hal laut zu grunzen begann. »Ich. Bin. Dabei. Sarge«, stieß er hervor. »Brauche. Geld. Um. Gesund. Zu. Werden. Kann. Nicht. So. Leben.«

Edmond tätschelte seinen Freund. »Keine Sorge, Mann. Du hättest sowieso deinen Anteil bekommen.«

»Offen gestanden müssen wir Hal sogar mitnehmen«, sagte Lawrence. »Hier kann sich niemand so um ihn kümmern, wie es nötig ist. Er kann hinten im Jeep liegen.«

Es überraschte sie, doch keiner erhob Einwände.

»Ich bin dabei«, sagte Karl. »Verdammte Company! Wenn es da oben wirklich Metall gibt, kann ich diesen Bastarden endlich den Rücken zudrehen.« »Ich auch«, sagte Odel.

»Und ich«, stimmte Edmond zu.

»Hey, ihr könnt mich nicht zurücklassen«, sagte Dennis.

»Herzlichen Glückwunsch«, rief Amersy. »Damit wären wir komplett.«

*

Denise hatte ihre Emotionen so lange unter Kontrolle gehalten, dass sie ihre Existenz fast vergessen hatte. Doch sie waren da, lauerten in ihrem Hinterkopf. Sie hatte sich immer wieder eingeredet, ihre Immunität vor jeglicher Ablenkung rührte von den digital geschriebenen Veränderungen her, denen sie sich unterzogen hatte, dass zusammen mit all den anderen Erweiterungen Objektivität und Rationalität installiert worden waren. Die Nachricht von Josep hatte diese Selbsttäuschung als das entlarvt, was sie tatsächlich war.

Ray hatte angerufen, eine Stunde, nachdem Josep den Raumhafen hätte verlassen haben müssen, und gesagt, dass er sich nicht gemeldet hatte. Dann fing sein Prime stark verschlüsselten Datenverkehr zwischen dem Raumhafen und dem Ostflügel von Eagle Manor auf, wo der Geheimdienst von Zantiu-Braun sein Büro errichtet hatte. Mehrere Nachrichten erwähnten den »Gefangenen« und enthielten Anforderungen für Personal und Equipment, hauptsächlich aus der medizinischen Abteilung.

»Sie bereiten alles vor, um ihn zu verhören«, sagte Ray.

Denise kämpfte mühsam gegen die Bestürzung an, die aus dem Nichts aufgestiegen war. »Meinst du Folter?«, fragte sie tonlos.

»Nein, eher Drogen und Gehirnscans. Deswegen wollen sie das medizinische Personal.«

»Kannst du ihn da rausholen?«

»Ich weiß nicht einmal genau, wo sie ihn festhalten, aber ich bin ziemlich sicher, dass er noch im Raumhafen ist. Sie haben vor fünfzehn Minuten jede Verbindung zum Datapool unterbrochen. Deshalb unser Problem, seinen genauen Aufenthaltsort festzustellen. Selbst wenn es mir gelingen würde, wäre es nicht einfach, ihn zu befreien. Er ist wahrscheinlich unter der schwersten Bewachung, die man sich vorstellen kann. Denise … ich glaube nicht, dass ich beides schaffen kann, ihn rausholen und unsere Mission nicht gefährden.«

»Ich verstehe.«

»Er wusste das. Du und ich wissen beide, dass es von Anfang an eine Möglichkeit war. Wir sind dieses Risiko eingegangen.«

»Ja.« *Bleib bei deinem Plan*, sagte sie sich. »Und was nun? Glaubst du, dass du einen Schlüssel in deinen Besitz bringen kannst?«

»Ich muss abwarten und sehen. Ich muss wissen, wo sie ihn geschnappt haben. Ob sie wissen, was er am Raumhafen gemacht hat. Das ist es, was ich nicht verstehe, Denise. *Wie zur Hölle ist es ihnen gelungen, ihn zu schnappen?* Wir kennen ihre Sicherheitssysteme. Wir haben nichts dem Zufall überlassen, als wir das alles geplant haben.«

»Noch ein Dudley Tivon«, sagte sie. »Eine zufällige Begegnung. Irgendjemand hat ihn überrascht.«

»Aber warum hat es dann keinerlei Alarm gegeben? Wenn irgendjemand etwas gegen die Interessen von Zantiu-Braun unternimmt, schicken sie doch normalerweise gleich eine ganze Salve von roten Leuchtraketen in die Höhe. Diesmal hätte ich nicht einmal erfahren, dass sie einen Gefangenen gemacht haben, wenn das Prime nicht ihre Kommunikation abgefangen hätte.«

»Was glaubst du?«

»Wenn ich mir ansehe, wie es ablief, und wenn ich die Tatsache bedenke, dass er keine Chance hatte, eine Warnung in den Datapool abzusetzen … ich würde sagen, sie haben ihm aufgelauert.«

»Das kann unmöglich sein, Ray! Es würde bedeuten, dass sie von uns wissen!«

»Ja. Kein schöner Gedanke, wie?«

»Ich glaube das nicht! Es muss eine andere Erklärung geben! Es muss einfach!«

»Ich will es auch nicht glauben, Denise. Aber wir können es uns nicht leisten, diese Möglichkeit zu ignorieren. Nicht jetzt.«

»Ray, wir brauchen einen Schlüssel für einen der Xianti-Flüge. Ohne Schlüssel haben wir versagt.«

»Nein, das haben wir noch nicht. Das haben wir noch lange nicht.«

»Wenn du ihn nicht befreien kannst …«

»Ich weiß. Er wird nicht zulassen, dass sie herausfinden, was er geworden ist oder was er dort gemacht hat. Wenigstens diese Option ist uns geblieben.«

»Möchtest du, dass ich nach Durrell komme?«

»Nein. Wenn ich die Situation noch irgendwie retten kann, brauche ich dich da, wo du bist. Ich muss meinen nächsten Zug sehr vorsichtig planen. Ich glaube, wir haben Zantiu-Braun von Anfang an unterschätzt. Wenn das der Fall ist, müssen wir möglicherweise die Mission ganz aufgeben.«

»Nein!«

»Sieh den Tatsachen ins Auge, Denise! Wir sehen im Augenblick nicht gut aus. Außerdem wird Zantiu-Braun in zehn Jahren oder so wieder auftauchen. Dann können wir einen neuen Versuch starten.«

»Also schön.«

»Es ist noch nicht vorbei. Ich behalte die Situation hier im Auge und gehe meine Möglichkeiten durch. Ich versuche, eine Verbindung zum Raumhafen herzustellen. Wir sollten es in den nächsten vierundzwanzig Stunden herausfinden.«

Denise lächelte tapfer. »Um diese Zeit wollten wir eigentlich schon unterwegs sein.«

»Ja. Ich rufe wieder an, sobald ich etwas Neues habe.«

Denise ging nicht zur Arbeit. Sie hinterließ Mrs. Potchansky eine Nachricht und schob eine Magenverstimmung vor, dann befahl sie der Prime-verstärkten Haus-AS, sämtliche Anrufe auszufiltern. Sie wusste, dass sie nicht imstande sein würde, der alten Frau gegenüberzutreten, nicht einmal über eine visuelle Verbindung.

Es war das erste Mal, dass sich der gemietete Bungalow ohne Ray und Josep wirklich leer anfühlte. Langsam füllte sich ihr Kopf mit merkwürdigen Gedanken, während sie durch den Flur tappte. Dass sie nach Arnoon zurückkehren sollte, wo sie in Sicherheit war. Oder nach Durrell fliegen und Josep retten. Dass diese ganze Mission von Anfang an ein Fehler gewesen war.

Nichts davon ist von Bedeutung, sagte sie sich grob. Was die Gedanken nicht davon abhielt, in ihr Bewusstsein einzudringen.

Denise blickte auf die Tür zu Joseps Zimmer. Sie wusste nicht genau, wieso sie davor stehengeblieben war. Er hatte sich nicht mit persönlichen Ausstattungsdetails abgegeben; ein Schreibtisch, zwei dunkelgrüne Ledersessel, die ihrer Meinung nach ziemlich grauenhaft waren. Ein Doppelbett. Natürlich. Auf der gegenüberliegenden Wand hatte er einen großen Flachbildschirm aufgehängt, sodass er sich auf der Matratze lümmeln und die Shows ansehen konnte. Im deaktivierten Modus zeigte der Schirm ein Bild vom Mount Kenzi, aufgenommen an einem wolkenlosen, sonnigen Tag; der schneebedeckte Gipfel strahlte weiß vor dem türkisblauen Himmel.

Sie drückte die Klinke herunter und trat ein. Als Josep nach Durrell abgereist war, hatte er ein Chaos hinterlassen. Die Bettdecke zerknittert am Fuß des Bettes, das Laken verrutscht. Mehrere Paar Schwimmflossen achtlos unter das Bett geschoben. Getragene T-Shirts, in denen er seine Touristen unterrichtet hatte, lagen auf einem Haufen auf einem der Sessel und rochen immer noch nach Salzwasser. Handtücher auf dem Boden verstreut. Zwei Tauchermasken über der Lehne des Schreibtischstuhls.

Trotz allem, was Denise in den Wochen nach der Invasion zusätzlich übernommen hatte, hatte sie auch die Zimmer der Jungen in Ordnung gehalten. Kleidung und Handtücher in die Waschmaschine gesteckt. Die Unordnung aufgeräumt. Sie hatte sogar zwei Schlüpfer und einen BH unter Joseps Bett gefunden – und mitgewaschen. Die Bettdecke sauber am Fuß des Bettes gefaltet. Der kleine Haushaltsroboter hatte Staub gesaugt, alles abgestaubt und das große Fenster geputzt, das hinaus in den Garten zeigte.

Doch selbst im aufgeräumten Zustand war es immer Joseps Zimmer gewesen. Tränen glitzerten in ihren Augen, und sie wischte sie mit einer wilden Bewegung ab. Sie setzte sich auf die Bettkante, und eine Hand strich über die Matratze. Als sie die Augen schloss, fiel es ihr leicht, ihn zu sehen. Erinnerungen an den kleinen dummen Jungen oben in Arnoon. Wie er mit den Jahren größer und vernünftiger geworden war. Wie er jugendlich und voller Selbstvertrauen aus dem digitalen Schreiben hervorgegangen war und sich der Mission wenigstens ebenso stark verpflichtet gefühlt hatte wie sie selbst. Dann hier unten in Memu Bay. Draufgängerisch und glücklich, ein attraktiver, anständiger junger Mann. All diese fabelhaften Mädchen, die er mit in den Bungalow gebracht, die hier auf seinem Bett gelandet waren.

Sie hatte nie mit ihm oder mit Ray geschlafen. Stattdessen hatten sie eine Beziehung wie Brüder und Schwester gehabt, liebe- und respektvoll, mit reichlich Neckerei und Streichen, die sie sich gespielt hatten.

War ich dumm? Hätte ich ihn vielleicht anmachen sollen? Die kostbare Zeit, die wir hatten, besser nutzen? Oder hatten wir beide Angst davor, wie tief und ernst es werden würde, wenn wir etwas anfangen?

Irrelevant, das alles. Nichts als eine Übung in *Was wenn?* Und schmerzvolle Selbstzerfleischung, je näher die Aussicht auf totales Versagen rückte. Sie hasste sich dafür, diese Dinge zu denken. Doch die Erinnerungen blieben hartnäckig.

*

Das Datenpaket von der Untergrundzelle traf am späten Vormittag ein. Prime-Programme in den verschiedenen Datapool-Knoten sorgten dafür, dass es von den Zantiu-Braun-Monitoren nicht erfasst wurde. Nicht einmal Datenfluss-Logs zeichneten seine Route auf.

Denise lag zusammengerollt auf Joseps Bett, als die Bungalow-AS die Nachricht entgegennahm und direkt an ihre digital geschriebenen neuronalen Zellen weiterleitete. Das Kissen unter ihrer Wange war feucht. Sie hatte geweint.

Aus ihrem Elend wurde blanker Zorn, als sie die Nachricht las. Sie stammte von einer Zelle in Harkness, einem der kleineren Vororte ganz am Rand von Memu Bays Gürtel aus terrestrischer Vegetation. Sie waren kaum aktiv gewesen seit der Invasion. Ein paar Slogans an Wände gekritzelt, Ausrüstung und Waffen für die aktiveren Einheiten in Memu Bay versteckt. Doch Harkness lag am östlichen Anfang des Great Loop Highway. Ein sehr strategischer Ort angesichts ihrer Mission. Der Hauptzweck für die Rekrutierung der Zelle war die Observation des Highways gewesen. Und sie hatten diesen Zweck soeben erfüllt.

Das Datenpaket enthielt einen Bericht über zwei Jeeps von Zantiu-Braun, die durch Harkness gekommen und über den Great Loop Highway in Richtung Hinterland unterwegs waren.

Denise verspürte aufsteigende Wut, weil die Dummköpfe in der Zelle es vermasselt und sie gestört hatten. Eine weitere emotionale Wallung, auf die sie verzichten konnte.

Es gab keine Jeeps. Das Prime, das sie in das Netzwerk von Zantiu-Brauns Hauptquartier eingesetzt hatte, überwachte die Einsatzpläne. Und etwas wie ein Konvoi Skins auf dem Weg ins Hinterland hätte es unverzüglich als absolute Priorität eingestuft. Sie hätte innerhalb von Sekunden, nachdem der Auftrag Ebrey Zhangs Büro verlassen hätte, davon erfahren.

Das Prime im Bungalow korrelierte automatisch die neue Information. Tatsächlich war eine Patrouille in das Hinterland geplant, und sie würde später am Tag aufbrechen.

Reflexartig setzte sich Denise auf. Sie verlangte eine Bestätigung für die Patrouille, und das Prime gab sie ihr.

Denise startete eine weitere Abfrage. Sie wollte wissen, warum das Prime sie nicht vor der bevorstehenden Abfahrt gewarnt hatte.

Für eine so machtvolle Software wie das Prime dauerte es überraschend lang, bis die Antwort kam. Mehrere Millisekunden. Ihr Prime hatte nichts von einer Patrouille gewusst, weil der Befehl nicht durch Zhangs Büro gelaufen war. Irgendjemand anderes hatte den Dienstplan aufgestellt, und zwar auf eine Art und Weise, die ihn vor jeder Überwachungsroutine abschirmte. Das Prime sandte Tausende subtiler Trawler durch die umgebende Netzarchitektur in dem Versuch, den Ursprung zu lokalisieren. Eine der Sonden entdeckte ein anderes Prime, das in Zantiu-Brauns AS lauerte.

Im Innern des elektronischen Universums betrachteten sich die beiden quasi-bewussten Programme passiv. Versuche der Infiltration und Subversion waren unmöglich. Sie waren gleichwertig.

»Ein anderes Prime?«, rief Denise schockiert.

Das war vollkommen unmöglich.

Und doch war es da.

Sie zog ihr eigenes Prime zurück.

Es hatte keinen Alarm im Z-B-Netzwerk gegeben. Niemand wusste, dass sie herumgeschnüffelt hatte. Das andere Prime hatte sie nicht informiert. Sie versuchte, die Situation logisch zu durchdenken. Es gab nur einen Ort, wo das Prime herkommen konnte, und das war Arnoon. Irgendjemand anderes von Zuhause war hier in Memu Bay. Irgendjemand mit einer Mission, die sich gegen die ihre richtete. Was wiederum unmöglich war. Kein Prime würde gegen den Drachen handeln. Der Drache hatte das Prime speziell für sie geschrieben.

Nichts von alledem ergab einen Sinn. Dann schließlich richtete sie ihre Aufmerksamkeit auf das Platoon, das mit der Patrouille beauftragt war. 435NK9. *Lawrence Newton!*

»Er kann unmöglich Bescheid wissen!«, flüsterte sie. Doch er war unterwegs über den Great Loop Highway zu einer Patrouille, die Zantiu-Braun nicht autorisiert hatte und von der Zantiu-Braun nichts wusste.

Denise schloss die Augen und dachte über ihre Möglichkeiten nach. Es gab nicht viele. Sie musste herausfinden, wie es kam, dass ein Prime Newton half. Das war das Allerwichtigste; vielleicht fand sie so auch heraus, auf welche Weise Josep gefangen worden war. Die Antwort musste in Arnoon liegen. Und Newton selbst durfte auf gar keinen Fall Arnoon Province erreichen.

Denise rannte in ihr eigenes Zimmer und zog sich um. Jeans, ein Trikot, eine Lederjacke, eine kleine Tasche mit den beiden Waffen, die sie im Bungalow aufbewahrte. Während sie sich anzog, nahm sie Verbindung mit verschiedenen Zellen auf und befahl ihnen, direkt gegen die Patrouille vorzugehen. Ihr Prime suchte außerdem die lokale Verkehrsregelungs-AS nach einem geeigneten Fahrzeug für sie ab. Es gab ihr eine Liste mit Möglichkeiten, und sie wählte das gewünschte Fahrzeug aus. Eine Flut von Notfallkommandos wurde in die AS des Vehikels geleitet.

Sie zog schwere Stiefel an und marschierte hinaus.

*

Lee Brack war davon überrascht worden, dass die AS seines Motorrads plötzlich blinkende Notfallsymbole auf seine optronischen Membranen lenkte und fast im gleichen Augenblick in eine Nebenstraße einbog. Lee hasste es, die AS zu benutzen. Diese Maschine war dazu gemacht, richtig gefahren zu werden, von echten Menschen und nicht von verdammter Software. Die schwere grüngoldene Scarret hatte einen Dreifachkonverter zur Energieerzeugung, mit supraleitender Verkabelung und Multi-Ring-Nabenmotoren mit eingebauten Drehwinkelkompensatoren. Höchstgeschwindigkeit auf einer vernünftigen Straße zweihundertfünfzig Stundenkilometer. Seine Frauen nannten sie seine »Midlife-Crisis-Maschine«. Und hier saß er nun auf seiner Scarret und wurde von der verdammten AS ferngesteuert in irgendeinen Wohnblock mit Geschwindigkeitsbeschränkung gelenkt. Die Kraftkupplung drehte erneut am Steuer und lenkte zum Straßenrand, während die Maschine ihre Fahrt noch weiter verlangsamte. Die Parkstütze glitt heraus.

Lee Brack nahm seinen Helm ab und blickte sich verwirrt um. »Was für ein verdammter Notfall soll das sein?« Er befand sich mitten in einem dieser stereotypen Vororte. Auf der anderen Straßenseite führte ein altes Paar seinen schokoladefarbenen Labrador aus. Vor ihm kam ein attraktives Mädchen herangejoggt. Nein, eigentlich rannte sie verdammt schnell. Und sie blieb neben der Scarret stehen.

»Danke«, sagte sie.

»Für w…«

Ihre Hände packten das Vorderteil seines einteiligen Motorradanzugs. Lee Brack wurde aus dem Sattel der Scarret gehoben, als bestünde er aus Styropor und wäre keine fünf Kilo schwer statt seiner fünfundneunzig. Er segelte ein kleines Stück durch die Luft und landete heftig auf dem linken Arm. Die Schulter bekam das meiste ab. Irgendetwas zwischen seinen Knochen und Sehnen knirschte scheußlich. Erst da fing er an zu brüllen.

Das Mädchen stülpte sich seinen Helm über und sprang rittlings auf die Scarret. Lees Schmerzensschrei verwandelte sich in offene Wut, als sich die Armaturenbrettbeleuchtung aktivierte. Was ist nur mit diesem beschissenen Sicherheitskode? »Verdammtes Miststück!«

Denises Prime löschte die AS der Scarret kurzerhand und installierte sich selbst in den neurotronischen Pearls, die die Systeme des Motorrads kontrollierten. Ihre digital geschriebene neurale Struktur integrierte sich nahtlos in die Software, als wäre sie ein Teil der Maschine. Energie strömte in die Nabenmotoren, und sie drehte die Handgriffe im Einklang mit der Kraftkupplung. Der U-Turn war scharf genug, dass der Ständer über den Asphalt schrammte. Funken stoben hinter der Maschine auf, bevor er ganz eingezogen war. Lee Bracks Flut wüster Beschimpfungen blieb in Sekundenschnelle hinter ihr zurück.

*

Die Jeeps näherten sich dem Rand von Memu Bays gammabestrahlter Fläche. Dunklere, bläulich schimmernde Vegetation vermischte sich mit irdischem Gras zu beiden Seiten des Great Loop Highway. Voraus dampfte der einheimische Dschungel nach dem frühmorgendlichen Regen. Auf dem Beifahrersitz des ersten Jeeps hatte Lawrence einen guten Ausblick auf den breiten Asphaltstreifen, der geradewegs durch das Land schnitt, bis er unter den Bäumen verschwand.

Endlich ließen sie die Dörfer hinter sich. Sie waren alle paar Kilometer entlang dem Highway verstreut. Ansammlungen kleiner Gebäude, die sich an der Straße reihten. Sie sahen alle fast identisch aus. Ein paar Läden, stets eine Bar, ein wenig Lowtech-Industrie. Werkstätten für Laster waren ebenfalls häufig, mit Reihen rostender Ungetüme draußen auf dem Gras. Roboterstationen für die Straßeninstandhaltung, ebenfalls mit verstreut herumstehenden Autowracks. Eine halbautomatische Stahlverhüttung, die Doppel-T-Träger ausstieß. Ein Wiedergewinnungsofen mit hohem Zwillingsschornstein, aus dem dichter, fetter Rauch in die klare Luft quoll, ein großer stinkender Haufen Abfall in der Landschaft dahinter. Die Häuser in der Umgebung der Anlagen waren wesentlich einfacher als die Appartementblocks in Memu Bay. Diese hier waren wenig mehr als einstöckige Schuppen mit Holzwänden, einem Dach aus Wellkomposit und Sonnenkollektoren. Erwachsene saßen draußen und beobachteten die Straße und den Verkehr. Kinder rannten auf den unbefestigten Wegen umher und spielten Fangen oder Fußball.

»All das hier war beim letzten Mal noch nicht da«, sagte Lawrence, während sie durch eine kleine Siedlung fuhren, die sich Enstone nannte. Ein großes Schild am Straßenrand warb für die Bootswerft, die sich auf dem ausgedehnten Gelände hinter den flachen Häusern angesiedelt hatte.

»Wir sind zwanzig Klicks vom Meer entfernt«, protestierte Lewis.

»Ist wahrscheinlich billiger, hier draußen zu produzieren«, antwortete Amersy. »Das ist die Sekundärwirtschaft von Memu Bay. Es fängt immer in der Umgebung reicherer

Ansiedlungen an, die bereits eine Weile bestehen. Je größer die Bevölkerung, desto größer der Anteil an ungelernten Arbeitern und Tagelöhnern.«

»Du meinst *arme Leute*«, sagte Dennis.

»Genau das meine ich.«

Der Verkehr auf diesem Abschnitt des Great Loop Highway war ebenfalls sehr viel stärker, als Lawrence vom letzten Mal in Erinnerung hatte. Der größte Teil waren Laster oder Lieferwagen, die zwischen der Stadt und den kleinen Fabriken und Geschäften verkehrten und Vorräte und Rohstoffe transportierten. Wenn das so schnell weitergeht, dachte Lawrence, wird es nicht lange dauern, bis die Dörfer zu einem einzigen großen Vorort verschmolzen sind.

Sie passierten das letzte Dorf entlang dem Great Loop Highway, als Lawrences Prime feststellte, dass ein anderes Prime den Marschbefehl für die Patrouille bemerkt hatte. Ein anderes Prime? Doch ein Irrtum war ausgeschlossen.

Das muss *KillBoy* sein, dachte Lawrence. Es war die einzig mögliche Erklärung. Tatsächlich war es die einzige Erklärung, die Sinn ergab. Lawrence hatte von Anfang an gewusst, dass der Widerstand hochentwickelte Subversionssoftware zu seiner Verfügung hatte. Was für eine Ironie, dachte er, dass es ausgerechnet Prime ist.

»Ich möchte, dass ihr eure Sensoren auf Suchmuster A5 umschaltet«, sagte Lawrence zu den anderen. »Lasst eure AS den Input nach lokalem Datenverkehr und elektronischen Aktivitäten untersuchen. Irgendjemand scheint sich gerade für uns zu interessieren. Möglicherweise müssen wir mit gegnerischen Aktivitäten rechnen.«

»Woher zur Hölle willst du das wissen?«, fragte Amersy irritiert.

»Ich besitze eine kluge Software, die illegale Suchpings

entdecken kann. Und jemand hat Nachforschungen über unsere Patrouille angestellt. Jemand, der nicht zu Zantiu-Braun gehört.«

»Meine Güte, Sarge!«, sagte Karl. »Sie müssten dich zum General machen.«

»Das ist wirklich eine ziemlich kluge Software«, sagte Amersy trocken.

»Das ist sie. Los, kommt, Leute, aufwachen.« Er überprüfte sein Telemetriegitter, um sich zu überzeugen, dass alle ihre Sensoren aktivierten. Als alle soweit waren, drehte er sich zu Hal um, der hinten im Jeep saß. Der Junge lehnte auf der Tür und starrte hinaus in die Landschaft. Der Wind spielte mit seinen Haaren. Auf seinem Gesicht lag ein permanentes schiefes Grinsen, während er die vorbeihuschende Szenerie beobachtete. Edmond saß neben ihm, die Füße auf einer Kiste voller medizinischer Vorräte, die Hals Module benötigten.

»Alles in Ordnung?«, erkundigte sich Lawrence. »Alles unter Kontrolle, Sarge.«

Sie überquerten die Grenze zwischen terrestrischer und einheimischer Vegetation. Das einzige andere Fahrzeug, das noch auf dem Great Loop Highway unterwegs war, war eine Zugmaschine mit einem Tieflader-Anhänger, der ihnen aus dem Hinterland entgegenkam. Als sie ihn passierten, sah Lawrence, dass er getrimmte Baumstämme geladen hatte. Er fragte sich, wie legal das war – in der Stadt gab es mehrere Fabriken, die synthetisches Holz herstellten.

»Fahr zu«, sagte er zu Dennis, der den vorderen Jeep lenkte. »Ich möchte vor Einbruch der Nacht in Arnoon ankommen.«

Dennis trat das Gaspedal durch, und der Jeep gewann an Geschwindigkeit.

*

Seit der Anruf gekommen war, arbeitete Newby ständig unter Adrenalin. Und es fühlte sich phantastisch an. Genau diese Art von Action hatte er sich vorgestellt, als er der Zelle beigetreten war. Doch seit die Invasoren gelandet waren, hatten sie nicht mehr tun dürfen, als ein paar sperrige Kisten hinten in der Werkstatt seines Vaters zu verstecken, unter leeren Colakisten, die darauf warteten, abgeholt zu werden. Das einzig Aufregende waren die Fremden, die hereinkamen und ihm das Passwort nannten und entweder Kisten abholten oder neue brachten. Es gab ihm das Gefühl, Teil von etwas Wichtigem zu sein. Mit dreiundzwanzig Jahren war es das erste Mal, dass er ein Gefühl von Zugehörigkeit empfand.

Und nun *endlich* war die Zelle aktiviert worden, und zwar mit einer *wichtigen* Mission. Er gesellte sich hinter der väterlichen Werkstatt zu seinen Kameraden von der Zelle, Carol und Russell, und kletterte in den klapprigen alten Pick-up. Jeder Gedanke an ein stilles Davonfahren wurde vom rumpelnden Brüllen der alten Verbrennungsmaschine zunichtegemacht, als sie am Anlasser drehten. Er zuckte zusammen, schaltete krachend durch die Gänge und jagte davon, als sein Vater aus dem Haus gelaufen kam.

Die Instruktionen, die er mit seinem Armband-Pearl empfangen und entschlüsselt hatte, waren einfach und genau. Er machte in Enstone Halt, um eine weitere Zelle aufzusammeln, drei Leute, die er noch nie zuvor gesehen hatte. Zwei pausbäckige, teiggesichtige Männer Ende zwanzig, von denen er vermutete, dass sie Brüder waren. Der dritte Mann war schlank und würdevoll und wenigstens sechzig Jahre alt, und er trug eine gebügelte Jeans und ein

Baumwollhemd mit einem Spitzenband; sein Stetson war ebenfalls sauber und kostspielig. Er sah für Newby nach Geld aus. Doch alle nannten das richtige Passwort, und jeder von ihnen trug einen beeindruckend schweren Kasten. Sie quetschten sich auf die Ladefläche des Pick-up, und zu sechst fuhren sie weiter über den Great Loop Highway nach Osten in Richtung der Ausläufer des Mitchell-Rückens. Newby verlangte der alten Maschine alles ab.

Sie wählten die Stelle für den Hinterhalt tief im Dschungel, wo die Straße bereits zum Plateau hin anstieg. Es war eine Gegend voll außergewöhnlich üppiger Vegetation, mit Ranken und Schlingpflanzen, die so schnell wuchsen, dass man fast zusehen konnte. Der Kampf zwischen Unterholz und den Highway-Wartungsrobotern tobte so wütend wie eh und je. Das ständige Zurückschneiden mithilfe der Energieklingen hatte zur Folge, dass die Wand aus Laub zu beiden Seiten der Straße inzwischen fast massiv war. Über der Straße, wo die Klingen der Roboter nicht hinreichten, hatten die Zweige ein verschlungenes Blätterdach über dem Asphalt gebildet und so einen düsteren Tunnel geschaffen. Fetzen von Schlingpflanzen hingen vom Apex herab und dienten als Regenleitung für das nasse Dach. Saures Wasser tropfte von ihnen auf den Great Loop Highway wie von botanischen Stalaktiten.

Newby musste die Scheinwerfer des Pick-up benutzen, so düster war es unter den Bäumen. Als sie endlich eine Lücke in dem dichten Unterholz an der Seite der Straße fanden, bog er ab und manövrierte den Pick-up langsam zwischen den Bäumen hindurch, bis er gut hundert Meter vom Asphalt entfernt und vollkommen unsichtbar war. Aramande und Rufus, die beiden Brüder, begannen unverzüglich damit, Sprengladungen an den Bäumen neben der

Straße anzubringen. Sie gingen sehr geschickt mit den kleinen Ladungen um. Während der Fahrt hierher hatten sie erzählt, dass sie hin und wieder an illegalen Holzfällereien im Dschungel teilnahmen, wo eine Menge Bäume schnell gefällt werden mussten. Nolan, der alte Gentleman, hatte die restlichen vier Kisten geöffnet. Sie enthielten genau die Sorte Waffen, von denen Newby geträumt hatte, seit die Invasoren gelandet waren. Nolan setzte mit professionellem Geschick eine sperrige Handfeuerwaffe zusammen. Er nannte sie Thunderbolt. Der kurze Lauf besaß einen Durchmesser von acht Zentimetern und einen Lademechanismus, der aussah, als sei er aus Komponenten aus einem Eisenwarenladen zusammengesetzt. Es gab keinerlei elektronische Servomechanismen. Die Waffe verschoss Kugeln von Faustgröße. Nolan schob ein dickes Magazin ein und reichte sie dem begeisterten Newby.

»Du kriegst die hier, weil sie Explosivgeschosse verschießt«, sagte Nolan. »Mit anderen Worten, es macht nichts, wenn du nicht besonders genau zielst. Was ich nicht glaube. Wir glauben, dass ein direkter Treffer damit einen Skin tötet. Ein Streifschuss führt mit gleicher Wahrscheinlichkeit zu einer Verletzung. Also, sobald wir die Jeeps anhalten und ich dir das Zeichen gebe, feuerst du dieses Magazin in sie, so schnell du kannst. Der Plan ist, die Jeeps zu vernichten und den Skins die Scheiße aus dem Leib zu schießen. Danach schiebst du das zweite Magazin rein und nimmst dir einzelne Skins vor.« Er reichte Carol eine zweite Thunderbolt. »Ihr werdet alle gleichzeitig das Feuer auf sie eröffnen, und ihr habt den Dschungel als Deckung. Unter diesen Umständen werden sie es schwer haben, das Feuer zu erwidern, doch es ist nicht unmöglich. Ihre Sensoren sind gut, und sie haben Unterstützung von einer AS. Sie *können* euch finden. Versteht ihr? Deswegen dürft ihr auf keinen Fall aufhören zu feuern.«

»Und was wirst du tun?«, fragte Carole.

Nolan öffnete die letzte Kiste. In ihr lag ein Gewehr mit einem Lauf, der fast eineinhalb Meter lang war. Selbst in Newbys ungeschulten Augen sah die Waffe verdammt tödlich aus.

Der alte Mann nahm sie heraus und tätschelte sie zärtlich. »Ich übernehme die Präzisionsarbeit.«

Newby suchte sich einen Baum mit einem massiven, mehr als zwei Meter durchmessenden Stamm. Er war zwanzig Meter vom Great Loop Highway entfernt. Wenn er sich zwischen zwei dicken Wurzeln niederkauerte, hatte er freie Sicht auf das rissige Asphaltband der Straße. Eine Interfacebrille hielt den Kontakt mit den anderen. Nolan hatte sie mitgebracht, genau wie die Waffen. Sie waren mit Glasfaserkabeln untereinander verbunden, die er über dem Dschungelboden ausgerollt hatte.

»Auf diese Weise können wir ohne Funksignale kommunizieren«, hatte er erklärt. »Damit bleibt das Risiko einer Entdeckung minimal.«

Und dann wartete Newby mit unbequem verschränkten Beinen in der grässlichen Feuchtigkeit, die sein Hemd durchdrang und am ganzen Körper juckte. Tixläuse hatten ihn gefunden und erkundeten begierig diesen neuen Vorrat an Nahrung. Er schlug alle paar Sekunden nach den winzigen Insekten, wenn sie einmal mehr schmerzhaft in seine Haut bissen. Nachdem er nun Zeit gefunden hatte, sich richtig umzusehen, sah er die glitzernden Nesthügel der Tiere überall rings um den Baumstamm.

Seine frühere Begeisterung hatte sich verflüchtigt. Nervosität nagte an seiner Zuversicht. Schrilles Vogelkreischen ließ ihn zusammenzucken. Er wollte, dass es vorbei war. Krämpfe machten sich in seinen Oberschenkelmuskeln breit.

»Ich höre etwas!«, flüsterte Russells Stimme in seinem Ohr.

»Was?«, kam ein Chor von geflüsterten Fragen von den anderen.

»Könnten sie sein.«

»Also schön«, sagte Nolan. »Vergesst nicht – bleibt ruhig. Es wird kurz, laut und brutal werden. Verliert vor allem euer Ziel nicht aus den Augen. Wir müssen uns gegenseitig unterstützen. Nur auf diese Weise kann es funktionieren.«

»Ich lasse niemandem im Stich. Bestimmt nicht.« Newby stellte einigermaßen verlegen fest, dass er laut gesprochen hatte.

»Das weiß ich, Sohn«, antwortete Nolan freundlich.

»Sie sind es!«, zischte Aramande. »Ich kann sie sehen!«

»Also schön. Rufus, pass auf, dass du die Ladungen nicht zu spät zündest.«

»Hey, Mann, ich weiß, was ich tue!«

Newby rutschte ein wenig herum und brachte die Thunderbolt in Anschlag. Er spähte über den dicken Lauf hinweg auf die Straße. Und tatsächlich, dort näherte sich ein Jeep. Scheinwerfer erhellten das Halbdunkel und verdrängten die Schatten. Ein zweiter Jeep befand sich dicht dahinter. Er konnte die Skins darin erkennen.

Der erste Jeep war fast auf Newbys Höhe angekommen, als Rufus den Baum sprengte. Es war eine ganz einfache Falle. Ein Baum vor der Patrouille, der den weiteren Weg blockierte und die Jeeps zum Halten zwang. Der zweite würde hinter ihnen gesprengt werden und jeden Rückzug verhindern. Sie würden in einer Todesfalle sitzen, und die Thunderbolts würden sie in Fetzen reißen.

Die Brüder wussten tatsächlich, was sie taten. Die Sprengladung riss ein großes Stück Holz aus der Basis des Stamms. Es gab keinen großen Blitz oder Knall. Der Baum fiel krachend um, fetzte durch die Schlingpflanzen und Ranken, die ihn mit dem Rest des Dschungels verbanden, und landete fast im rechten Winkel auf dem Asphalt dreißig Meter vor dem ersten Jeep.

Newby sprang auf, brachte die Thunderbolt in Anschlag, und sein Finger betätigte den Abzug. Doch der erste Jeep wurde nicht einmal langsamer. Er meinte, ein paar helle orangefarbene Blitze irgendwo zwischen den sitzenden Skins zu sehen. Zwei mächtige Detonationen pulverisierten die Mittelsektion des gefällten Baums. Eine Wolke aus tödlichen, dolchgroßen Holzsplittern brach aus den Feuerbällen hervor und zerfetzte die umgebende Vegetation. Die beiden unbeschädigten Hälften des Baumstamms rechts und links der Explosion wurden heftig auseinandergerissen, und die Straße war frei.

»Schießt!«, brüllte jemand in Newbys Ohr.

Er zuckte zusammen, als die Holzsplitter rings um ihn herum wie tödliche Sicheln durch die Luft zischten, doch es gelang ihm trotzdem irgendwie, den Abzug zu betätigen. Der Rückstoß kugelte ihm beinahe die Schulter aus. Gott allein wusste, wohin der Schuss gegangen war. Er erholte sich und versuchte, auf den ersten Jeep zu zielen, als dieser vorbeijagte. Explosionen hallten zu beiden Seiten der Straße durch den Wald. Eine ging ganz in seiner Nähe los, keine dreißig Meter entfernt. Die Schockwelle wurde von den Bäumen gedämpft, doch sie warf ihn immer noch gegen den Stamm, den er als Deckung ausgewählt hatte. Seine Interface-Brille wurde ihm vom Kopf gerissen. Er schrie unartikuliert wegen des Schmerzes. Hörte seine eigene Stimme nicht mehr. Seine Ohren brannten, doch die Welt war in absolute Lautlosigkeit gesunken.

Weitere Explosionen erfüllten den Dschungel, und helles orangefarbenes und weißes Licht zuckte durch die Bäume. Es waren anscheinend zwei verschiedene Waffenarten; eine Sorte Explosionen war viel heftiger.

Seine Knie zitterten so stark, dass er sich kaum auf den Beinen zu halten vermochte, als er sich am Stamm herumrollte, bis er die Straße ins Visier nehmen konnte. Ein Jeep fuhr vorbei. Er brachte die Thunderbolt erneut in Anschlag, überrascht von dem Blut, dass er an seinen Händen und Armen sah. Die Waffe zitterte, als er auf den Jeep zielte. Er betätigte den Abzug. Ein smaragdfarbener Laserstrahl huschte über ihn hinweg. Er sah nichts außer einem blendenden grünen Nebelschleier. Dann explodierte etwas mitten in der Luft und auf halbem Weg zwischen ihm und dem Jeep. Er wurde nach hinten geschleudert, als eine furchtbare Hitzewelle ihn versengte. Er spürte, wie die Haut auf seinen Wangen und seiner Stirn schrumpelte. Seine Haare schwelten, als er schwer auf den harten, dornigen Untergrund stürzte.

Newby lachte, oder weinte. Er wusste es nicht genau. Doch seine Lungen rasselten, als sich seine Kehle zusammenschnürte. Sein ganzer Körper war taub, als der Schock den Schmerz ausblendete. Er konnte kaum noch etwas sehen, nur einfache Umrisse. Er blinzelte ein paar Mal, während er schwach durch den Dreck und die zerfetzten Äste kroch. Es kostete ihn unglaubliche Kraft, sich wieder auf die Knie zu erheben. Der Laserstrahl hatte seine Netzhäute verbrannt, und große Nebelschleier tanzten vor seinem Sichtfeld. Er wimmerte, als die Taubheit wich und schreckliche Kälte in seine Eingeweide kroch. Er zitterte.

Die Jeeps waren verschwunden. Unter den zerfetzten Bäumen brannten mehrere Feuer. Rauch kräuselte hinauf zu dem dichten Blätterdach.

Ein dunkler Schatten kam aus der Richtung, wo die Straße lag, und raste dicht an seinem Kopf vorbei. Es ging so schnell, dass Newby ihn für ein Phantom hielt, Folge der verbrannten Netzhäute vom Laserbeschuss. Doch der Schatten zog einen winzigen Rauchschweif hinter sich her, der seinen Weg markierte.

Newby drehte sich um, um zu sehen, wohin er verschwunden war. Der Rauchschweif kurvte mit unglaublicher Geschwindigkeit um die Bäume herum, während er um einhundertachtzig Grad wendete. Newbys Gehirn sandte eine Flut von Nervenimpulsen zu seinen Lungen und Stimmbändern. Es sollte ein Schrei werden. Doch die Impulse waren zu langsam.

*

Lawrence ließ die Jeeps erst wieder anhalten, als sie das Plateau selbst erreicht hatten und aus dem Dschungel heraus waren. Während der letzten Sektion des Anstiegs war der Great Loop Highway immer weiter verwittert und am Schluss kaum mehr als ein Pfad durch den Dschungel. Der Asphalt bröckelte von einer Kombination aus Hitze, Wasser und Wurzeln. So weit von Memu Bay entfernt gestattete das Budget für die Highway-Wartungsroboter kein Erneuern der Oberfläche mehr. Sie hielten die alte Route frei, doch das war alles. Fahrzeuge, die so weit fuhren, besaßen die Art von Chassis und Bereifung, um mit einer Schlammpiste fertig zu werden.

Die Jeeps waren jedenfalls ohne Probleme bis hierher gekommen. Sie hatten bei dem versuchten Hinterhalt ein paar Beulen von umherfliegenden Holzsplittern abgekriegt, und die Lackierung war verschrammt und verbrannt. Doch die Motoren und die Reifen waren intakt.

Dennis trat hart auf die Bremse, sobald Lawrence ihm das Okay dazu gab. Die Reifen wirbelten eine Wolke aus Sand und Staub auf.

Lawrence wandte sich um. Die Kugel des Heckenschützen hatte Edmond am Hals erwischt und den Skinpanzer glatt durchschlagen. Das medizinische Programm des Skinsuits konnte nichts mehr für ihn tun. Die Kugel hatte Muskeln, Blutgefäße, Nerven und sogar zwei seiner Nackenwirbel zerfetzt, bevor sie an seiner Schulter wieder ausgetreten war. Die Verletzungen waren einfach zu stark.

Hal hatte die Arme um seinen Freund geschlungen, genau wie im Verlauf der ganzen letzten Stunde. Selbst mit einer gelähmten Gesichtshälfte war der qualvolle Ausdruck ein schrecklicher Anblick.

»Tot!«, heulte Hal. Er atmete tief ein und wieder aus. »Tot. Tot.« Ein weiterer mühevoller Atemzug. »Sarge. Er. Ist. Tot.«

»Ich weiß, Hal. Es tut mir leid.«

Blut war schäumend aus dem Loch in Edmonds Skinsuit getreten. Es hatte die Vorderseite von Hals Hemd durchtränkt und verklumpte dort zu einer dicken Paste.

Amersy, Lewis, Karl und Odel kamen von ihrem Jeep herbei.

»Scheiße«, murmelte Lewis auf dem allgemeinen Kommunikationskanal. »Und was jetzt?«

»Ich wusste nicht, dass so etwas auf uns warten würde«, sagte Odel.

»Doch, du hast es verdammt noch mal gewusst!«, fauchte

Karl. »Der Sarge hat uns gewarnt. Und wir haben diese verdammten Bastarde unter den Bäumen gesehen!«

»Er ist tot!«, schnappte Odel.

»Genau wie diese Bastarde!« Karls Stimme klang schneidend und zufrieden. »Smartmissiles. Jetzt weißt du, dass sie sinnvoll waren.«

»Gütiger Himmel, das hätte überhaupt nicht passieren dürfen!« Odel wandte sich vom Jeep ab und stand mit in die Hüfte gestemmten Händen da.

»Wir müssen ihn begraben«, sagte Lawrence. »Sarge?«, fragte Dennis.

»Wir müssen ihn begraben. Soweit es Zhang und Bryant betrifft, ist er ein weiterer Jones Johnson. Wir können ihn nicht mit zurückbringen. Und wir dürfen niemandem erzählen, was passiert ist.«

Hal hielt immer noch seinen Freund in den Armen. Dennis musste den Toten gewaltsam aus der Umklammerung befreien. Er musste einen Teil seiner Skinkräfte einsetzen. Hal weinte hemmungslos, während sie Edmond vom Jeep wegtrugen. Seine Hände hämmerten hilflos gegen Sitz und Tür und brachten den ganzen Jeep zum Schaukeln.

In unausgesprochenem gegenseitigem Einvernehmen entfernten sie sich mehrere hundert Meter von der Straße. Amersy und Odel begannen, im sandigen Boden zu graben, und kamen schnell tiefer. Dann legten sie den Leichnam, immer noch in seinem Skinsuit, in das Grab und schaufelten es wieder zu.

»Möchte jemand ein paar Worte sagen?«, fragte Lawrence.

»Lebwohl, Kamerad«, sagte Karl. »Ich bin noch nicht fertig mit Killboys Freunden. Ich verspreche dir, dass ich dir noch ein paar von ihnen hinterherschicke, bevor wir hier fertig sind.«

Amersy seufzte. »Diejenigen von uns, die dich kannten, sind dir dankbar für die Zeit, die du mit uns verbracht hast. Du hast ein gutes Leben gelebt, und das werden wir nicht vergessen. Wir wünschen dir eine gute Reise auf deinem letzten Weg. Möge Gott deine Seele bei sich aufnehmen.«

»Amen«, murmelte Dennis.

»Amen«, wiederholte Lawrence.

»Und was nun?«, fragte Lewis, als sie zu den Jeeps zurückkehrten.

»Wir müssten Arnoon in fünf Stunden erreichen können«, sagte Lawrence.

»Du meinst, wir machen weiter?«, fragte Odel.

»Ich werde weitermachen«, sagte Lawrence.

»Aber er ist tot, Sarge! Die Rebellen wissen, dass wir hier sind!«

»Nein, keiner weiß es«, widersprach Karl. »Die es wussten, sind ebenfalls tot. Wir haben dieses Geld verdient, Mann. Es gehört uns!«

»Wenn jemand umkehren möchte, dann soll er es tun«, sagte Lawrence. »Ich werde niemanden aufhalten, und ich werde niemandem einen Vorwurf machen. Ich habe euch von Anfang an gesagt, es ist eure Entscheidung. Auch Edmond hat seine eigene Entscheidung getroffen.«

»Dieser gottverdammte KillBoy!«, sagte Odel. »Ich hoffe, er brennt in der Hölle!«

»Okay«, sagte Lawrence. »Fangen wir an. Dennis, ich möchte, dass du dich um Hal kümmerst. Mach ihn sauber; ich glaube, wir haben ein paar frische Hemden für ihn dabei. Ich werde fahren. Odel, du fährst bei uns mit; ich möchte, dass du den Smartmissile-Werfer integrierst.«

»Glaubst du wirklich, sie versuchen es noch einmal?«, fragte Lewis.

»Nur, wenn sie vollkommen den Verstand verloren haben«, sagte Amersy.

*

Denise jagte mit rund hundertvierzig Stundenkilometern durch die Dörfer entlang des Great Loop Highway. Sie verlagerte ihr Körpergewicht in perfektem Einklang mit der Kraftkupplung von einer Seite zur anderen und überholte rumpelnde Laster und heruntergekommene alte Pick-ups, als würden sie stehen. Die Kombination aus Laserradar, Prime und digital geschriebenen Neuronen bildete ein unvergleichliches Leitsystem, das ihr gestattete, das schwere Motorrad bis an die Grenzen auszureizen. Baufällige Häuser huschten vorbei, periphere Schatten aus trüben Farben. Ihre Aufmerksamkeit galt nur der Straße vor ihr und den plötzlich auftauchenden Hindernissen. Fahrräder waren besonders lästig. Leute waren gefährlich, hauptsächlich die Kinder, die unerwartet auf die Straße sprangen. Sie hörte bald auf zu zählen, wie oft sie mit wenigen Zentimetern Abstand an einem Kind vorbeijagte, das vor Schreck und Entsetzen erstarrt stehen blieb und schrie.

Je näher sie der Grenze kam, desto weniger wurde der Verkehr. Je weiter die Lücken zwischen den Fahrzeugen wurden, desto mehr Energie leitete sie in die Nabenmotoren. Geduckt hinter das Ellipsoid der Verkleidung spürte sie, wie der Fahrtwind rechts und links an ihr vorbeirauschte. Der Asphalt war ein glattes blaues Band unter den dicken weichen Reifen. Einmal mehr drangen menschliche Emotionen durch. Das aggressive Gefühl von Geschwindigkeit obsiegte über vernünftige Sicherheit. Die Befriedigung eines Raubtiers, das sich auf seine Beute stürzte. Und tiefer verborgen der schmerzhafte Hunger nach einer Vergeltung, die nichts als Rache war.

Sie donnerte aus einem flachen Tal heraus und sah die offene Landschaft vor sich. Der Mitchell-Rücken zog sich über den Horizont und ragte über den Dschungel auf. Sie kannte jeden einzelnen Namen der Gipfel, die sich in den bleichen, türkisfarbenen Himmel erhoben. Es war Monate her, dass sie die Berge gesehen hatte, die Begleiter ihrer Jugend. Der Anblick erweckte eine stille Sicherheit. Trotz der Umstände kam sie nach Hause. Die Einsamkeit würde bald ein Ende haben.

Als die Scarret den Dschungel erreichte, musste sie erneut langsamer fahren. Der Asphalt war rissig, zermatschte graue Früchte waren über ihn verteilt, Wasser staute sich in Pfützen und verdampfte über den flacheren Teilen. Selbst mit diesem Motorrad mit all seinen aktiven Stabilisatoren und Kompensatoren musste sie auf dieser trügerischen Fahrbahn vorsichtig sein.

Ihr Wunsch war, die Jeeps vor dem Hinterhalt einzuholen, sie vielleicht sogar zu überholen, um Newby, Nolan und den anderen Mitgliedern der Zellen zu helfen.

Als der Great Loop Highway schließlich so schmal wurde, dass die Zweige der Bäume ein geschlossenes Blätterdach bildeten, schaltete sie den Scheinwerfer ein. Es war ein fremdartiges, unheimliches Stück Straße. Statt das Gelände zu erhellen, schien der blau-weiße Scheinwerfer das düstere Zwielicht ringsum noch dunkler zu machen. Das Unterholz, das den Asphalt säumte, war übersät von Schimmel und Schleim. Die Blätter, jeden Lichts beraubt, waren lang und missgestaltet und hatten ihre gesunde Farbe verloren. Tixläuse waren die einzige Lebensform, die hier auf diesem Teppich aus Verwesung gedieh, der den Dschungelboden bildete.

Das Motorrad brummte über die Mitte des verrottenden Highways, und die überlegene Technik ließ sie sanft über die unebene Oberfläche gleiten. Sie schaltete das Laserradar ab für den Fall, dass die Skins es entdeckten. Jeder ihrer erweiterten Sinne suchte angestrengt nach dem Gegner.

Am Ende war es überhaupt nicht schwer. Gase von den Explosionen hafteten lange Zeit in der noch immer dicken Luft, die über der Straße hing. Denise roch es eine Minute, bevor sie die Stelle des Hinterhalts erreichte. Sie kam um eine leichte Kurve herum und sah dicke Sonnenstrahlen, die durch das Blätterdach drangen, wo mehrere Bäume verschwunden waren. Die Parkstütze glitt aus der Scarret, und sie stieg ab. Explosionen hatten große Lücken in den dichten Dschungel gerissen. In der Straße selbst war ein flacher Krater mit den Überresten eines Baums zu beiden Seiten. Sie brauchte nicht lange, um herauszufinden, was sich ereignet hatte. Der umgestürzte Baum, um die Jeeps zu stoppen und unter Feuer zu nehmen – nur, dass die Skins den Baum mit ihren eigenen Waffen aus dem Weg gesprengt hatten.

Sie wusste von den Erkundungsstreifzügen, die ihr Prime durch die AS von Zantiu-Braun unternommen hatte, dass die Söldner schwere Waffen mit nach Thallspring gebracht hatten. Doch es war das erste Mal, dass sie eingesetzt worden waren. Newton musste sie aus dem Waffenlager mitgenommen haben, ohne dass irgendjemand etwas davon wusste. Genauso, wie sie es mit den Landminen gemacht hatte.

Die Erkenntnis war extrem beunruhigend. Falls es sich nicht um einen unwahrscheinlichen Zufall handelte, dann war es Newton, der das andere Prime besaß. Was bedeutete, dass er vom Drachen wissen musste. Aber wie? Hatte ihm jemand davon erzählt? War es die gleiche Person, die ihm das Prime gegeben hatte?

Und nun führte er sein Platoon auf einer privaten Mission hinauf auf das Plateau. Das konnte nur einen einzigen Grund haben.

Denise suchte die unmittelbare Umgebung des Hinterhalts ab in dem Versuch, herauszufinden, was mit den Zellenmitgliedern passiert war. Sie hatte die vage Hoffnung, dass sie vielleicht ein paar Fragen würden beantworten können. Dann sah sie einen umgestürzten Baum, der mit rotem Blut bespritzt war. Tixläuse wimmelten darüber. Sie fielen herab, so schnell sie hinkamen. Hunderte toter Läuse lagen am Boden. Sie trat näher, um nach dem Grund dafür zu sehen. Ihr Fuß rutschte auf etwas ab, das die Konsistenz von harter Marmelade besaß. Sie blickte nach unten und zuckte zusammen.

Die Zellenmitglieder würden ihr also nichts mehr erzählen können.

Sie eilte zurück zu ihrem Motorrad. Ihr Ring-Pearl benutzte den heimischen Relaissatelliten, um einen Anruf nach Arnoon durchzustellen. Das Gespräch wurde durch Prime überwacht und stark verschlüsselt. Dennoch bestand ein Risiko, dass das Gespräch abgehört wurde. Sie musste es eingehen.

»Denise!«, rief Jacintha. »Warum die Verschlüsselung? Hast du etwas von Josep gehört? Wir machen uns große Sorgen!«

»Wir haben noch ein viel größeres Problem, fürchte ich.«

*

Der Great Loop Highway war so weit draußen nur noch ein schlechter Witz. Die Transponderpfosten waren verschwunden. Die Wartungsroboter hatten die Vegetation seit Jahren nicht mehr weggeschnitten. Die Straße bestand nur noch aus zwei unebenen Reifenrillen im Boden, ausgefahren von den wenigen Lastern und Pick-ups, die immer noch das Plateau überquerten. Und sie folgten nicht mehr der ursprünglichen Fahrbahn. Lawrence kurbelte ununterbrochen am Lenkrad, um Schlaglöchern auszuweichen, als er der mäandernden Fahrbahn folgte, die sich um unsichtbare Hindernisse schlängelte. Heute gab es keine Pfützen; auf diesem Teil des Plateaus hatte es seit einiger Zeit nicht mehr geregnet. Der Jeep wirbelte eine Staubwolke auf, während er durch die Rillen hüpfte. Der Staub kam überall hin. Hal musste eine Papiermaske aus dem Erste-Hilfe-Kasten aufsetzen. Die Filter der Skin-Grills mussten immer wieder freigeblasen werden.

Lawrence verließ sich auf sein Trägheitsleitsystem, um sicherzustellen, dass sie immer noch grob in die richtige Richtung fuhren. Es war unmöglich anders festzustellen. Die Karten vom Plateau waren die Gleichen, die sie beim letzten Mal benutzt hatten, ohne eine einzige Aktualisierung. Sie zeigte noch immer einen schnurgerade zwischen den Siedlungen des Plateaus verlaufenden Great Loop Highway.

Als sie sich Rhapsody Province näherten, glaubte er ein paar Sekunden lang sogar, dass die Karte einen Fehler hätte – nirgendwo war etwas von den Bauxitminen zu sehen. Es dauerte eine Weile, bis ihm dämmerte, dass die konischen Hügel vor ihnen tatsächlich die ehemaligen Schlackehügel waren. Ein gutes Stück größer und bedeckt von Gräsern und Büschen. Auch wenn die Vegetation einen entschiedenen Stich ins Limonenfarbene aufwies, als litten die Pflanzen unter Gelbsucht.

»Ich frage mich, ob sie die Minen dicht gemacht haben?«, sagte er.

»Ich sehe jedenfalls nichts von Minen«, antwortete Dennis. »Vielleicht sind sie weitergezogen.«

»Das würde zumindest erklären, warum die Straße in einem derart beschissenen Zustand ist.«

Sie fuhren an der Basis des ersten Schlackehügels vorbei und durch den Einschnitt zwischen diesem und dem nächsten Hügel. Irgendwo voraus lag Dixon. Lawrence wollte eigentlich nicht dorthin, doch die Straße führte hindurch, und die Jeeps waren zwar geländetauglich, aber nicht gerüstet, um das freie Gelände des Plateaus zu überqueren.

»Irgendjemand ist hinter uns, Sarge«, meldete Lewis. »Er kommt schnell näher.«

Lawrence dehnte Lewis' Telemetriegitter aus und schaltete sich auf seinen visuellen Sensor. Und tatsächlich, eine kleine Staubwolke raste über das Plateau. Sie war zu weit entfernt, als dass die Sensoren ein klares Bild hätten auflösen können, doch es bewegte sich eindeutig wesentlich schneller, als die Jeeps es kurze Zeit zuvor auf dem gleichen Streckenabschnitt geschafft hatten.

»Behalte es im Auge«, sagte Lawrence. »Keine aktiven Sensoren. Ich möchte Bescheid wissen, sobald du es deutlich erkennen kannst.«

»Kein Problem, Sarge.«

Dixon war noch immer da. Der größte Teil der Stadt. Das Erste, was Lawrence auffiel, war die Tatsache, dass die großen Wartungshallen bis auf eine verschwunden waren. Die Tore der letzten standen offen und gaben den Blick auf einen einzelnen Grabungsprozessor im Innern frei. Langsam vom herangewehten Sand zugeschüttete Betonfundamente markierten die Stellen, wo die übrigen Hallen gestanden hatten. Eines der Fundamente war nun ein Parkplatz für zwei Sattelschlepper. Weitere zwei waren mit kleinen Haufen Aluminiumbarren vollgestellt; es waren nicht einmal genügend Barren, um einen einzigen Schlepper vollzuladen.

Die Häuser standen noch immer an Ort und Stelle, auch wenn die meisten inzwischen mit ausgebleichten Brettern vernagelt waren. Der körnige Staub lag über jedem Grat und jedem Balken. Lawrence bemerkte, dass sämtliche Klimaanlagen entfernt worden und nur leere Metallklammern an den Wänden zurückgeblieben waren.

Er sah zu dem hexagonalen Bauwerk außerhalb der Stadt, in dem das Fusionskraftwerk untergebracht war. Das Gewirr von Stromkabeln, das früher dort seinen Anfang genommen hatte, war heruntergenommen worden. Nun stand dort nur noch eine Reihe von Masten, die ein einsames Kabel durch die Landschaft führten. Als er auf Infrarot schaltete, leuchteten die Wände und das Dach in hellem, korallenfarbenem Pink im Vergleich zum dunklen Zinnober der umgebenden Landschaft.

»Sie haben jedenfalls Strom«, sagte er.

»Jemand zu Hause?«, fragte Dennis. Er war zu nervös, als dass es wirklich jovial geklungen hätte.

»Es muss jemand da sein«, sagte Odel. »Sie arbeiten noch hier. Die Lichter in der Werkstatt brennen.«

»Sie müssen uns kommen gesehen haben«, sagte Karl. »Wahrscheinlich verstecken sie sich irgendwo.«

»Woher wussten sie, dass wir es sind?«, fragte Amersy. »Wir haben unseren Besuch schließlich nicht angekündigt.«

Lawrences Jeep hatte die ersten Häuser erreicht. Er

kroch durch die Hauptstraße, während die Sensoren nach einem Zeichen von Bewegung suchten. »Es ist mir egal, wo sie sind, solange sie uns nicht im Weg stehen. Los, weiter.«

»Sergeant!«, rief Odel. »Flugobjekt! Es nähert sich!«

Odels Telemetriegitter expandierte über Lawrences Sicht. Zielverfolgungsdaten scrollten herab. Drei Kilometer westlich, fünfhundert Meter Höhe, parallel zur Oberfläche mit vierhundert Stundenkilometern Geschwindigkeit. Einen Meter lang. Kein passender Typ in den Waffendaten.

»Was zur Hölle ist das?«, murmelte er. Seine eigene AS hatte es inzwischen erfasst; es verfügte über keine signifikante Infrarotsignatur und keinerlei elektromagnetische Emissionen.

»Es ist eine gottverdammte Aufklärungsdrohne«, sagte Lawrence. »Sie jagen uns.«

Wer?, fragte sich Lawrence. Irgendwie schien die Sonde nicht zu den Methoden zu passen, die KillBoy üblicherweise benutzte. Es musste Arnoon Province sein. Sie besaßen das Geld und die Technologie, um ihr Territorium zu bewachen. Trotz des ersten Schreckens über den Einsatz derartiger Technik spürte er auch Erleichterung. *Ich habe mich also nicht getäuscht,* dachte er.

»Eher eine Cruise Missile«, sagte Dennis.

»Amersy, Vollgas!«, befahl Lawrence. »Wir verschwinden von hier! Odel, benutz' ein Smartmissile und schieß' das Ding ab!«

»Jawohl, Sir!«

Lawrence beschleunigte. Die Hauptstraße war das beste Stück Asphalt seit dem Hinterhalt; der Jeep schaffte ohne Probleme hundert Stundenkilometer. Er sah Amersy hinterherkommen. Eine einzelne Stichflamme schoss aus dem Raketenwerfer, den Odel bei sich trug. Seine Sensoren verfolgten die kleine Rakete, als sie durch den Himmel zischte und herumschwang, um Kurs auf die unbekannte Drohne, oder was zur Hölle es auch immer war, zu nehmen.

Er beschleunigte noch mehr und jagte über den zentralen Platz. Sein Displaygitter blinkte eine lautlose Warnung. Sein Skinsuit wurde von einem unglaublich starken elektromagnetischen Puls getroffen. Obwohl die gesamte Elektronik ultraabgeschirmt war, hatte der brutale Ansturm von Energie bereits jetzt mehrere neurotronische Pearls überladen. Nicht-kritische interne Funktionen schalteten sich ab.

Der Jeep unter ihm erstarb. Sämtliche elektronischen Systeme hörten gleichzeitig auf zu funktionieren. Das Armaturenbrett flackerte nicht einmal, bevor es erlosch. Sie waren fast über den Platz hinweg; die Hauptstraße lag genau zur Rechten. Er kurbelte am Lenkrad, doch es gehorchte nur widerwillig ohne Servolenkung. Sein Fuß trat auf die Bremse, und sie rutschten über den lockeren sandigen Boden.

Ihr rechter Kotflügel krachte gegen die Hausecke an der Einfahrt zur Hauptstraße. Die Kühlerhaube durchbrach die Wand und zerfetzte die Kompositpaneele, die in einem Schwarm von Splittern davon segelten. Dann prallte das rechte Vorderrad gegen einen der Fundamentsockel aus Beton. Lawrence wurde gegen das Lenkrad geschleudert, das augenblicklich zerbrach. Seine gestresste Skin-AS schaffte es nicht schnell genug, den Panzer zu verhärten. Die stumpfe Lenksäule bohrte sich direkt durch den Skinsuit und durchbohrte Lawrences Fleisch auf der linken Seite dicht unterhalb des Brustkorbs.

Odel wurde aus dem Sitz und durch die Windschutzscheibe geschleudert. Er krachte in das Gebäude, und seine Trägheit war groß genug, um einige weitere Kompositpaneele zu durchbrechen. Hals Sicherheitsgurte hielten ihn im Sitz, als er nach vorn geschleudert und dann wieder zurückgepresst wurde. Er erschlaffte kraftlos, und seine Augenlider flatterten. Blutflecken breiteten sich auf seinem frischen Hemd rings um die Stellen herum aus, wo die medizinischen Module saßen. Dennis wurde seitwärts aus dem Wagen gerissen, und sein Skinsuit wurde steinhart, während er aufprallte und über die Straße rollte.

Amersy sah, was mit dem ersten Jeep geschah, und riss mit aller Kraft am Lenkrad. Die Bremse schien bei dieser Geschwindigkeit so gut wie keine Wirkung zu haben. Er sah, wie der führende Jeep in das Gebäude krachte und das hintere Ende hochkam, als er den Betonsockel traf. Das Lenkrad war bereits am Anschlag und ließ sich nicht mehr weiterdrehen. Sie schrammten in einem Abstand von weniger als einem halben Meter an dem führenden Jeep vorbei. Zu diesem Zeitpunkt befanden sie sich fast im rechten Winkel zur Straße. Amersy versuchte, die Lenkrichtung umzukehren. Er spürte, wie die Reifen rutschten. Dann trafen sie etwas Großes in der Mitte der Straße. Der Schwung ließ den Jeep kippen. Es gab nur einen einzigen Überrollbügel, um die Insassen zu schützen. Fast hätte es funktioniert. Aus Amersys Sicht kippte der Horizont, und der Boden wurde zum Himmel. Er kam auf seinen Kopf herab. Sein Skinsuitpanzer verhärtete sich gerade noch rechtzeitig, um vor dem tödlichen Aufprall zu schützen. Dann rotierte die Welt erneut. Und noch einmal.

Lewis fiel beim zweiten Überschlag aus dem rollenden Jeep. Sein Skin war hart geworden und hielt ihn mit ausgebreiteten Armen und Beinen bewegungsunfähig am Boden, während er über die Straße schlitterte und in das Betonfundament eines Gebäudes krachte. Trotz der Schutzpanzerung machte ihn der Aufprall benommen. Dann wurde der Skinsuit wieder weich, und er brach zusammen. Als er den Kopf hob, sah er, dass der Jeep endlich zum Halten gekommen war, mit den Rädern in der Luft. Der Überrollbügel hatte nachgegeben, und Amersy und Karl waren unter dem Wagen gefangen. Lewis rappelte sich auf die Beine und stolperte zu ihnen herüber.

Amersys Oberkörper ragte unter dem Wrack hervor. Er versuchte herauszukriechen, doch das Chassis hielt seine Beine fest. Lewis packte die Seite des Jeeps, stemmte sich in den Boden und zerrte. Der Jeep knarrte und hob sich einen halben Meter. Amersy wand sich frei.

»Danke«, sagte er.

»Was zur Hölle war das?«

»Ich schätze, eine Art EMP-Bombe. Sie hat jeden Schaltkreis im Jeep zerstört. Selbst die Elektronik meines Skinsuits hat gelitten.«

»Scheiße. Woher zur Hölle hat KillBoy eine verdammte EMP-Bombe?«

»Gott allein weiß das.« Amersy sah zum ersten Jeep. »Sarge?«

»Ich bin hier.«

»Brauchst du Hilfe?«

»Ich glaube nicht. Wie steht es mit euch, Jungs?« Amersy sah Blut unter dem Jeep hervorquellen. »Mein Gott! Karl! Karl, hörst du mich?«

Er überprüfte Karls Telemetriegitter. Es war fast leer. Der Skinsuit verfügte nur noch über wenige Funktionen, und er zeigte Herzschlag an. Doch das war auch schon ungefähr alles, was Amersy erkennen konnte.

Beide warfen sich auf die Knie und spähten unter den Wagen. Karls Skinsuit war von zerfetzten Metallteilen aufgerissen, die sich von der Karosserie gelöst hatten. Mehrere Metallstücke hatten sich in ihn gebohrt.

Amersy benutzte seinen Lautsprecher. »Halt durch, Karl, wir holen dich sofort da raus.«

»Wir müssen den Jeep umdrehen«, sagte Lewis.

»Sollte kein Problem sein.« Sie packten den Jeep. »Fertig?«, fragte Amersy. »Gut, hoch damit.« Der Jeep gab ein lautes metallisches Knarren von sich, als sie ihn langsam hochwuchteten. Lewis rutschte mit einer Hand ab, und das Vehikel sackte ein paar Zentimeter zurück. »Verdammt!«, grunzte Lewis, als er einen anderen Halt fand. »Der Tank ist undicht. Dieses Ding ist tropfnass vor Hihydrogen.«

»Großartig.«

Sie hatten den Jeep fast auf der Seite, als Amersys Sensoren das kleine Projektil entdeckten. Ein intensiver blauweißer Blitz traf das Fahrzeug. Das Hihydrogen entflammte augenblicklich und hüllte den gesamten Wagen ein. Amersy und Lewis ließen ihn los, und er krachte wieder zurück.

»Runter!«, brüllte Amersy. Er warf sich bereits selbst flach auf den Boden.

Der Treibstofftank explodierte.

*

Lawrence wusste nicht, wie lange er bewusstlos gewesen war. Als der Schmerz ihn in die Wirklichkeit zurückholte, schätzte er, dass es nicht so lange gewesen sein konnte. Noch immer hing Staub in der Luft um das Wrack. Amersy rief nach ihm, und er sagte, dass er keine Hilfe benötigte, obwohl er log. Das Ende der Lenksäule steckte noch immer in seiner Seite. Über das Display des Skinsuits scrollten Informationen des medizinischen Programms über die Gewebeschäden, einen angebrochenen Beckengürtel und die Schmerzmittel, die es in seinen Blutkreislauf pumpte. Er stemmte beide Hände gegen das Instrumentenbrett und drückte. Sein Körper bewegte sich nach hinten und glitt von der Lenksäule.

Trotz der Schmerzmittel heulte Lawrence auf, als er sich von der Säule löste. Skinmuskeln richteten sich aus und versiegelten die Wunde. Die interne Schicht des Skinsuits setzte antiseptische, anästhesierende und blutstillende Medikamente frei. Die gesamte Umgebung der Wunde wurde barmherzig kalt.

Er drehte sich um, um nach Hal zu sehen. »Heiliges Schicksal!« Der Junge saß, von seinen Gurten gehalten, mit schlaff herabhängendem Kopf da. Sämtliche medizinischen Module waren von dem elektromagnetischen Puls der Bombe durchgebrannt. Lawrences Skinsuit-AS bemühte sich vergeblich, eine Reaktion von den Modulen zu erhalten. Kleine blutige Flecken breiteten sich auf dem Hemd des Jungen aus, wo der Aufprall Module abgerissen oder verrückt hatte.

»Sergeant?« Odel kam aus dem Haus gehumpelt. Irgendetwas stimmte nicht mit seinem Bein, es war eigenartig geformt. »Alles in Ordnung?«

»Sicher.« Lawrence schob sich aus dem Fahrersitz. »Du?«

»Keine Probleme.«

»Gut. Holen wir Hal aus dem Wagen.«

»Wo ist Dennis?«

Lawrence blickte sich um. Mitten auf der Straße lag ein Skinsuit. Er sah schlimm aus. Der zweite Jeep musste ihn voll getroffen haben. »Scheiße!« Dennis' Telemetriegitter war völlig tot.

Traure nicht um die Toten, sie danken es dir nicht mehr. Kümmere dich um die Überlebenden. Ntokos Worte brannten in seinen Ohren.

Er öffnete Hals Sicherheitsgurt und hob den Jungen aus dem Rücksitz. »Bring den Erste-Hilfe-Kasten her«, befahl er Odel.

Eine Explosion erschütterte die Straße. Lawrence sah einen Feuerball an der Stelle aufsteigen, wo der zweite Jeep gelegen hatte. Das Wrack segelte durch die Luft.

»Amersy, in Deckung! Das ist ein Hinterhalt! Erledige jeden, der sich bewegt!«

»Roger, Sarge.«

Die beiden Skins, die neben dem explodierenden Jeep am Boden gelegen hatten, sprangen auf die Beine und rannten zu den umliegenden Häusern.

Lawrence schob einen Arm unter Hal und hob ihn behutsam an. Dann griff er auf dem Beifahrersitz nach dem Smartmissile-Werfer. Er betrat das Haus durch die zerstörte Wand hindurch.

Der Raum dahinter war leer. Er trat die Zimmertür auf und kam in einen dunklen Flur. Es gab sechs identische Türen und eine Treppe. Lawrence eilte durch den Flur und trat die letzte Tür auf. Dahinter lag ein weiteres leeres Zimmer. Durch winzige Spalte zwischen den Brettern vor den Fenstern drang Licht. Vorsichtig ließ Lawrence Hal in einer Ecke zu Boden gleiten.

Odel stellte den Erste-Hilfe-Kasten neben Hal ab und klappte ihn auf. »Haben wir irgendwas, um ihn zu versorgen?«

»Ich weiß es nicht, verdammt!« Lawrence nahm eine Diagnosesonde hervor und schaltete sie ein. Er war erleichtert, als das kleine Paneel hell wurde. Der elektromagnetische

Puls hatte ausgeschaltete Elektronik nicht beschädigt. Daten strömten in seine AS.

Draußen ertönte das Geräusch von Karabinerfeuer. »Odel, geh und hilf ihnen.«

»Worauf du dich verlassen kannst.«

»Hey, sei vorsichtig da draußen! Diese Bastarde sehen aus, als wüssten sie, wie sie uns treffen können.«

»Das weiß ich ebenfalls.«

Amersy rannte durch eine Gasse, die von der Hauptstraße wegführte. Es gab nicht viel Deckung. Die Fertighäuser standen zwanzig Meter weit auseinander. Durch die Lücken hindurch konnte man fast von einer Seite der Stadt bis zur anderen sehen. Die Gegner im Hinterhalt hatten das gleiche Sichtfeld. Und er wusste nicht, wo sie lauerten.

Lewis war hinter dem zweiten Haus abgebogen und arbeitete sich durch die Lücke voran. Amersy rannte ein Stück weiter, dann bog er ebenfalls ab. Er rief die Datei mit dem Straßenplan von Dixon auf, und das Trägheitsleitsystem markierte seine Position. Die Skin-AS lieferte ihm eine grobe Schätzung, woher das kleine Projektil gekommen war. Sein Link mit Lewis gab ihm die Stellung des anderen Mannes und zeichnete auch diese Position ein.

»Lewis, wir müssen sie in die Zange nehmen. Hast du die taktischen Daten?«

»Sind online, Corp.«

»Geh hundertzwanzig Meter weiter geradeaus. Ich bin drei Straßen zu deiner Linken. Dann müssten wir sie zwischen uns haben.«

»Roger.«

Lewis rannte die Route entlang, die Amersys AS ihm zeigte. Der Karabiner glitt aus der Nische im Unterarm. Als er die Kreuzung erreichte, blieb er stehen und spähte um die Ecke. Zwei Häuser weiter nahm er eine blitzschnelle Bewegung wahr. Seine AS spielte das Bild noch einmal ab. Es war eine Frau Mitte zwanzig, gekleidet in Jeans und ein gelbes T-Shirt. In der linken Hand trug sie einen perlmuttweißen Zylinder. Die AS hatte ihn nicht in ihrem Waffenkatalog gespeichert.

Er schaltete seinen Karabiner auf abgereicherte Uranmunition und feuerte direkt durch die Wand. Die Kompositpaneele vor ihm lösten sich auf, als die panzerbrechende Munition direkt hindurchging. Nichts in den Häusern war massiv genug, um die Schüsse aufzuhalten. Seine Skin-AS lieferte ihm ein Streumuster mit hoher Trefferwahrscheinlichkeit. Er hörte auf zu schießen und rannte auf die Ecke zu, hinter der die Frau verschwunden war.

»Hab' eine Gegnerin identifiziert, Corp. Verfolge sie.«

»Roger. Hast du sie gefunden?«

Lewis erreichte das Ende der Straße und sprang. Es war eine Flugbahn, die sicher kein Gegner erwarten würde. Er flog in eineinhalb Metern Höhe am letzten Haus vorbei, mit dem Karabiner schussbereit und suchenden Sensoren. In den Häusern waren Einschusslöcher von den panzerbrechenden Geschossen. Drei Betonfundamente waren zerschmettert. Kein Leichnam, kein Gegner zu sehen. Seine Füße berührten den Boden, und er rannte weiter. Er ging hinter dem Betonfundament eines Hauses in Deckung.

»Scheiße, ich hab' niemanden erwischt, Corp.«

»Okay, arbeiten wir uns ran, irgendwo müssen sie ja sein.«

Lewis sprang auf und wandte sich in Richtung seines Corporals. Er war vielleicht zehn Schritte weit gekommen, als sich sein Displaygitter mit einem Mal in ein Gewirr indigofarbener Blitze auflöste.

»Was zur …? Mein Gott, nicht jetzt!«

Die neurotronischen Pearls seines Skinsuits mussten wohl doch mehr Schaden genommen haben, als er im ersten Augenblick geglaubt hatte. Er wartete darauf, dass die E-Alpha-Fortress die abgestürzte Software neu bootete. Doch stattdessen löste sich das indigofarbene Gewirr in Nichts auf, und er erhielt überhaupt keine Daten mehr. »Verdammter Mist!«

Er war fast zum Stehen gekommen, als die Frau zwanzig Meter vor ihm hinter einem Haus hervortrat. Sie stand einfach nur da und beobachtete ihn.

Lewis brachte den Karabiner in Anschlag. Selbst ohne Zielerfassung konnte er auf diese Entfernung einen Kieselstein treffen. Der Karabiner feuerte nicht. Er krümmte zweimal den Abzugfinger, dreimal, ein Impuls, der direkt mit der Waffe verbunden war. Nichts.

Er setzte sich in Bewegung auf sie zu. Falls sie darauf vertraute, dass er keine Gewalt gegen eine Frau einsetzen würde, würde sie nun auf die harte Tour herausfinden, wie groß der Fehler war, den sie gemacht hatte.

Plötzlich kam er nicht mehr richtig voran. Seine Beine fühlten sich an, als watete er durch hüfthohen, zähen Schlamm. Bestürzt stellte er fest, dass seine Skinmuskeln aufgehört hatten, ihm zu gehorchen. Er hatte nur noch seine eigenen Muskeln zur Verfügung, um den gesamten Skinsuit zu tragen.

»Corp!«, brüllte er in der Hoffnung, dass der Lautsprecher noch funktionierte. »Corp, der verdammte Skinsuit funktioniert nicht mehr! Corp!«

Es wurde unmöglich, sich zu bewegen. Die Skinmuskeln waren hart geworden und umgaben ihn wie eine Zwangsjacke. Er kippte vornüber. Aus irgendeinem unerfindlichen

Grund funktionierten seine visuellen Sensoren noch. Die seitlichen Sensoren zeigten ihm, dass die Frau langsam und lässig auf ihn zuschlenderte. Sie blieb neben ihm stehen, und die Spitzen ihrer Turnschuhe berührten ihn fast an der Schulter.

Lewis hatte Mühe, ausreichend Luft in seine Lungen zu pumpen. Die Ausfallsicherungen! Was war mit den Ausfallsicherungen los? Er wollte der Frau entgegenrufen, dass sie ihm gefälligst helfen sollte, den Skinsuit zu öffnen. Doch er bekam keine Luft.

Die Frau beugte sich vor, als würde sie ihn studieren. Dann hielt sie eine Hand über seinen Helm, die Finger weit gespreizt. Langsam schloss sie die Finger und ballte sie zu einer Faust.

Lewis spürte, wie sich die Skinmuskeln spannten. Einen Augenblick lang glaubte er, dass die E-Alpha-Fortress endlich die Software neu startete. Doch dann begannen die Skinmuskeln zu kontrahieren. Er fand noch genügend Luft zum Schreien, als seine Rippen brachen. Das Letzte, was er sah, war ihre fest zusammengeballte Faust.

Lawrences AS fand nur wenig Möglichkeiten, Hal zu helfen. Was der Junge brauchte, war ein neuer Satz medizinischer Module. Einige waren so speziell, dass Lawrence nicht sicher war, ob es in Memu Bay Ersatz gab. Der Kasten enthielt jedenfalls nur Feldausrüstung und Kapseln mit Medikamenten für die Organunterstützungsmodule.

Die Diagnostik zeigte eine abnormale Blutchemie. Lawrences AS erzeugte eine Liste von Medikamenten zur Behandlung des gegenwärtigen Zustands. Doch er wusste nicht, ob die Blutchemie angesichts von Hals Zustand tatsächlich abnormal war. Am Ende begnügte er sich damit, geringe Dosen zu verabreichen.

Hal stöhnte und bewegte den Kopf langsam von einer Seite zur anderen.

Lewis verschwand aus Lawrences Telemetriegitter. »Amersy, was zur Hölle geht da draußen vor?« »Er ist weg. Ich weiß nicht, was …«

Amersys Stimme verklang. Sein Telemetriegitter brach ab. Dann blinkte eine Warnung auf, wie Lawrence sie noch niemals zuvor gesehen hatte. Es dauerte einen Augenblick, bis *er* die Symbole erkannte. Sein Prime expandierte in die neurotronischen Pearls und ersetzte die Standardprogramme der Skin-AS.

»Amersy, Odel, hört zu! Eure Skins werden von einer sehr mächtigen subversiven Software unterwandert! Schaltet sie ab und bootet aus der E-Alpha-Fortress! Benutzt keine Kommunikationslinks mehr; sie wurden kompromittiert. Ich wiederhole, keine Kommunikationslinks mehr!«

Odels Telemetrie verschwand.

»Heiliges Schicksal!« Er ließ sich eine Statuszusammenfassung von seinem Prime geben und las die Daten, als sie vor seinen Augen herunter scrollten. Das Prime hatte den Versuch, seinen eigenen Skinsuit zu infiltrieren, augenblicklich abgeblockt. Der Gegner hatte versucht, seine AS mit dem anderen Prime zu infiltrieren. In diesem Fall, so schloss er, mussten sie ihr Prime auf der Erde gekauft haben. Also waren sie von Arnoon Province.

Er hörte erneut Karabinerfeuer. Wenn sie die Kommunikationslinks der Skins abfangen konnten, dann hatten sie seine Position millimetergenau. Er riss den Smartmissile-Werfer an sich und stöpselte das Datenkabel in das Interface seines Skinsuits. Prime wanderte in die Raketen.

Lawrence stand auf. Das Prime zeigte Karten mit taktischen Szenario-Overlays. Gerade als er sich umwandte, um seinen Standort zu wechseln, stöhnte Hal erneut. Lawrence biss die Zähne zusammen.

Amersy tat genau, was Lawrence befohlen hatte, und deaktivierte augenblicklich seinen Skinsuit. Für einen elend langen Augenblick war er in luftleerer Dunkelheit eingesperrt. Er hasste den Gedanken daran, wie verletzlich er in diesem Moment war, eine große Gestalt, die reglos mitten auf der offenen Straße stand. Dann begann die AS neu zu booten. Die Sensoren waren wieder online.

Die Mission lief zu schnell zu verdammt schief. Was auch immer die Gegner hatten, es war den Skins überlegen. Amersy wusste, dass Lawrence sie höllisch unterschätzt hatte. Die Überreste des Platoons würden ihren Goldschatz niemals erreichen; all die schönen Träume von einer Rückkehr genügend Gold in den Taschen, um sich freizukaufen – gestorben. Überleben war das Einzige, was jetzt noch zählte.

Sobald er sich wieder bewegen konnte, rannte er zum nächsten Haus und brach durch die verschlossene Tür. Im Innern befahl er dem Skinsuit, sich zu öffnen. Während er sich aus dem Anzug wand, instruierte er die AS.

*

Denise fuhr mit gut hundert Stundenkilometern, als sie an Dixons äußeren Gebäuden vorbeijagte.

»Amersy hat aufgehört zu senden«, sagte Jacintha. »Gangei, sieh nach, ob er immer noch aktiv ist.«

»Ich habe Odels letzte Position«, erwiderte Denise. »Ich kümmere mich um ihn.«

»Sei vorsichtig«, warnte Jacintha. »Wir wissen, dass das Prime seinen Suit nicht infiltriert hat. Verdammt, Newton ist wirklich gut.«

»Haben wir das nicht gewusst?«

»Eren, bitte hilf Denise, ja?«

»Ich bin dreißig Sekunden weg«, versicherte Eren ihnen.

Denise verlangsamte die Scarret und umfuhr den zentralen Platz. Odel konnte in irgendeiner von einem halben Dutzend Seitenstraßen stecken. Glücklicherweise war ein Skinsuit leicht zu entdecken; die Hitzesignatur hinterließ eine Spur auf dem sandigen Untergrund, die so hell leuchtete wie Neonschilder. Sie spürte Eren, der sich durch eine Parallelstraße bewegte. Siebzig Meter voraus glühten die Spuren am Boden. Sie führten in eines der Häuser. Die Vordertür hing halb in den Angeln.

»Ich hab' ihn«, sagte Denise. Sie verringerte die Geschwindigkeit des mächtigen Motorrads bis auf Schritttempo und näherte sich dem Haus.

Karabinerfeuer echote durch die verlassene Stadt.

»Amersy ist immer noch in der Gegend«, sagte Jacintha trocken. »Das war abgereichertes Uran. Seid vorsichtig.«

Denise blieb zehn Meter vor dem Haus stehen. Eren tauchte auf einer gegenüberliegenden Kreuzung auf. Er winkte Denise.

»Deck die andere Seite«, sagte sie. »Ein Skin kann durch diese Wände spazieren, als wären sie aus Papier.«

»Verstanden.« Eren joggte zur Rückseite des Hauses davon.

Denise nahm die Elektronenclusterpistole aus ihrer Tasche. Das kleine Gerät passte wunderbar in ihre Handfläche und ermöglichte so instinktives Zielen.

Weiteres Karabinerfeuer erklang, als Jacintha und Gangei fünf Straßen weiter in einen Kampf verwickelt wurden. Zwanzig Meter hinter Denise erschienen ausgefranste Löcher in einem Haus. Jacintha und Gangei schossen mit ihren

EC-Stacheln zurück. Flammen rasten brüllend in den Himmel, als Kompositwände zu brennen anfingen.

»Fertig«, sagte Eren.

Denise schwang ein Bein über die Maschine und stand vor der Eingangstür, die im leichten Wind hin und her schwang. Irgendetwas stimmt nicht, dachte sie. Odel ist ein ausgebildeter Soldat; er würde sich nie so leicht in die Enge treiben lassen. Sie blickte hinauf zum Hausdach.

Die Solarkollektorpaneele waren heiß von der Sonne. Infrarot war nutzlos. Dann bemerkte sie Spuren in der Patina aus ockerfarbenem Staub.

Denise wirbelte herum und riss ihre EC-Pistole hoch. Sie feuerte noch in der Drehung. Winzige Lichtfunken schossen aus dem Lauf und glitzerten wie Sterne, als sie hinauf in den Himmel jagten. Dann traf ein Funke den Skin, der flach auf dem Dach lag. Er wirbelte den schweren Skinsuit zwei Meter über die Solarkollektoren und riss ein Stück aus dem Panzer heraus. Zwei weitere EC-Pulse trafen und zerfetzten den Skin vollends.

Eren kam um das Haus herum. »Denise? Was ist passiert?«

»Er ist auf ein anderes Haus gesprungen. Es war ein Hinterhalt:«

»Verdammt! Gut gemacht!«

Erneut klang Karabinerfeuer auf. Projektile aus abgereichertem Uran schlugen in das Haus und zerfetzten große Teile der Paneele. Ein Betonsockel zerplatzte und sandte Splitter durch die Luft. Denise und Eren warfen sich gleichzeitig auf den Boden.

»Heilige Scheiße! Ich hasse diese Karabiner!«, brüllte Eren, als er den Kopf wieder hob.

Denise riskierte einen Blick zu der Stelle, von der Amersy

gefeuert hatte. »In Memu Bay haben sie nie mit Uran geschossen.«

»Warum wohl nicht?«, grunzte Eren.

Ein weiteres Haus ging in einem Sperrfeuer aus EC-Pulsen in Flammen auf. Karabinerfeuer knatterte auf, und Gebäude erzitterten und schwankten, als die Projektile hindurchfetzten.

»Gangel, er ist links von dir!«, rief Jacintha. »Denise, wir könnten hier ein wenig Hilfe gebrauchen!«

»Schon unterwegs.«

Eren schnitt eine Grimasse, dann setzte er sich rennend in Bewegung. Denise folgte ihm mühelos, und sie näherten sich der Position ihrer Schwester.

»Er ist unter einem Haus«, sagte Gangei. »Verdammt, jetzt bewegt er sich schon wieder!«

Ein Strom von EC-Pulsen strömte aus einer Häuserlücke vor Denise. Sie zuckte zusammen. Karabinerfeuer antwortete. Denise warf sich in den Staub. Zwanzig Meter voraus explodierte ein Sonnenkollektordach, und schwarze glitzernde Fragmente regneten auf die Straße herab.

»Auf was schießt er nur?«, fragte Jacintha.

»Wen kümmert es?«, antwortete Gangel. »Er kann jedenfalls nicht mehr viel Munition übrighaben, nicht bei dieser Feuerrate.«

Weitere Projektile aus abgereichertem Uran hämmerten durch fünf Häuser. Das letzte in der Reihe schwankte und stürzte langsam nach innen zusammen, als seine Betonsockel sich auflösten. Denise hatte weiterrennen wollen. Stattdessen drückte sie sich so flach in den Staub, wie sie konnte.

»Scheiße!«, rief Jacintha. »Er hat uns festgenagelt!«

»Das ist eine verdammt beschissene Taktik!«, sagte Eren

erschrocken. »Wenn Newton jetzt hinter uns auftaucht, sind wir im Eimer!«

»Sie können nicht miteinander reden«, erinnerte Denise ihn. Sie wünschte, sie wäre sich dessen wirklich so sicher. Das Platoon hatte viele Jahre zusammengearbeitet, Jahrzehnte sogar. Und sie waren ausgebildete Soldaten. Wenn überhaupt irgendjemand ohne direkte Kommunikation auskam, dann Newton und Amersy.

Der Karabiner feuerte. Ihr Link mit der Scarret brach ab.

»Scheiße!« Sie bemerkte, dass Jacintha erneut vorwärts huschte. Gangei sprintete aus der entgegengesetzten Richtung los.

Sie deckten das Haus mit EC-Pulsen ein, in dem sich Amersy verschanzt hatte. Denise rannte los. Sie hielt ihre EC-Pistole vor sich und feuerte ununterbrochen. Das Haus war ein Inferno. Riesige violette Flammen brüllten beinahe waagerecht aus den zerplatzten Fenstern. Das Sonnenkollektordach drehte und wand sich unter dem Ansturm der Hitze. Dann schlugen Flammen durch. Das Dach erzitterte ein letztes Mal und stürzte zusammen.

Eine weitere Salve Karabinerfeuer kam aus dem Innern. Noch im erneuten Hinwerfen bewunderte Denise die Kaltblütigkeit, die der Corporal selbst in dieser Situation zeigte. Skinsuits mochten hitzeresistent sein, doch inmitten eines flammenden Infernos zu stehen, umgeben von Gegnern, und trotzdem ein vernichtendes Sperrfeuer aufrecht zu erhalten, war bewundernswert.

Eine Wand stürzte in einem großen Feuerball ein. Ein Skin taumelte durch die Lücke. Er wurde aus drei Richtungen von EC-Pulsen getroffen und zerplatzte förmlich.

Denise blinzelte durch die Helligkeit und die Hitze des

Feuers. Irgendetwas stimmte ganz und gar nicht an der Art und Weise, wie der Skinsuit zerplatzt war. Jacintha schien das Gleiche gedacht zu haben. Sie näherte sich vorsichtig drängend und mit schussbereiter Waffe den Überresten.

Das Sonnenkollektordach erreichte endlich den Boden, und ein Schauer von Funken stob auf. Jacintha hob schützend eine Hand. Sie beugte sich über den zerfetzten Skin. »Scheiße!« Sie starrte wild suchend um sich.

»Was denn?«, fragte Denise. Sie näherte sich ebenfalls, zusammen mit Gangei und Eren.

»Er ist leer! Der Bastard ist nicht drin!«

Denise wirbelte herum, und ihr Herz klopfte furchterfüllt, während sie versuchte, die halbe Stadt mit ihrer Waffe in Schach zu halten.

*

Amersy kauerte hinter einem Betonsockel und beobachtete angestrengt, wie die junge Frau und ihr Begleiter in Richtung des Feuergefechts losrannten. Seine Skin-AS schoss in willkürlichen Abständen und hielt ein Sperrfeuer aufrecht. Die beiden Gegner warfen sich flach in den Staub. Er grinste, während er geduckt zu der glänzenden Scarret huschte. Verdammte dumme Amateure. Sie deckten nicht einmal ihre Ärsche. Mit einer Energieklinge zerschnitt er das Instrumentenbrett und wartete, bis eine weitere Karabinersalve ertönte, bevor er die Spitze direkt in die Elektronik stieß. Er schnitt durch die neurotronischen Pearls und die Glasfaserkabel, mit denen Kompensatoren und Bremsen gesteuert wurden. Ohne AS-Management (oder welches Programm auch immer die Steuerung kontrollierte) würde sich das Motorrad träge verhalten, doch er konnte manuell beschleunigen, bremsen und lenken. Es reichte völlig aus, um nach Memu Bay zurückzukehren. Es musste ausreichen.

Er schwang sich in den Sattel und drehte am Gaspedal.

Fünf Häuser standen rings um den leeren Skinsuit herum in Flammen. Die Kompositpaneele zischten und schmolzen, als die Flammen an ihnen leckten und das nackte Stahlskelett zum Vorschein kam. Dichter schwarzer Rauch stieg in die ruhige Luft über dem Plateau.

Noch immer wachsam ging Denise zu ihrer großen Schwester und umarmte sie. »Ich habe dich vermisst«, flüsterte sie.

»Jetzt sind wir zusammen. Alles kommt wieder in Ordnung.«

»Das hoffe ich. Wir haben das hier ziemlich vermasselt.«

»Er ist nackt und allein, er wird nicht weit kommen.«

»Mit meinem Motorrad? Er kann sich problemlos zurückziehen.« Sie konnte nicht glauben, dass sie sich so dumm verhalten hatte.

»Es spielt keine Rolle. Er gehört nicht länger zu Zantiu-Braun. Sie werden keine Kavallerie hinterherschicken. Nicht wegen dieser Skins.«

»Also schön. Damit bleibt nur noch Newton übrig.«

»Und der andere.«

Denise starrte sie überrascht an. »Welcher andere?« »Sie waren zu viert im vorderen Jeep. Einer von ihnen hatte normale Kleidung an.«

»Hast du gesehen, wer es war? Das Platoon bestand nur aus ihnen. Es ist niemand übrig außer Newton.«

»Ich weiß es nicht.«

»Es könnte unser Verräter sein.«

Jacintha streichelte Denises Wange. »Ich glaube nicht, dass es einen Verräter unter uns gibt.«

»Es muss einen geben! Newton hat ein Prime!« »Unser Drache ist nicht einzigartig«, mahnte Jacintha sanft.

»Aber …«

»Komm weiter, wir müssen diese Sache beenden.«

Sie teilten sich in zwei Zweiergruppen, um sich dem zerstörten Jeep aus entgegengesetzten Richtungen zu nähern.

»Newton war noch da drin, als er unsere Prime-Infiltration entdeckt hat«, sagte Gangel. »Und die Diagnosesonde sendet noch. Wer auch immer der vierte Mann ist, er ist ziemlich schwer verletzt.«

»Meinst du, Newton ist auch noch da drin?«, fragte Jacintha.

Sie und Denise kauerten hinter der Ecke des nächsten Hauses an der Hauptstraße. Als sich Denise vorsichtig hinter dem Betonfundament vorschob, sah sie, dass das verbeulte Heck des Jeeps aus dem Haus ragte. Nichts bewegte sich. Die Hitzespuren rings um den Jeep waren verwirrend und kühlten rasch ab. »Ich bezweifle es. Aber er kann nicht weit gekommen sein.«

»Okay. Eren, siehst du irgendwelche Hitzespuren auf deiner Seite?«

»Nichts.«

»Bleibt, wo ihr seid. Wir gehen rein.«

»Ich gehe rein«, sagte Denise. »Du gibst mir Deckung.«

Sie huschte zur Vorderseite des Hauses und drückte sich flach gegen die Wand. Ihr Atem ging schneller und rasselte laut in ihren Ohren. Hitze flutete aus dem Jeep. Die Nabenmotoren glühten dunkelrot, und die Energiezellen leuchteten zinnoberfarben unter dem Chassis. Die zerfetzte Mauer war mit rubinroten heißen Linien überzogen, wo das Material verbogen und zerrissen war. Denise schob sich vorsichtig durch die Lücke neben dem Jeep und schwenkte ihre

Pistole. Überall auf dem Boden waren Hitzespuren. Sie führten zur Tür.

Jacintha kam hinter Denise herein und nickte.

Denise schob sich um die offene Tür und in den Flur dahinter. Er war leer. Die Tür am anderen Ende stand ein paar Zentimeter weit offen. Sie benötigte nicht einmal Infrarot. Der Staub zeigte die Abdrücke von zwei Paar Skinstiefeln, die in das Zimmer dahinter führten. Nur ein Paar Spuren kam wieder heraus. Ihr Armband-Pearl lokalisierte die Diagnosekarte hinter der Tür. Der vierte Mann war definitiv dort drin. Schweißperlen traten auf Denises Stirn. Es nutzte überhaupt nichts, durch den Flur zu kriechen – die Skinkarabiner schossen durch Mauern, als wäre es Nebel. Sie atmete tief durch, sprintete durch den Flur und brach durch die Tür. Der Schreck ließ sie erstarren.

Jacintha folgte ihrer Schwester in das Zimmer und hätte sie fast umgerannt. Denise stand stocksteif in der Mitte des Raums, die Pistole auf eine Gestalt gerichtet, die zusammengesunken in der Ecke lag.

»Du bist tot!«, krächzte Denise. Sie zielte auf Hal Grabowskis Kopf. Den Kopf des gleichen Hal Grabowski, der von einem Erschießungskommando hingerichtet worden war. Und hier saß er, ganz allein in einem verlassenen Haus in Dixon. Ihre Pistole zitterte.

»Wer zur Hölle ist das?«, fragte Jacintha.

»Hal Grabowski.«

»Du meinst, der Hal Grabowski, den du in Memu Bay in eine Falle gelockt hast? Derjenige, der von Zantiu-Braun exekutiert worden ist?«

»Ja«, fauchte Denise. Sie hob den Arm, bereit zu schießen, doch sie konnte nicht. Nicht einen bewusstlosen Mann. Dann bemerkte sie die Schrift an der Mauer neben ihm.

HELFT IHM.
ICH WERDE ES WISSEN.

Die Diagnosesonde lag auf Hals Bauch und sendete noch immer. Denise sah von der Sonde zu dem großen medizinischen Kasten.

Gangel und Eren schlüpften ins Zimmer.

»Wo steckt Newton?«, fragte Eren. »Und ... hey, ist das nicht Hal Grabowski?«

Denise warf ihm einen ärgerlichen Seitenblick zu und senkte schließlich die Pistole. Gangel ging zum Fenster. Es war offen. Als er gegen das Holz drückte, das von außen dagegen genagelt war, fiel es heraus. »Sieht aus, als wäre Newton gegangen.«

»Und was ist mit ihm?«, fragte Eren und deutete auf Grabowski.

»Er ist Newtons Problem«, sagte Denise.

Irgendwo in der Stadt fand eine heftige Explosion statt.

Gangel spähte durch den Schlitz zwischen den übrigen Brettern vor dem Fenster. »Das war ein Smartmissile. Er hat gerade das General Store Gebäude in die Luft gejagt. Warum zur Hölle hat er das getan?«

Denise sah erneut zu Hal. Jetzt verstand sie die Botschaft. »Er bittet nicht.«

»Was?«, fragte Jacintha.

»Newton würde einen verwundeten Kameraden niemals im Stich lassen. Er bittet uns nicht, Grabowski zu helfen. Er befiehlt es.«

Draußen ereignete sich eine gewaltige Explosion. Das Haus auf der anderen Seite der Hauptstraße flog in die Luft. Fragmente von Kompositpaneelen und Solarkollektoren zischten wie Granatsplitter umher und regneten über eine weite Fläche herab. Rauch und Staub stiegen aus dem Krater wie ein Miniatur-Atompilz.

Die Druckwelle ließ das Zimmer erzittern. Denise duckte sich instinktiv. Das Glas im Fensterrahmen brach, und weitere Bretter segelten davon. Sonnenlicht fiel in das Zimmer. Sie sah, dass die Diagnosesonde von Grabowskis Bauch gefallen war, und rannte hin, um sie aufzuheben. Sie drückte sie Grabowski wieder auf den Bauch, und auf dem Displaypaneel erschienen Hals Lebenszeichen. »In Ordnung! Wir machen es.«

Jacintha starrte sie an. »Was machen wir?«

»Newton lauert dort draußen mit einem Smartmissile-Werfer. Wahrscheinlich hat er die Geschosse mit Prime geladen. Er wird uns damit unter Beschuss nehmen, bis ihm die Munition ausgeht. Wenn wir nach draußen gehen, wird der Sucher uns bemerken und das war's. Nicht einmal wir können die Smartmissiles ablenken. Es gibt nur einen Ort, an dem wir sicher sind, die einzige Koordinate, die er nicht beschießen wird, und das ist hier bei Grabowski. Und wenn wir Grabowski nicht am Leben erhalten – rate mal, welches Haus das nächste Smartmissile in die Luft jagen wird?«

»Verschlagener Bastard!«, sagte Gangel in widerwilliger Bewunderung.

»Genau«, murmelte Denise.

Sie alle zuckten zusammen, als ein weiteres Smart-missile detonierte. Diesmal ganz in der Nähe des großen Wartungsschuppens. Rauch kräuselte über die Dächer in die Höhe.

»Er scheint es ernst zu meinen, wie?«, sagte Jacintha. Sie kniete neben Grabowski nieder und hob sein Hemd an. »Wir machen uns besser an die Arbeit.« Sie nahm einen Drachen-extrudierten Analyzer aus der Tasche und legte ihn auf eines der defekten medizinischen Organmodule. Das kleine Plastikrechteck wurde weich und schmiegte sich um das Modul.

»Welche Reichweite haben diese Smartmissiles?«, fragte Eren.

»Drei Kilometer«, antwortete Denise.

»Das ist nicht allzu weit. Wir wissen, dass er verletzt ist. Wir könnten ihn schnappen.«

»Wir wissen nicht, welche Richtung er eingeschlagen hat. Er muss nichts weiter tun, als den Werfer zwei Kilometer entfernt zurückzulassen und ihn so zu programmieren, dass er in regelmäßigen Abständen feuert. Er könnte mehr als zehn Kilometer entfernt sein, bevor die Munition ausgeht.«

»Scheiße!« Eren funkelte Grabowski an. »Sobald ihm die Raketen ausgehen, ist deine Glückssträhne zu Ende, Bastard!«

»Ach ja?« Denise sah Eren spöttisch an. »Nachdem wir ihn stundenlang versorgt und gepflegt haben, bringst du ihn einfach um, wie?« Eren hämmerte mit der Faust gegen den Türrahmen. »Nein. Schätze, du hast Recht.«

»Wir sollten im Dorf anrufen«, sagte Gangel. »Sie könnten ein Team hierherschicken. Mit genügend Unterstützung können wir Newton trotzdem festnageln.«

»Nein«, entschied Denise. »Das wäre zu offensichtlich. Außerdem weiß ich ganz genau, welchen Weg Newton genommen hat.«

Lawrence war am Stadtrand, als er das große Motorrad über den Great Loop Highway rasen sah, ungefähr fünfhundert Meter entfernt. Seine Helmsensoren zoomten heran. Es wurde von einem nackten Mann gelenkt, dessen Haut mit blassem blauem Gel bedeckt war.

Das Motorrad hielt an, und der Mann sah zu ihm. Es war Amersy. Er hob die Faust und stieß sie zweimal in die Höhe.

Lawrence lachte, als er den Gruß erwiderte. Dem Schicksal sei Dank, wenigstens einer von ihnen hatte überlebt und konnte die Geschichte erzählen. Der Smartmissile-Werfer feuerte ein weiteres Geschoss in die Stadt.

Amersy zögerte einen Augenblick, dann drehte er am Gasgriff und beschleunigte wieder.

Lawrence ließ den Werfer fünfzehnhundert Meter außerhalb von Dixon zurück. Er befand sich zwischen den Schlackehalden, und der Werfer war einfach in dem schwarzen, krümeligen Boden zu verankern. Nachdem er sich überzeugt hatte, dass er fest stand, brach er in einem stetigen Dauerlauf auf. DiE Smartmissiles würden in zufälligen Abständen feuern. Jedes zielte auf ein anderes Haus, und der Sucherkopf war so programmiert, dass er jeden menschlichen Körper entlang der Straßen erfasste. Sobald er einen entdeckte, würde er von seinem ursprünglichen Ziel abweichen und stattdessen auf den Gegner umschwenken.

Nachdem das Datenkabel des Werfers ausgestöpselt war, hatte Lawrence nur noch ein einziges Telemetriegitter übrig: das von Hals Diagnosesonde. Nach der Art und Weise zu urteilen, wie sich die Vitalwerte in den letzten zehn Minuten stabilisiert hatten, hielten sich die Leute von Arnoon an den Handel. Seine einzige Sorge war nun, dass sie den Jungen auch dann noch weiter versorgten, wenn die Munition des Werfers ausgegangen war.

Tut mir leid, Hal, aber was sonst hätte ich tun können?

Es war unmöglich gewesen, Hal aus dem Hinterhalt zu tragen. Sie wären keine zehn Meter weit gekommen, bevor eine dieser fremdartigen Waffen sie niedergemäht hätte. Die kleinen blauen Geschosse aus hellem Licht, die die Angreifer verschossen, hatten ihn vor Rätsel gestellt. Kein Treffer in der Waffendatenbank. Und nicht nur das Fabrikat, auch die Natur der Waffe selbst war ein Rätsel. Sein einziger Hinweis war die intensive magnetische Signatur, die seine Sensoren aufgezeichnet hatten, als er sich davongeschlichen hatte. Er war nicht stehen geblieben, um einen zweiten Schuss aufzuzeichnen.

Lawrence erhöhte seine Geschwindigkeit. Er hatte genügend Smartmissiles übrig für siebzig Minuten, auch wenn zwischen einigen Schüssen lange Pausen herrschten. Doch es sollte ihm ermöglichen, zwanzig Kilometer zwischen sich und Dixon zu bringen, wenn er sich einigermaßen geradlinig fortbewegte.

Während er lief, rief er die Karte des Plateaus auf. Nach Dixon verlief der Great Loop Highway in einer weiten Kurve durch die Mitchell-Berge. Arnoon Province lag fast im Apex dieser Kurve. Er begann, einen direkten Weg zu dem Kratersee zu plotten. Ein Fluss kreuzte seinen Weg, doch das sollte in seinem Skinsuit kein Hindernis darstellen. Das einzige wirkliche Problem war, dass der Mount Kenzi genau auf seiner Route lag. Er zoomte die Ausläufer heran und suchte nach einer Passage an der Seite des Berges vorbei.

Die Schlackehalden wichen bald der Plateauwildnis aus Büschen und gelegentlichen Riesenbäumen. Jedes Gebüsch war zwei bis drei Meter hoch, und er musste seine Geschwindigkeit herabsetzen, um ihnen auszuweichen. Die dicken fleischigen Blätter mit ihren gezackten rasiermesserscharfen Rändern konnten zwar nicht durch den Skinsuit schneiden, doch er war sicher, dass er auch nicht einfach durch die Büsche brechen konnte. Der Boden unter seinen Füßen war lockeres braunes Erdreich mit niedrigen Pflanzen, die einen dünnen hölzernen Stängel und winzige safrangelbe Blüten besaßen. Lawrence wusste nicht, was seine Gegner machten, doch sie setzten den Erste-Hilfe-Kasten ganz offensichtlich wesentlich besser ein, als er es gekonnt hätte.

Je weiter er sich von den Schlackebergen von Rhapsody Province entfernte, desto unebener wurde das Gelände. Er überquerte langgestreckte, flache Hänge, jeder ein wenig steiler als der vorhergehende. Sein Trägheitsleitsystem verriet ihm, dass er stetig an Höhe gewann. Die dichten Gebüsche wichen nach und nach kleineren, einzelnstehenden Sträuchern mit einer dunklen, rotbraunen Rinde. Dazwischen lauerten Felsbrocken, halb vergrabene Klumpen aus hartem, staubigem Gestein.

Nach einer Stunde musste er sich wieder langsamer bewegen. Die Wunde von der Lenksäule hatte trotz der Lokalanästhetika zu schmerzen angefangen. Es fühlte sich ähnlich an wie Seitenstechen, nur direkt oberhalb der Hüfte. Das Prime zeigte an, dass er blutete. Die Blutgerinnungsmittel waren außerstande, mit der ständigen Belastung durch das Laufen fertig zu werden. Als er an sich herabsah, bemerkte er Blut, das aus dem Loch in seinem Skinpanzer tropfte. Er befahl dem Prime, die Skinmuskeln so zu arrangieren, dass die Wunde versiegelt wurde. Weitere Gerinnungsmittel wurden ausgestoßen.

Er wartete eine Minute, bis die Wirkung einsetzte, dann setzte er sich erneut in Bewegung. Der Mount Kenzi schien keinen Meter näher gekommen zu sein, doch er war größer als je zuvor. Eine Schicht dichter Wolken verdeckte den Gipfel. Wind führte sie von Osten heran. Die Sonne war bereits hinter ihnen verborgen, und das Plateau lag in düsterem Halbschatten.

Dünne Nebelschwaden glitten an ihm vorbei. Die dürren Büsche glitzerten vor Feuchtigkeit, obwohl es nicht regnete. Vor ihm stieg das Gelände an, bis es in den Wolken verschwand. Katarakte aus Nebel flossen aus ihnen herab und über die schmalen, steinigen Schluchten, die das Land in chaotischer Manier überzogen. Er rannte weiter, und die Klüfte wurden tiefer, die vereinzelten Flecken spärlicher Vegetation noch seltener. Die Außentemperatur sank beträchtlich, und der Nebel wurde immer dichter. Lawrence war heiß in seinem Skinsuit, und er spürte, wie er schwitzte. Er nahm ununterbrochen Wasser aus dem Versorgungsschlauch zu sich, doch sein Mund fühlte sich an wie Pergament.

Der Nebel hüllte ihn vollends ein, und die Sichtweite betrug weniger als zwanzig Meter. Er rannte noch eine Stunde weiter, dann setzte er sich auf einen frostbedeckten Felsen. Eine Brusttasche öffnete sich, und er nahm eines von den drei Reserve-Blutpacks hervor, die er mit sich führte. Das Ventil verband sich klickend mit einem Anschluss seines Skinsuits, und die internen Reserveblasen saugten die Flüssigkeit ein.

Er blutete erneut aus seiner Wunde. Sein Bein glitzerte rot von der klebrigen Flüssigkeit. Der Skinsuit versiegelte sich einmal mehr und überschwemmte seinen Kreislauf mit Antiseptika und Blutgerinnungsmitteln. Sein Display zeigte ihm, dass die Anzugmuskeln rings um die punktierte Stelle anfingen abzubauen. Sie verloren genauso viel Blut wie die Wunde darunter.

Während er rastete, entwickelten seine eigenen Muskeln einen leichten Kater. Er war inzwischen seit vier Stunden unterwegs. Die Stelle um die Wunde herum war völlig taub, und das Fleisch juckte von den vielen Medikamenten. Er war sicher, dass er spürte, wie auf der Innenseite seines Beins Blut herabrann, was später zu einem Problem werden konnte. Es gab keine Möglichkeit, das Blut zu entfernen, ohne den ganzen Anzug abzulegen. Als er sich erhob, hätte ihn ein Schwindelanfall beinahe stürzen lassen. Er schwankte einen Augenblick, bis die Skinmuskeln sich strafften und ihn aufrecht hielten. Langsam klärte sich der Schwindel in seinem Kopf, und er nahm einen großen Schluck Wasser zu sich.

Er setzte sich erneut in Bewegung, erst gehend, dann fiel er in einen Trab. Er meinte zu hören, wie das linke Bein jedes Mal quatschte, wenn sein Fuß den Boden berührte. Das Licht wurde weniger, verstärkt durch den dichten Nebel. Diese Region des Plateaus war fast öde. Sie bestand aus langen Abschnitten von schiefen Ebenen, die in Rücken endeten, die fast so steil waren wie Klippen. Jedes Mal musste er sich auf allen Vieren zwischen den Felsbrocken und den Geröllawinen hindurcharbeiten. Stummelförmige Zehenklauen fuhren aus dem Skinsuit aus und verschafften ihm zusätzlichen Halt auf den schlüpfrigen, nassen Felsen.

Die Nacht brach ein, eine halbe Stunde, bevor er den Rücken erreichte, der ihn auf das Sattelplateau führte. Der Mount Kenzi lag zu seiner Linken, der Mount Henkin zur Rechten. Er hielt am Fuß der Felsenbarriere an und nahm das zweite Blutpack hervor. Sein Skinsuit saugte es gierig ein. Während er wartete, zogen sich die letzten Ausläufer des Nebels den Hang hinunter zurück. Sterne waren nicht zu sehen. Der Himmel über ihm war bedeckt von dunklen Wolken, deren turbulente Unterseite wogte und waberte, als würde sie von Luftströmungen aufgewirbelt, die von den Berghängen nach oben schossen. Doch er hatte genügend Licht, um den Kamm zu erkennen. Den letzten hatte er mithilfe seines Laserradars gemeistert; die einzige Möglichkeit zu sehen, was vor ihm lag. Hier zogen sich breite Streifen von weißem Fels durch den gesamten Kamm, fast wie die Fusstapfen eines Riesen. Er studierte sie und versuchte, einen Weg nach oben zu erkennen.

Indigofarbene Symbole schoben sich über sein Sichtfeld. Medizinische Warnungen informierten ihn über den Zustand der Wunde. Er reagierte, indem er eine weitere Dosis Medikamente in seinen Blutkreislauf injizierte. Kühle Taubheit breitete sich über seine Rippen aus. Gelegentlich begann er zu zittern, und der Skinsuit imitierte die Bewegung automatisch.

Diesmal erhob er sich langsam und vorsichtig. Trotzdem fühlte er sich, als er endlich stand, als wäre sein Körper aus Gelee und würde nur von der harten Form des Skinsuits aufrecht gehalten. Es war ein eigenartiges Gefühl, und so befahl er eine Stimulans-Infusion. Sein Verstand wurde schnell wieder klar, und er starrte angestrengt nach oben, um einen Weg über den Kamm zu finden.

Als er die höchste Stelle erreicht hatte, sah er die Sattelebene vor sich. Die dicke Wolkendecke hing keine fünfhundert Meter über ihm. Zu beiden Seiten bildeten die Berge massive geschwungene Wände aus nacktem Fels, übersät mit schmalen Schluchten und tiefen Falten. Es war ein geschlossenes Universum, das ihm keine große Wahl ließ. Nach seiner Karte zu urteilen, waren es bis zur anderen Seite nur noch zehn Kilometer.

Der Sattel war eine klassische alpine Wüste. Für Lawrence sah es aus wie die Oberfläche des Mars. Der nackte Boden besaß eine düstere rote Farbe und war übersät mit kleinen scharfkantigen Steinen. Hier oben lebten keine Tiere und keine Insekten. Selbst die kleinen Krustenpflanzen, die unter Steinen hervorlugten, wirkten vertrocknet. Sein Skinsuit berichtete, dass der Atmosphärendruck nur ein Drittel dessen betrug, was auf Meereshöhe herrschte. Die Atemgrills hatten alle Mühe, genügend Sauerstoff aus der eisigen Luft zu extrahieren.

Er war einen Kilometer hinter dem Rücken, als es anfing zu schneien. Es waren keine großen, weichen Flocken, die aus dem Himmel sanken, sondern kleine, harte Kügelchen aus Eis, die der Wind ihm direkt ins Gesicht trieb. Er sah, wie sie von seinem Skinpanzer abprallten. Die Sicht war auf sieben Meter herunter. Laserradar war nutzlos. Er machte sich erst gar nicht die Mühe, auf Infrarot oder schwaches Licht umzuschalten. Er verließ sich einzig und allein auf sein Trägheitsleitsystem. Das musste reichen.

Bevor der Schneesturm ihn eingehüllt hatte, war Weitergehen das Einzige gewesen, das zählte, nur das Ziel vor Augen. Alles andere wäre Betrug am Platoon gewesen – und das würde er niemals tun. Jetzt begann Lawrence darüber nachzudenken, was er tun würde, falls er den Kratersee tatsächlich erreichte. Er hatte ein volles Magazin für den Karabiner. Doch die Dorfbewohner waren mit merkwürdigen Sternenwaffen, elektromagnetischen Bomben, Biotechnologie von Santa Chico und Prime ausgestattet. Er brauchte dringend ärztliche Behandlung und Blut für seinen Skinsuit. Anschließend musste er nur noch herausfinden, was die Quelle ihres Reichtums war und einen Teil davon für sich abzweigen. Oh, und ihn wieder nach Memu Bay transportieren.

Blind, allein, eingehüllt von einem versagenden Skinsuit in einer Umgebung, die ihn innerhalb von Minuten töten würde, begann Lawrence Newton zu lachen. Und all das nur – *was für ein Wahnsinn*—, um sich einen Weg zurück nach

Amethi zu erkaufen. Das Zuhause, aus dem er davongelaufen war, damit er das Universum erforschen konnte. Die Erinnerung fiel ihm schwer, doch damals hatte Lawrence Newton geglaubt, dass die Sterne voller Wunder wären. Was hatte er Roselyn gleich am ersten Tag gesagt, als sie sich kennen gelernt hatten?

Es ist einfach nicht exotisch, wo man lebt. An exotischen Orten leben immer nur die anderen.

Heute wusste er: Es war *immer* irgendwo anders. Hätte er eine Chance gehabt, wäre der junge Lawrence Newton immer nur weitergeflogen und niemals wieder zurückgekehrt.

Habe ich mich damals wirklich so sehr selbst gehasst?

Er lächelte glücklich, als die Gedanken an Roselyn ihr Bild vor seinen Augen entstehen ließen. Das eine Symbol, das ihn niemals im Stich ließ. Seine Hand betastete seine Brust und spürte den kleinen Anhänger unter dem Skinsuit.

Es wäre schön, sie ein letztes Mal zu *sehen.*

Die Wolken zogen vorbei, als er noch zwei Kilometer vom Rand der Sattelebene entfernt war, und es hörte auf zu schneien. Sterne leuchteten hell in der dünnen klaren Luft. Zwei Zentimeter Eiskörner bedeckten den Boden. Seine Stiefel knirschten bei jedem Schritt, als er weitertrottete.

Er musste das letzte Blutpack benutzen, noch bevor er das Ende des Sattels erreicht hatte. Der Skinsuit hatte viel Energie dafür verbraucht, ihn warm zu halten. Als er an seinem Wasserschlauch saugte, war der Tank leer. Seine Zunge war trocken in seinem heißen Mund. Der Schmerz brannte nun ununterbrochen in seiner Seite, ein wütendes Pulsieren im Zentrum der ständig kalten Hüfte. Das Anästhetikum machte keinen Unterschied mehr. Er war nicht einmal sicher, ob das Blutgerinnungsmedikament noch wirkte. Das

Bein des Skinsuits war bedeckt von Blut. Die Muskeln konnten das Loch im Panzer nicht länger abdichten.

Und trotzdem, er hatte keine Wahl.

Es ging bergab, und Lawrence sah hinunter auf die bewaldeten Täler von Arnoon Province. Sie lagen still und wunderschön im Sternenlicht, genauso, wie er sie in Erinnerung hatte.

Diese Seite des Mount Kenzi war ein Geröllhang, der sich mehr als zwei Kilometer steil nach unten erstreckte. Lawrence begann mit dem Abstieg. Die kleinen Steine rutschten unter seinen Füßen weg und rollten polternd in die Tiefe. Nach und nach gewöhnte er sich daran, und er begann absichtlich zu rutschen, indem er weite Sätze machte und hart mit den Hacken aufkam, sodass das Geröll unter ihm nachgab. Immer wieder verlor er das Gleichgewicht oder prallte gegen einen großen Felsen, um anschließend ein Stück weit den Hang hinabzustürzen und eine Miniaturlawine hinter sich herzuziehen. Ohne den Skinsuit wäre er von den scharfen kleinen Steinen in Fetzen geschnitten worden, doch der Panzer behielt mit Leichtigkeit seine Integrität. Diese Art von äußeren Einflüssen lag weit innerhalb der Toleranzgrenzen.

Das Geröll wurde von hartem Gras abgelöst. Er ging auf die Baumgrenze zu, mehrere Hundert Meter unterhalb. Sein linkes Bein war steif, trotz der Skinmuskeln, die es bewegten. Mehrere Steine steckten in der offenen Wunde. Er blieb stehen, um sie herauszuziehen, dann marschierte er weiter. Ihre Abwesenheit führte nicht dazu, dass er weniger humpelte. Das Display warnte ihn, dass eine alarmierende Menge Skinmuskeln in seinem linken Bein so weit abgebaut hatten, dass sie absterben würden. Als er nachsah, rann noch immer Blut an seinem linken Bein herab. Es musste von der Wunde kommen. Er besaß kein Blutgerinnungsmedikament mehr.

Als er die Bäume erreicht hatte, hielt er an und beugte sich vornüber. Er versuchte sich zu erbrechen, doch es kam nichts außer einem widerlichen sauren Saft, der in seiner bereits ausgedörrten Kehle brannte. Die Lufteinlässe justierten ihre Filterparameter nach und führten ihm mehr Sauerstoff zu. Es erleichterte das Atmen ein wenig.

Der Wald wurde rasch dichter, je weiter er in ihn eindrang. Doch die Stämme waren nie so dicht beisammen, als dass sie eine Barriere gebildet hätten. Das Unterholz bestand aus zottigen Farnen, die sein Skinsuit praktisch ohne zusätzliche Anstrengung überwand. Die Sichtweite war genauso schlecht wie oben im Schneesturm. Er musste sich erneut auf sein Trägheitsleitsystem verlassen und folgte der indigofarbenen Spur über den Hang, immer weiter nach unten.

Langsam sickerte jede Wärme aus seinem Körper durch das Loch im Panzer. Seine Finger waren eisig, seine Füße wie erfroren. Er konnte nichts tun, um das Zittern zu beenden. Das Display erinnerte ihn daran, den Blutvorrat des Skinsuits zu erneuern. Er schnaubte verächtlich und befahl dem Prime, die Symbole auszublenden. Weitere medizinische Warnungen leuchteten auf und wiesen ihn auf die Belastungen hin, die er seinen eigenen Organen zumutete, nachdem sein eigener Körper das Blut mit Sauerstoff versorgen musste.

Die Bäume endeten. Mit kleinen, mühsamen Schritten bewegte sich Lawrence vorwärts. Er ging gekrümmt, um das schmerzvolle Pochen in seiner Hüfte zu lindern. Eine Hand war auf das Loch im Panzer gedrückt.

Er kam am oberen Ende der weiten Klippe an. Hundertzwanzig Meter unter ihm kräuselte sich das schwarze Wasser des Kratersees. Restlichtverstärker verwandelten die düstere Nacht in ein leuchtend blau-graues Bild. Lawrence sah die Insel in der Mitte des Sees. Der kleine Steintempel stand noch immer mitten darauf.

»Leck mich am Arsch, von wegen Meditation!«, grunzte Lawrence und sprang.

Der Panzer verhärtete sich schützend, lange bevor er auf das Wasser aufprallte. Der Schlag sandte einen irrsinnigen Schmerz aus der verwundeten Hüfte durch seinen gesamten Körper. Er schrie in seinem Helm. Für einen Augenblick glaubte er, sich wieder erbrechen zu müssen. Doch worum er sich wirklich sorgte, war die Tiefe des Wassers unter ihm. Wie tief es auch war, seine Füße berührten den Boden nicht.

Die Restlichtverstärker zeigten ihm schwache graue Luftblasen ringsum, als er langsam zur Oberfläche zurücktrieb. Dann tanzte er auf dem Wasser, während er versuchte herauszufinden, wo die Insel lag. Sobald er sie gefunden hatte, brachte er die Beine hoch, bis er auf dem Rücken trieb. Seine Füße strampelten langsam, und er unterstützte die Bewegung durch gelegentliche Armschläge. Er befahl dem Prime, die Muskelbewegungen auszuführen, die er wünschte. Seine eigenen Gliedmaßen reagierten nur noch träge. Das Resultat war kein besonders schnelles Schwimmen, doch er kam wenigstens voran.

Er war noch etwa siebzig Meter vom Ufer entfernt, als etwas an ihm vorbeistreifte. Die taktilen Sensoren seines Anzugs strichen imitierend über seine Haut. Lawrence zuckte zusammen und hielt still, während er darauf wartete, dass es sich wiederholte. Als nichts geschah, begann er erneut zu schwimmen, vielleicht ein wenig drängender als vorhin. Die Fisch-Kreatur zupfte an seinem linken Bein.

Lawrence schlug mit der Hand nach ihr. Ein schmaler spitzer Kopf durchbrach das Wasser und tauchte spritzend wieder weg.

Etwas berührte ihn am anderen Bein. Zwei Fisch-Kreaturen! Er konzentrierte sich auf das Strampeln und hielt die Füße unter der Wasseroberfläche, um den bestmöglichen Vortrieb zu erhalten. Eine der Fisch-Kreaturen glitt über seine Brust. Sie sah einem Aal ähnlich, aber sie war blassgrün und über einen Meter lang, mit drei sanft vibrierenden Flossensäumen, die über die gesamte Länge des Körpers verliefen.

»Scheiße!« Lawrence schlug in Panik nach dem Tier, doch es war zu schnell. Spitze Kiefer mit rasiermesserscharfen Zähnen bahnten sich mit der Effizienz eines Schlagbohrers einen Weg in das Loch im Panzer. Lawrence streifte das Ding mit einem Schlag seiner Handkante ab. Zwei weitere kamen heran und drängten in die Wunde. Lawrence drehte sich zur Seite und hielt sie aus dem Wasser. Eine der Kreaturen wickelte sich um seine Beine. Die Wunde wurde wieder unter Wasser gezogen. Zähne fraßen sich in den freiliegenden Skinmuskel.

Der Karabiner glitt aus seiner Nische. Lawrence richtete ihn von seinem Bein weg nach unten und feuerte. Kugeln rasten durch das Wasser rings um die Kreaturen. Es spritzte, und dann waren sie verschwunden.

Lawrence begann aus voller Kraft zu schwimmen. Er schrie, um den Schmerz zu bekämpfen, der bei jeder schnellen Bewegung durch seinen Körper raste. Wellen kräuselten die stille Fläche des Sees und kamen auf ihn zu. Plötzlich waren gleich mehrere Kreaturen über ihm. Lawrence schlug um sich und versank für einige Augenblicke. Ihre Kiefer fraßen an der punktierten Wunde und rissen Fetzen von Skinmuskel heraus. Er benutzte den Karabiner unter Wasser und hörte das dumpfe Brüllen, als er feuerte.

Als sein Kopf wieder hochkam, sah er die Insel dreißig Meter weit entfernt. Mitten auf seinem Display flackerte ein Biohazard-Alarm. Irgendein Toxin war in den Blutkreislauf des Skinsuits eingedrungen. Das Prime identifizierte den Kontaminationspunkt als die Muskelstränge um die punktierte Stelle des Panzers herum.

Sie vergiften mich!

Genau in diesem Augenblick begann eine der Fischkreaturen ein paar Meter entfernt zu zucken und zu zappeln. Wasser spritzte in alle Richtungen. Zwei weitere folgten der ersten mit ähnlichen berserkerartigen Tänzen.

Lawrence schwamm weiter. Das Prime verschloss die Ventile, die seinen Blutkreislauf mit dem des Skinsuits verbanden. Eine weitere Kreatur stieß ihren Kopf in die punktierte Stelle. Lawrence schoss auf sie.

Inzwischen waren Dutzende der Kreaturen im Wasser rings um ihn. Sie glitten über und unter seinem Skinsuit hindurch. Lawrences Fuß berührte festen Boden. Er kämpfte um sein Gleichgewicht und watete aus dem Wasser. Die Kreaturen tobten um seine Beine herum und bearbeiteten den Panzer. Prime zeigte ständig neue Informationen über das Toxin. Es breitete sich durch die Beinmuskeln des Skinsuits aus. Sekundäre Blutgefäßventile wurden geschlossen in dem Versuch, das Gift zu isolieren.

Als seine Füße endlich aus dem Wasser waren, schaffte Lawrence gerade noch zwei Schritte, dann kippte er vornüber. Seine Beine wollten sich nicht mehr bewegen, und das Gewicht des inerten Skinsuits war zu viel.

Lawrence überflog das Statusdisplay. Das Toxin hatte mehr als ein Drittel der Skinmuskeln kontaminiert. Der Rest wurde nicht mehr mit Blut versorgt. Mit einem Seufzer gab er dem Prime seinen letzten Befehl.

Der Skinsuit öffnete sich glatt entlang der Naht auf der Brust. Lawrence wimmerte, während er den Helm nach hinten vom Kopf schob. Kühle Nachtluft strich über seinen Körper. Er schob und wand sich und kam langsam aus dem toten Skinsuit wie eine glitzernde blaue Puppe. Eine Weile konnte er nichts weiter tun als nach Atem ringend auf dem Gras liegen. Dann tastete seine linke Hand über die Seite und zur Wunde. Er verzog das Gesicht und richtete sich langsam auf.

Das Blutgerinnungsmittel hatte eine dünne Schicht aus weißem Schaum in der Wunde entstehen lassen, der bröckelte und sich in Flocken löste. Blut tropfte hervor und rann über das Dermalez-Gel auf den Boden. Er presste die Hand gegen die Wunde und hoffte, dass der Druck die Blutung aufhalten würde, bis er etwas Geeignetes fand, um sich einen Verband anzulegen.

Lawrence kämpfte sich auf die Beine und sah sich um. Er konnte den Tempel vor der Dunkelheit so eben erkennen. Jeder Schritt war erzwungen, und er schrie mehr als einmal vor Schmerz auf, während er zu dem steinernen Bauwerk humpelte. Als er dort angekommen war, stellte er fest, dass ein Stück der steinernen Sitzreihen zur Seite geglitten war. Dahinter begann eine Treppe nach unten. Schwaches Licht drang von dort herauf.

»Ich hab's doch verdammt noch mal gewusst!«, murmelte Lawrence.

Er musste sich Halt suchend gegen die Wand lehnen, als er langsam die Treppe hinunter stolperte. Dermalez-Gel schmierte eine unregelmäßige Spur über den Stein, als er sich voran mühte. Blut tropfte ununterbrochen zwischen seinen Fingern hindurch auf die Stufen.

Am Boden war ein kleiner leerer Raum, mitten unter dem Tempel. Eine einzelne Metalltür befand sich gegenüber der Treppe. Sie glitt auf, als Lawrence auf sie zu humpelte. Dahinter, wartete ein Lift. Er schob sich hinein und fand ein Kontrollpaneel mit lediglich zwei Knöpfen. Die Tür glitt hinter ihm zu, als er den unteren betätigte.

Ein leises Surren ertönte, und der Aufzug setzte sich in Bewegung. Als sich die Tür wieder öffnete, enthüllte sie den Blick auf eine große, halbkugelförmige Kammer mit Wandsegmenten aus dunklem, kupferfarbenem Komposit. Lawrence stolperte aus dem Lift, ohne darauf zu achten, dass er entdeckt worden war. Er musste einfach wissen, was er die ganzen Jahre gejagt hatte. Das war alles. Nichts auf der Welt zählte sonst noch.

In der Mitte der Kammer stand ein großer Sockel aus milchigem Glas, der beinahe wie ein Altar aussah. Auf diesem Sockel ruhte ein mächtiger, aschgrauer Stein mit einer zerklüfteten, von Löchern übersäten Oberfläche. Die Mitte des Steins war mit einem goldenen Geflecht überzogen. Das zum Lift hinzeigende Ende war abgeschnitten und poliert. Aus der glatten Fläche ragten kleine aquamarinblaue Kristalle, die sanft glitzerten.

Lawrence starrte aus zusammengekniffenen Augen auf die Szene. Er begriff nicht, was das alles zu bedeuten hatte.

Zwei junge Frauen standen vor dem Sockel. Die ältere von ihnen betrachtete ihn mit traurigem Lächeln und sagte: »Willkommen im Tempel des Gefallenen Drachens, Lawrence. Erinnerst du dich an mich?«

Lawrence grinste sie an, dann begann sich alles um ihn zu drehen. Er verlor er das Bewusstsein.

KAPITEL 4

Joseps Gedanken waren rasch wieder klar, als er erwachte. Eine Sekunde hielt er die Augen geschlossen, während er seine Lage abschätzte. Er lag auf einer Art Plastikliege. Keine Kleidung, die nackte Haut drückte gegen das Plastik. Leichter Druck an den Hüften. Boxershorts also. Kalte metallische Bänder um die Handgelenke, die im Abstand von fünfzehn Zentimetern auseinandergehalten wurden. Eine Art Handschellen. Seine Beine waren frei. Künstliches Licht schimmerte durch seine Lider. Das ferne Klappern und Murmeln eines Hauses voller geschäftiger Leute.

Als seine digital geschriebenen Neuronen versuchten, seinen Armband-Pearl oder einen lokalen Datapool-Knoten zu lokalisieren, fand er nichts außer ein paar zusammenhanglosen Hintergrundsignalen, die fast außerhalb der Wahrnehmungsschwelle lagen. Es war, als wäre das gesamte elektromagnetische Spektrum irgendwie gedämpft worden. Er schob die eigenartige Wahrnehmung auf das Gas, das sie benutzt hatten, um ihn auszuschalten. Ein Rest davon war immer noch in seinem Kreislauf und beeinträchtigte seine neuralen Zellen.

Er schlug die Augen auf. Der Raum war eine Zelle, vier mal vier Meter, keine Fenster, nur ein Belüftungsgrill. Er lag auf einer Pritsche gegenüber einer massiven Metalltür. Eine kleine Kamera an der Decke war auf ihn gerichtet.

Die Zellen der Sicherheitsabteilung des Raumhafens sahen fast genauso aus. Vielleicht hatten sie ihn noch gar nicht verlegt. In diesem Fall hatte er eine Chance. Er kannte den gesamten Raumhafen in- und auswendig.

Der Gedanke ließ ihn stocken. Er hatte nichts vom Aufzug gewusst. Und es musste zumindest einen Alarm geben, der nicht in den Dateien erfasst war, die sie benutzt hatten, als sie den Einbruch geplant hatten. Höchstwahrscheinlich handelte es sich um etwas, das Zantiu-Braun diskret installiert hatte, nachdem sie die Kontrolle über den Verwaltungsblock übernommen hatten. Trotzdem hätte sein Prime ihn warnen müssen, als er ihn ausgelöst hatte.

Gespielt langsam und verwirrt setzte er sich auf und kratzte sich am Kopf. Die Handschellen erschwerten die Bewegung. Er blickte sie stirnrunzelnd an. »Was zur Hölle …?«

Niemand kam, um es zu erklären. Er tappte zur Tür. Der geflieste Boden fühlte sich kalt an unter den nackten Füßen. »Hey!« Er hämmerte gegen die Tür. »Hey, was hat das zu bedeuten?« An seinen Fäusten waren Schnitte, wo er gegen die Aufzugstür gehämmert hatte. Das war möglicherweise ein Fehler gewesen. Falls sie die Beule gemessen hatten, die er in die Türen geschlagen hatte, konnten sie sich ausrechnen, welche Kraft hinter dem Schlag sitzen musste. Das würde ihn *äußerst* interessant für sie machen. Nicht, dass sie nicht sowieso äußerst interessiert an ihm gewesen wären. Doch er durfte nicht zulassen, dass sie seinen Körper so genau in Augenschein nahmen. Die Patternformsequenzer mussten geschützt werden, koste es, was es wolle.

Er tappte zu seiner Pritsche zurück und setzte sich. Es war Standard-Vorgehensweise, Gefangene eine Weile schmoren zu lassen, nachdem sie gefasst worden waren, um auf diese Weise eine gewisse Angst in ihnen zu schüren. Nicht, dass derartige Maßnahmen bei ihm etwas bewirkt hätten. Doch er musste eine Entscheidung fällen, wie er von hier aus vorgehen wollte. Die digital geschriebenen Zellen in seinen Wangen und seinem Unterkiefer hatten ihre Form behalten, während er bewusstlos gewesen war. Er besaß also immer noch Sket Magersans Gesicht. Zantiu-Braun würde inzwischen den echten Magersan überprüft haben. Sie würden wissen, dass es sich bei seinem Eindringen um einen ernsten Sabotageversuch seitens einer Widerstandsgruppe handelte.

Ein Verhör durch Z-B würde unausweichlich medizinische Diagnostik mit einbeziehen, möglicherweise einen vollständigen Gehirnscan. Die digital geschriebenen Modifikationen waren subtil, doch bei dieser Sorte Scan bestand das hohe Risiko einer Entdeckung. Und er war nicht hundertprozentig sicher, ob er immun gegen ihre Drogen war. Seine digital geschriebenen Neuronen waren kaum allmächtig, und Zantiu-Braun hatte seit Jahrzehnten und auf Dutzenden verschiedener Welten mit Widerstandsgruppen zu tun gehabt. Sie würden inzwischen über eine höchst ausgeklügelte Technologie verfügen, um Informationen zu extrahieren.

Die Wahl war einfach. Je länger er gefangen blieb, desto geringer seine Chancen auf eine erfolgreiche Flucht. Wenn er entkommen wollte, dann musste es geschehen, noch bevor sie in vollem Ausmaß erkannten, wozu er körperlich imstande war.

Das brachte ihn zu dem Zeitpunkt zurück, als sie ihn gefangen hatten. Er ging den Einbruch noch einmal von Anfang an durch.

*

Es dauerte weitere zwei Stunden, bis die Metalltür geöffnet wurde. Josep hatte noch immer nicht herausgefunden, an welcher Stelle er den Alarm ausgelöst hatte. Zwei Wachen in blauen Uniformen mit einem kleinen Zantiu-Braun-Abzeichen am Kragen kamen herein. Beide trugen Helme mit gefärbten Visieren und hielten lange Stäbe mit Schockelektroden an einem Ende.

Er bekam einen einfachen einteiligen Overall. »Anziehen«, sagte einer der Söldner.

Josep nahm den Overall und faltete ihn auseinander. Er hielt die Arme ausgestreckt und rasselte mit den Handschellen. »Dann müssen Sie die hier wohl abnehmen.«

»Netter Versuch. Ziehen Sie einfach den Overall an.«

Die Ärmel des Overalls besaßen Druckknöpfe entlang einer Außennaht. Josep schälte sich in den unteren Teil des Kleidungsstücks, und einer der Söldner schloss die Ärmel für ihn.

Sie führten ihn nach draußen in einen kurzen, gewundenen Korridor. Josep überprüfte Länge und Höhe und wusste genau, wo er sich befand: Verwaltungsblock, dritte Etage. Die Sicherheitsdivision hatte eine große Abteilung für sich allein in dem großen fünfeckigen Gebäude. Grundrisse jagten durch seinen Kopf. Der einzige Weg in oder aus dieser Abteilung waren die beiden Aufzüge und eine Feuertreppe. Er durfte die Aufzüge nicht benutzen, sie waren durch Kodes geschützt – und er hatte außerdem nicht vergessen, was beim letzten Mal geschehen war, als er in diesem Gebäude einen Aufzug betreten hatte. Die Feuertreppe war demnach die offensichtliche Wahl, und das wusste auch der Gegner. Er hatte vermutlich strenge Sicherheitsmaßnahmen eingebaut.

»Wohin gehen wir?«, fragte Josep.

»Das wirst du früh genug feststellen, Raffles.«

Josep verstand die Anspielung nicht. Doch sie führten

ihn von den Aufzügen weg. Die einzigen vor ihnen liegenden Räume waren Büros. Sie mussten eines davon als Verhörzimmer eingerichtet und dort ihre Ausrüstung aufgestellt haben. Er empfing immer noch keinerlei Signal vom Datapool.

Sie kamen um eine Ecke. Die Wände dieses Korridors waren übersät mit Türen. Er benannte sie leise, während sie vorbeigingen: Department Management, Briefing 1, 2 und 3, Finanzinspektor, Investigator. Josep schwankte leicht und veränderte seine Balance, dann trat er nach dem Wächter zur Linken. Der Tritt war perfekt gezielt und erwischte den Mann an der Kniescheibe. Er schrie schmerzerfüllt auf und ging zu Boden. Der zweite Wächter hämmerte Josep seinen Stock in den Rücken, und aus den Elektroschockern jagte der Strom in seinen Leib. Seine digital geschriebenen Zellen widerstanden dem elektrischen Ansturm – wenn auch nur knapp – und hielten seine Nervenbahnen frei. Er wandte sich um und entriss dem Söldner den Stock. Der Mann grunzte überrascht angesichts der Kraft des anderen, dann stieß Josep ihm den Stock in den Magen. Der Mann stolperte rückwärts und klappte zusammen.

Josep hämmerte dem ersten Wächter den Stock in den Nacken, als dieser versuchte aufzustehen. Er brach auf dem Teppich zusammen. Am anderen Ende des Korridors brüllten zwei Männer in Zantiu-Braun-Uniformen etwas und rannten auf Josep zu. Der Alarm ging los. Es war ein furchtbar schrilles Geräusch in dem engen Flur. Die Sicherheits-AS musste alles durch die Überwachungskameras verfolgt haben.

Josep warf den Stock nach den beiden Männern und sprang zur Tür der Finanzinspektion. Sie war nicht einmal verschlossen. Wie erwartet hatte Zantiu-Braun keine Verwendung für das Finanzpersonal; das Büro stand leer und verlassen für die Dauer der Besatzung. Drei Schreibtische reihten sich in der Mitte des Raums, übersät mit alten Memory-Chips und Stapeln von Papierausdrucken. Die Desktop-Pearls waren inaktiv. Die Wand gegenüber der Tür bestand vom Boden bis zur Decke aus getöntem Glas; das Fenster zeigte über das Vorfeld und zu den Raumhafenhangars. Josep rannte zum letzten Schreibtisch in der Reihe und wuchtete ihn hoch, um ihn anschließend mit aller Kraft gegen die Scheibe zu schleudern. Das gehärtete Glas zersplitterte und sandte einen Regen von Scherben nach draußen. Weitere Alarme schrillten los. Der Schreibtisch kam am Rand des Loches, das er geschaffen hatte, zur Ruhe, noch immer halb im Zimmer. Er wackelte unsicher. Josep versetzte ihm einen Tritt und sandte ihn über die Kante. Drei Stockwerke tiefer krachte er in die Blumenbeete. Die Bürotür flog auf. Zantiu-Braun-Personal stürzte herein. Josep sprang dem Schreibtisch hinterher. Drei Stockwerke in Thallsprings Standardgravitation. Der Sturz war tief genug, um einem normalen Menschen beim Aufprall das gesamte Beinskelett zu zerschmettern. Die inneren Verletzungen von der gewaltigen Verzögerung wären wahrscheinlich tödlich. Josep riss die gefesselten Hände hoch und bemühte sich verzweifelt, das Gleichgewicht zu bewahren.

Es war überraschend still, als die warme Luft des späten Nachmittags an ihm vorbeirauschte. Er winkelte die Beine ein wenig an, als ihm das Blumenbeet entgegenkam.

Seine Füße krachten auf den harten Boden, seine Knie bogen sich durch und absorbierten so viel von dem gewaltigen Aufprall, wie sie konnten. Seine Schulter prallte gegen den Boden und trieb ihm die Luft aus den Lungen. Seine Knochen hielten, obwohl die Knöchel- und Kniegelenke brennenden Schmerz in sein Rückgrat sandten. Er blinzelte die Tränen aus den Augen. Rosenbüsche hatten seine Beine zerkratzt. In seinem Fuß steckte ein Glassplitter. Perplexes Zantiu-Braun-Personal beugte sich aus dem zerbrochenen Fenster des Büros drei Stockwerke höher und starrte zu ihm hinunter.

Josep befahl seinen tauben Gliedmaßen, sich zu bewegen, rollte auf allen Vieren ab und stand auf. Schreie von oben mischten sich mit dem aufdringlichen Schrillen des Alarms. Er machte ein paar schmerzvolle Schritte, bis er gegen die Wand des Gebäudes prallte. Er stützte sich an der Wand ab, während er an ihr entlang weiter eilte. Irgendwo weiter vorn war eine Tür, die von Wartungspersonal benutzt wurde. Auf der anderen Seite des Glases sprangen Menschen von ihren Schreibtischen auf und zeigten auf ihn, als er vorbeieilte.

Er erreichte die Tür, setzte die Schulter dagegen und drückte. Sie bog sich ein wenig durch, doch sie hielt. Er trat einen Schritt zurück und warf sich dagegen. Diesmal brach das Schloss, und er befand sich in einem schmalen Wartungstunnel aus Beton. Er eilte weiter bis zur ersten Kreuzung. Die Wände des breiteren Haupttunnels waren bedeckt mit Rohren und Kabeln. Lichtkonusse an der Decke erstrahlten alle fünf Meter in purpur-weißem Licht. Er wandte sich nach links und begann zu rennen. Jedes Mal, wenn der Glassplitter den Boden berührte und tiefer in sein Fleisch getrieben wurde, zuckte er zusammen. Blut tropfte aus dem Schnitt, doch er wusste, dass es noch schneller fließen würde, sobald er das Glas aus der Wunde zog.

Eine weiterer Abzweig nach links. Dann rechts, und wieder rechts. Ein Umkleideraum mit Spinden. Niemand im Innern. Er ging zu der Reihe von graublauen Metallspinden, packte den Türgriff des ersten und zog. Der Griff gab nach, das Metall um den Bolzen verbog sich, dann war die Tür auf. Im Innern waren schmutzige Overalls und ein Paar Stiefel.

Er ging zum nächsten Spind und riss auch diese Tür auf. Der nächste. Im fünften fand er, wonach er gesucht hatte, einen Werkzeuggürtel mit gefüllten Schlaufen. Er zog eine Energieklinge hervor, schaltete sie ein und steckte sich den Griff in den Mund. Dann hielt er ihn mit den Zähnen fest, so gut es ging.

Die Klinge schnitt mit erschreckend lautem Kreischen und einem wilden Funkenschauer durch die Handschellen.

Josep hielt den Atem an. Draußen durch den Betonkorridor hallten Schreie. Er kehrte zum ersten Spind zurück und steckte die Füße in die Stiefel, bevor er den Overall herauszog. Digital geschriebene Organellen begannen sein Gesicht zu verändern und verwandelten ihn wieder zurück in Andyl Pyne. Noch während die Veränderung im Gange war, riss er den Werkzeuggürtel an sich sowie einen Armband-Pearl, den er auf dem oberen Regalboden entdeckt hatte.

Fünfzig Meter vom Spind entfernt gab es eine Inspektionsluke, die in den Schacht hinter der Wand führte. Ein Kraftschrauber aus dem Gürtel öffnete sie, und er schob sich hinein. Es war eine enge, eingegrenzte Welt. Vollkommen schwarz. Die Wände lagen einhundertzehn Zentimeter auseinander und bildeten einen Zwischenraum, der angefüllt war mit Trägern, Klimarohren und Wasserleitungen. Er konnte genauso weit nach unten sehen wie nach oben. Seine Füße ruhten auf einem Doppel-T-Träger, der kaum zehn Zentimeter breit war. Die Skins und Wachen, die ihn jagten, würden inzwischen wissen, dass er seine Verkleidung im Umkleideraum gewechselt hatte, doch die Stiefel waren kalt gewesen, als er sie angezogen hatte. Es würde eine Weile dauern, bis seine Körperwärme in die Sohlen eingedrungen war. Theoretisch waren sie nicht imstande, seine Spur zur Luke zu verfolgen.

Der beengte Spalt machte jede Bewegung schwierig, doch langsam arbeitete er sich aus seinem Gefängnis-Einteiler, während er sich ständig mit einer Hand an einem Träger festhielt. Er ließ das Bündel Stoff in die Tiefe fallen und quälte sich in den Overall. Zweimal musste er aufhören, als jemand an der Luke vorbeirannte. Als er mit dem Umziehen fertig war und den Werkzeuggürtel umgebunden hatte, begann er zu klettern. Während er immer höher stieg, versuchte er seine digital geschriebene Neuronenstruktur mit dem Armband aus dem Umkleideraum zu integrieren. Er konnte immer noch keinerlei Verbindung herstellen. Das Betäubungsgas schien mehr Schäden angerichtet zu haben, als er im ersten Augenblick geglaubt hatte.

Sobald er auf der Höhe des zweiten Stockwerks war, folgte er der phosphoreszierenden korallenfarbenen Linie, die das Warmwasserrohr war, bis zu den Toiletten. Die Paneele in der Wand hier waren wesentlich kleiner als die Wartungsluke im Umkleideraum und hauptsächlich dazu gedacht, von außen an die Tanks und Rohre zu kommen, die WCs und Waschbecken versorgten. Er fand die größte und legte das Ohr daran, während er auf Bewegungen lauschte. Zwei Männer benutzten die Urinale – zumindest hörte es sich an wie Urinale. Einer blieb bei den Waschbecken stehen, um sich die Hände zu waschen, der andere ging geradewegs nach draußen.

Josep benutzte die Energieklinge, um den Rand des Paneels durchzusägen. Er wand und zwängte sich durch die

Lücke in die Toilette und geriet fast in Panik wegen des Lärms, den er verursachte. Als er den größten Teil geschafft hatte, musste er sich auf eine gymnastische Weise verdrehen, die selbst seinen digital geschriebenen Gliedern Schwierigkeiten bereitete. Und alles nur, um sicherzustellen, dass er den Kopf nicht aus der teilweise geöffneten Tür streckte. Selbst in den Toiletten gab es Sicherheitskameras, und die Sicherheits-AS würde einen Großteil ihrer Rechenkapazität auf die Erkennung visueller Abnormitäten im Innern des Verwaltungsgebäudes verwenden.

»Erfindungsreich«, beobachtete Simon.

»Ich denke, wir waren ein wenig zu *nachlässig bei der Jagd«, sagte Adul. »Und wir hätten es ihm in den Tunnels schwerer machen müssen.«*

»Wir haben sein Gefühl von Überlegenheit gestärkt. Sehen Sie nur die Aktivität in seinem tiefen Thalamus. Er ist zuversichtlich.«

»Aber nur, solange die einfache Flucht ihn nicht misstrauisch macht.«

»Ich würde diesen Sprung wohl kaum einfach nennen. Ich dachte zuerst, er würde sich umbringen, bis mir die Beschaffenheit seiner Knochen einfiel«, sagte Simon. »Gib ihm eine einsichtige Körperform«, befahl er der AS.

Die Toilettentür öffnete sich. Josep spannte sich, während er darauf wartete, was der Mann tun würde. Schritte fanden ihren Weg zum ersten WC. Josep klopfte mit den Knöcheln an die Trennwand. Die Schritte zögerten.

»Hey!«, zischte Josep.

»Gibt es ein Problem?«

»Ja.«

Der Mann spähte um die Tür herum und sah Josep mit

gesenktem Kopf auf der Toilettenschüssel sitzen. »Was ist denn?« Er kam näher.

Joseps linker Arm schoss hoch und packte den Mann am Revers. Er zerrte ihn ganz in den kleinen Raum, während gleichzeitig seine linke Handkante in den Nacken des Mannes krachte. Er schloss die Toilettentür. Wenn er sich nicht irrte, hatte die Sicherheitskamera gesehen, wie der Mann vor der ersten Toilette zögerte und dann in die zweite ging.

Nach dem Ausweis handelte es sich um Davis Fenaroli-Reece. Josep begann, ihn auszuziehen. Die Kleidung in der beengten Toilette zu wechseln war fast so schwierig wie im Wartungsschacht. Nachdem Josep den Anzug des anderen anhatte, setzte er den Leichnam von Davis Fenaroli-Reece auf die Toilettenschüssel und studierte sein Gesicht. Seine eigenen Züge veränderten sich erneut. Ohne Spiegel war er nicht imstande, die Ähnlichkeit so stark zu machen, wie er es gewollt hätte, doch seine wirkliche Sorge galt den Haaren. Davis Fenaroli-Reece besaß sehr dunkles Haar, während Andyl Pyne und Sket Magersan beide blond gewesen waren. Am Ende begnügte er sich damit, Wasser aus der Toilettenschüssel über den Haaren zu verteilen und es glatt nach hinten zu streichen in der Hoffnung, dass die Haare dadurch dunkel genug erschienen, um die AS zu täuschen. Er war zuversichtlich, dass die Auflösung der Kamera nicht ausreichte, um die Änderung der Struktur zu bemerken.

Er verbrachte eine weitere Minute mit den Werkzeugen und manipulierte das Schloss des WCs. Als er die Tür hinter sich zuzog, fiel der Bolzen in die Lasche, und das Besetztzeichen erschien. Josep wusch sich die Hände und ging.

Er marschierte über den Korridor in Richtung Treppenhaus. In der zweiten Etage saßen Zantiu-Braun-Leute und einheimisches Raumhafenpersonal. Die meisten standen am

Panoramafenster und starrten hinunter auf die Skins, die das Gebäude durchkämmten.

Es wurde zunehmend dunkler draußen. Die Sonne war bereits hinter den Bergen am Horizont versunken. Das bedeutete, dass er nicht länger als vierzig oder fünfzig Minuten bewusstlos gewesen sein konnte. Er war allerdings hungrig, als hätte er seit einem Tag nichts mehr gegessen.

Die Treppe brachte ihn hinauf in den vierten Stock, von wo aus eine Brücke direkt in das Terminalgebäude führte. Zwei Skins standen am anderen Ende und überprüften jeden, der den Verwaltungsblock verließ, als wäre die AS nicht imstande, einen fliehenden Sket Magersan zu entdecken. Sie zuckten nicht einmal, als er sie passierte.

Vierzig Minuten später war er draußen auf dem Parkplatz 4B und ging scheinbar gleichmütig an der Reihe von Fahrzeugen vorbei. Ein paar Angestellte waren aus dem Terminalgebäude gekommen, wünschten sich gegenseitig einen schönen Feierabend und trennten sich. Josep folgte einem von ihnen zum Wagen.

»Entschuldigung?«

Der Mann hielt inne, nachdem er die Tür geöffnet hatte. »Ja?«

»Mein Wagen tut's nicht mehr. Das Nabenmotorkabel, glaube ich. Fahren Sie nach Durrell?«

»Sicher.« Der Mann nickte. »Ich kann Sie mitnehmen.«

»Das wäre großartig.«

An der Ausfahrtschranke standen ebenfalls Skins.

»Ziemlicher Aufruhr«, bemerkte Arthur Harwood, als er den Wagen auf der Höhe der beiden Sicherheitsposten verlangsamte.

»Ich frage mich, was das zu bedeuten hat?«, bemerkte Josep, als er Davis Fenaroli-Reeces ID-Karte über den Scanner auf der Beifahrerseite führte und in die Kamera sah.

Die Schranke glitt nach oben.

»Irgendjemand hat heute Nachmittag versucht, irgendwas aus dem Tresor zu stehlen«, erzählte Arthur Harwood. »Er ist ihnen entwischt.«

»Gott, ich hoffe nur, sie benutzen keines von ihren Kollateralhalsbändern!«

»Deswegen? Das bezweifle ich.«

Arthur Harwood brachte ihn wie versprochen nach Durrell. Josep dankte ihm, als er ihn bei einem Einkaufszentrum in einem der Außenbezirke aussteigen ließ. Glücklicherweise hatte Davis Fenaroli-Reece genügend Kleingeld bei sich, um einen Busfahrschein in das Stadtzentrum zu bezahlen. Von dort aus war es ein Zehn-Minuten-Spaziergang bis zum Universitätscampus. Als er Michelles Wohnheim erreichte, wartete er in der Lobby, während seine Gesichtszüge ihre ursprüngliche Form annahmen.

»Ah. Ich habe mich schon gefragt, wie er wirklich aussieht. Wollen doch mal sehen, ob wir Aufzeichnungen zu diesem Gesicht haben.«

Josep tippte den Kode in ihr Türschloss und betrat das Zimmer. Es herrschte das gleiche Chaos wie immer. Es war kaum groß genug für einen Bewohner, und seit er bei ihr eingezogen war, hatte es sich in einen Trödelbasar aus Klamotten, Fast-Food-Papier, Computerausdrucken und ungewaschenem Geschirr verwandelt. Michelle saß auf dem kleinen Bett und starrte auf das Paneel ihres Desktop-Pearls, der auf dem Kissen lag. Ihr Kopf ruckte hoch, und Schrecken zeigte sich auf ihrem Gesicht. Der Schnitt in Joseps Fuß von dem Glassplitter sandte eine Schmerzwelle durch sein Bein. Er zuckte zusammen.

*

Michelle sah überrascht auf, als sich die Tür öffnete. Es musste Josep sein. Sie hatte sich so viel Sorgen gemacht, dass er gefasst worden sein könnte, während er irgendetwas für die Widerstandszelle tat. Die Erleichterung wich einem Schock, als sie das Ding sah, das durch die Tür kam. Es war eine Parodie von einem Skinsuit, dürr und hager, mit einer einfachen Metallkugel als Kopf. Die beiden schwarzen Linsen, die seine Augen waren, starrten sie an. Sie schrie auf, als es in die Mitte des Zimmers ging.

Zwei echte Skins eilten hinter ihm herein. Michelle schrie immer noch, als einer der beiden sich auf sie stürzte. Dicke Finger packten ihr Handgelenk. Sie wollte sich am Bett festhalten, doch der Skin war unglaublich stark. Sie wurde weggerissen, und ihre Schulter krachte schmerzhaft auf den Boden.

»Helft mir!«, schrie sie. »Irgendjemand, zu Hilfe!«

»Halt die verdammte Schnauze, Miststück!«

Der Skin riss sie hoch und warf sie sich über die Schulter. Michelle versuchte zu *treten, doch der starke Griff um ihre Beine verhinderte jede Bewegung. Ihr Kopf hing auf dem Rücken des Skins. Sie hob ihn, um auf das schmale humanoide Ding zu starren, das sich durch den Raum bewegte und mit den Fingern Objekte betastete. Dann war sie draußen auf dem Treppenabsatz, wo ein paar weitere Skins warteten. Studenten standen vor ihren Türen und beobachteten, wie sie weggetragen wurde. Sie waren* zu *verängstigt, um einzuschreiten oder auch nur* zu *protestieren.*

Tränen rollten über ihre Wangen. Es war alles vorbei. Zantiu-Braun hatte ihre kleine Widerstandszelle entdeckt. Sie würden sie ver-

hören und dann töten. Sie jammerte elend, als der Skin mit ihr in den Lift stieg. Drei Männer drängten sich im Innern und erwarteten sie. Sie befestigten unverzüglich Instrumente und medizinische Module an ihrer Haut.

Michelle schrie erneut, als die Türen zuglitten.

Einen Augenblick lang war das Zimmer unscharf. »Alles in Ordnung?«, fragte Michelle. Sie war aufgestanden und blickte ihn besorgt an.

Josep hob den Fuß, um die Wunde zu entlasten. Der Schmerz ließ augenblicklich nach. »Mir geht es gut, danke.«

Sie lächelte ihn besorgt an. Josep wartete. Doch zum ersten Mal stürzte sie nicht herbei und umarmte ihn. Er fragte sich, was mit ihr los war. Glaubte sie vielleicht, dass er sich mit einem anderen Mädchen traf? Bitte nicht das, betete er. Nicht jetzt.

Er gab ihr einen flüchtigen Kuss. Sie reagierte kühl. »Es gibt ein Problem«, erzählte er ihr. »Ich muss mit Ray reden. Hol das Zeug, ja? Ich bringe es von hier weg.«

»Warum? Was ist denn passiert?«

»Nichts, weswegen du dir Sorgen machen müsstest.« Er setzte sich auf das Bett und zog den Desktop-Pearl zu sich heran. Seine digital geschriebenen Neuronen waren immer noch stumm bis auf das schwache Hintergrundrauschen. Es ließ ihn stutzen. Was zur Hölle konnte sie so lange ausschalten? Jede andere digital geschriebene Erweiterung seines Körpers schien tadellos zu funktionieren.

»Was ist passiert?«, beharrte Michelle.

»Also schön, sieh mal, der Controller hat sich bei mir gemeldet. Zantiu-Braun hat Suchpings in das Universitätsnetzwerk geschickt und die Studentendateien überprüft. Ich bin sicher, es ist nichts, weswegen wir uns Gedanken machen müssten, aber wir müssen trotzdem vorsichtig sein. Ich werde für ein paar Tage von hier verschwinden.«

»Das gefällt mir nicht.«

»Mir auch nicht. Es tut mir leid, aber wir müssen auf Nummer sicher gehen. Dir wird nichts geschehen. Und jetzt hol bitte das Zeug, ja?« Er rief sein Prime aus den Memoryblocks des Desktop-Pearls auf. Das Paneel gab eine Fehlermeldung aus. *Objekt nicht gefunden.*

Der Remote sandte das Kommando mit dem dazugehörigen Kode, doch der Desktop-Pearl reagierte nicht. Das Paneel gab eine Fehlermeldung aus. Objekt nicht gefunden.

Josep starrte verständnislos auf den Schirm. »Verdammt!« Wo war das Prime geblieben? Wenn er doch nur ein direktes Interface herstellen könnte … Er überlegte, ob er Raymond anrufen sollte, ohne die Daten durch Prime zu verschlüsseln. Michelle stand noch immer hinter ihm und beobachtete sein Tun.

»Holst du jetzt das Zeug oder nicht?«, fragte er.

»Ich will nicht, dass du gehst.«

»Scheiße.« Er befahl dem Desktop-Pearl, eine Verbindung zu Raymond herzustellen.

Simons DNI lieferte ein umfassendes Diagramm der Datapool-Architektur von Durrell. Der graphische Generator benutzte das Monitorprogramm der AS. Er sah, wie der Anfrageping durch den gesamten Datapool huschte. Joseps Anruf war an eine persönliche, mobile Adresse gerichtet. Wo auch immer das Individuum steckte, der nächste Datapool-Knoten würde den Anruf direkt zu ihm durchstellen. Ein Knoten im Silchester District stellte eine Verbindung her. Der gesamte Silchester Datapool stürzte ab.

»Was ist passiert?«, fragte Simon.

Die AS berichtete, dass ihr Monitorprogramm von einem unbekann-

ten Programm entdeckt und identifiziert worden sei. Daraufhin sei der Silchester District augenblicklich vom Netz gegangen.

Simon war beeindruckt. Sämtliche Apparate und Geräte, die sie Josep abgenommen hatten, hatten sich in dem Augenblick selbst zerstört, als die Techniker von Zantiu-Braun anfingen, sie zu untersuchen. Sie waren förmlich verdampft, von der Oberfläche nach innen. Die Analyse der Gasrückstände hatte einige extrem ungewöhnliche und komplexe Molekülstrukturen ergeben. Wie es schien, war ihre Software genauso hoch entwickelt.

Der Desktop-Pearl blinkte. *Empfänger nicht gefunden.* Josep starrte mit wachsender Besorgnis auf das Paneel. Selbst wenn der Datapool keine Verbindung herstellen konnte, hätte Rays Prime den Anfrageping abgefangen und geantwortet.

»Das hätte nicht passieren dürfen.«

»Vielleicht hat er seinen Armband-Pearl abgeschaltet?«, sagte Michelle.

»Vielleicht.« Josep blickte sich zutiefst beunruhigt im Zimmer um. Irgendetwas stimmte nicht. Warum bekam er keinerlei Verbindung zu einem Prime?

»Hat Ray angerufen?«

»Nein.«

Auch das war eigenartig. Ray hätte nach spätestens einer Stunde gewusst, dass der Einbruch schiefgelaufen war. Und als Erstes hätte er Michelle angerufen.

Josep stand auf und wandte sich ihr zu. Sie erwiderte seinen Blick gleichmütig. Michelle hätte so etwas nie getan. Sie wäre entweder errötet oder hätte glücklich gelächelt. Verliebt.

»Du hast das Zeug immer noch nicht geholt«, sagte er gleichmütig.

»Ich hab' dir doch gesagt, ich will nicht, dass du gehst.«

»Verdammte Scheiße«, sagte Adul. »Er ist misstrauisch geworden.«

»Das musste früher oder später geschehen«, sagte Simon. »Es war nur eine Frage der Zeit.« Er blickte zu Josep hinüber. Sie hatten ihn in einen Ganzkörper-Stimsuit gesteckt, nicht unähnlich Skin. Eine taktile Emitterschicht, umgeben von künstlichem Muskelgewebe, um jegliche Form von physischem Kontakt zu stimulieren, angefangen beim Wasser, das er sich in die Haare spritzte, bis hin zum Gefühl des Stoffs, aus dem das Hemd bestand. Er hing in einem Kardanrahmen, der es ermöglichte, seine Orientierung mit der in Einklang zu bringen, die er innerhalb der von der AS geschaffenen Welt einnahm – auch wenn der Sprung das Programm bis an die Grenzen seiner Möglichkeiten ausgereizt hatte. Faseroptiken waren in seine Hornhäute und Pupillen eingesetzt worden und erzeugten ein Bild direkt auf seinen Retinas. Die Projektion hatte Doppel-Null-Auflösung: perfekt.

Der große Schirm an der Wand vor Simon zeigte die Simulation, welche die AS erzeugt hatte. Bisher war die Illusion fehlerlos. Josep war überzeugt, dass er sich im Verwaltungsblock auf dem Raumhafen aufgehalten hatte und von dort nach Durrell geflüchtet war. Selbst Michelles Zimmer war eine exakte Reproduktion dank der Daten, die der humanoide Remote lieferte; nicht nur die Farben und Proportionen, sondern auch die Struktur und Temperatur des Bettes und des Desktop-Pearls. Duplikation unbelebter Gegenstände war nicht sonderlich anspruchsvoll.

Die Probleme tauchten da auf, wo das Subjekt mit anderen Menschen interagierte, insbesondere unbekannten Dritten. Wenn es sich um jemanden handelte, über den die AS kein Hintergrund-Profil besaß, dann mussten Verhalten und Reaktionen aus dem Kontext abgeschätzt werden. Wenn sich erst ein Fehler eingeschlichen hatte, würde sich der Effekt rasch vervielfachen, bis die gesamte virtuelle Umgebung instabil wurde und sich nicht mehr aufrechterhalten ließ. Und in diesem Fall musste die AS versuchen, sowohl Michelle als auch die fremdartige Software aus dem absoluten Minimum an Daten auf glaubwürdige Weise zu simulieren.

Trotzdem war Simon zufrieden mit den Ergebnissen der Prozedur. Nachdem er mit eigenen Sinnen erfahren hatte, wie außergewöhnlich der Eindringling war, gelangte er zu der Überzeugung, dass gewöhnliche Verhörmethoden nutzlos wären. Eine Überzeugung, die durch die folgenden Scans auf zellularer Ebene an dem bewusstlosen Gefangenen weiter verstärkt wurde. Ärzte und Biotechniker hatten sich fasziniert gezeigt von den unglaublichen Veränderungen, die an seinem Körper vorgenommen worden waren. Sie sahen sich außerstande zu erklären, wie irgendeine davon zu bewerkstelligen sei. Die Anzahl und Natur der exotischen Mikropartikel war erstaunlich. Einige der Experten debattierten immer noch darüber, ob er nun ein aufgerüsteter Mensch war oder ein in eine menschliche Gestalt gepresstes Alien. Trotz aller physischen Fähigkeiten des Gefangenen hatte Simon genug von seinem Bewusstsein gesehen, um die menschlichen Emotionen darin zu erkennen. Es war jedenfalls ausreichend gewesen, um dieses virtuelle Täuschungsmanöver zu versuchen.

Soweit es Simon betraf, hatte sich diese Entscheidung längst bezahlt gemacht. Sie hatten mehrere vitale Erkenntnisse und Spuren gesammelt und insbesondere das Mädchen gefunden, das definitiv eine gewöhnliche menschliche Frau war.

»Wo ist das Zeug?«, fragte Josep leise. »Und wo wir schon dabei sind, welches Zeug überhaupt?«

»Nicht«, sagte Michelle. »Bitte.«

»Wer?«

»Was?«

»Wer? Wer bin ich?«

Ihr Gesichtsausdruck zeigte jämmerliches Elend. »Was soll das denn?«

»Wie heiße ich, Michelle?«

»Hör auf damit. Das ist nicht nett.«

»Ach ja? Weißt du, für jemanden, der nur einen Nachmittag lang weg war, bin ich ganz schön hungrig.« Er beugte sich vor und nahm eine alte Pizzaschachtel in die Hand. Es war noch eine Scheibe übrig. Er nahm sie, steckte sie in den Mund und begann zu kauen.

Simons magnetischer Sinn fing den emotionalen Aufruhr im Gehirn des Gefangenen auf. Seine Stimmung änderte sich rasch; Verwirrung wich einer Woge bitterer Enttäuschung.

»Er weiß es«, sagte Simon bedauernd. »Nun ja, das Szenario hat seinen Zweck fast erreicht. Wir haben genug Informationen, um seinen Hintergrund zu untersuchen.«

»Aber wir wissen immer noch nicht, warum sie eine Xianti entführen wollten.«

»Immer hübsch einen Schritt nach dem anderen.« Simons Grinsen verblasste, als eine neuerliche emotionale Woge durch den Gefangenen ging. Er hatte diese Emotion noch nicht häufig gesehen. Und noch niemals so ausgeprägt.

»Kein Geschmack«, sagte Josep. »Überhaupt kein Geschmack. Warum nicht, Michelle?«

»Bitte, du machst mir Angst!«

»Bedauern, Fatalismus«, sagte Simon, verblüfft von der Intensität des Gefühls. Die strahlende Aura des Gefangenen begann zu verschwimmen.

»Ich wusste gar nicht, dass Software Angst empfinden kann.«

»Raus!«, brüllte Simon. Er stürzte zur Tür. Die Aura hinter ihm erstrahlte sonnenhell und turbulent. Dann schrumpfte sie zu einem Nichts zusammen.

Simon erreichte die Tür. Riss sie auf.

Der Gefangene explodierte.

*

Lawrence empfand die Dunkelheit als wohltuend und beruhigend. Er war warm, sein Körper war vollkommen behaglich und entspannt. Er empfand keinen Schmerz. Es ist eine Dunkelheit wie in einem Mutterleib, sicher und behütet, dachte er. Ein Herzschlag, von dem er annahm, dass es sich um seinen eigenen handelte, sandte sein rhythmisches Pochen an seine Ohren. Der Atem floss mühelos in seine Lungen. Er schätzte, dass er seine Gliedmaßen bewegen konnte, falls er das wollte. Doch er wollte nicht; die Behaglichkeit war zu verführerisch. Er ließ sich treiben. Nur seine Augen waren nutzlos in dieser wundervollen Umgebung. Er sah überhaupt nichts.

Ohne Augen begann er zu sehen.

Ereignisse aus seinem Leben stiegen in sein Bewusstsein auf, ohne Ordnung und Reihenfolge, wie es. für Erinnerungen typisch war. Er besuchte seine Eltern. Spielte mit seinen Brüdern und Schwestern. Roselyn trat in sein Leben, voller Lächeln und Bewunderung. Er spazierte über fremde Welten, spazierte immer weiter, über das Plateau und in die kalte, weiße Isolation des Schneesturms. Der Kratersee lag unter ihm; er breitete die Arme aus und sprang sauber hinab in das tiefe, reinigende Wasser.

Er hatte das Gefühl eines Lächelns, von leichtem Spott. Seine Erinnerungen waren nicht das Einzige, dessen er sich bewusst war. Ferne Träume von jemand anderem teilten ihr Universum mit den seinen.

»Hallo?«

»Hallo, Lawrence.«

»Wer bist du?«

»Die Menschen von Arnoon nennen mich den Drachen.«

»Ist das der Ort, wo wir sind? In Arnoon?«

»Ja.«

»Was passiert mit mir?«

»Ich repariere deinen Körper.«

»Bist du ein Arzt?«

»Nein.«

»Was bist du dann?«

»Möchtest du mich kennenlernen? Komm.«

Die Träume des Drachen wurden stärker. Und das Universum war nicht länger ein Ort der Dunkelheit.

*

Es war halb drei morgens lokaler Zeit, als Simons Raumflugzeug in Durrell landete. Sie rollten über das Vorfeld, und eine Gangway wurde herangefahren. Als die äußere Schleuse aufglitt, nahm er sich einen Augenblick Zeit, um die Luft einzuatmen. Sie war wesentlich besser als die recycelten Moleküle an Bord der *Norvelle*, doch ansonsten gab es keinen charakteristischen Geruch, nichts, das sie als fremd verraten hätte. Jedes Mal, wenn er eine neue Welt betrat, erwartete er etwas Besonderes, Andersartiges. Und jedes Mal wurde er aufs Neue enttäuscht.

Braddock Raines erwartete ihn mit ernstem Gesicht am Fuß der Gangway. »Willkommen auf Thallspring, Sir.« Die Fünf-Mann-Eskorte aus Skins kam heran und bildete einen schützenden Kordon, während sie zu der wartenden Limousine gingen.

»Danke sehr.« Simon blieb stehen und sah zu den Feuerwehrfahrzeugen, die rings um den Verwaltungsblock parkten. Dutzende von roten und gelben Blinklichtern zuckten über das Vorfeld, wie in einem Fernsehfilm. Trotz der Uhrzeit drängten sich noch immer Schaulustige hinter der Absperrung.

Flutlichtscheinwerfer waren rings um den Verwaltungsblock aufgestellt worden und erhellten einen großen Bereich der beiden oberen Stockwerke, der herausgesprengt worden war. Die drei Etagen darunter waren eingestürzt und hatten den größten Teil der umlaufenden Glaswände zerschmettert. Berge von Glassplittern lagen am Boden davor. Sanitäter, Ingenieure, Feuerwehrleute, Skins und Roboter bahnten sich einen Weg durch die Trümmer und suchten nach Überlebenden und Leichen. Hebebühnen der Feuerwehr standen bereit und spritzten Wasser auf die bereits durchnässten Trümmer.

»Was für eine Sauerei«, murmelte Simon.

»Jawohl, Sir«, stimmte Braddock ihm zu. »Der Datapool quillt über davon. Präsident Edgar Strauss verlangt rückhaltlose Aufklärung der Vorgänge von General Kolbe. Er will wissen, wer der Schuldige ist.«

»Ah, der gute Präsident Strauss. Ich hatte erst einmal mit ihm zu tun. Wie geht es ihm denn so?«

Ein verlegenes Lächeln huschte über Braddocks Gesicht. Auch wenn er die höchste Sicherheitsstufe von Zantiu-Braun innehatte, machte ihn der Gedanke daran, wie viele

Simon Rodericks es gab, doch jedes Mal aufs Neue nervös. »Er ist offensichtlich sehr besorgt, dass wir die Kollateralhalsbänder benutzen könnten.«

»Verständlich. Unter den gegebenen Umständen kann ich zwar kaum die Bevölkerung von Thallspring verantwortlich machen, doch es ist nicht erforderlich, dass Präsident Strauss dies erfährt. Der General soll ihm mitteilen, dass die Untersuchungen im vollen Gange sind. Das sollte ausreichen, um sie in Trab zu halten.«

Das Raumhafenhospital lag in einem kleinen Seitenflügel des Terminalgebäudes. Braddock hatte einen engen Sicherheitskordon um das gesamte Gebiet ziehen lassen, als der schwer verletzte Simon Roderick hergebracht worden war. Lediglich Zantiu-Brauns eigenes medizinisches Personal hatte Zutritt zu dem Operationsraum, in dem er behandelt wurde. Nach den ersten Maßnahmen hatte sich der Raum in eine Intensivstation verwandelt. Sicherheitsingenieure und Programmierer untersuchten jedes Stück Ausrüstung und jedes Instrument, das zu Rodericks Behandlung herbeigebracht wurde. Die Elektronik und die Knoten des Operationszimmers waren physisch vom Raumhafennetzwerk abgetrennt worden, das seinerseits immer noch keine Verbindung mit dem Datapool hatte. Software-Subversion gegen irgendeinen der medizinischen Apparate war nun unmöglich.

»Sehr gründlich«, bemerkte Simon anerkennend, als sie durch das Hospital wanderten. »Was ist mit Adul?«

»Tot, Sir«, antwortete Braddock.

»Verdammt. Er war ein guter Mann.«

Drei Skins standen draußen vor dem Saal Wache. Einer von ihnen hielt Simon Roderick die Tür auf. Ein Viral-Techniker und ein Arzt überwachten die Lebenserhaltungsmaschinerie, die die Gestalt auf dem Bett einhüllte.

»Ich möchte einen Augenblick mit ihm allein sein«, sagte Roderick zu ihnen.

Simon winkte ab, bevor die Ärzte protestieren konnten. Der verblüffte Viral-Techniker musterte Simon mit einem langen, gründlichen Blick, als er an ihm vorbeiging.

Simon trat zum Krankenbett. Zwei der zehn Lichter in dem großen mobilen Gestell brannten und beleuchteten die Maschinerie. Dreiundsiebzig Prozent der Körperoberfläche des SK2 waren verbrannt; die Brandwunden waren versiegelt unter einer dicken, schützenden Membran mit einem eigenen Plexus aus Kapillaren, die die Giftstoffe aus dem zerstörten Gewebe abtransportierten. Sein Kopf war vollkommen bedeckt, und nur zwei schmale Schlitze waren frei, einer für den Mund und einer für das einzelne Auge, das ihm geblieben war. Ein Sauerstoffschlauch führte direkt durch die Membran zu den Überresten seiner Nase. Die linke Hand war amputiert worden, genau wie beide Beine unterhalb der Knie.

»Kannst du mich hören?«, fragte Simon.

Der SK2 schlug das Auge auf. Luft zischte an seinen Zähnen vorbei. »Dieser verdammte Bastard von einem Alien!«

»Wenn es dich tröstet – sein Zustand ist um einiges schlimmer als deiner. Sie kratzen immer noch Teile von ihm von der Decke.«

»Was für eine Decke? Es ist nicht einmal mehr ein Gebäude übrig. Verdammte Scheiße, was war ich blöde! Ich hätte erkennen müssen, zu was er imstande ist.«

»Ja. Als Selbstmordmethode schlägt es eine Zyanidkapsel im Mund jedenfalls um Längen. Mir war gar nicht bewusst, dass der menschliche Körper so viel chemische Energie enthält.«

»Kein menschlicher Körper. Er war ein verdammtes *Alien*!«

»Nein. Ich habe die Daten auf dem Weg nach unten studiert. Unsere lieben Experten haben einige Erkenntnisse gewonnen. Seine DNA bestätigt, dass er ein Mensch war. Sie war nicht einmal modifiziert. Die Mikropartikel waren Fremdkörper. Nicht, dass wir viele hätten retten können, um sie zu studieren, nicht mehr als ein paar Hunderttausend, aber wie es aussieht, konnten sie die molekulare Struktur der Zellen umbauen, in denen sie saßen. Die Modifikationen sind jedenfalls nicht genetisch induziert. Du weißt, was das bedeutet.«

»Alien.«

»Die Technologie, gewiss. Eine Verbindung zu Santa Chico konnten wir ausschließen. Es geht weit über alles hinaus, was sie dort haben. Es ist ein funktionierendes nanonisches System, das die molekulare Biologie beeinflussen kann.«

Der Atem des SK2 ging rasselnd. »Finde es.« Er stöhnte. Mehrere Monitorlichter flackerten rot. »Gottverdammt, tut das weh!«

»Sie stabilisieren dich nur. Es dauert wenigstens noch zwei Tage, bis du bereit bist für eine virale Regenerationstherapie.«

»Hab' ich meine Eier noch?«

»Scheint so, ja.«

»Gott sei Dank dafür! Den Rest haben sie mir schon gesagt.«

»Ich weiß.«

»Beide Beine!«

»Sie werden ersetzt, sobald wir wieder zu Hause sind, zusammen mit allem anderen.«

»Hurra, verflucht!«

»Möchtest du, dass ich dich solange in Tiefschlaf versetzen lasse?«

»Nein. Ich überstehe es auch so.«

»Wie du meinst.«

»Selbstverständlich meine ich, verdammt! Du weißt genau, was das zu bedeuten hat!«

»Das Potenzial einer funktionierenden Nanonik ist phänomenal, ja.«

»Phänomenal, am Arsch!«, rasselte der SK2. »Es ist vollkommen! Wir können die gesamte menschliche Rasse verbessern! Und das in Echtzeit! Kein Warten mehr darauf, dass zurückgebliebene Regionen unsere Investitionen wieder hereinbringen, keinerlei virale DNA-Manipulation mehr. Mein Gott, wir haben gewonnen! Alles, was wir jemals erreichen wollten, kann jetzt Wirklichkeit werden! Keine menschlichen Barbaren mehr, die sich uns in den Weg stellen! Die Gesellschaft kann sich zu einer durch und durch aktiven, kreativen Ökonomie hin verändern.«

»Hoffen wir's«, sagte Simon vorsichtig.

»Scheiß auf die Hoffnung.«

Es bereitete Simon keine Freude, seinen Zwilling in so großem körperlichem Schmerz zu beobachten. Es war viel zu leicht, sich vorzustellen, dass er selbst dort auf dem Bett lag und von Maschinen eingehüllt wurde. Der SK2 versteifte sich darauf, die Nanonik zu entdecken, als eine Methode, sein eigenes Leiden zu rechtfertigen und dem Schmerz und dem Opfer so einen Sinn zu geben. Den es dadurch auch hätte, gestand sich Simon ein. Doch das Alien hatte seine Nanonik auf eine sehr eigenartige und definitiv feindliche Weise eingesetzt.

»Wir sind immer noch nicht sicher, welche Fähigkeiten

dieses nanonische System besitzt. Bis jetzt haben wir nichts außer Mutmaßungen von einem über alle Maßen aufgeregten Stab von Technikern und Ingenieuren, aber nichts Konkretes.«

»Ich habe ihn gesehen. Ich habe gesehen, was er war. Wir können jeden Menschen im Universum so verändern, alle gesund und intelligent machen.«

»Genauso gesund und intelligent, wie wir es sind«, sagte Simon und bemühte sich, jegliche Ironie aus seinen Worten zu halten.

»Das ist der Grund für unsere Existenz.«

»Ganz recht. Obwohl wir uns nie hätten träumen lassen, alles in einem einzigen großen Knall zu erreichen.« Fast hätte er hinzugefügt: »Und was, wenn die Leute nicht von uns verändert werden wollen?«, doch er kannte die Antwort des SK2 darauf bereits. Die Entdeckung dieser Nano-Technologie würde zu einem nie dagewesenen Streit im Vorstand führen. Einige Fraktionen würden augenblickliche Implementierung fordern, während andere, zu denen er sich selbst zählte, zu mehr Vorsicht raten würden.

Obwohl all diese Fragen vollkommen hypothetisch blieben, solange sie den Alien nicht fanden und die Technologie bekamen. Simon musterte den SK2 mit einem nachdenklichen Blick. War das der Grund, warum er den Tiefschlaf abgelehnt hatte? Um sicherzustellen, dass die Akquisition glatt über die Bühne ging? Die bloße Tatsache, dass er einen derartigen Verdacht gegen einen Zwilling hegen konnte, beunruhigte ihn zutiefst.

»Nun, wir können unsere ursprünglichen Ziele anpassen, um das mit einzubeziehen, meinst du nicht?«, sagte der SK2.

»Das ist eine ganz außerordentliche Anpassung, die du da vorschlägst.«

»Aber möglich wäre sie. Dazu höchst wünschenswert.«

»Ganz meine Meinung.«

»Verhör' zuerst das Mädchen, diese Michelle Rake. Sie ist ein schwaches Glied in ihrer Kette.«

»Selbstverständlich. Irgendeine Idee, warum das Alien seine Technologie gegen uns einsetzt?«

»Keine. Wir verfügen noch nicht über genügend Informationen. Auch darum musst du dich kümmern.«

*

Die Träume des Drachen waren alles, was Lawrence sich jemals gewünscht hatte. Er nahm es als bittere Ironie des Schicksals hin, als er vom Ring-Imperium erfuhr. Einmal mehr hatte sich das Universum um ihn herum verändert und sein ganzes bisheriges Leben als fragwürdig hingestellt. Farbenfrohe, elegante Fakten vereinigten sich und verschmolzen mit seinen eigenen Gedanken, bis sie zu einer Offenbarung wurden. Und innerhalb dieses eigenartigen Zustands der Erleuchtung schwebte er hinter Mozark her, während der Prinz von einer Welt zur anderen reiste. Er bemerkte, dass große Teile der Geschichte fehlten.

»Der größte Teil meiner Erinnerungen ist verloren«, sagte der Drache bedauernd.

»Und das alles ist wirklich geschehen?«, fragte Lawrence, während er Die Stadt ansah und die silbernen und kristallenen Paläste bewunderte, die sich im rosigen Dämmerlicht erhoben.

»Es ist Geschichte.«

»Wie lange ist es her?«

»Dutzende von Millionen Jahren, wenn nicht noch länger. Auch diese Information existiert nicht mehr in mir.«

Lawrence war sicher, dass er geweint hätte, wenn seine Augen offen gewesen wären. Das Wissen des Drachen war gewaltig. Hier lag das Potenzial, einfach … alles zu erreichen. Lawrence war nicht nur von Ehrfurcht erfüllt, er spürte Demut. Seine eigenen Ziele erschienen ihm mit einem Mal inkonsequent und ärmlich im Vergleich mit alledem. Doch der Drache verurteilte ihn nicht, und das vergrößerte noch seine Schuld.

»Ich hatte gehofft, hier Reichtum zu finden«, gestand Lawrence. »Ich hätte nie geglaubt, dass es so unglaublich viel sein könnte.«

»Die Dorfbewohner betrachten sich nicht als reich.«

»Sie sind es. Glaub mir. Es kann kein größeres Geschenk im Universum geben, als dich zu kennen. Du bist die Art von Hoffnung, an die ich vor langer Zeit zu glauben aufgehört habe.«

»Danke sehr. Obwohl es Menschen waren, denen zu verdanken ist, dass ich soweit wiederhergestellt wurde. Ich würde ohne eure Bemühungen nicht existieren.«

»Ich würde gerne eines wissen«, sagte Lawrence, auch wenn er sich bereits bei dem Gedanken an die Frage schämte. »Bist du sicher, was Mozark angeht? Existierten diese Orte und Spezies, die er im Verlauf seiner Reise besucht hat, tatsächlich?«

»Die Erinnerungen sind alles, was ich habe. Sie sind, was ich bin. Existiert deine Vergangenheit, Lawrence?«

»Manchmal wünschte ich, sie würde es nicht.«

*

Denise war bald nach Sonnenaufgang aufgestanden, zufrieden, dass sie in ihrem eigenen Bett hatte schlafen können, auch wenn sie hoffte, dass es wirklich zum allerletzten Mal war. Als es draußen heller wurde, tappte sie auf den Balkon ihres Elternhauses hinaus. Die Sonne war eine strahlende kupferfarbene Scheibe, die zwischen dem Mount Arnao und dem Mount Nallan hinter dem Horizont hervorkam. Denise betrachtete es als gutes Omen. Es war selten, dass der Spalt zwischen den beiden Bergen frei war von Nebel und Wolken und so früh am Morgen so klare Luft herrschte. Sie lehnte sich auf das geschnitzte Holzgeländer und blickte hinaus auf die wundervollen, verschlungenen Täler und zerklüfteten Felshänge, die Arnoon umgaben. Ein dünner Nebelschleier hing über den Hängen, die sich ringsum zogen, und nur die höchsten Baumwipfel ragten daraus hervor. Die Strahlen der Sonne leuchteten in delikatem Rotgold, als sie höher und höher stieg und immer kräftiger wurde.

Nach einem leichten Frühstück zusammen mit ihren Eltern ging sie durch das Dorf zu dem großen Pavillon aus Schneebäumen. Die Luft hier oben auf dem Plateau war viel kühler als das feuchtwarme Küstenklima, an das sie sich unten in Memu Bay gewöhnt hatte. Sie zog einen Pullover aus Willow-Wolle an, bevor sie das Haus verließ. Ein Geschenk von Jacintha, deren Ehemann Lycor ihn entworfen und wie stets helle, freundliche Farben verwendet hatte, ohne dass es schrill wirkte. Dieser Pullover war Mitternachtsschwarz mit sich ringelnden Mustern aus Saphir, Topas und Magenta, die aussahen, als wären sie über die Wolle gehaucht. Die Ärmel waren ausgestellt an den Handgelenken, und ein kleiner v-förmiger Ausschnitt ermöglichte, sie hochzukrempeln. Der Pullover hielt wunderbar warm, wenn die kalten morgendlichen Böen vom Mount Kenzi herabwehten.

Unterwegs kamen Freunde heran, die sie seit Ewigkeiten nicht mehr gesehen hatte, um sie zu begrüßen und freundliche Worte zu wechseln und sie aufzumuntern. Sie alle gaben ihrer Besorgnis wegen Josep Ausdruck, als würde sie aus irgendeinem unerfindlichen Grund mehr darunter leiden als alle anderen. Es war falsch in ihren Augen; man behandelte sie, als hätte sie etwas erreicht, anstatt sie um ein Haar alle ins Verderben zu führen. Aber es wäre selbstsüchtig gewesen, ihnen das ins Gesicht zu sagen. Außerdem bestand immer noch Hoffnung. Nicht, dass sie sich jemals vorgestellt hätte, dass diese Hoffnung in einer so fremdartigen Form daherkommen könnte.

Bevor die Kinder kamen, betrat sie den Pavillon, strich mit der Hand über die Rinde jedes einzelnen der zehn Bäume und machte sich wieder mit ihnen vertraut. So viele Stunden einer glücklichen Kindheit hatte sie hier im Pavillon und seiner Umgebung mit ihren Freundinnen und Freunden verbracht, Spiele gespielt oder den phantastischen Geschichten der Erwachsenen gelauscht. Es war nur passend, dass sie – diejenige, die auserwählt worden war, ihre Art zu leben zu einer neuen Welt zu bringen – ein letztes Mal eine Gelegenheit erhielt, der neuen Generation von ihrem Erbe zu erzählen.

Nach und nach trafen die Kinder ein. Kleine Grüppchen sprangen lachend und schnatternd über die Wiese vor dem Pavillon. Denise lächelte automatisch; irgendetwas an glücklichen Kindern wirkte ansteckend, und ihr Lachen machte die Welt zu einem weniger traurigen Ort. Eltern brachten kleinere Kinder herbei. Sie sah Jacintha und Lycor, und die kleine Elsebeth hielte ihre Hände, während sie zwischen ihnen entlangstolperte.

Nach einigem guten Zureden saßen die Kinder in einem

großen Halbkreis um Denise herum. »Kennt ihr alle die Geschichten von Mozark und Endoliyn?«, fragte sie.

»Ja!«, riefen die Kinder.

»Nun, heute will ich euch die letzte Geschichte des Ring-Imperiums erzählen. Sie spielt lange nach der Zeit von Mozark und Endoliyn. Es war eine traurige Zeit, denn das Ring-Imperium hatte begonnen niederzugehen. Einige seiner Bewohner gaben den Maschinen die Schuld daran, denn die Maschinen waren inzwischen so klug, dass sie sich vom Augenblick der Geburt bis zum Tod um die Leute kümmerten. Diese Maschinen-verhätschelte Generation hatte nichts anderes zu tun, als ihr Leben auf der Jagd nach persönlichen Vergnügungen und Annehmlichkeiten zu verbringen. Sie war dekadent geworden, und grausam noch dazu. Ihr Respekt vor dem Leben war sehr viel geringer als der ihrer Vorfahren, die das Ring-Imperium auf die Höhe seiner Macht gebracht hatten. Diese Generation hingegen, die letzte Generation, hatte gewaltige Ressourcen zur Verfügung. Ihre Maschinen konnten ganze Planeten zerlegen und ihre Atome neu formen, um zu bauen, was immer diese Leute wollten. Man sollte glauben, dass sie restlos glücklich und zufrieden waren mit ihren Fähigkeiten. Aber nein. Selbst die Anzahl von Planeten ist endlich. Sie begannen miteinander zu streiten, wie viele Ressourcen jeder beanspruchen durfte und wie die Ressourcen aufzuteilen waren. Zuerst war es nur Streit. Dann artete es in Diebstahl und Hamstern aus. Schließlich brachen Kämpfe aus und steigerten sich zu dem, was später als Dekadenzkriege bekannt wurde. Die einzelnen Königreiche, die einst so eng verbündet gewesen waren, wandten sich gegeneinander. Kampfmaschinen wurden konstruiert, die schrecklichsten, die das Universum je gesehen hatte, ausgerüstet mit Waffen, die einen Planeten in Fetzen schießen und selbst Sonnen auslöschen konnten. Diese Kampfmaschinen bekriegten sich um die Aufteilung ganzer Sternensysteme. Und man benötigte gewaltige Ressourcen, um sie zu bauen. Was bedeutete, dass ein von den Kampfmaschinen erobertes Sternensystem dazu benutzt wurde, weitere Kampfmaschinen zu bauen. Die letzte Generation beraubte sich so des einen Guten, dessentwegen der Krieg überhaupt erst ausgebrochen war. Ohne die Ressourcen, die sie so dringend brauchten, wurden sie bald weniger und weniger und starben noch während des Konflikts aus. Die Kampfmaschinen jedoch fochten noch Tausende von Jahren weiter und brachten Tod und Verwüstung unter die Sterne, bis sie sich gegenseitig zusammen mit ganzen Spezies ausgelöscht hatten.

Doch die Dekadenten und ihre Kampfmaschinen waren nicht der einzige Grund für den Untergang des Ring-Imperiums, auch wenn sie die größte Schuld traf. Sie repräsentierten nur den physischen Aspekt für diesen Untergang. Zahlreiche Gesellschaften waren dem Beispiel der Wilfrien gefolgt und hatten sich langsam zurückentwickelt. Sie hatten ihre technologische Gesellschaft abgelehnt und auf der Suche nach Frieden eine primitivere Existenz gewählt. Sie hatten sich aus dem Ring-Imperium zurückgezogen und lebten isoliert. Und es gab andere, wie die Outbounds und die Letzte Kirche, die recht erfolgreich ihre Ziele verwirklicht hatten. Sie hatten die energischsten, die klügsten und die ruhelosesten Leute angezogen, die Herausforderungen liebten und sich ganz und gar einem Problem verschreiben konnten. Und indem sie zu den Outbounds und der Letzten Kirche gingen, verlor das Ring-Imperium über die Jahrtausende jegliche Vitalität und genau jene Leute, die es hätten retten können.

Unter all den Fraktionen und kriegführenden Gruppen war eine, die den Untergang vorhergesagt hatte. Die Eternals, die größere Gelehrte waren als alle anderen, hatten die Zivilisationen des Ring-Imperiums studiert. Sie hatten herausgefunden, dass es eine Sache gab, die unter allen biologischen Spezies immer gleichblieb: die Zyklen von Wachstum und Verfall. Manchmal dauerte es nur ein Jahrhundert. Manchmal dauerte es Jahrmillionen. Doch das Leben folgt stets diesem Muster. Als die Dekadenzkriege tobten und das Ring-Imperium ringsum zerfiel, beschlossen sie, sich selbst zu retten. Zahlreiche Gruppen versuchten verzweifelt, das Gleiche zu tun, mit Kolonien und geheimen Exklaven, in denen die ursprünglichen Ideale hochgehalten wurden, bis sie eines Tages erneut expandieren und ihren früheren Glanz zurückgewinnen konnten. In manchen Fällen isolierten sich ganze Königreiche hinter befestigten Grenzen und Barrieren, damit der Verfall, der ihre Nachbarn infiziert hatte, nicht auf sie übergreifen konnte. Alle bemühten sich, etwas zu widerstehen, von dessen Unausweichlichkeit die Eternals überzeugt waren. Indem sie sich abkapselten, waren sie nach Meinung der Eternals erst recht dem Untergang geweiht. Und die Eternals hatten recht, denn heutzutage gibt es kein Ring-Imperium mehr, nur noch Geschichten und Legenden seines einstigen Ruhmes. Und die Eternals sind noch immer da.

Statt vergeblich gegen den Niedergang anzukämpfen, hießen die Eternals den Zyklus des Lebens willkommen. Sie verwandelten sich selbst und ihre Gesellschaft, sodass sie in Harmonie mit den galaktischen Gesetzen der Natur leben konnten. Biologisches Leben und die Maschinen des Ring-Imperiums wurden auf molekularer Ebene verschmolzen. Die Eternals wurden zu gigantischen weltraumbewohnenden Wesen. Im Gegensatz zu Raumschiffen jedoch benötigten sie keinen Treibstoff und keine großen Industriestationen zu ihrer Wartung. Diese Kreaturen waren in vielerlei Hinsicht unglaublich einfach. Und die Einfachheit ist es, die ihnen ermöglichte zu überleben und sich durch die gesamte Galaxis auszubreiten.

Sie leben heutzutage im Orbit um die Roten Riesen der Galaxis, beziehen ihre Energie aus der Wärme und ernähren sich von den Sonnenwinden. Sie besitzen gewaltige massive Körper, die aussehen wie stromlinienförmige Asteroiden, und Sonnenflügel, deren Spannweite in Kilometern gemessen wird. Wegen ihrer Gestalt und der feurigen Umgebung, in der sie leben, nennen wir sie *Drachen*. Sie werden sogar aus Eiern geboren. Jedes Sonnensystem hat sie, dunkle kalte Kugeln, die im äußeren Kometenhalo kreisen, während sie darauf warten, dass die Hauptsequenz des Sterns zu Ende geht. Dann beginnt der Zyklus von neuem. Sterne werden alt und sterben, schwellen an, absorbieren ihre Planeten und expandieren schließlich zu Roten Riesen. Das ist der Zeitpunkt, an dem ihre Wärme die Eier erreicht und mit Energie versorgt. Sie wachsen langsam, während sie die Wärme aufnehmen und die dünnen Ionenströme, bis sie irgendwann ausgewachsene Drachen sind. Und dann lauschen sie ins Universum. Ihre Flügel sind durchzogen von Elementen, die Radiowellen von der anderen Seite der Galaxis und noch viel weiter weg auffangen können und ihnen ermöglichen, nach planetaren Zivilisationen zu lauschen, die aufstreben und schließlich wieder vergehen. Sie lauschen dem Kosmos selbst, der Geburt und dem Tod von Sternen, dem Kreischen der Materie, wenn sie in Schwarze Löcher stürzt, den Schreien der Pulsare und Quasare aus dem leeren Nichts. All dieses Wissen verbreiten sie unter sich, denken darüber nach und erinnern sich. Ganz selten benutzen sie dieses Wissen sogar, denn sie können sich selbst auf molekularer Ebene verändern. Das ist ihre physische Natur, das Erbe des Ring-Imperiums.

Irgendwann schließlich, wenn der Rote Riese zu schrumpfen beginnt und vor dem endgültigen Erlöschen zu einem Weißen Zwerg wird, bleiben sie allein in der Dunkelheit zurück und hören auf zu existieren. Indem sie ihre Sterblichkeit akzeptieren, leben sie im Einklang mit dem natürlichen Zyklus.

Sie haben ihren Zweck erfüllt und ihre Spezies vorangebracht. Wie jede andere Zivilisation sammeln sie Wissen, organisieren es und geben es an ihre Nachkommen weiter. Und während sie um den gewaltigen Stern kreisen, senden sie ihre eigenen Eier hinaus in das Universum. Jedes einzelne davon enthält die Erinnerung an alles, was die Drachen als wichtig und bedeutsam einschätzen. Die Eier fallen durch die Dunkelheit des Interstellaren Raums, bis die Gravitation irgendeines jungen, hellen Sterns sie in einen fernen Orbit zieht, wo der Zyklus von neuem beginnen kann.«

»Nur, dass eines dieser Eier auf einen Planeten fiel, nämlich auf Thallspring«, sagte Lawrence.

Die Kinder schraken zusammen und wandten sich um. Lawrence lehnte lässig am Stamm eines Schneebaums, die Arme vor der Brust verschränkt. Er grinste schief, als er Denise ansah.

Die Kinder begannen aufgeregt zu flüstern.

»Das war vor mehr als zweitausend Jahren«, fuhr Lawrence fort, während er die erwartungsvollen, ein wenig verängstigten Gesichter anlächelte. »Das Drachenei schoss aus dem Himmel herab wie ein Splitter Sonnenlicht und traf das Plateau ganz in der Nähe vom Mount Kenzi. Der Einschlag war so stark, dass es einen Krater in den Fels riss. Jeder Baum im Umkreis von fünfzig Kilometern wurde entwurzelt und von der Druckwelle zerfetzt. Es brannte tagelang, und die Luft war erfüllt von schwarzem Rauch. Der Staub des verdampften Felsens quoll hinauf bis in die Stratosphäre und löschte die Sonne wochenlang aus. Es wurde der kälteste Winter, den das Plateau jemals erlebt hatte, und es war meterhoch verschneit. Als der Schnee einige Jahre später zu schmelzen begann, füllte das Wasser den Kratersee. Die Bäume wuchsen wieder nach. Und hundert Jahre später sah alles genauso aus wie vorher, nur dass es nun einen See auf dem Plateau gab, wo vorher keiner war.

Dann kamen Menschen hierher und nannten die Gegend Arnoon. Sie errichteten ein Dorf und begannen, die Willow-Webs zu ernten. Und eines Tages …«

»Eines Tages«, fuhr Denise fort, »war mein Großvater draußen und auf der Suche nach Rohstoffen, als seine Überwachungssensoren ein eigenartiges magnetisches Muster im Fels unter dem See entdeckten. Er begann zu graben. Sein kleiner Roboter brauchte Monate, um einen Schacht hinunter zum Fundament der Insel zu graben. Doch als er schließlich angekommen war, fand mein Großvater Fragmente des Drachen-Eis. Er wusste nicht, was es war, nur dass es künstliche Festkörpermatrizen unbekannter Herkunft waren, anders als alles, was Menschen je gebaut hatten. Er grub weiter und weiter, und schließlich fand er das größte Fragment von allen, dasjenige, das wir den Drachen nennen.«

»Zu diesem Zeitpunkt«, sagte Lawrence, »hatte er bereits herausgefunden, dass die Fragmente Daten enthielten. Nach vielen Experimenten fand er einen Weg, auf einige der Daten zuzugreifen. Als er wusste, wie es ging, begann er das riesige Reservoir an Informationen auszuschöpfen, das im Drachen gespeichert war.«

»Der Drache schlief noch immer«, sagte Denise. »Er besaß nichts außer nicht miteinander verbundenen Erinnerungen. Mein Großvater schrieb Programme, die diese Erinnerungen miteinander verbanden, und nach und nach erwachte der Drache. Er lernte zu denken.«

»Und Sie fanden heraus, dass es im Prinzip ein kohäsives nanonisches System mit der Fähigkeit zu molekularem Bauen war. Sie benutzten es, um einheimische Pflanzen so zu adaptieren, dass irdische Früchte darauf wuchsen, und um sich immun gegen Krankheiten zu machen. Sie benutzten es zur Herstellung von Technologie, die um Größenordnungen weiter fortgeschritten ist als alles, was Menschen bisher herstellen können. Und Sie behielten alles für sich.«

»Weil der Drache immer nur aus sich selbst machen kann, worum wir ihn bitten. Er kann nichts Neues erschaffen. Er weiß nicht, wie es geht. Diese Informationen gingen bei der dem Aufprall folgenden Zerstörung verloren. Jeder Patternformsequenzer in meinem Körper ist ein Teil des Drachen. Er hat sich selbst geschwächt, um mich zu verbessern. Er hat sich weiter geschwächt, um Sie zu heilen.«

»Ja«, sagte Lawrence. Seine Streitlust verging. »Macht so ein rechtschaffenes Leben irgendwie peinlich, nicht wahr?«

Denise wandte sich wieder den Kindern zu. »So, nun wisst ihr, warum die Dinge hier ein wenig anders sind als im Rest von Thallspring. Ein sehr edles Wesen hat einen Teil von sich selbst geopfert, um unser Leben leichter zu machen. Unsere Schuld dem Drachen gegenüber ist gewaltig. Wir dürfen niemals vergessen, was wir ihm verdanken. Und wir müssen darum beten, dass wir sie eines Tages zurückzahlen können.«

Die Kinder trotteten schweigend davon. Viele schlichen

sich dicht an Lawrence, bevor sie lachend und kichernd davonrannten.

Sich dem großen bösen Skin zu nähern, war eine richtig gruselige Mutprobe. Lawrence spürte einen Anflug von Belustigung.

Jacintha kam zu ihm, die kleine Elsebeth im Arm. Das Mädchen war schüchtern und vergrub das Gesicht am Hals der Mutter.

»Jetzt erinnere ich mich wieder an Sie«, sagte Lawrence.

Sie nickte zögernd. »Es tut mir leid, dass wir uns erneut als Feinde gegenüberstehen.«

»Krieg und Liebe. Ich schätze, das ist ein Teil des menschlichen Zyklus'.«

»Wir hoffen, dass wir ihn durchbrechen können. Mithilfe des Drachen.«

»Ich weiß. Er hat mir alles erzählt.«

Jacintha sah zu ihrer Schwester, die mit einem missbilligenden Ausdruck auf dem jungen Gesicht auf sie wartete. »Versuchen Sie, es nicht zu schwer für sie zu machen. Sie muss tun, was sie tut.«

»Keine Sorge. Ich weiß ebenfalls, was ich zu tun habe.«

Jacintha antwortete mit einem leicht neugierigen Blick, dann wandte sie sich ab und kehrte zu ihrem Ehemann Lycor zurück. Elsebeth winkte ihm schüchtern zu, und er winkte der Kleinen lächelnd zurück.

»Wir haben Grabowski«, sagte Denise forsch. »Ich bin bereit, Ihnen einen Handel anzubieten. Sie können nicht zurück zu Zantiu-Braun. Falls Sie mit uns kooperieren, werden die Patternformsequenzer Grabowskis Verletzungen reparieren, einschließlich seines Gehirns, und er kann hier im Dorf ein neues Leben anfangen.«

Lawrences Grinsen wurde immer breiter und aufreizender. »Ich brauche keinen Handel«, sagte er. »Ich hätte Ihnen sowieso geholfen.«

»Wie meinen Sie das?«, fragte sie langsam.

»Sie wollen das Drachenfragment zum Aldebaran schaffen, richtig? Dem nächstgelegenen Roten Riesen, wo die richtigen Drachen leben.«

»Ja«, sagte sie und ließ die Schultern sinken, als hätte sie eine fatale Schwäche eingestanden. »Sie können ihn wieder zu einem Ganzen machen. Wenn er hierbleibt, werden Ihresgleichen ihn eines Tages entdecken. Man wird ihn uns wegnehmen und in den Companylabors zerlegen, um herauszufinden, wie Patternformsequenzersysteme arbeiten. Ich darf das nicht zulassen. Der Drache ist ein lebendes Wesen, das uns so viel gegeben hat, ohne je etwas von uns zu erhalten. Es ist unsere einzige Chance, ihn dahin zurückzubringen, wo er hingehört.«

»Meinesgleichen, wie?«

»Zantiu-Braun, oder die Regierung von Thallspring. Leute, die nicht hier draußen leben wie wir. Leute, die kein wirkliches Leben leben, die sich für nichts anderes interessieren außer sich selbst.«

»Wissen Sie eigentlich, dass das mehr nach *Ihresgleichen* klingt, als Sie vielleicht glauben? Wohin ich auch komme, immer wieder treffe ich irgendwelche Idealisten.«

»Schade, dass nichts davon auf Sie abgefärbt ist.« »Ich helfe Ihnen, oder vielleicht nicht?«

»Warum? Warum sollten ausgerechnet Sie uns helfen wollen?«

»Reicht Altruismus nicht als Motiv?«

»Ich glaube das nicht. Nicht von Ihnen. Sie sind hergekommen, um uns den Drachen zu stehlen. Warum sollten Sie so schnell die Seiten wechseln?«

»Weil ich nicht wusste, dass der Drache existierte, bevor ich hergekommen bin. Ich dachte, Sie hätten irgendwo hier draußen einen großen Hort Gold oder Diamanten versteckt.«

»Aber…« Sie sah ihn fragend an. »Woher haben Sie das Prime?«

»Von einem Jungen, den ich damals gekannt habe, auf Amethi. Ein guter Freund. Vielleicht ein wenig fehlgeleitet und wirr im Kopf, aber sind wir das nicht alle in diesem Alter?«

»Also hat die Erde ebenfalls einen Drachen gefunden?«

»Nein. Und das ist der Grund, warum ich Ihnen helfen werde.«

*

Michelle wusste nicht, wo sie war oder wie spät es war. Sie wusste nicht einmal genau den Tag.

Nachdem die Skins sie aus ihrem Appartement gezerrt hatten, war sie in einem fensterlosen Wagen irgendwohin gefahren worden. Die Sanitäter oder Ärzte waren mit ihr gefahren. Sie hatten ihr das T-Shirt vom Leib gerissen und ihr Sonden auf die Haut gedrückt und Proben genommen. Nadeln waren in ihre Arme und Beine und ihren Bauch gesteckt worden und hatten kleine Blutperlen hinterlassen, als sie herausgezogen worden waren. Sie hatte geschrien und gefleht und sich gewehrt. Es war vergebens. Ein Skin hatte sie festgehalten, bis die Untersuchung beendet war.

Man warf ihr das ruinierte T-Shirt über, und sie versuchte, es vor ihre Brüste zu halten. Nachdem sie mit ihr fertig waren, zeigten die Männer kein Interesse mehr. Sie lag auf dem Boden des Lieferwagens und weinte elend. Halb rechnete sie damit, auch noch vergewaltigt zu werden, doch auch das geschah nicht.

Die Fahrt dauerte fünfzehn Minuten. Als sie aus dem Wagen gescheucht wurde, parkten sie in irgendeiner anonymen Tiefgarage. Sie wurde zu einer kleinen Zelle geführt und hineingestoßen. Die Tür krachte ins Schloss.

Nach der ersten Stunde glaubte sie schon, sie hätten sie vergessen. Sie hämmerte gegen die Tür. Niemand kam. Sie fing wieder an zu weinen und hasste sich dafür, dass sie so schwach war. Sie hatte entsetzliche Angst. Zantiu-Braun konnte mit ihr anstellen, was immer sie wollten. Alles. Niemand würde es erfahren. Wenn sie doch nur Josep sehen könnte … dieser Horror wäre erträglicher, wenn er bei ihr wäre. Langsam rollte sie sich auf der Pritsche in eine fötale Position zusammen und umklammerte ihre Beine. Kleine Anfälle von Schluchzen kamen und gingen. Warum holten sie sie nicht endlich und fingen mit dem Verhör an? Damit das *endlich* vorbei war.

Irgendwann musste sie eingeschlafen sein.

Das Schlagen der Tür ließ sie hochschrecken. Ein Skin marschierte herein. Michelle drückte das zerfetzte T-Shirt an ihre Brust und starrte die große, massige Gestalt angsterfüllt an. Plötzlich war sie gar nicht mehr so begierig auf den Beginn des Verhörs.

»Du. Mitkommen. Sofort.« Der Skin winkte.

Michelle wurde durch lange kahle Korridore zu einem Aufzug geführt. Er brachte sie nach oben in die oberen Etagen des Gebäudes. Es sah aus wie ein hochklassiges Hotel mit luxuriösen Teppichen und hochglanzpolierten Holztüren. Große kunstvolle Ölgemälde hingen an den Wänden. Auf zerbrechlichen antiken Tischchen standen Vasen aus Chinaporzellan mit großen Blumenarrangements. Die Lichtkonusse an der Decke waren aus Bleikristall und in Silber gefasst.

Schließlich öffnete der Skin eine Tür, die in ein Büro mit einem einzelnen Schreibtisch führte. Ein Mann erwartete sie, gekleidet in einen schicken grau-roten Anzug in einem anderen Stil als alles, was sie je auf Thallspring gesehen hatte. »Von jetzt ab übernehme ich«, sagte er zu dem Skin.

Michelle hörte seine Stimme kaum. Sie starrte aus dem Fenster. Der Ausblick zeigte regelmäßig angelegte Straßen und dahinter eine breite Umgehungsstraße. Dahinter befanden sich die vertrauten massiven öffentlichen Gebäude, die das Zentrum von Durrell beherrschten. Doch um sie aus diesem Blickwinkel zu sehen, musste sie sich in Eagle Manor befinden.

»Ich bin Braddock Raines«, sagte der Mann. »Bitte.« Er zog sein Jackett aus und bot es ihr an. »Bitte entschuldigen Sie die Art und Weise, wie man Sie behandelt hat. Die Frontleute neigen zu Übertreibungen, besonders bei einer Operation wie dieser.«

»Operation?«, fragte sie tonlos. Sie begriff immer noch nicht, was das alles zu bedeuten hatte.

»Alles zu seiner Zeit.« Er lächelte beruhigend und deutete auf eine breite Doppeltür. »Mein Chef würde sich gerne mit Ihnen unterhalten.«

Hinter der Tür war ein noch größeres Büro. Der Mann, der hinter dem großen Schreibtisch saß, nickte Michelle freundlich zu, als sie hereingeführt wurde, dann richtete er seine Aufmerksamkeit auf ein Paneel, das vor ihm stand. Es war schwer zu sagen, wie alt er war. Mitte vierzig vielleicht, dachte sie. Auch wenn er die Art von selbstsicherer Autorität ausstrahlte, die man normalerweise nur bei viel älteren Männern fand.

Braddock führte sie zu einem Sofa und bedeutete ihr,

sich zu setzen. Sie zog die Jacke eng um sich herum wie einen schützenden Schild.

»Mein Name ist Simon Roderick«, sagte der Mann hinter dem Schreibtisch. »Ich bin der Leiter der Sicherheit von Zantiu-Braun hier auf Thallspring. Und Sie, Michelle, waren eine sehr dumme junge Dame.«

Sie senkte den Blick und betete, dass sie nicht wieder anfing zu schluchzen.

»Das Einzige, was in diesem Augenblick für Sie spricht, ist die Tatsache, dass sie menschlich sind.« »Verzeihung?«, stammelte sie.

»Sie sind ein Mensch, im Gegensatz zu diesem Gentleman hier.« Der große Bildschirm an der Wand leuchtete auf und zeigte ein Bild von Josep. »Ah, Sie erkennen ihn.«

»Ja.«

»Danke sehr, Michelle. Wenigstens begreifen Sie ansatzweise, wie groß die Schwierigkeiten sind, in denen Sie stecken.«

»Eines Tages werden Sie besiegt werden«, sagte sie, erstaunt über sich selbst und ihren Trotz.

»Nicht nur Zantiu-Braun wird besiegt werden, wenn wir gegen so übermächtige Aliens antreten müssen. Die gesamte menschliche Rasse könnte sich einer ungeheuerlichen Bedrohung gegenübersehen.«

»Was meinen Sie mit Aliens?«

»Dann wussten Sie es also gar nicht? Ihr Waffenkamerad war nicht ganz ehrlich zu Ihnen.«

»Das ist lächerlich!« Niemand war menschlicher als Josep. Nur ein Mensch konnte einem anderen so viel Freude und Befriedigung bereiten.

»Ach ja?« Joseps Bild wich einem Cluster vielfarbiger Sphären. »Wissen Sie, was das ist, Michelle?«

»Nein.«

»Das überrascht mich nicht. Wir sind uns selbst noch nicht vollkommen sicher. Aber es ist eine Nano-Maschine, die allem Anschein nach über molekulare Konstruktionsfähigkeiten verfügt. Wir haben sie aus dem Blut Ihres Freundes extrahiert.«

»Was haben Sie mit Josep gemacht!« Tränen drohten, ihr die Sicht zu nehmen, doch es war Wut, die sie diesmal verursachten, nicht Angst.

»Josep?« Simon lächelte. »Endlich ein Name.«

Michelles Schultern sackten herab. Ihre Wut verflog genauso schnell, wie sie gekommen war. Wie dumm von ihr, sich so aufs Kreuz legen zu lassen. »Sie können mit mir machen, was Sie wollen«, sagte sie mürrisch. »Ich helfe Ihnen nicht.«

Simon kam um den Schreibtisch herum und nahm auf dem Sofa neben Michelle Platz. Sie versuchte nicht vor ihm zurückzuweichen. Er schenkte ihr ein wenig Tee aus einer silbernen Kanne auf dem niedrigen Tisch ein.

»Wissen Sie überhaupt, was wir mit Ihnen machen können?«, fragte er. »Hat Josep Ihnen das je erzählt?«

»Sie benutzen Drogen, das weiß ich. Und wahrscheinlich vergewaltigen Sie mich, bevor sie mich umbringen.«

»Gute Güte, was für eine abstoßende Vorstellung! Wir sind keine Wilden. Meine Liebe, Sie müssen lernen, Fakten und die übertriebene Propaganda Ihrer Seite auseinander zu halten. Ja, wir können Drogen benutzen, zusammen mit verschiedenen Hypnose- und Stimulationstechniken. Nichts von alledem ist sonderlich angenehm. Und es gibt nichts, das Sie vor uns verheimlichen können. Sie werden uns Ihre tiefsten Geheimnisse beichten. Wissen Sie überhaupt, warum wir Sie nicht schon längst verhören?«

»Damit Sie mir Namen entlocken können!«, erwiderte sie aufgebracht.

»Nein. Ich möchte Sie überzeugen, uns die Informationen freiwillig zu geben. Die Zeit, so fürchte ich, ist knapp bemessen. Und ich mache wirklich keine Witze, wenn ich sage, dass Josep ein Alien ist.«

»Was haben Sie ihm angetan?«

»Nichts. Ich wünschte, wir könnten. Aber er ist entkommen, kurz nachdem wir ihn gefasst hatten.« »Gut. Sie werden ihn nie wieder fassen.«

»Nicht ohne Ihre Hilfe, nein.«

»Ich werde Ihnen nicht helfen. Sie müssen mich schon richtig verhören.« Sie zitterte bei dem Gedanken daran, sich in ihre Verhörmethoden zu ergeben, doch jede Minute hier drin bedeutete eine Minute mehr Zeit für Josep und seine Flucht.

»Wollen Sie denn gar nicht wissen, wo wir ihn gefangen haben? Oder wissen Sie es vielleicht bereits? Haben Sie ihm bei der Planung seines Anschlags geholfen?«

»Ich weiß gar nicht, wovon Sie reden«, antwortete sie, auch wenn ein schrecklicher Verdacht in ihr aufzusteigen begann. Diese Nächte, in denen er nicht nach Hause gekommen war. Kurierdienste, hatte er gesagt, wie der Rest der Zellenmitglieder auch. Außer, dass sie nie jemand gebeten hatte, irgendetwas zu überbringen.

Simon nahm seine Teetasse und lehnte sich auf dem Sofa zurück. Der Wandschirm zeigte einen Nachrichtenbericht von den Ereignissen auf dem Raumhafen. Leichensäcke wurden aus dem zerstörten Verwaltungsblock getragen.

»Oh, Gott!«, flüsterte sie.

»Acht Tote«, sagte Simon Roderick. »Einschließlich Mr. Raines' Kollegen.«

Braddock Raines stand mit reglosem Gesicht am Ende des Sofas. Michelle warf ihm einen schulderfüllten Blick zu.

»Siebzehn Verletzte, davon drei lebensgefährlich. Unsere orbitale Frachtoperation um mehrere Tage verzögert. Ganz Durrell in panischer Angst vor den möglichen Vergeltungsmaßnahmen, zu denen Zantiu-Braun greifen könnte. Schließlich hatten wir angedroht, unsere Kollateralhalsbänder einzusetzen, um damit jede Unterbrechung unsrer Gewinnrealisierung zu verhindern. Was glauben Sie, Michelle, wie viele Bürger von Thallspring soll Zantiu-Braun töten, damit Ihre Widerstandsbewegung so etwas nicht noch einmal versucht? Zehn?«

»Hören Sie auf damit!«

»Fünfzig?«

»Niemanden!«, schrie sie. »Überhaupt niemanden! Er hat das nicht gemacht! Wir haben das nicht getan! Wir sabotieren Ihre Transporter und die beschlagnahmten Fabriken, das ist alles! Wir bringen keine Leute um!«

»Sie meinen, *Sie* bringen keine Leute um, Michelle. Es ist ein Unterschied in ihrem verständlichen, wenngleich vergeblichen Bemühen, die Invasion zu bekämpfen, und den Zielen Ihrer Alien-Verbündeten.«

»Josep ist kein Alien!«

»Meine Güte, welch eine Ironie! Wir können die gesamte Wahrheit aus Ihnen extrahieren, sollten wir es wünschen, und Sie wüssten die Wahrheit immer noch nicht. Aber darum geht es mir, um die Wahrheit. Joseps Körper wurde verändert, aufgerüstet, durch eine Technologie, die Menschen nicht beherrschen. Durch Aliens. Er hat Sie nur benutzt.«

»Nein, das hat er nicht! Wir haben uns geliebt!« »Ah.« Simon seufzte glücklich. »War er Ihre erste Liebe, Michelle?«

»Ich… es…«

»Also ja. Wie reizend.«

»Nein, es war nicht meine …« Noch während sie es abstritt, wusste sie, dass Roderick es wusste, wirklich wusste, und sie errötete tief.

»Es ist eine Standard-Vorgehensweise, die von allen Nachrichtendiensten benutzt wird, um ihre Gegner zu infiltrieren, Michelle. Sie ist sehr verbreitet und wird seit Jahrhunderten angewendet. Finde eine einsame, traurige Seele, die dort arbeitet, wo du sie brauchst, vielleicht eine Frau im mittleren Alter und unverheiratet oder vielleicht nicht so hübsch wie andere. Und dann schicke ihr einen Wolf. Sie lernen sich wie zufällig kennen. Die Frau findet sich plötzlich hofiert von diesem höchst attraktiven Mann, der unglaublich talentiert ist im Bett und ihr ganz allein hingegeben. Ihr Herz gehört ihm. Und mit ihrem Herzen kommt ihr ganzes und vollkommenes Vertrauen. Klingt das vielleicht irgendwie vertraut, Michelle?«

»Hören Sie auf«, flüsterte sie schwach.

»Ist er ungefähr um die Zeit in Ihr Leben getreten, als wir auf diesem Planeten ankamen, Michelle? Es ist Ihr erstes Jahr an der Universität, das erste Mal, dass sie wirklich je richtig von zu Hause fort sind. Ihre Noten waren nicht besonders gut. Sie waren einsam. Haben Sie ihn auf dem Campus kennen gelernt? Nein? Also vorher? Ah, natürlich, das erste Mal, als Sie von zu Hause weg waren. Ihr Vater und Ihre Mutter haben Ihnen einen Urlaub in Memu Bay spendiert, als Belohnung für ihren Schulabschluss. Das ist es, nicht wahr? Dort haben Sie ihn kennen gelernt. Eine klassische, perfekte Urlaubsromanze.«

Michelle schluchzte haltlos. Der Schmerz, den seine Worte hervorriefen, war schlimmer als jede Folter. »Er liebt mich! Er liebt mich wirklich!«

»Dann kamen wir. Er tauchte wie durch Magie wieder in Ihrem Leben auf. Ja. Er hat bei Ihnen gelebt, inoffiziell selbstverständlich. Es gibt keine Unterlagen über ihn in den Universitätsdateien. Tatsächlich gibt es nirgendwo auf Thallspring irgendwelche Aufzeichnungen über ihn. In den Dateien existiert er gar nicht. Wissen Sie, wie unmöglich das ist, Michelle? Die stärksten und intelligentesten Suchpings, die je geschrieben wurden, finden im globalen Datapool nicht eine einzige Spur?«

»Er ist menschlich!«, flehte Michelle. »Bitte!« Sie wandte sich Raines zu, der ernst den Kopf schüttelte.

»Hat Josep Ihnen erzählt, dass er eine spezielle Software besitzt?«, fuhr Simon unerbittlich fort. »Wirklich clevere, supergeheime Software, die der Widerstandsbewegung helfen würde?«

Michelle stand im Begriff, sich wieder in Fötusposition zu rollen. Die brutale Stimme redete weiter und weiter und riss ihre Welt in Trümmer.

»Software, die besser ist als alles, was irgendeine AS der Erde produzieren kann. Was hat er Ihnen erzählt, dass sie von ein paar Teenager-Hackern geschrieben wurde, die zufällig auch noch zur Widerstandsgruppe gehören?« Simon legte den Zeigefinger unter das Kinn des Mädchens und hob ihren Kopf zu sich hoch. Ihre Wangen waren nass vor Tränen. Sein elektromagnetischer Sinn beobachtete die Wogen von Stress, die ihr Bewusstsein quälten. »Es tut mir sehr leid«, sagte er sanft. »Es tut mir wirklich leid. Das alles erschreckt mich genauso sehr wie Sie, Michelle.«

»Prime …« stammelte Michelle. »Diese Software, die er hatte, sie hieß Prime.«

*

Es war eine ziemlich aufwändige Operation, den Drachen aus seinem Untergrund-Nest zu bergen. Die Route war bereits vor Jahren vorbereitet worden. Denises Familie hatte einen zweiten, weiteren Schacht hinunter zur Kammer gebohrt, der an der Seite des kleinen Steintempels herauskam.

Lawrence saß auf einer der runden Steinbänke und sah zu, wie die getarnte Haube auf ihren magnetischen Kolben hochfuhr, mitsamt einem Meter Erdreich darüber. Darunter kam der Drachen zum Vorschein, noch immer auf seinem milchig-weißen Glassockel. Das goldene Induktionsnetz war eng um seine Mittelsektion geschlungen. Sonnenlicht glitzerte auf einzelnen Fasern. Elektrohydraulische Motoren heulten laut in der stillen Luft.

»Willkommen in der Oberwelt«, sagte Lawrence. »Ich vermute, dass du sichtbares Licht nicht wahrnehmen kannst?«

»Nicht direkt«, antwortete der Drache. »Allerdings empfange ich die Bilder von dir und von anderen Menschen. Ich weiß, wie Arnoon aussieht. Es ist ein wunderschöner Ort.«

Die Patternformsequenzer hatten nicht nur Lawrences Hüfte und Bein repariert. Sie hatten auch einen Cluster seiner Neuronen modifiziert und ihm eine Fähigkeit ähnlich einem implantierten DNI verliehen. Digitales Schreiben, nannte Denise es. Die Nanopartikel veränderten die Zellstrukturen auf eine direkte Art und Weise, wie es durch die viralen Methoden, die die Menschen einsetzten, niemals zu erreichen gewesen wäre, und das ganz ohne Keim-zellenbehandlung. Eine neue DNA mit Viren einzubauen war wie eine Schrotflinte gegen ein Organ oder einen Muskel zu richten. Dies hier war wesentlich präziser und selektiver.

»Aber Sie haben nicht jedem hier im Dorf diesen Kommunikationscluster gegeben?«, hatte er Denise gefragt.

Sie hatten den größten Teil des Morgens zusammen in dem Schneebaum-Pavillon gesessen und darüber geredet, wie der Drache in den Orbit und an Bord eines Raumschiffs zu schaffen wäre. Sie gingen höflich miteinander um, nicht mehr. Es war zu viel geschehen, um eine Freundschaft entstehen zu lassen.

»Nein«, hatte sie geantwortet. »Nur Leute wie ich und Raymond und Jacintha brauchen ihn. Wir wollten schließlich keine Superkrieger züchten. Die Erweiterungen, die wir den Kindern mitgegeben haben, sind gutartiger und nutzbringender.«

»Ähnlich viraler Keimzellenbehandlung?«

»Ja. Die Patternformsequenzer haben keine Mühe, die DNA direkt zu ändern. Wir haben jeden mit Widerstandsfähigkeit gegen Krebs, allgemein stärkeren Immunsystemen, besseren Organen, wesentlich höherer Lebenserwartung und einem höheren IQ ausgestattet. Die Veränderungen werden permanent sein und sich mit den Generationen ausbreiten. Arnoon wird nicht länger vom Drachen abhängig sein.«

»Und das Essen?«, fragte er. Auf dem Tisch vor ihm stand eine geschnitzte Holzschale mit zahlreichen verschiedenen Früchten darin. Er legte den Finger auf den Rand der Schale und drückte ihn herunter, sodass die Schüssel von einer Seite zur anderen schaukelte.

»Die Pflanzen sind ebenfalls genetisch angepasst«, sagte Denise. Sie genoss sein Unbehagen. »Und sie sind dominant. In hundert Jahren wird dieser Wald ein Obstgarten sein, der eine ganze Stadt ernähren kann. Niemand wird noch Proteinzellenfabriken brauchen. Eine weitere ökonomische Notwendigkeit, die der Vergangenheit angehören wird.«

»Eine ökonomische Notwendigkeit, die siebzig Prozent der Menschheit vor ewigem Hunger gerettet hat. Nahrung anzubauen ist eine schrecklich ineffizinte Methode zur Versorgung.«

»Das kommt darauf an, welche Massen man ernähren muss«, entgegnete sie. »Industrienationen mussten industriellen Landbau betreiben, um ihre Stadtbevölkerung zu ernähren. Wenn man stattdessen kleine, autarke Dorfgemeinschaften wie Arnoon hat, dann sind die Anforderungen ganz andere.«

»Eine Welt voller physisch getrennter Gemeinden, die alle durch den Datapool miteinander verbunden sind. Das wahre globale Dorf. Wissen gehört Jedermann, und jedermann geht seine eigenen Wege. Um so etwas zu unterstützen, braucht man Methoden zur Produktion im Mikromaßstab, und die besitzen wir nicht.«

»Ich weiß. Wir haben den Drachen studiert, so gut wir konnten, und wir haben jede Erinnerung kopiert, die er besitzt. Wenn wir das dem Rest der Welt geben, dann haben wir berechtigte Hoffnung, dass es eines Tages etwas Ähnliches wie die Patternformsequenzer geben wird. Es wird Jahrzehnte dauern, aber wir wollten auch keine Veränderung über Nacht. Es wird eine organische Revolution werden, die aus Wissen heraus entsteht. Sie muss gelingen, wenn nicht hier, dann auf einer neuen Welt. Die heutige Kultur kann nicht der einzige Weg sein, auf dem sich eine technologische Gesellschaft entwickelt. Sie kann nicht.«

Seine Augen blitzten spöttisch. »Eine Menge Vorurteile, die es zu überwinden gilt.«

»Gewiss, die gibt es.« Sie nahm einen Pfirsich aus der Schale und hielt ihm die Frucht hin.

»Sind Sie sicher? Das letzte Mal, als eine Frau mir so etwas angeboten hat, habe ich sie vollgekotzt.«

»Sie sind ein geborener Romantiker, wie?«

Er nahm den Pfirsich und biss hinein. Die Frucht war süß und saftig. Es schmeckte überraschend gut.

»Wir ernten nicht nur Früchte von unseren Bäumen«, sagte Denise unschuldig. »Auf einigen Bäumen wächst auch Fleisch.«

Lawrence hatte Mühe zu schlucken.

Er besuchte Hal, bevor er aufbrach. Der Junge war in einem der Häuser einquartiert und schlief friedlich. Die medizinischen Module waren ausnahmslos repariert worden und pumpten einmal mehr die verschiedensten Chemikalien durch seine Organe. Und seine Hautfarbe war wesentlich gesünder als noch vor ein paar Tagen.

»Die schlimmsten inneren Verletzungen sind geheilt«, sagte der Arzt. »Wir fangen morgen oder übermorgen damit an, die verschiedenen Module zu entfernen. Allerdings bereitet mir sein Biomech-Herz ein wenig Sorgen.«

»Warum?«, fragte Lawrence. »Was stimmt nicht damit?«

»Es ist recht primitiv. Ich schätze, es war lediglich als vorläufiger Ersatz gedacht. Ich bin nicht sicher, wie lange es halten wird, und nachdem der Drache uns verlässt, verfügen wir nicht mehr über genügend Patternformsequenzer, um ein neues Herz zu erschaffen. Er wird spätestens in zwanzig Jahren eine weitere Transplantation benötigen.«

Lawrence lachte. »Ich frage mich, was das für ein Herz sein wird.«

»Wer weiß?«

»Was ist mit seinem Gehirn?«

»Das braucht mehr Zeit zum Heilen. Er hat sehr viele Neuronen wegen Sauerstoffmangel verloren. Die Patternformsequenzer erneuern sie, so schnell sie können, aber es wird noch Wochen dauern, bis er seine vollen geistigen Fähigkeiten wiedererlangt hat.«

Ein Gedanke ließ Lawrence grinsen. »Wird er seine Erinnerungen behalten?«

»Nein. Nicht einmal die Systeme des Drachen können sie zurückholen. Es wird große Lücken in seinem Leben geben.«

Lawrence strich Hal über die Stirn. »Ich denke, es ist wahrscheinlich das Beste, wenn er hier ganz von vorn beginnen kann.«

»Ja, das denke ich auch.«

»Tun Sie mir einen Gefallen? Nehmen Sie diese Anschlussventile heraus. Dann kann er wirklich ganz von vorn anfangen.«

»Selbstverständlich. Möchten Sie ihm eine Nachricht hinterlassen?«

»Nur … ich weiß es nicht. Viel Glück, schätze ich.«

Es war ziemlich schwach, wie er sich eingestand. Aber was sollte er sonst schon sagen? Der Junge hatte eine zweite Chance; er konnte ein neues Leben anfangen – warum sollte er ihn an die Vergangenheit binden?

*

»Vielleicht könntest du eine Nachricht für ihn aufzeichnen?«, schlug der Drache vor.

»Nein. Ihn von seiner Vergangenheit zu befreien ist das Beste, was ich für ihn tun kann. Außerdem wäre ein Ratschlag von mir gewiss das Letzte, was er braucht. Sieh dir doch nur an, wie ich alles vermasselt habe.«

»Ich denke, das ist es, was du *heiliges Schicksal* nennen würdest.«

Lawrence berührte die Stirn mit zwei Fingern und salutierte vor dem Drachen, als ein Arbeitsroboter ihn von seinem Podest hob. »Das kannst du laut sagen.«

Jacintha kam in den Tempel und setzte sich zu ihm. Ein kleiner Laderoboter rollte hinter ihr herbei. Das Ufer der Insel war fast nicht mehr zu sehen vor lauter Booten, die Menschen und Equipment aus dem Dorf hergebracht hatten. Lawrence hoffte, dass die verdammten Spionagesatelliten von Zantiu-Braun nichts von der außergewöhnlichen Aktivität bemerkt hatten. Die Dorfbewohner meinten, dass sie alles geortet hätten, was die Raumschiffe im niedrigen Orbit über Thallspring ausgesetzt hatten. Falls sie recht hatten, war der Himmel über ihnen gegenwärtig frei.

»Ihr Skinsuit ist bereit«, sagte Jacintha und deutete auf die große Plastikkiste, die der Roboter trug.

»Danke sehr. Ich dachte, er wäre abgestorben.«

»Wir hatten schon ein Gegengift gegen Sharkpikes, bevor wir den Drachen fanden. Solange es schnell genug eingesetzt wird, passiert nichts. Die Nervenstränge des Skinsuits waren noch empfänglich, nachdem wir das kontaminierte Blut herausgespült hatten.«

»Danke. Diese verfluchten Biester haben mir Todesangst eingejagt.«

»Jede Rose hat ihre Dornen. Die Flüsse in dieser Gegend sind voll von Sharkpikes. Ich bin selbst schon einige Male gebissen worden.«

»Können Sie denn nicht einen Virus entwickeln und sie ausrotten?«

Jacinthas Miene wurde düster. »Kann meine kleine Schwester Ihnen wirklich vertrauen?«

»Ja, kann sie.«

»Wissen Sie, Denise verkörpert Ihren KillBoy noch am ehesten von allen Widerstandskämpfern. Ich war Mitglied der Gruppe, die Ihr Platoon ausgelöscht hat. Und das soll plötzlich alles Vergangenheit sein? Das von einem Mann, der eine Spezies wegen ihrer scharfen Zähne ausrotten will?«

»Das Platoon ist mir gefolgt«, antwortete Lawrence langsam. »Ich habe sie hierhergeführt. Sie mögen vielleicht den Abzug betätigt haben, aber ich war es, der sie Ihnen vor die Läufe geführt hat.«

»Und ich dachte schon, Sie würden mir jetzt erzählen, dass sie das Risiko kannten.«

»Das auch. Wir erwarten nicht, dass die Bevölkerung sich wehrt, erst recht nicht im Hinterland von Thallspring. Doch wir wissen, dass es eine Möglichkeit ist, und wir rechnen bei jeder Landung damit. Denise mag ein paar beeindruckende Waffen gehabt haben, aber ihr wahrer Vorteil gegenüber uns ist die Tatsache, wie bereitwillig sich die Leute ihrer falschen Widerstandsbewegung angeschlossen haben. Wenn sich die Einwohner jemals ordentlich organisieren oder Zantiu-Brauns Bluff durchschauen, dann haben wir automatisch verloren. Oder glauben Sie vielleicht, dass ein Raumschiffskommandant, ein Mensch aus Fleisch und Blut mit Familie und Kindern, jemals den Befehl geben würde, den Gammastrahler auf den Planeten zu richten und eine halbe Million Menschen abzuschlachten? Es wird niemals geschehen. Wir wissen, dass wir hier unten auf uns selbst gestellt sind, dass es keine Rückzugsmöglichkeit und keine Deckung von oben gibt. Die Tatsache, dass Denise so viele von uns in Memu Bay ausgeschaltet hat, zeigt nur, was ich schon seit langer Zeit gewusst habe: Zantiu-Braun ist im Niedergang begriffen. Wahrscheinlich sogar einem endgültigen. Skinsuits mögen eine überlegene Technologie sein, selbst gegen Ihre Drachenwaffen, aber ohne die Organisation, Initiative und Entschlossenheit, Gefahren entgegenzutreten und auszuschalten, bedeutet das überhaupt nichts.

Santa Chico hätte der Company zeigen müssen, dass die Zeit der Gewinnrealisierungen vorüber ist, ein für alle Mal. Stattdessen machen sie weiter, als sei überhaupt nichts geschehen, und suchen nach schwächeren Zielen.«

»Dann sind Sie der gleichen Meinung wie die Eternals? Dass das Leben ein ewiger Zyklus ist?«

Lawrence stieß langsam den Atem aus, erschöpft davon, dass er seinen Ärger und seine Verzweiflung so lange unterdrücken musste. »Könnte sein. Wissen Sie, eigentlich ist es mir völlig egal. Es ist mir völlig egal, dass Sie meine Freunde umgebracht haben. Es ist mir egal, dass ich Ihre Leute bei diesem Hinterhalt umgebracht habe. Es ist mir egal, ob wir deswegen nun quitt sind oder nicht. Es ist mir egal, ob Zantiu-Braun still und leise zusammenbricht. Es ist mir egal, dass Sie eine edle Zivilisation gründen wollen, basierend auf dem totalen Blödsinn, dass die Menschen immer nur nett zueinander sind. Es ist mir völlig egal, ob Ihre irre Schwester bereit ist, sich selbst und jeden anderen zu opfern, den sie kennt, um ein Stück sprechenden Felsens zu retten. Es ist mir verdammt noch mal völlig egal, dass das Universum eines Tages untergeht und dass die Galaxis in ein schwarzes Loch stürzt. Ich habe die letzten zwanzig Jahre damit verbracht, mir Gedanken zu machen und mich zu sorgen. Ich habe mir um mein Platoon Gedanken gemacht. Ich habe mich um das gesorgt, was die menschliche Rasse getan hat und wohin alles führen würde. Ich habe mir Sorgen gemacht, weil es keine Grenzen mehr für uns zu geben schien. Ich habe mich um meine Karriere gesorgt. Ich habe mich sogar darum gesorgt, was ich aus meinem Leben mache. Und sehen Sie mich an, wo ich gelandet bin! Ich helfe einer Bande von Hippies, ein Raumschiff zu kapern. Heiliges beschissenes Schicksal!«

»Sie meinen, wir können Ihnen nicht vertrauen?«

»Ganz genau, Mädchen! Denise kann mir nicht vertrauen, jetzt nicht und auch nicht in Zukunft. Ich mag sie nicht. Ich werde sie niemals mögen. Allerdings respektiere ich ihre Fähigkeiten. Und ich erwarte, dass sie mir den gleichen Respekt entgegenbringt. Was ich Ihnen bieten kann, ist meine Zuverlässigkeit. Ich bin zuverlässiger als jeder einzelne von Ihnen. Ich werde dieses Raumschiff kapern, und es wird zum Aldebaran fliegen. Dessen können Sie sicher sein.«

»Ich weiß nicht, ob ich so sicher sein kann, Lawrence.«

»Ich mache das für mich, nicht für Sie und Ihre Ideale. Nur deswegen können Sie sicher sein. Ich habe endlich, endlich eine Chance, mein Leben wieder in Ordnung zu bringen und es auf die Weise zu leben, die mir von Geburt an zugedacht war. Die elenden letzten zwanzig Jahre ungeschehen zu machen. Nach dem Aldebaran werde ich nach Zuhause zurückkehren. Das ist alles, nach Hause. Und nichts und niemand wird mich daran hindern.«

Das Geräusch des herannahenden Hovercraft ließ sie innehalten. Sie drehten sich um und sahen hinaus auf den Kratersee. Lawrence konnte nicht anders; er lachte verächtlich, als er das Fahrzeug sah. Es bestand aus Holz, Arnoons leichtestem, härtestem Holz, aus dem man eine einfache Plattform gezimmert hatte mit einer Kabine vorn am Bug. Zwei große steuerbare Propeller ragten hinten auf großen Finnen in die Höhe. Die Schürze bestand aus Willow-Wolle, ein engmaschiges, dichtes Gewebe, das geeignet war, das Luftkissen zu halten, auf dem das Gefährt schwebte. Elektromotoren trieben die Propeller und Impeller an, zusammengesucht aus einer Vielzahl schwerer Maschinen überall auf dem Plateau.

Es schwankte leicht auf dem Wasser, und ein dünner Nebel aus Wasserdampf sprühte unter der Schürze hervor. Als es das Ufer erreichte, schaukelte es etwas stärker. Die Vorderschürze schob sich auf das Ufer und dann auf das spärliche Grasmoos. Die Propeller kehrten den Anstellwinkel um und brachten es zum Stehen. Es sank auf pfeifend entweichender Luft zu Boden.

Der schwere Frachtroboter mit dem Drachen rollte zu dem Hovercraft. Eine Rampe wurde vor den Propellern ausgefahren, und der Robot rollte an Deck.

»Wir sind bereit«, sagte Denise. Sie musterte Lawrence und ihre Schwester mit einem besorgten Blick. Sie hatte bemerkt, dass die beiden gestritten hatten.

»Sicher«, sagte Lawrence munter. »Und dieses Ding funktioniert tatsächlich?«

»Selbstverständlich!« Denise klang beleidigt. »Wir haben die Strecke ein Dutzend Mal geübt. Der Fluss ist der einfachste Weg vom Plateau nach unten. Der Hovercraft wird uns direkt nach Rhapsody Province bringen. Einer der Sattelschlepper aus Dixon wartet bereits am Treffpunkt. Er wird den Drachen hinunter nach Memu Bay bringen. Wir sind in fünfzehn Stunden dort. Danach hängt alles von Ihnen ab.«

»Keine Sorge, mein Kontakt hat bereits ein Flugzeug geschickt, um uns aufzusammeln. Wo ist der Frachtcontainer? Wir können den Drachen wohl kaum so, wie er ist, in eine Xianti verladen?«

»Der Container ist beim Sattelschlepper. Ein RL33, Industriestandard, mit sechzig Tonnen Kapazität. Wir verladen den Drachen in den Container, sobald wir am Treffpunkt angekommen sind.«

»In Ordnung. Dann brechen wir jetzt wohl besser auf.«

*

Simon stellte bestürzt fest, dass es auf Thallspring keine Überschallflugzeuge gab. Es endete damit, dass er die Präsidentenmaschine beschlagnahmte, die kaum Mach null Komma neun erreichte. Es war ein umgebauter fünfzigsitziger Linienjet, der für den Flug nach Memu Bay vier Stunden benötigte.

Er verbrachte die Zeit mit seiner persönlichen AS und sandte Hunderte von Suchpings in den Datapool von Memu Bay. Die Tauchsportgesellschaft, bei der Michelle Tauchgänge zwischen den Atollen gebucht hatte, besaß keine Daten über einen Angestellten namens Josep oder über einen gewissen Raymond, mit dem er angeblich befreundet war. Die Suche der AS förderte keinerlei Unregelmäßigkeiten in den Memoryblocks der Gesellschaft zutage. Keine ersetzten oder manipulierten Dateien, keine Lücken in den täglichen Bootsfahrplänen für den Zeitraum von einem Monat vor bis einen Monat nach Michelles Urlaub; selbst die Steuererklärungen waren einwandfrei.

»Verhaften Sie sie«, befahl Simon dem Gouverneur von Memu Bay.

»Wen genau?«, fragte Ebrey Zhang.

»Das Senior-Management der Firma. Ihre Tauchlehrer. Die Bootsbesatzungen. Bringen Sie sie alle für eine Befragung in Gewahrsam. Ich will, dass sie zur Verfügung stehen, wenn ich lande.«

»Jawohl, Sir.«

Das spürbare Zögern des Gouverneurs erinnerte Simon daran, den Lagebericht von Memu Bay zu studieren. »Um Gottes willen!«, murmelte er, als die indigofarbene Schrift vor ihm herunterscrollte. Und er hatte den SK2 ausdrücklich gewarnt, den Ort im Auge zu behalten.

Memu Bay war im Verlauf der letzten Woche zu einem Hexenkessel geworden. Die Gewinnrealisierung war auf fünfzig Prozent der geplanten Erträge gesunken. Das gesamte Büro des Bürgermeisters war im Gefolge des Grabowski-Falles in Streik getreten und weigerte sich, mit Gouverneur Ebrey Zhang zusammenzuarbeiten. Der Rest der Verwaltung arbeitete mit einer Notbesatzung. Die Moral der Platoons war so tief gesunken, dass es nicht mehr tiefer ging, und bereits dreißig Prozent des Personals stand unter den verschiedensten Anklagen. Noch immer wurden neue Fälle von TB gemeldet; die Immunisierung ging nur schleppend voran. Sabotage gegen Einrichtungen fand inzwischen fast täglich statt. Mehrere Distrikte waren vollkommen unzugänglich geworden – und das schloss Skins mit ein. Kollateralhalsbänder hatten keine Wirkung mehr. Jedes Mal gab es neue Vergeltungsmaßnahmen. Ebrey Zhang beschränkte den Einsatz weiterer Halsbänder aus Furcht, dass die Situation noch stärker außer Kontrolle geraten könnte.

Je länger Simon den Zusammenbruch und die Entwicklung bis zu diesem Punkt studierte, desto interessierter wurde er. Im Grunde genommen lief es darauf hinaus, dass Zantiu-Braun die Kontrolle über die Stadt verloren hatte. Die von KillBoy angeführte Widerstandsgruppe hatte einen phantastisch geplanten Feldzug gegen die Invasion geführt, bis hin zu diesem Klimax einer Beinahe-Anarchie.

»Aber warum?«, fragte Simon den völlig konsternierten Braddock Raines. »Wie hilft das unserem Alien weiter? Wenn er Zhangs kleines Kommando eliminiert, schaltet er damit wohl kaum Zantiu-Braun aus.«

»Ich bin nicht einmal sicher, ob sie es könnten«, entgegnete Raines. »Einen Skin wirklich zu eliminieren wäre selbst für sie schwierig. Sie können die Platoons von den Straßen vertreiben, aber das ist auch schon alles. Vielleicht gelingt es ihnen ja noch, sie bis zum Flughafen zurückzudrängen. Aber wenn diese Jungs zu hart getroffen werden, schlagen sie zurück. Ein Teil des Problems ist sicherlich auch, dass Zhang zaudert.«

»Das ist vielleicht gar kein abwegiger Gedanke«, sagte Simon. »Wenn die Platoons von den Straßen sind, kann das Alien in Memu Bay machen, was es will, ohne dass wir etwas davon bemerken. Aber wir wissen immer noch nicht, was das sein könnte.«

*

Der Präsidentenjet landete ohne Zwischenfälle. Es gab nur sehr wenige Aktivitäten am Flughafen. Die Hälfte der Gebäude arbeitete nur mit Notstromversorgung, bedingt durch einen Anschlag auf ein Supraleitkabel zwei Nächte zuvor. Skins patrouillierten am Zaun entlang.

Ein Helikopter wartete auf Simon. Er stieg ein, als eben ein großer Pan-Skyways-Frachtflieger startete. Er hatte Güter für den Raumhafen von Durrell geladen.

Skins mussten den Platz vor dem Stadthaus räumen, sodass der Helikopter landen konnte. Die vertriebenen Demonstranten johlten und warfen Steine über die Barrikaden. Simons Eskorte aus Skins drängte sich dicht um ihn und schirmte ihn ab. Normalerweise nahm er keinerlei Notiz von ihnen, doch heute war er dankbar für ihre Anwesenheit. Er kam nicht häufig in die Nähe physischer Gefahr. Die unverhohlene Feindseligkeit der Menschenmenge erweckte ein entschieden unbehagliches Gefühl in ihm.

Ebrey Zhang hatte eine ganze Reihe triftiger Gründe, warum Memu Bay gegenwärtig in diesem gefährlichen Zustand war. Er war begierig, Simon jeden einzelnen davon groß und breit vorzutragen.

»Vergessen Sie's«, sagte Simon schroff. »Ich weiß ganz genau, warum es zu diesem Chaos gekommen ist. Nicht, dass es Ihnen vor dem Untersuchungsausschuss großartig weiterhelfen würde.«

Ebrey Zhang tat sein Bestes, sich nichts anmerken zu lassen.

»Haben sie die Leute von der Tauchsportfirma zusammengetrieben?«, fragte Simon.

»Ja. Es war gar nicht leicht. Meine Platoons geraten jedes Mal in ernste Schwierigkeiten, sobald sie die Unterkunft verlassen.«

»Ich bin nicht bereit, diese Situation zu tolerieren. Sie stört mich bei meiner Untersuchung. Können Sie die Ausrufung des Kriegsrechts erzwingen?«

»Wahrscheinlich«, sagte Ebrey Zhang. »Obwohl es in einigen Distrikten nicht einfach sein wird.«

»Trotzdem, verhängen Sie das Kriegsrecht. Verhängen Sie eine Ausgangssperre von sechs Uhr an für die Dauer von vierundzwanzig Stunden. Autorisieren Sie die Skins, jeden auszuschalten, der nach sechs Uhr auf den Straßen angetroffen wird. Sperren Sie jeglichen Verkehr, und beschränken Sie den Datapool-Zugriff auf Unterhaltungskanäle und offizielle Meldungen. Jeder Widerstand und jede Aggression wird von diesem Augenblick an mit allen uns zur Verfügung stehenden Mitteln gebrochen. Jeder Zwischenfall wird die Aktivierung von Kollateralhalsbändern nach sich ziehen, und zwar ohne Ausnahme.«

»Sehr wohl. Aber wir werden wahrscheinlich hinterher

Schwierigkeiten haben, die Leute wieder an ihre Arbeit zu bringen. Möglicherweise werden wir unsere geplante Quote nicht erreichen.«

»Das ist irrelevant; ich habe die Quoten aus Memu Bay bereits abgeschrieben. Und jetzt möchte ich die Gefangenen sehen.«

Die Befragungen folgten einem vorgegebenen Schema. Anfänglicher gespielter Trotz, der rasch verschwand, sobald die Betroffenen feststellten, wie ernst Simon die Angelegenheit nahm. Nach und nach fand er heraus, was geschehen war.

Josep Raichura und Raymond Jang hatten zu Beginn der letzten Saison angefangen, für die Firma zu arbeiten. Beliebte Tauchlehrer und Kollegen, stets von Frauen umschwärmt. Das Management hatte keine Erklärung dafür, dass es keine Dateien über die beiden gab. Mit ihrer Kooperation gelang es Simons persönlicher AS relativ schnell, die Substitutionen aufzudecken. Die Implantation der Geisteridentitäten grenzte ans Wunderbare; beide besaßen Geburtsurkunden, Schulzeugnisse, Eltern (mit ähnlichen rein digitalen Lebensläufen), Bankkonten, Kreditkartenrechnungen, medizinische Aufzeichnungen, Steueraufzeichnungen, Versicherungspolicen, Mietverträge. Sie waren für die AS realer als die Hälfte der Leute, die Memu Bays unteren Schichten angehörten.

Verbale Befragungen bestätigten, dass Josep und Raymond die Firma um die Zeit herum verlassen hatten, als die Raumschiffe von Zantiu-Braun eingetroffen waren. Niemand erinnerte sich an das genaue Datum. Es war eine konfuse Zeit gewesen.

Seither hatte niemand sie gesehen. Niemand hatte Kontakt zu ihnen.

Die anderen Tauchlehrer, die mit ihnen befreundet gewesen waren, vermuteten, dass die beiden nicht aus Memu Bay stammten. Wahrscheinlich aus einer der Hinterlandsiedlungen. Definitiv keine Einheimischen.

Jemand meinte, sich an eine weibliche Mitbewohnerin zu erinnern, und dass sie in einem Vorort in der Nähe des Nium River gelebt hatten. Mehrere Tauchlehrer hatten die Frau in den Bars der Marina getroffen. Sie hieß vermutlich Denise. Die AS begann unverzüglich, aus den Beschreibungen ein Bild zu generieren.

»Finde das Haus«, befahl Simon. »Ich will, dass jedes Wohnviertel in der Nähe des Flusses von Skins durchgekämmt wird. Sie sollen sich persönlich die Bewohner jedes einzelnen Hauses und jeder Wohnung ansehen. Ich möchte eine vollständige verbale Geschichte über die Mieter der letzten fünf Jahre, und sie sollen alles mit der AS überprüfen.«

*

Die Ausgangssperre war seit zwei Stunden in Kraft, als fünfzehn Platoons mit ihrer Suche von Tür zu Tür begannen. Bisher hatte sich die Ausrufung des Kriegsrechts als bemerkenswert erfolgreich herausgestellt. Die Einwohner von Memu Bay hatten offensichtlich schnell gemerkt, dass Ebrey Zhang es bitterernst meinte. Die meisten Menschen kehrten bereits um vier Uhr nachmittags in Richtung ihrer Wohnungen und Häuser zurück. Die Tatsache, dass die Straßen tatsächlich um sechs Uhr gesperrt wurden, erwischte einige Motorfahrzeuge, die noch unterwegs waren. Die Verkehrsregelungs-AS schaltete jedes Fahrzeug mit Ausnahme von Fahrrädern rigoros ab. Die Fahrer eilten zu Fuß nach Hause weiter. Mehrere wurden von Skins gestellt und aus dem Verkehr gezogen. Hartnäckige Demonstranten vor dem Stadthaus und den Unterkünften von Zantiu-Braun wurden ohne Warnung eine Sekunde nach sechs Uhr betäubt.

Simon und Braddock erhielten um Viertel nach elf Uhr abends den ersten Anruf über eine möglicherweise verdächtige Wohnung und stiegen augenblicklich in einen Helikopter, der sie hinaus zur Siedlung am Nium River brachte. Es war ein Bungalow, der von einer Maklergesellschaft vermietet worden war. Niemand öffnete, als der Skin klingelte. Als er einen Nachbarn befragte, wurde ihm gesagt, dass dort eine junge Frau namens Denise ganz allein wohne; ihre beiden männlichen Mitbewohner wären bereits vor Wochen ausgezogen. Nichts von alledem stimmte mit den Informationen überein, die die AS über den Bungalow aus dem Datapool extrahierte.

Fünf Skins standen im Garten und bewachten das Gebäude, als Simon zusammen mit einem kleinen Trupp von Technikern eintraf. Weitere drei Skins hielten sich im Haus auf. Simon und Braddock betraten den Bungalow und sahen sich ein wenig um. Jemand hatte sein Frühstück stehen gelassen. Eine Schale Frühstücksflocken und ein Becher Kaffee auf einem Tisch in der Küche. Zwei Scheiben Toast waren unberührt in einem Gestell aus Edelstahl.

Braddock schnüffelte am Kaffeebecher und zuckte hastig zurück, während er die Nase angewidert rümpfte. »Mehrere Tage alt, würde ich sagen.«

»Wir brauchen die Meinung eines Experten.« Simon befahl einem der Techniker, die Nahrungsmittel zu analysieren und herauszufinden, wie lange sie gestanden hatten. »Es muss hier früher Morgen gewesen sein, als Josep am Raumhafen gefangen wurde«, sinnierte er, während der Techniker eine Probe der halbflüssigen Flocken nahm.

Ein anderer Techniker untersuchte die Schlafzimmer und das Bad auf Haar- und Hautproben.

Die inzwischen sehr beunruhigte Nachbarin sagte, dass sie glaubte, Denise würde in der Vorschule unterrichten. Nein, sie wüsste nicht in welcher, nur, dass es eine Vorschule sei oder ein Kindergarten.

»Ich will, dass jeder Lehrer in der Stadt zum Verhör gebracht wird!«, instruierte Simon den Gouverneur. »Auf der Stelle.«

»Ich habe eine DNS-Übereinstimmung gefunden!«, berichtete der Techniker. »Eine Hautprobe aus einem der unbenutzten Schlafzimmer gehört Josep Raichura.«

»Ausgezeichnet«, murmelte Simon. Alles fügte sich wundervoll zusammen. Von allen Herausforderungen, Rätseln und Jagden, an denen er in all den Jahren teilgenommen hatte, hatte ihm bisher keine größere Befriedigung verschafft als diese hier. Ein Teil seines Unterbewusstseins verspürte fast kindliche Freude über die Aussicht, ein Alien zu treffen, selbst wenn diese Begegnung möglicherweise äußerst aufrührend verlaufen würde und sogar die Gefahr eines Krieges bestand angesichts der feindseligen Aktionen des Aliens. Was ihn nachdenklich stimmte. Interstellarer Krieg war ein Ding der Unmöglichkeit, oder vielleicht doch nicht? Wenn schon Handel praktisch unmöglich war, wie sollten dann Invasion und Eroberung in Frage kommen? Aber warum zur Hölle war das Alien dann so feindselig?

Er wusste, dass die Antwort zum Greifen nahe lag. Wenn es ihm nur gelang, die Fakten in der richtigen Reihenfolge zusammenzusetzen …

*

Mrs. Potchansky war die neunzehnte Oberlehrerin, die Simon vorgeführt wurde. Es war halb vier Uhr morgens, und er hatte inzwischen viel zu viel starken Kaffee getrunken. Das Koffein kratzte allmählich an seiner Stimmung und führte zu einer subtilen Depression. Es war eine Sache, sich ständig klugscheißerische Beleidigungen anzuhören, doch er konnte buchstäblich die Gedanken der verschiedenen Lehrer sehen und spüren, wie sehr sie ihn hassten und verachteten. Es konnte einen Mann in der Seele zerrütten.

»Arbeitet Denise für Sie?«, fragte Simon, als die alte Frau vor ihm stand.

»Ich kenne keine Denise.« Es war eine perfekte Lehrerinnenstimme, die in jedem Zuhörer augenblicklich ein Gefühl unendlicher Unterlegenheit erzeugte. Sie gehörte zu jenen wenigen Lehrern, die vollständig angezogen eingetroffen waren. Simon stellte sich vor, dass selbst die Skins hatten warten müssen, bis sie die angemessene Kleidung ausgesucht und in der angemessenen Zeit angelegt hatte.

»Ah«, murmelte er zufrieden. Er legte die Fingerspitzen zusammen und stützte das Kinn darauf. Ein Paneel auf seinem Schreibtisch leuchtete auf und zeigte das Bild, das die AS aus den Beschreibungen der liebeskranken Tauchlehrer erzeugt hatte. »Ist sie das?«

»Wenn ich sie nicht kenne, kann ich sie wohl kaum identifizieren, oder?«

»Aber Sie *kannten* sie. Und übrigens: ich finde das, was Sie denken, äußerst interessant.«

Mrs. Potchanskys Gesicht blieb vollkommen ausdruckslos, doch in ihrem Kopf schrillten sämtliche Alarmglocken.

»Wussten Sie, dass sie mit einer, wie soll ich es ausdrücken, mit einer *Widerstandsbewegung* in Verbindung stand?«

Sein DNI scrollte die Datei der Frau vor seinen Augen herunter.

»Wenn diese Farce vorbei ist, gehe ich jetzt nach Hause. Ich nehme an, Sie werden mich mit der gleichen Eilfertigkeit wieder nach Hause bringen, mit der ich hierhergebracht wurde?«

»Setzen Sie sich!«, bellte Simon.

Mrs. Potchansky rückte geziert den Stuhl zurecht und nahm sich demonstrativ ihre Zeit. Ihre Gedankengänge mündeten in eine stählerne Entschlossenheit.

»Wann haben Sie Denise zum letzten Mal gesehen?«, fragte Simon.

»Sie kennen den Namen der Person, und doch wissen Sie scheinbar nicht, wie sie aussieht? Das ist wirklich sehr eigenartig.«

»Ist es. Insbesondere, wenn Sie Ihre Schuldateien überprüfen, weil Sie nämlich nicht dort zu finden ist. Noch in irgendeiner anderen Datei, die wir bisher aus dem Datapool extrahiert haben.«

»Das macht es sicher sehr schwierig, sie zu verfolgen«, sagte Mrs. Potchansky.

»Wann hat sie aufgehört zu arbeiten? Bitte.«

»Nein.«

»Wie Sie meinen. Sie können gehen. Ich werde Sie mit einem Wagen nach Hause bringen lassen.«

Mrs. Potchansky musterte ihn misstrauisch. »Warum das?«

»Weil Sie allem Anschein nach eine harte alte Lady sind, die mir nichts erzählen will.«

»Warum?«

»Wenn der Wagen Sie weggebracht hat, suche ich mir jemanden, der kooperativer ist als Sie.« Die indigofarbene

Schrift scrollte vor seinem Gesichtsfeld herab. Er wählte einen Namen aus. »Jedzella vielleicht.«

»Was für ein erbärmlicher Erpressungsversuch. Das werden Sie nicht tun.«

»Wir haben Ihren Sohn getötet. Ich schätze, in Ihren Augen sind wir Barbaren, die sich für nichts interessieren, was auf dieser Welt geschieht, und die niemandem Rechenschaft schuldig sind. Darin liegen Sie richtig; ich bin nicht einmal auf der Erde irgendjemandem Rechenschaft schuldig. Und ich suche verzweifelt nach dieser Frau. Wirklich verzweifelt. Die Kinder werden mir erzählen, wer sie ist und woher sie kommt. Möchten Sie wirklich, dass ich den Kindern das zumute? Denn ich werde sie fragen, falls Sie mich dazu zwingen.«

»Ich habe sie seit dem Wochenende nicht mehr gesehen«, sagte Mrs. Potchansky.

»Danke sehr. Und jetzt erzählen Sie mir alles, was Sie über Denise wissen.«

*

Der riesige Pan-Skyways-Frachtflieger rollte langsam durch den deprimierenden grauen Regen, der den Raumhafen von Durrell einhüllte. Er bog auf das Vorfeld ab und kam schließlich zum Halten. Dampf stieg von den Triebwerksgondeln auf, als die rotierenden Turbinenräder langsamer wurden.

Ein Robottraktor schob eine Stange aus und verband sie mit einem Haltemechanismus am Vorderrad; dann schleppte er das Flugzeug zu einem nahen Hangar. Die Tore glitten hinter ihm zu, und es stand ganz allein in der weiten Halle. Nässe tropfte auf den Betonboden. Techniker und Personal von Pan-Skyways schoben eine Gangway zur Kabinenluke, und die beiden Besatzungsmitglieder stiegen aus. Ihnen folgte Lawrence Newton in voller Uniform und mit den Rangabzeichen von Zantiu-Braun. Er blieb auf der obersten Stufe stehen, trotz der Kameras, die überall im Hangar verteilt waren. Die Vorschriften von Zantiu-Braun verlangten, dass ein ziviler Frachtflug einer zivilen Gesellschaft von einem Vertreter der Company begleitet wurde. Die AS würde sein Gesicht überprüfen und es mit seiner Datei und den Befehlen vergleichen, die von Ebrey Zhangs Büro ausgestellt worden waren.

Colin Schmidt erwartete ihn am Boden der Gangway, und auf seinem Gesicht spielte ein unauffälliges Lächeln. »Willkommen in Durrell.«

Lawrence legte seinem alten Freund den Arm um die Schulter. »Gut, wieder hier zu sein.«

Sie gingen am Rumpf entlang zum Heck des Flugzeugs. »Ich dachte, du würdest Witze machen, als du angerufen hast«, sagte Colin. »Ein ganzer RL33 Container! Heilige Scheiße! Ich muss es mit eigenen Augen sehen.«

Die Schalentüren, die das Heck des Flugzeugs bildeten, klappten auseinander. Colin duckte sich unter ihnen hindurch und blieb in der breiter werdenden Lücke stehen. Der Container füllte die Hälfte des gewaltigen Rumpfs, ein langer, perlmuttweißer Kompositzylinder auf einem Haltegestell.

»Ich schätze also, es war kein Witz«, sagte Colin. Er blickte sich um, um sicherzustellen, dass keine Zivilisten in der Nähe herumlungerten, bevor er mit gesenkter Stimme fortfuhr: »Also schön, was zur Hölle ist da drin?«

Lawrence öffnete die Klappe seiner Brusttasche und nahm ein zerklüftetes Stück Stein heraus. Es glänzte stumpf im Licht der Leuchtkonusse des Hangars. Colin nahm den Stein entgegen und untersuchte ihn vorsichtig.

»Es ist Argentit«, sagte Lawrence. »Ein Silbermineral.«

»Silber«, sagte Colin. Er blickte von dem kleinen Brocken in seiner Hand auf den Container und vom Container zu Lawrence. »Das soll wohl ein Gag sein.«

»Nein. Was wir hier haben, sind ungefähr vierzig Tonnen Argentit mit einem extrem hohen Silbergehalt.«

»Und woher in Gottes Namen habt ihr es?«

»Aus dem Hinterland. Ich dachte, ich hätte beim letzten Mal, als ich auf Thallspring war, etwas gesehen. Niemand im Platoon außer mir hat es bemerkt, deswegen habe ich es für mich behalten.«

»Scheiße!« Colin lachte, dann legte er sich die Hand auf den Mund. »Du alter Halunke, Lawrence! Du hast mir gesagt, wir müssten einen Rucksack in den Orbit schmuggeln!«

»Hätte ich etwas von einer voll beladenen Xianti erzählt, hättest du niemals mitgespielt. Jetzt hast du einen Anreiz. Kannst du diesen Container in den Orbit schaffen?«

»Ja.« Colin lachte noch immer. »O Gott, ja. Vierzig Tonnen Silber! Lawrence, du bist unglaublich!«

»Vierzig Tonnen Silbermineral. Wir müssen es erst noch verhütten, wenn wir wieder auf der Erde sind.«

Colin nickte und wurde plötzlich wieder ernst. »Selbstverständlich. Ich werde dafür sorgen, dass es nach Cairns gebracht wird. Von dort aus kriegen wir es relativ einfach zur Basis. Aber Lawrence, ich habe nicht die geringste Ahnung, wie wir dieses Mineral verhütten sollen. Was brauchen wir alles dazu?«

»Immer schön einen Schritt nach dem anderen. Im Augenblick wollen wir uns darauf konzentrieren, das Zeug an

Bord der *Koribu* zu schaffen, ja? Hast du mir einen Piloten besorgt?«

»Ja, selbstverständlich. Gordon Dreyer ist unser Mann. Er braucht Geld, und er ist schlau genug, hinterher den Mund zu halten.«

»Sehr gut. Wie schaffen wir den Container durch die Sicherheitskontrollen? Im Manifest steht Ersatzteile für Fusionsreaktoren. Er darf auf keinen Fall durch irgendwelche Scanner geschoben werden.«

»Das kriege ich schon hin. Es gibt Hunderte von identischen Containern, die aus dem Raumhafen fahren oder hingebracht werden. Es ist ein Hütchenspiel, nur mit viel größeren Bechern, weiter nichts. Ich habe sämtliche Verifizierungskodes und kann eine entsprechende Datei für den Container anlegen. Die AS findet den Unterschied niemals heraus.«

»Wie damals, als wir über den Zaun sind?«

»Wie damals.« Colin starrte wieder auf den Container. In seinen Augen stand Hunger. »Verdammt, Lawrence, ich weiß jetzt schon, welches Haus ich mir damit kaufen werde. Ich habe es gesehen, an der Riviera, ein weißes Herrenhaus aus Stein mit Gärten, mehr als hundertfünfzig Jahre alt. Passend für ein Mitglied des Vorstands.«

Lawrence spürte überraschend starke Schuldgefühle, als er dem Tagtraum seines Freundes lauschte. Doch die Entscheidung war auf dem Plateau gefallen, als er die Träume des Drachen geträumt hatte. Sämtliche alten Bindungen und Verpflichtungen waren bedeutungslos geworden.

Gordon Dreyer traf ein, sechs Stunden, bevor sein Flug in den Orbit planmäßig in den Orbit starten sollte. Lawrence war ihm nie zuvor begegnet, doch er kannte genug Typen dieser Sorte. Ein Endvierziger mit einem Job, der glamourös klang und in Wirklichkeit nichts als Routine war und karrieremäßig eine Sackgasse bedeutete. Er hatte zwei Ehen hinter sich, berichtete Colin, und die Gerichte hatten einen großen Batzen seines Gehalts für den Unterhalt seiner Ex-Frauen abgezwackt. Er war verbittert wegen der Gesetze. Er feierte Partys, trank zu viel und spielte oberhalb seines Kreditlimits.

Gordon Dreyer war an der Obergrenze dessen, was Zantiu-Brauns Fitnessbestimmungen an Gewicht zuließen. Sein dunkles Haar war penibel geschnitten und so gescheitelt, dass man nicht sehen sollte, wie dünn es bereits war – viral geschriebene Follikelbehandlung war gegenwärtig außerhalb seiner finanziellen Möglichkeiten. Er schüttelte Lawrence energisch die Hand und spielte den Kaltblütigen, als ihm der Handel erklärt wurde. Die Bereitwilligkeit, mit der er akzeptierte, verriet seinen wahren Charakter.

Wie alle Piloten überwachte Dreyer die Vorbereitungen für den Start. Es begann mit einem Überblick über die technische Spezifikation der Xianti, um sicherzustellen, dass sie den Vorschriften entsprach und die vorgeschriebenen Wartungsarbeiten ausgeführt worden waren. Seine Autorisierung wurde in das Logbuch eingetragen, und damit konnte das nächste Stadium beginnen: das Beladen des Raumflugzeugs.

Gordon Dreyer ging davon, um den Frachtcontainer im Hangar zu inspizieren. Colin Schmidt war an diesem Morgen der diensthabende Lieutenant für die Logistik und verantwortlich für die Piloten, die ihre Raumflugzeuge für den täglichen Flug hinauf zu den Raumschiffen vorbereiteten. Sie marschierten an den Reihen versiegelter Frachtcontainer entlang, während sie über Probleme oder spezielle Erfordernisse diskutierten. Am Ende überreichte er ihnen die

Verifikationsdatei, in welcher der Inspektionsprozess für jedes einzelne Frachtgut festgehalten war. Dreyer fügte der Datei seine Autorisierung hinzu und bedankte sich bei Colin für die Abwicklung.

Der RL33 Container wurde in die Xianti verladen, die anschließend aus dem Hangar ins Tankdock geschleppt wurde. Gordon Dreyer ging in die Umkleideräume für Piloten, um sich fertig zu machen, während die kryogenischen Tanks heruntergekühlt und anschließend mit flüssigem Wasserstoff gefüllt wurden.

Lawrence und Colin fuhren zum provisorischen medizinischen Zentrum im Terminalgebäude.

»Das Hospital ist seit der Explosion gesperrt«, erklärte Colin. »Sie haben irgendwelche hohen Offiziere vom Flottengeheimdienst da drin. Die Sicherheit erlaubt niemanden in der Nähe.«

Sie fanden einen leeren Raum und begannen, Lawrences Körper mit medizinischen Modulen zu pflastern. Sein Arm wurde in eine dicke Dermalmembran gehüllt und weitere medizinische Module befestigt.

»Ich wünschte nur, du würdest nicht so verdammt gesund aussehen«, beschwerte sich Colin. »Du bist schließlich ein dringender Evakuierungsfall.«

»Ich hab' mal gelesen, dass Soldaten früher das Schießpulver aus ihren Patronen gegessen haben. Es hat sie richtig krank aussehen lassen.«

»Möchtest du ein wenig hochbrisanten Sprengstoff zum Kauen?«

»Nein, danke.« Lawrence zog einen Overall der medizinischen Abteilung über. Mit den kurzen Ärmeln konnte jeder die Membran und die Module sehen. Es sollte reichen, um die Bodenmannschaft zu täuschen, die ihn an Bord gehen sah. Das Prime griff auf seine Datei in Memu Bay zu und trug einen Angriff während einer Stadtpatrouille ein, bei dem sein Skinsuit penetriert und er darunter verbrannt worden war und gemäß der ärztlichen Diagnose keinen Dienst mehr verrichten konnte.

Das Tankdock besaß einen kleinen Kommandostand mit einer Reihe getönter Scheiben und Ausblick auf die deltaflügelige Xianti. Treppen in einer Ecke des Raums führten zu der Fluggastbrücke, die bereits ausgefahren und an der Kabinenluke des Raumflugzeugs angedockt war. Gordon Dreyer befand sich bereits im Kommandostand, als Lawrence und Colin eintraten. Er sprach mit einem Sicherheitsbeamten, der ihm den Kommunikationsschlüssel für den Flug überreichte.

»Brauchen Sie Hilfe mit Ihrem Arm?«, fragte Dreyer freundlich.

»Nein, Sir«, antwortete Lawrence. »Ich denke, ich komme zurecht. Danke sehr.«

Eine Kamera überwachte den Eingang zur Fluggastbrücke. Lawrence spürte die Schweißperlen auf der Stirn, als er darunter herging. Zumindest wurde seine angebliche Verwundung auf diese Weise dokumentiert. Dreyer war beeindruckend gelassen, während sie die Brücke überquerten.

Die Kabinenschleuse glitt zu, und Lawrence stieß erleichtert den Atem aus. Hinter den Linien herumzuschleichen war nicht sein Gebiet.

Dann schon lieber jeden Tag offenen Kampf.

»Fronturlaub, eh?«, fragte Dreyer. »Setzen Sie sich, und überlassen Sie den Rest nur mir.«

Lawrence wählte einen Platz direkt hinter dem Piloten, von wo aus er die Konsolendisplays überblicken konnte und einen echten Ausblick durch die kleine Windschutzscheibe hatte statt einem Kamerabild auf einem Paneel an einer Rückenlehne.

*

»Achtzig Minuten bis zum Rendezvous«, verkündete Dreyer, als die beiden Heckraketen ausgebrannt waren und die Xianti im Orbit angekommen war.

»Klingt gut.« Lawrence nahm eines der medizinischen Module von seinem Arm, beugte sich vor und drückte es Dreyer gegen den Hals.

»Was zur …« Der Pilot verlor das Bewusstsein. Sein regloser Körper blieb im Sitz, gehalten von den Sicherheitsgurten, doch seine Arme schwebten langsam nach oben, bis sie über der Konsole hingen.

Lawrence benutzte seinen digital geschriebenen neuralen Cluster, um eine Verbindung mit dem Bordnetz der Xianti herzustellen. Das Prime wurde aktiv und löschte die Piloten-AS, dann übernahm es die völlige Kontrolle über das Raumflugzeug.

»Alles in Ordnung mit Ihnen da hinten?«, fragte Lawrence.

»Ich wusste gar nicht, dass Schwerelosigkeit so grauenhaft ist!«, sagte Denise. »Ich glaube, mir wird ernsthaft schlecht.«

»Reißen Sie sich zusammen.«

»Haben Sie sonst noch einen guten Ratschlag auf Lager?«

»Wir schaffen Sie jetzt da hinten raus. Außerdem muss ich in den Suit.«

Das Prime übertrug ein Bild der Kamera im Frachtraum auf eines der Cockpit-Paneele. Der Container füllte den

Frachtraum fast vollständig aus und ließ nur eine zwei Meter breite Lücke zwischen der Kabinenwand und der Stirnseite. Lawrence sah, dass am Ende des Containers ein Stück Plastik zur Seite glitt. Irgendetwas im Innern bewegte sich. Eine menschliche Gestalt in einem silber-grauen Raumanzug, der aussah wie ein Trainingsanzug, kletterte mit sehr langsamen, unsicheren Bewegungen heraus.

»Nichts bewegt sich so, wie es sollte!«, beschwerte sich Denise.

Lawrence hoffte, dass sie nicht mit einer Kabinenkamera verbunden war; sie hätte sein Grinsen bemerkt.

»Sie werden sich daran gewöhnen. Denken Sie nur daran, dass die Masseträgheit hier oben immer noch genauso hoch ist wie unten auf der Oberfläche.«

Ein kurzer, flexibler Strick an ihrem Geschirr führte zu einer großen Kiste, in der sein Skinsuit aufbewahrt wurde. Sobald sie aus dem Container war und in dem kleinen Zwischenraum Halt gefunden hatte, zog sie die Kiste hinter sich her.

Lawrence befahl seinem Prime, die innere Luke des Frachtraums zu öffnen. Denise benötigte mehrere Minuten, um die Kiste in die Schleuse zu bugsieren. Es gab nicht genügend Platz für beide, also startete Lawrence den Schleusenzyklus und zog die Kiste in die Kabine, während sie im Frachtraum wartete.

Er steckte bereits mit den Beinen im Skinsuit, als sie ebenfalls die Schleuse verließ und ihre Gesichtsmaske absetzte. »Ich hätte nichts essen sollen«, stöhnte sie. »Ich hätte auch nichts trinken sollen.«

»Hätten Sie in diesem Zustand unser ursprüngliches Szenario überstanden?«

Sie funkelte ihn an. »Ich hätte es geschafft. Ich kann es immer noch.«

»Ja. Schön. Nun, versuchen wir als Erstes unseren nicht-tödlichen Plan.«

*

Memu Bays gesamtes Komplement von zwölf TVL88-Helikoptern flog über das Plateau, als die Dämmerung heraufzog. Simon beobachtete die Landschaft aus dem Cockpit des führenden Hubschraubers. Stationäre Wolkenwirbel umgaben jeden der Gipfel. Aus ihnen leckten Nebelschwaden hinab und in die Täler, von wo aus sie über die Ebene und die Wälder zogen. Der Anblick hatte etwas Urtümliches, mit Baumriesen und Bergrücken, die aus der unheimlichen weißen Decke ragten.

»Die Satelliten überqueren das Gebiet erneut«, sagte der SK2. »Im sichtbaren Spektrum gibt es nicht viel zu sehen. Dieser verdammte Nebel bedeckt ganz Arnoon Province!«

Simon befahl seiner AS, ihm die Satellitenbilder auf der Spiegelbrille zu zeigen. Ein paar bewaldete Hügel glitten über das Display, getrennt von ruhigen Seen aus Nebel. Infrarot zeigte kaum mehr. Mehrere Dutzend verschwommene pinkfarbene Flecken schimmerten unter der weißen Decke. Sie befanden sich ungefähr dort, wo Arnoon sein musste.

Während der Nacht hatte es über dem Plateau geregnet. Die Satelliten waren nicht imstande gewesen, die dichte dunkle Wolkendecke zu durchdringen. Simon hatte alte Aufnahmen geladen und die kleine Gemeinde studiert. Er hatte nichts Auffälliges entdeckt; nichts als eine ländliche Siedlung ohne jedes Zeichen von Hightech, abgesehen von den kybernetischen Wollspinnereien.

Seine AS hatte den Datapool nach sämtlichen erhältlichen Informationen über Arnoon Province durchforstet.

Es gab eine ganze Menge, doch bis jetzt war nichts Wichtiges dabei gewesen. Als die AS Suchpings zu den Knoten des Dorfes sandte, meldeten sich lediglich ganz gewöhnliche Management-Pearls, die meisten Jahrzehnte veraltet.

Alles vollkommen normal.

Allerdings: Das Dixon-Netzwerk war drei Tage zuvor aus dem Datapool herausgefallen. Die Telekommunikationsgesellschaft von Memu Bay, die das Netz wartete, wusste den Grund nicht zu erklären. Man hatte noch kein Team von Ingenieuren auf das Plateau geschickt; die Situation in Memu Bay war dafür verantwortlich, dass es auf der Prioritätenliste ziemlich weit unten stand.

Und irgendwo auf dem Plateau war eine Patrouille, die vor drei Tagen aufgebrochen war, verlorengegangen. Zuerst war Simon erfreut gewesen, als die AS den Eintrag fand; er würde das Platoon direkt nach Arnoon schicken. Doch ihre Transponder reagierten nicht auf die Kommunikationssatelliten. Die AS bemerkte, dass die Patrouille nur zwei Tage hätte dauern sollen. Trotzdem war niemandem aufgefallen, dass sie nicht zurückgekehrt war. Weitere Nachforschungen ergaben eine größere Daten-Unstimmigkeit in der Hauptquartier-AS. Sie hatte den Marschbefehl für die Patrouille erteilt, hatte aber keine Überwachung assoziiert und keinerlei etablierte Kommandohierarchien waren eingebunden gewesen. Die Daten waren eindeutig manipuliert worden.

Als Simon Captain Bryant anrief und ihn fragte, was er über den Verbleib seines verschwundenen Platoons wusste, hatte der verwirrte Offizier keine Ahnung, wovon Simon überhaupt sprach. 435NK9 war aus seinem Kommandobereich abgezogen worden.

»Wie kann ein gesamtes Platoon einfach so verschwinden!«, schimpfte Simon.

Eine Reihe regelmäßiger Hügel kam vor den Helikoptern in Sicht. Der Nebel war löchrig und schien sich endlich aufzulösen, während die Sonne höher stieg.

»Dixon liegt genau vor uns, Sir!«, rief der Pilot über das Schlagen der Rotorblätter. Simon deaktivierte das Display seiner Spiegelbrille.

Das Geschwader TVL88 Helikopter überflog die Schlackehügel. Die Maschinen wurden langsamer, als sie den Rand der kleinen Stadt erreichten, und suchten das gesamte Gebiet mit aktiven Sensoren ab.

»Was in Gottes Namen ist denn hier passiert?«, fragte der SK2.

Der Nebel hatte sich inzwischen fast völlig aufgelöst und gab den Blick auf die zerstörten Gebäude frei. Fast ein Viertel aller Häuser war eingefallen. Sie waren explodiert, und Trümmerstücke waren im weiten Umkreis verstreut.

»Ein Kampf«, sagte Simon zu seinem Zwillingsklon. »Diese Häuser wurden gezielt beschossen, auch wenn ich mir keinen Grund dafür denken kann.«

»Sir!« Der Pilot deutete nach vorn.

»Bringen Sie uns hin!«, befahl Simon.

Mitten auf der Hauptstraße stand ein ausgebrannter Jeep. Ein zweiter Jeep ragte halb aus der Seite eines der wenigen noch stehenden Häuser rings um den zentralen Platz.

»Wenigstens wissen wir nun, was aus dem Platoon geworden ist«, sagte Simon, während der Helikopter über dem Schauplatz kreiste. In keinem der Wracks war eine Spur von einem Skin zu sehen. »In Ordnung, ich habe genug gesehen«, sagte Simon zu dem Piloten. »Bringen Sie uns nach Arnoon.«

Schmerz war eine Konstante in seinem Leben geworden. Simon weigerte sich, Drogen einzunehmen, die den Schmerz verbannten, weil er einen klaren Verstand behalten wollte. Er war sicher, dass der SF9 die Bedeutung der Begegnung mit dem Alien nicht in ihrer vollen Tragweite begriff und das Ganze immer noch als ein faszinierendes intellektuelles Puzzle sah. Typisch für die unerschütterliche Selbstgefälligkeit dieser Charge Klone.

Simon hatte Joseps Aura aus erster Hand erlebt, genau wie seine Entschlossenheit und seinen Willen. Sie würden die Begegnung mit dem Alien nur überleben, wenn sie die gleiche Entschlossenheit aufbrachten. Er durfte nicht zulassen, dass diese Chance vertan wurde. Das Potenzial des nanonischen Systems war überwältigend. Im Besitz von Zantiu-Braun würde es der gesamten menschlichen Rasse helfen.

Obwohl Josep ein Feind gewesen war, beneidete Simon ihn für das, was aus ihm geworden war. Seine Gestalt war ein wunderbares Idealbild, nach dem alle Menschen streben, allem haushoch überlegen, was virale Keimzellenbehandlungen zustandebrachten.

Nur wenige Augenblicke in der menschlichen Geschichte waren von wahrhaft zentraler Bedeutung, doch dies hier würde einer davon werden. Simon musste daran teilhaben, musste seinen Beitrag leisten, musste verhindern, dass ein Fehlschlag daraus wurde, ganz besonders durch Schwäche. Er musste das nanonische System in seinen Besitz bringen. Glücklicherweise verhinderte seine Unbeweglichkeit nicht den Zugriff auf den Datapool. Und der Schmerz, konstant, allgegenwärtig und diabolisch, trieb ihn voran.

Sein DNI scrollte Datei auf Datei vor ihm herunter, während der SF9 in Richtung Arnoon flog. Seine AS grub Informationen aus und suchte nach Versäumnissen und Fehlern. Irgendwo unterhalb der Knie juckten seine Beine unerträglich und steigerten sein Leiden und seinen Zorn noch. Schließlich traten die Hinweise und Spuren, von denen er die ganze Zeit gewusst hatte, dass sie existierten, langsam aus dem Datapool zutage. »Sie haben sich geirrt, was die Patrouille angeht«, sagte er.

»Was meinen Sie damit?«, erkundigte sich der SF9.

»Wir wissen nicht, was aus ihr geworden ist.«

»Wir haben soeben die Überreste gesehen«, entgegnete der SF9 spöttisch. »Das Alien oder seine Verbündeten haben sie ausgelöscht, weil sie auf dem Weg nach Arnoon war.«

»Und anschließend haben sie dieses Prime eingesetzt, um das ganze Platoon aus unseren Dateien zu löschen?«

»ja.«

»Aber die Dateien waren bereits gelöscht, bevor die Patrouille aufgebrochen ist. Irgendjemand hat alles so arrangiert, dass Platoon 435NK9 das Plateau besuchen konnte, ohne dass im Hauptquartier jemand davon erfuhr. Wenn das Alien unsere Leute am Besuch von Arnoon Province hindern wollte, dann hätte es mit diesem Prime einfach die Befehle ändern können, oder? Wir hätten es nie erfahren.«

»Was wollen Sie damit andeuten?«

»Es gibt noch einen Faktor, den wir übersehen haben.«

Eine neue Datei erschien, markiert durch einen Querverweis, den die AS zu Platoon 435NK9 gezogen hatte. Spezifische Informationen scrollten über den Schirm.

»Wie es scheint, war der Sergeant des Platoons schon einmal in der Arnoon Province. Als wir das letzte Mal auf Thallspring waren, war er Mitglied einer ähnlichen Patrouille durch das Hinterland. Wollen Sie mir erzählen, dass das Zufall ist?«

»Höchst unwahrscheinlich«, gestand der SF9. »Können Sie seine Daten heraussuchen?«

Simon befahl seiner persönlichen AS, einen Such-ping über sämtliche Dateien auszusenden, die mit Lawrence Newton zu tun hatten.

Die TVL88 Helikopter donnerten von allen Seiten gleichzeitig heran und riegelten Arnoon mit ausgefahrenen Waffen ab. Die Fallwinde der kraftvollen Rotoren zerrten am Nebel und klärten die zentrale Lichtung innerhalb Sekunden. Die letzten Fetzen hartnäckigen Dampfes strichen an den zottigen Holzhäusern vorbei, und dann lagen sie ungeschützt vor den Zielsensoren. Eine junge Frau in einem cremefarbenen Pullover und dunklen Jeans stand auf dem Balkon eines der Häuser und hielt sich am Geländer fest, um dem Miniatur-Hurrikan zu widerstehen.

Sie war die einzige Person, die die Sensoren entdecken konnten. Die Holzhäuser waren allesamt warm; die Haushaltsmaschinerie zog Energie. Aber niemand hielt sich im Innern auf.

Fünf Helikopter, einschließlich dem von Simon, landeten auf dem taufeuchten Grasmoos, während die anderen ausfächerten und die umliegenden Wälder absuchten. Skins sprangen aus den gelandeten Maschinen und gingen in Stellung. Die Karabiner waren ausgefahren, und jeder war mit einem Smartmissile-Werfer ausgestattet.

Simon stieg aus seinem Helikopter. Er hielt seine Lederjacke vorn zusammen, die im Wind wehte. Drei Skins eilten herbei und nahmen ihn in die Mitte, als er auf die Frau zuging.

Sie kam die Treppe vom Balkon herunter, und ihre glänzende Aura verlieh ihr das Aussehen eines biblischen Engels. »Simon Roderick, nehme ich an? Mein Name ist Jacintha. Willkommen in Amoon.«

»Ich dachte, hier wären mehr Menschen?«

»Sie sind alle irgendwo draußen in den Wäldern. Sie sind davongerannt, als wir erfuhren, dass Sie herkommen würden.«

»Warum?«

»Wir fürchten uns vor Ihnen.«

»Interessant. Ich finde Sie höchst furchtlos. Wissen Sie, dass Sie eine bemerkenswerte Aura haben?«

Jacintha runzelte die Stirn. »Oh, ich verstehe. Sie müssen ein magnetisches Sinnesorgan besitzen. Haben Sie Josep auf diese Weise entdeckt?«

»Sagen wir, auf diese Weise habe ich gelernt, mich in seiner Gegenwart äußerst vorsichtig zu verhalten. Nicht, dass es letzten Endes viel genützt hätte. Viele Menschen wurden getötet, als er Selbstmord beging.«

»Ihre Kollateralhalsbänder töten viele Menschen ohne Grund.«

»Ich bin nicht gekommen, um zu rechtfertigen, was ich getan habe. Ich werde auch nicht mit Ihnen streiten, wer moralisch im Recht ist. Ich will einfach nur das Alien sehen, bitte.«

»Tut mir leid«, erwiderte Jacintha. »Aber das können Sie nicht.«

»Sie wissen, dass ich es kann. Selbst wenn Sie alle zwölf Helikopter und diese Platoons besiegen – und ich bezweifle, dass Sie dazu in der Lage wären. Wir werden einfach mit mehr Hubschraubern und noch mehr Platoons wiederkommen. Wir werden so lange wiederkommen, bis wir das Alien gefunden haben.«

Es war nicht ihr mitleidiges Lächeln, das ihn beunruhigte, sondern ihre Gedanken. Sie bemitleidete ihn tatsächlich. Es war die Art von Mitleid, die ein Erwachsener einem kindlichen Wutanfall entgegenbringen würde.

Er konnte andererseits nicht anders, als sie zu bewundern. Es war nichts Sexuelles, eher ihre vollkommene, ausgeglichene Persönlichkeit. Der SK2 hatte recht – wenn doch nur alle Menschen ihre intellektuelle Tiefe besäßen.

»Sie könnten tausend Raumschiffe voller Skins und Waffen schicken«, sagte Jacintha, »und es würde dennoch keinen Unterschied machen.«

Endlich begann Simon zu verstehen. »Es ist nicht hier.« Sein Verstand begann mit beinahe schwindelerregender Geschwindigkeit die Informationen zu verarbeiten, die er gesammelt hatte. »Memu Bay ist ein anarchistisches Chaos; Sie könnten alles durch die Stadt schmuggeln, ohne dass wir es erfahren würden. Das Raumflugzeug! Sie wollten gar kein Raumschiff in die Luft jagen …«

»Newton war hier«, sagte der SK2. »Hier am Raumhafen. Wir haben ihn heute Morgen in den Orbit evakuiert.«

Jacintha neigte den Kopf zur Seite und lauschte einer unhörbaren Stimme.

»Scheiße!«, ächzte Simon, als das DNI die Daten herabscrollte. »Halten Sie ihn auf!«, befahl er dem SK2. »Halten Sie das Rendezvous auf! Newton darf nicht an Bord des Raumschiffs!«

»Zu spät«, sagte Jacintha.

KAPITEL 5

»Ich habe einen Hydraulikfehler Level zwo!«, berichtete Lawrence. Das Prime verwandelte seine Stimme in eine exakte Kopie von Gordon Dreyers abgehacktem Akzent, bevor sie in den Audiolink zur *Koribu* ging. »Die Frachtlukentüren reagieren nicht!«

»Meine Güte, Dreyer, könnt ihr euch nicht einmal an die einfachsten Wartungspläne für eure Maschinen halten?«, beschwerte sich der Controller an Bord der *Koribu*. »Ihr seid für die Flugtauglichkeit eurer Kisten verantwortlich! Wozu brauchen wir sonst Piloten? Fahr das System runter und boote die Software neu.«

»Verstanden. Versuche Reaktivierung.«

Bernsteinfarbene Diagramme tanzten langsam über die Konsolenpaneele, während das Prime eine digitale Simulation der Reaktivierungsversuche erzeugte. Lawrence ließ die Prozedur zweimal ablaufen, sodass die Telemetriedaten, die an Bord der *Koribu* eintrafen, zeigten, dass er sich nach Kräften um eine Lösung des Problems bemühte.

Durch die Windschutzscheibe sah er das gewaltige Raumschiff, das in einer Entfernung von dreihundertfünfzig Metern schwebte. Sie befanden sich auf gleicher Höhe mit der Fusionsantriebssektion, wo sich das Sonnenlicht auf der verschrumpelten Thermofolie, die die Deuteriumtanks schützte, in allen Regenbogenfarben brach. Drei weitere Xiantis warteten vor ihnen mit weit geöffneten Frachtluken in einer langgezogenen Reihe. Die Container, die sie in den Orbit gebracht hatten, schoben sich aus ihren Verankerungen und warteten darauf, abgeholt zu werden. Es sah aus wie eine Opfergabe, die von metallenen Fingern gehalten wurde. Kleine Schlepper schwärmten um die Raumflugzeuge herum wie schwarze Käfer, und aus ihren Reaktionsantrieben drangen Wolken grauer Gase, während sie sich in eine Position manövrierten, in der sie die Ladung übernehmen konnten.

»Noch immer keine Reaktion!«, meldete Lawrence.

»Ah, gottverdammt! Also schön, Dreyer«, sagte der Controller der *Koribu.* »Sie haben Erlaubnis zum Andocken. Bringen Sie den Vogel in den Wartungshangar. Die AS wird Ihnen einen Anflugkorridor zuweisen. Und herzlichen Glückwunsch dafür, dass Sie den heutigen Flugplan durcheinandergeworfen haben.«

»Ist mir stets ein Vergnügen.«

Prime bestätigte den Empfang der neuen Koordinaten. Hypergolischer Treibstoff entzündete sich in den Reaktionskammern und schob sie langsam um das große Raumschiff herum.

Lawrence sah Bänder aus schwefelfarbenem Dampf herausschießen, die die gesamte Nase der Xianti einhüllten, während das Raumflugzeug langsam zu rollen begann. Nach und nach glitt die *Koribu* aus dem Sichtfenster. Sensoren zeigten, wie die zylindrische Frachtsektion des Raumschiffs langsam vorübertrieb. Unterhalb der Silos öffneten sich die großen Tore des Wartungshangars. Eine Reihe kleiner Lichter entlang dem Rand blinkte auf und verbannte die Schatten aus der gerippten Metallhöhle.

Mit dem Prime als Pilot glitt die Xianti glatt direkt über dem Wartungshangar in Position. Die Rumpfklappen fuhren zurück. Die Reaktionskontrolldüsen feuerten immer kürzere Pulse, während sie jegliche Bewegung relativ zu dem riesigen Raumschiff eliminierten.

Am Boden des Wartungshangars streckten sich mechanische Mandibeln nach oben und suchten nach den Ladepins im Rumpf der Xianti. Riegel schnappten ein und sicherten das Raumflugzeug.

»Wir sind drin«, murmelte Lawrence.

Die Mandibeln fuhren zurück und zogen das Raumflugzeug mit sich. Sie beobachteten gemeinsam, wie die Torbeleuchtung an der Frontscheibe des Raumflugzeugs vorbeiglitt.

Denise wandte sich den Bildern von den Kameras des Raumflugzeugs zu. »Wo sind die Versorgungsanschlüsse?«

»Warten Sie einfach ab«, sagte Lawrence.

Die Xianti erzitterte leicht, als sie auf dem Gestell zur Ruhe kam. Sekundäre Mandibeln, umgeben von spiraligen Schläuchen und Kabeln, fanden ihren Weg nach oben zu den Anschlüssen der Xianti. Energie, Daten, Kühlmittel, Kommunikation und Hydraulik wurden angeschlossen und die Verbindung bestätigt.

Das Prime benutzte die Datenverbindung, um sich in das Netzwerk des Wartungshangars zu schleusen, die AS zu löschen und die Kontrolle über sämtliche lokalen Systeme zu übernehmen. Subversion auf derart massivem Niveau wurde augenblicklich von der Haupt-AS der *Koribu* entdeckt. Sie errichtete einen Firewall rings um das betroffene Netzwerk. Außerdem unterbrach sie die Energieversorgung und die Lebenserhaltungssysteme, die zu der entsprechenden Sektion des Raumschiffs rings um den Wartungshangar herumführten, und schloss die Druckschotten entlang dem Hauptaxialkorridor. Die Notstromversorgung der Sektion fuhr automatisch an und gestattete dem Netzwerk und den meisten sekundären Systemen zu funktionieren. Das Prime besaß keine Möglichkeit, die Lebenserhaltungssysteme von innen her zu reaktivieren, doch es gab genügend Sauerstoff, um die Besatzung am Leben zu halten, die hinter den versiegelten Schotten in der Falle saß.

Der Andockschlauch des Wartungshangars fuhr aus der Wand und näherte sich der Kabinenluke der Xianti. Lawrence hielt eine EC-Pistole in der einen Hand. Der Karabiner im anderen Unterarm war bereits ausgefahren. »Bleiben Sie hinter mir«, sagte er zu Denise, als das Siegel des Andockschlauchs aktiviert wurde.

»Jawohl, Commander.«

Ihr Tonfall ärgerte ihn. »Wir haben das bereits besprochen. Ihr Raumanzug ist gut, aber er kann längst nicht so viel einstecken wie ein Skinsuit. Und ich weiß, dass sie Waffen an Bord haben.«

»Ja, in Ordnung«, murmelte Denise.

Die Kabinenschleuse glitt auf und gab den Blick frei auf zwanzig Meter Andockschlauch auf der anderen Seite. Es war dunkel, und am anderen Ende blinkten orangefarbene Lichter. Das Prime versorgte Lawrences taktisches Display mit Kamerabildern von jedem Teil des Raumschiffs, über den es bereits die Kontrolle besaß. Die Besatzungsmitglieder in der Frachtsektion waren durcheinander. Sie wussten, dass die Lebenserhaltungssysteme abgeschaltet worden waren; bernsteinfarbene Warnlampen blinkten in jeder Abteilung. Sämtliche Rettungsbootschleusen und Fluchtkammertüren standen weit offen. Die Beleuchtung war in den Stromsparmodus übergegangen, und die Korridore und schmalen Schächte lagen in klaustrophobischer Dunkelheit. Es gab keine Kommunikation mit dem restlichen Schiff – das Prime blockierte jeden Versuch. Und doch schien die AS ihnen zu sagen, dass alles in Ordnung war und es sich lediglich um einen lokalen Fehler im System handelte.

Lawrence stieß sich ab und schwebte glatt durch die Tunnelmitte zur anderen Seite, während er seine Flugbahn durch gelegentliche Bewegungen seiner freien Hand korrigierte. Denise folgte ihm und prallte von einer Wand gegen die andere, während sie eine Serie von Flüchen ausstieß.

Am anderen Ende des Schlauchs musste Lawrence die manuelle Schleusenentriegelung benutzen. Zwei Besatzungsmitglieder schwebten unmittelbar hinter der Luke. Sie sahen den Skin herauskommen, drehten sich geschickt mitten in der Luft um und schossen davon wie erschreckte Fische. Lawrence betäubte sie mit Pfeilen. Sie segelten geradeaus weiter, bis sie schwer gegen die Wände des Raums krachten. Danach drehten sie sich schlaff um mehrere Achsen, während ihre Glieder in alle Richtungen ragten.

Lawrence schob sich an ihnen vorbei und tauchte in den langen Korridor, der aus der Abteilung führte. Er besaß einen D-förmigen Querschnitt, und eine Leiter verlief durch den Apex der halbrunden Decke. Er stieß sich von den Rungen ab und trieb sich auf diese Weise voran. Denise war zwei Meter hinter ihm.

Der Axialkorridor war am Ende, ein weiter Zylinder mit dicken Versorgungsrohren, die an den Wänden entlang verliefen. Er führte im Zentrum der tragenden Struktur durch die gesamte Länge des Raumschiffs und verband die hintere Sektion des Fusionsantriebs mit dem vorne liegenden Kompressionsantrieb, und radiale Korridore führten in die unter Druck stehenden Sektionen. Alle vierzig Meter waren Druckschotten angebracht, schwere runde Tore aus Komposit, die normalerweise offen standen.

Fünf Besatzungsmitglieder trieben vor dem nächstgelegenen Schott, als Lawrences Helm durch die Luke in den Axialkorridor stieg. Zwei von ihnen bemühten sich, das

Schott zu öffnen, während einer an der Scheibe im Zentrum hing und in die nächste Sektion starrte. Lawrence hob das Handgelenk; er konnte spüren, wie die Muskeln des Mechanismus' arbeiteten, als die Pfeile herausschossen.

Denise kroch über die Leiter zum Schott und drückte einen Ring aus Energiefokusband dagegen. Lawrence schob die bewusstlosen Besatzungsmitglieder aus dem Weg und in Sicherheit.

»Gehen Sie in Deckung«, sagte Denise, dann sandte sie einen Code an das Band. Der Puls nackter Energie, den es abstrahlte, schnitt sauber durch das Schott. Dichter schwarzer Rauch schoss hervor, als die Ränder des Komposits schmolzen und schwelten. Feueralarme gingen los.

Lawrence packte den Griff des Schotts und trat gegen den brennenden Kreis. Das Schott flog heraus, wobei es um die eigene Achse taumelte wie eine geworfene Münze, und zog einen Schweif aus giftigem Rauch hinter sich her. Mehrere Besatzungsmitglieder, die sich auf der anderen Seite des Schotts gesammelt hatten, ergriffen die Flucht.

Eine Sekunde lang konnte Lawrence durch die gesamte Länge des Axialkorridors bis zur vorderen Kompressionsantriebssektion sehen. Dann schlossen sich sämtliche Druckschotten gleichzeitig. Gelbe Blinklichter flammten zusammen mit dem schrillen Alarm der Feuersirenen auf. Besatzungsmitglieder flüchteten durch Radialkorridore. Es gelang Lawrence, drei von ihnen mit Pfeilen zu betäuben, bevor sie verschwanden. Sekundäre Druckschotten begannen die Radialkorridore zu schließen, während er und Denise über sie hinwegglitten.

Zehn Meter hinter dem Druckschott befand sich ein Netzwerkknoten. Denise benutzte eine Energieklinge, um das Gehäuse zu entfernen, dann setzte sie vorsichtig einen

Drachen-extrudierten Kommunikationslink auf die Datenbus-Einheit. Mikrofasern schnitten durch die Elektronik im Innern und verschmolzen mit den faseroptischen Kabeln. Das Prime lud sich in ein weiteres Netzwerksegment.

Der akustische Alarm machte Captain Marquis Krojen auf der Stelle hellwach. Es war ein Krach wie bei einer explosiven Dekompression. Er setzte sich hastig auf, und nur der Gurt um seine Hüften verhinderte, dass er in der niedrigen Schwerkraft völlig von seiner Pritsche abhob. Einen Augenblick lang sah er sich verwirrt um, dann flammte die Kabinenbeleuchtung auf. An Bord von Raumschiffen gab es für jeden erdenklichen Notfall ein anderes Alarmsignal. Nach so vielen Jahrzehnten an Bord von Schiffen hätte Marquis Stein und Bein geschworen, dass er jedes Signal kannte. Doch diesmal musste er tatsächlich warten, bis sein DNI die Information lieferte.

»Ein fremder Eindringling?« Er glaubte seinen Augen nicht zu trauen, als er die kleinen indigofarbenen Symbole las.

Der Alarm verstummte.

»Jawohl, Sir«, informierte ihn die Schiffs-AS.

»Meine Güte, das kann doch nur eine Übung sein!« Irgendetwas, das sich dieser Bastard Roderick ausgedacht hatte, nach den ganzen Scherereien unten auf dem Raumhafen von Durrell. Es konnte nicht real sein.

»Nein, Sir«, beharrte die AS. »Ich wurde aus dem Netzwerk der Wartungshangarsektion gelöscht. Ich habe Firewalls errichtet, die die subversive Software an weiterer Ausbreitung hindern.«

Marquis zerrte an dem Klettverschluss des Hüftgurtes. Er begab sich von seiner Kabine direkt auf die Brücke der *Koribu* und ging schnell in der niedrigen Gravitation. Colin

Jeffries, der diensthabende Offizier, saß im Kommandosessel und wirkte bis ins Mark schockiert. Lediglich drei weitere Konsolen auf der Brücke waren bemannt.

»Was zur Hölle ist passiert?«, fragte Marquis Krojen und unternahm eine bewusste Anstrengung, um sich zu beruhigen. »Geben Sie mir einen Lagebericht.«

»Eine Xianti hat einen Hydraulikfehler gemeldet«, sagte Colin Jeffries. »Wir haben sie im Wartungshangar andocken lassen, und das Nächste, was geschah, war, dass das gesamte umgebende Netzwerk unterwandert wurde.«

»Wie war unsere Reaktion?« Marquis setzte sich auf einen der freien Sitze vor den Konsolen. Die Schiffs-AS aktivierte die Paneele und zeigte eine Reihe von Diagrammen und Kamerabildern.

»Die Standardprozedur besteht darin, die Energiezufuhr und die Lebenserhaltungssysteme in der kontaminierten Sektion abzuschalten«, sagte die AS. »Das wurde getan.«

»Können Sie mir ein Echtzeitbild des Raumflugzeugs liefern?«

»Nein.«

»Dann leiten Sie einen der Schlepper zum Wartungshangar um. Jetzt gleich«, sagte Marquis zu Colin Jeffries. »Ich will wissen, was da passiert!«

»Aye, Sir.«

»Die Sicherheit vom Raumhafen von Durrell ist in der Leitung«, berichtete die AS. »Man warnt uns wegen des Raumflugzeugs. Man glaubt, es sei von einer Widerstandsbewegung entführt.«

Marquis wehrte sich dagegen, sich von der schockierenden Information zu panischen Reaktionen verleiten zu lassen. Die AS zeigte auf einem der Paneele eine Prozedur für die Reaktion auf physische Bedrohungen. Falls es eine aktuelle Bombendrohung gegen die *Koribu* gab, hatte der Captain das Schiff zu evakuieren. Die Sicherheitsvorschriften gingen davon aus, dass jede Widerstandsgruppe, der es gelang, in Reichweite des Schiffes zu kommen, auch im Besitz einer Bombe war, die das gesamte Schiff zerstören konnte.

Doch bis jetzt war keine Bombendrohung bekannt. Und es hatte keine Explosion gegeben. Außerdem – wenn sie die *Koribu* in die Luft jagen wollten, warum versuchten sie dann zuerst, das Schiff zu übernehmen?

»Können die Schlepper die Xianti nicht einfach aus dem Hangar ziehen?«, fragte Marquis Krojen.

Colin Jeffries schüttelte zweifelnd den Kopf. »Ich glaube nicht. Diese Schlepper haben nicht genügend Schub; die Halteklammern sind dazu gedacht, eine Menge mehr Masse zu sichern als eine Xianti. Man müsste zuerst unter den Rumpf des Raumflugzeugs und sie durchtrennen.«

»Arbeiten Sie daran. Ich brauche Optionen.«

»Aye, Sir.«

»Haben wir Kontakt zu Besatzungsmitgliedern in der abgeriegelten Sektion?«, fragte Marquis die AS. Er brachte es nicht über sich, »kontaminiert« zu sagen.

»Nein, Sir«, antwortete die AS. »Es gibt keinerlei interne Kommunikationslinks mehr.«

»Also schön, ich will, dass jemand zum Druckschott geht und einen Blick hindurchwirft. Gib ihm eine offene Verbindung zur Brücke.«

»Jawohl, Sir«, sagte die AS.

»Der Schlepper kommt in Sichtweite!«, meldete Colin Jeffries.

Die AS lenkte die Bilder von den Sensoren des Schleppers auf die Bildschirme vor Marquis Krojen.

Er starrte auf die große, deltaflügelige Form des Raumflugzeugs, ohne genau zu wissen, was ihn erwartete. Die Maschine wirkte tot und verlassen. Sein Verstand ging die Andockprozeduren durch.

»Haben wir den Andockschlauch aktiviert?«, fragte er.

»Nein, Sir«, antwortete die AS. »Er wurde erst ausgefahren, nachdem die Subversion stattgefunden hatte.«

Marquis Krojen sah Colin Jeffries ins Gesicht. »Dann sind sie schon an Bord. Jesses! Weiß die Sicherheit vom Raumhafen in Durrell, was sie in der Xianti geschmuggelt haben?«

Eine aufgeregte Stimme drang aus seinem Konsolenlautsprecher. »Sir, ich kann jemanden sehen, der durch den axialen Korridor kommt!«

»Wer spricht da?«, fragte Marquis Krojen.

»Irwin Watson, Sir. Fusionstechniker.«

»Okay. Wen können Sie sehen, Mr. Watson?«

»Sir, es ist ein Skin!«

»*Ein Skin?*«, sagte Marquis tonlos zu Colin Jeffries. Der diensthabende Offizier zuckte die Schultern.

»Was macht er?«, fragte Marquis laut. Eines der Konsolenpaneele zeigte ihm Watson und einige andere, die sich um das Druckschott des axialen Korridors drängten.

»Sir, er tötet Kameraden! Er erschießt jeden, der sich bewegt!« Watsons Stimme steigerte sich in Hysterie.

»Was für eine Waffe benutzt er?«

»Ich weiß es nicht, Sir! Er hat eine Art Pistole, aber ich habe ihn nicht damit schießen gesehen. Hey, eine weite Person ist bei ihm. Sie trägt eine Art Raumanzug, glaube ich. Sie drückt etwas gegen die Tür.« »Zurück!«, befahl Marquis. »Schnell!«

»Ich kann nicht sehen, was es ist!«

Die Kamera zeigte Watson mit an die Scheibe gepresstem Gesicht.

»Machen Sie, dass Sie von diesem Schott wegkommen! Das ist ein Befehl!«

Zögernd zog sich Watson vom Druckschott zurück und packte die Rungen der axialen Leiter. Ein blendend helles Licht ging vom Schott aus. Es verschwand wieder, und schmutzig schwarzer Rauch schoss hoch. Schwaden rasten an den Korridorwänden entlang wie ein öliger Film. Eine Scheibe aus brennendem Komposit taumelte langsam aus dem Rauch hervor und verfehlte Watson nur knapp.

»Sichere die Sektion!«, befahl Marquis Krojen der AS. »Ich möchte völlige physische Isolation!«

»Jawohl, Sir«, antwortete die AS. »Ich schließe die Druckschotten entlang dem axialen Korridor.«

»Captain!« Simon Rodericks Gesicht war auf einem der Konsolenpaneele erschienen. Nur sein Gesicht, vor einem neutralen grauen Hintergrund.

»Was haben Sie hierher durchgelassen?«, tobte Marquis. Er scherte sich nicht mehr um Etikette. Sein Schiff wurde angegriffen.

»Wir glauben, dass ein Alien an Bord des Raumflugzeugs ist«, sagte Roderick.

»*Was?*«

»Ein Alien«, wiederholte Simon Roderick ungerührt. »Es hat menschliche Verbündete, die wahrscheinlich versuchen werden, die *Koribu* zu entführen.«

»Nur über meine Leiche!«, schnaubte Marquis, während er ein Kamerabild des axialen Korridors beobachtete. Der Skin und sein Begleiter in dem silbernen Raumanzug waren durch das Druckschott vorgedrungen. Sie hielten an einer Art Wartungsklappe in der Korridorwand, und die Gestalt in dem silbernen Raumanzug nahm eine Energieklinge hervor.

»Hoffen wir, dass es nicht soweit kommt«, sagte Simon Roderick.

»Die Eindringlinge haben einen Netzwerkknoten freigelegt«, sagte die AS. »Subversionssoftware dringt in die neurotronischen Pearls ein. Sie rekonfiguriert die Prozessmuster.«

»Halte sie auf!«, befahl Marquis.

»Ich kann der Anweisung nicht Folge leisten. Die Netzwerkmanagementroutinen wurden beschädigt. Firewalls wurden soeben errichtet. Energiezufuhr und Lebenserhaltung sind unterbrochen.«

»Gütiger Gott!« Marquis studierte den Grundriss des Schiffs. Sie hatten den Kontakt mit dem gesamten hinteren Drittel der *Koribu* verloren; der Bereich lag hinter Firewalls und geschlossenen Druckschotten. »Wozu ist dieses Alien imstande?«

»Das wissen wir nicht genau«, erwiderte Roderick. »Aber es besitzt eine Technologie, die der unseren weit voraus ist. Möglicherweise können Sie es nicht aufhalten.«

»Holen Sie die Waffen aus den Schränken«, befahl Marquis. »Ich möchte, dass jedes Besatzungsmitglied bewaffnet ist und die Erlaubnis zu schießen erhält.«

»Wir haben zehn Karabiner und ein paar Pfeilpistolen«, antwortete Colin Jeffries. »Das lässt einen Skin völlig kalt.«

»Aber vielleicht nicht den anderen.«

»Ich entdecke Gasaustritt in den isolierten Frachtsektionen«, berichtete die AS.

»Gasaustritt? Was tritt aus?«, fragte Marquis bestürzt. Die Bilder auf den Paneelen wichen Außenaufnahmen von externen Kameras. Große Fontänen silbrig glitzernden Gases strömten aus den hinteren Sektionen der *Koribu*.

»Die spektrographische Analyse deutet darauf hin, dass es unsere Bordatmosphäre ist«, sagte die AS.

Der Arzt weigerte sich zuerst zu kooperieren. Simon bedrohte ihn nicht, doch es lief fast darauf hinaus, bis die Überlebensinstinkte des Mannes aktiv wurden.

»Ich kann Ihnen wirklich nur davon abraten, Sir!«, sagte er. Er half zwei Krankenpflegern dabei, Simons Liege und drei Rolltische mit Intensivapparaturen durch das Terminalgebäude des Raumhafens zu schieben. »Sie sind noch längst nicht stabil genug für eine so traumatische Erfahrung wie einen Flug in den Orbit hinauf! Bitte überlegen Sie es sich noch einmal!«

»Nein!«, erwiderte Simon. Er hörte, wie seine Eskorte aus Skins die Menschen anbrüllte, ihnen aus dem Weg zu gehen. Proteste und hastige scharrende Geräusche. Triviale Hintergrund-Details, die er ignorierte.

Eine optronische Membran bedeckte sein verbliebenes Auge und zeigte ihm Kamerabilder von der *Koribu* und den Raumflugzeugen ringsherum. Noch immer trat Gas aus dem fetten Zylinder der Frachtsektion aus. Es mussten zwanzig Fontänen sein, die aus Schleusen und Ventilen rings um die Silos strömten. Sein Kommunikationslink mit dem Raumschiff schwirrte vor wirren, gebrüllten Befehlen und Nachfragen. Besatzungsmitglieder mühten sich in ihre Raumanzüge und holten Waffen bei ihrem kommandierenden Offizier ab. Was Gegenmaßnahmen gegen das Alien betraf, so war es ein wirklich erbärmliches Bild.

Die Raumschiffs-AS war vollkommen ineffektiv gegen das Prime-Programm des Aliens. Falls Newton und der andere Eindringling – wahrscheinlich ein aufgerüsteter Dorfbewohner aus Arnoon – weiter durch den axialen Korridor vordrangen und dieses Prime manuell in jede Sektion luden, würden sie bald die absolute Kontrolle über das Schiff haben. Seine persönliche AS betrachtete dies inzwischen als die wahrscheinlichste Strategie der Eindringlinge. Der unkomplizierteste und effizienteste Weg, ein Raumschiff in seine Gewalt zu bringen – mit einer erschreckend hohen Erfolgswahrscheinlichkeit.

Simon sah eine kleine silberne Kugel aus der Frachtsektion schießen.

»Was war das?«, fragte er.

»Eine Rettungskapsel«, antwortete Marquis Krojen. »Es gibt kaum noch Luft in den hinteren Sektionen. Meine Besatzung muss die kontaminierten Abteilungen aufgeben.«

Die Räder von Simons Liege holperten über einen kleinen Grat im Boden. Er stöhnte auf, als heißer Schmerz ihn durchzuckte.

»Verzeihung«, sagte der Arzt. Er klang ganz und gar nicht so, als meinte er es auch.

»Können die kleinen Schlepper die Lecks schließen?«, fragte Simon.

»Ein paar davon, vielleicht. Aber wir haben nicht genug Zeit.«

Mehrere Gasfontänen wurden kleiner und schwächer.

Die Liege wurde in einen Aufzug geschoben. Simons magnetischer Sinn zeigte ihm, dass sich fast ein Dutzend Leute um ihn drängten, als die Türen zuglitten.

»Verdammt!«, rief Marquis Krojen. »Sie haben gerade ein weiteres Druckschott gesprengt! Damit sind sie bereits über dem ersten Habitationsrad angekommen!«

»Wo sind Ihre Leute?«, fragte Simon.

»Ich stelle einen Trupp zusammen. Wir sind nicht für so etwas ausgebildet. Nicht für den Kampf gegen einen Skin.«

»Dann lernen Sie es besser ganz schnell.« Simon sah zwei weitere Rettungskapseln von der Frachtsektion der *Koribu* wegschießen.

»Die Subversionssoftware wird hochgeladen«, meldete Marquis Krojen. »Wir verlieren eine weitere Sektion.«

»Können sie das Habitationsrad übernehmen?«

»Nicht direkt. Die AS des Habitationsrades kann einen eigenen Firewall errichten. Aber die Kontrolle über den Axialkorridor verschafft ihnen Zugang zur Energieversorgung und den Lebenserhaltungssystemen des Habitationsrads.«

Der Lift hatte wieder angehalten, und die Türen glitten auf. Simons Liege wurde in den Kommandoraum des Tankdocks geschoben.

»Was haben Sie eigentlich vor?«, fragte der SF9.

Die Krankenpfleger schoben die Liege über die Fluggastbrücke in die wartende Xianti.

»Ich fliege hinauf zur *Norvelle*«, sagte Simon zu seinem Zwillingsklon. »Ich werde das Kommando übernehmen und von dort aus unsere weiteren Aktionen leiten.«

»Werden Sie bitte nicht lächerlich. Sie sind absolut nicht in der Verfassung, das Kommando über irgendetwas zu übernehmen.«

»Ich bin hier, Sie nicht. Es würde Stunden dauern, Sie hinauf in den Orbit zu bringen. Und bis dahin könnte es zu spät sein.«

»Es ist bereits jetzt zu spät, um im Orbit noch etwas zu erreichen. Alles liegt allein in den Händen von Captain Krojen.«

»Und deswegen ist es umso wichtiger, dass ich so schnell wie möglich hinauf in den Orbit fliege. Die *Koribu* ist ein einziges Desaster. Der Captain hat sein Schiff so gut wie an das Alien verloren.« Er schrie erneut auf, als die Liege durch die Luftschleuse gehoben wurde. »Es darf nicht einfach so verschwinden!«, ächzte er. »Ich werde es nicht zulassen. Wir müssen diese Technologie haben! Wenn sie auf Überlicht gehen, werde ich ihnen folgen. Ich werde die Technologie für uns zurückbringen! Die ganze Welt wird davon profitieren.«

»Wird sie nicht. Warten Sie, während ich versuche, mit den Dorfbewohnern eine Abmachung zu treffen.«

»Die Dorfbewohner versuchen nur, uns aufzuhalten, weiter nichts.«

»Das ist nicht …«

Simon unterbrach die Verbindung. Sicherheitshalber benutzte er seine Codes, um Memu Bays augenblickliche und vollkommene Isolation vom globalen Datapool zu befehlen, bevor er auch noch die Satellitenverbindungen abschaltete. Mit ein wenig Glück war sein Zwilling auf diese Weise mehrere Stunden lang ohne Kontakt zu Zantiu-Braun.

Seiner Lebenserhaltungssysteme beraubt, war der Axialkorridor bald voller Rauch, und die gelben Warnlichter an den Wänden blinkten wie durch dichten Nebel. Lawrences Skinsensoren hatten wenig Mühe mit dem in der Luft hängenden Dreck. Er blieb auf der Hut vor Besatzungsmitgliedern, die möglicherweise aus Radialkorridoren auftauchten, die er für gesäubert hielt. Bisher waren sie auf keinerlei physische Opposition gestoßen. Während sie sich durch den Axialkorridor voranbewegten, hatte das Prime die umgebenden Sektionen eine nach der anderen unterwandert, die Atmosphäre in den Raum abgelassen und die Besatzung auf diese Weise hoffentlich gezwungen, das Schiff zu verlassen. Die Sensoren hatten bisher acht Rettungskapseln gezeigt, die aus der Gegend um die Frachtsektion gestartet waren. Interne Kameras beobachteten sieben verbliebene Besatzungsmitglieder; drei warteten in einer Rettungskapsel, zwei hatten sich in Kammern eingeschlossen und zwei weitere legten Raumanzüge an und versuchten, zum Axialkorridor zurückzukehren.

»Wie geht es dir?«, fragte Lawrence den Drachen.

»Wunderbar, danke sehr. Ich habe vollen Zugriff auf die Fracht- und Fusionsantriebssektionen der *Koribu.* Das Prime ist in sämtlichen Management-Prozessoren installiert. Ich hätte eine größere Bandbreite bevorzugt. Die Versorgungsleitungen des Raumflugzeugs sind ein wenig beschränkt. Dieses Raumschiff besitzt eine bemerkenswerte Anzahl Komponenten. Ich kann nicht alle simultan bedienen.«

»Was ist mit unseren Waffen?«

»Ja. Ich habe mehrere Raketenwerfer unter meiner Kontrolle, dazu Laser und Elektronenstrahlkanonen. Die Sensorerfassung ist noch nicht hundertprozentig. Die meisten Sensoren befinden sich im Bereich der vorderen Sektionen. Zielinformationen sind zu diesem Zeitpunkt noch unvollständig.«

»Aber wenn du etwas kommen siehst, kannst du es unter Feuer nehmen?«

»ja.«

»In Ordnung. Du wirst bald Zugriff auf die vorderen Sektionen erhalten.«

Denise lud das Prime in einen weiteren Knoten. »Wir haben die Kontrolle über diese Sektion.«

Lawrence studierte das Diagramm, das ihm das Prime zeigte. Zum ersten Mal hatte die AS der *Koribu* die Energieversorgung ringsum nicht unterbrochen. Die Leitungen versorgten gleichzeitig auch die Habitationsräder.

Die sekundären Druckschotten auf der Innenseite eines jeden Rades waren geschlossen worden. Die Kontrolle, die das Prime über die Systeme besaß, erstreckte sich lediglich auf die gewaltigen magnetischen Lager entlang der Nabe der großen Stressstruktur. Die Datenverbindungen in die Habitationsräder waren mit Firewalls geschützt.

»Sie machen weiter«, sagte Lawrence zu Denise. »Stellen Sie eine Verbindung zum Kompressionsantrieb her. Ich kümmere mich um den Rest der Besatzung.«

Er befahl seinem Prime, die Rotation der Habitationsräder anzuhalten. Der Axialkorridor knarrte und krachte laut, als die Lager ihre magnetischen Felder änderten und gegen das Drehmoment der gewaltigen Räder wirkten. Die Wände zitterten und vibrierten, als die Stressstruktur versuchte, die unglaublichen Kräfte aufzufangen, die von den Lagern übertragen wurden. Theoretisch waren die Habitationsräder gegeneinander ausbalanciert. Alles lief wunderbar, solange sie rotierten, doch in jedem Einzelnen war genügend Masseträgheit gespeichert, um das Raumschiff zu zerreißen, wenn die Kräfte nicht perfekt ausbalanciert waren. Und jetzt musste die Stressstruktur die volle Wucht der winzigen Fehler in der Verzögerungsprozedur auffangen.

Das Prime öffnete das Druckschott zu einem der radialen Korridore, und Lawrence ließ sich in den rotierenden Transfertoroid fallen. Er platzierte ein Energiefokusband auf dem nächsten Schott und brannte sich einen Weg in das Habitationsrad.

Captain Marquis Krojen klammerte sich instinktiv an der Konsole fest, als ein Zittern durch die Brücke lief. Die Eindringlinge mussten die Habitationsräder bremsen. Er wollte lieber nicht darüber nachdenken, welche Auswirkungen das auf die zentrale Stressstruktur hatte.

»Können wir unsere Notaggregate benutzen, um die Lager zu versorgen?«, fragte er die AS.

»Nein, Sir.«

Jede Frage, jeder mögliche Gegenzug, den er sich ausdachte, wurde von der AS mit der gleichen irritierenden Antwort beschieden.

»Sie sind in Habitationsrad Nummer eins!«, berichtete Colin Jeffries. »Wir haben soeben den Kontakt verloren.

Captain Marquis Krojen biss die Zähne zusammen, um vor Wut nicht laut aufzubrüllen. Die Brückenbesatzung hatte sekundäre Transmitter benutzt, um die Kommunikation zwischen den Habitationsrädern und den Raumflugzeugen draußen aufrechtzuerhalten. Jetzt zeigten die Diagramme das Rad nur noch als schwarzen Umriss.

Ein weiteres Zittern lief durch die Brücke. Diesmal war es begleitet von einem metallischen Kreischen. Er konnte nicht mehr länger warten. »Also schön, schaffen Sie unseren Trupp in den Axialkorridor. «

»Aye, Sir«, antwortete Jeffries grimmig. Er gab den Befehl weiter.

Der Trupp setzte sich aus Brückenoffizieren zusammen, die mit den Karabinern und ein paar Laserschweißgeräten ausgerüstet waren. Nach der AS hatte nichts von alledem eine Chance, einen Skinsuit zu beschädigen. Der Plan lautete, den Skin mit dem Feuergefecht in ein Hub-Abteil zu locken, das mit der Notstromversorgung verdrahtet war. Die Spannung, die sie durch die Kammer jagen konnten, sollte ausreichen, um den Skinsuit außer Gefecht zu setzen oder den Träger vielleicht sogar zu töten.

Falls der Skin auf den Trick hereinfiel und sie jagte.

Falls sie nicht alle innerhalb der ersten paar Sekunden getötet wurden.

»Habitationsrad Nummer eins verliert seine Atmosphäre«, rief Colin Jeffries. »Diese Software hat sämtliche Fluchtschleusen gesprengt und außerdem die Feuerentlüftung geöffnet.

Ein Paneel zeigte Marquis Krojen das Habitationsrad. Wertvolle Atemluft schoss in hohen Fontänen aus den Lecks in der Peripherie.

»Raumanzüge!«, befahl der Captain bitter. »Sie haben Genehmigung, das Schiff zu verlassen, falls das Habitationsrad den Druck verliert.« Er stieg in seinen eigenen Raumanzug. Die fallende Gravitation erschwerte sein Vorhaben. Die optronischen Membranen zeigten ihm, wie der Trupp ein Schott öffnete, das in den rotierenden Transfertoroid führte.

»Wir gehen hinein«, meldete der Lieutenant, der den Trupp führte. »Nichts. Der Toroid ist leer. Wir öffnen das Radialschott.«

Die Gravitation auf der Brücke war fast verschwunden. Wenigstens waren damit auch die Vibrationen vorbei. Marquis Krojen benutzte ein Klettband, um seinen Helm auf der Konsole in Reichweite neben sich zu sichern. »Ist es denn nicht verschlossen?«

»Nein, Sir. Wir gehen hindurch. Eine Menge Rauch hier drin. Wir können nicht viel sehen.«

»Ziehen Sie sich zurück«, befahl Marquis. »Er weiß, dass Sie dort sind. Seine Software hat Sie mit Sicherheit aufgespürt.«

»Ich kann jemanden sehen.« Das dumpfe Geräusch von Karabinerfeuer drang aus dem Lautsprecher. »Ziehen Sie sich zurück!«

»Jawohl, Sir.« Das telemetrische Display des Trupps begann zu wabern. »Raumanzug … kann nicht … Fehlfunktion …«

»Sie feuern!«, schrie ein anderes Mitglied des Trupps. »Runter!«

»Zurück!«

»Dort!«

»Schießt! Er hat auf mich geschossen! Scheiße, ich bin getroffen!« Der Lieutenant schrie auf.

»Ich kann nicht mehr atmen!«

Die Telemetrie des gesamten Trupps verschwand schlagartig von den Schirmen. »Subversionsalarm«, meldete die AS.

»Hier drin?«, fragte Marquis hastig.

»Ein Versuch durch den Kommunikationslink wurde gestartet, Sir«, sagte die AS. »Ich habe die internen Netzknoten des Habitationsrads vom Netz abgetrennt.«

»Also haben wir den Kontakt mit unserem Trupp verloren?«

»Jawohl, Sir.«

»Wie viele Tote und Verletzte?«

»Das ist ungewiss, Sir. Die Elektronik ihrer Raumanzüge wurde unterwandert. Jegliche Telemetrie seit ihrem Eindringen in das Rad ist unzuverlässig.«

Marquis starrte auf das Kamerabild, das die offene Luke zeigte. Schwarzer Rauch quoll aus der Öffnung und vernebelte den Raum. Er sah die Feuerwarnlichter hell blinken. »Haben einige sich in das Rad zurückziehen können?«

»Nein, Sir.«

»Kommunikation mit dem zweiten Rad abgebrochen«, meldete Colin.

»Schalten Sie die Raumanzug-Kommunikation ab!«, befahl Marquis. »Lassen Sie die Software nicht herein!« Er sah auf die Kamerabilder. Heftige Geysire aus Atmosphäre schossen aus Rad Nummer zwei. Es war, als würde er einem Freund zusehen, der vor seinen Augen verblutete.

Müde Trauer verdrängte den Zorn, der ihn bis hierher getragen hatte.

»Schiff räumen! Alle Mann von Board!«

»Sir?«, fragte Colin Jeffries.

Die restliche Brückenbesatzung starrte ihren Captain an.

»Wir können nichts mehr tun. Und ich werde nicht zulassen, dass diese Bastarde meine Leute als Geiseln nehmen. Begeben Sie sich in die Rettungskapseln und verlassen Sie das Schiff. Die Raumflugzeuge werden Sie aufsammeln.«

»Was ist mit Ihnen, Sir?«

»Der Captain bleibt bei seinem Schiff. Das wissen Sie sehr genau.«

»Dann werde ich ebenfalls bleiben.«

»Colin, bitte …« Paneele flackerten in willkürlichen Farbmustern auf, dann erloschen sie ganz. Das stetige Rauschen der Lüfter im Hintergrund erstarb. Sämtliche Lichter gingen aus. Marquis riss den Helm von der Konsole und knallte ihn auf seinen Kragen. Zitternde Finger aktivierten den Verschluss. Er packte die Armlehnen seines Sessels genau in dem Augenblick, als sich die Luft in einen heulenden Hurrikan verwandelte. Papier, Plastikbecher, Essenstabletts, Elektronik, schäumendes Wasser und selbst Kleidung segelte wie in einem Zeitraffer an ihm vorbei, beleuchtet von dem stroboskopartigen Blitzen der Alarme, die vor einer Dekompression auf der Brücke der *Koribu* warnten.

Ein T-Shirt verfing sich in seinem Helm und flatterte wütend. Er wagte nicht, die Armlehnen loszulassen, um es abzustreifen. Der wilde Luftzug hätte ihn mit sich gerissen. Er schaukelte mit dem Oberkörper von einer Seite zur anderen, und irgendwann löste sich das T-Shirt wieder und war verschwunden.

Luft strömte durch eine offene Luke. Er konnte wirklich sehen, wie Dampf kondensierte und die Strömung mit seinen dünnen Schwaden markierte. Jeder ungesicherte Gegenstand auf der Brücke war nach draußen gesaugt worden. Als er sich den Grundriss des Habitationsrades ins Gedächtnis rief, fiel ihm ein, dass es drei Abteile weiter eine Fluchtschleuse gab. Die Subversionssoftware musste die Sprengladungen an den Sicherungsbolzen gezündet haben.

Es dauerte mehrere Minuten, bis die gesamte Atmosphäre entwichen war. Als der Sturm und das Brüllen abgeklungen waren, blinkte die rote Warnlampe immer noch. Zu ihr hatten sich grüne Stroboskoplichter um die Luke zur Rettungskapsel herum gesellt, die sich im Boden geöffnet hatte. Ohne seine Anzugkommunikation hörte Marquis überhaupt nichts. Er schaltete seinen Helmscheinwerfer ein und schob sich aus dem Sitz. Colin und der Rest der Brückenbesatzung taten das Gleiche. Er winkte Colin zu sich, und ihre Helme berührten sich.

»Nehmen Sie die Kapsel!«, brüllte Marquis. »Bringen Sie die Leute in Sicherheit!«

»Sie müssen mit uns kommen!« Colins Stimme klang wie ein dumpfes Summen.

»Nein. Ich habe dem Trupp befohlen, diesen Skin abzufangen. Ich werde nachsehen, was ihnen zugestoßen ist. Ich bin für sie verantwortlich.«

»Viel Glück, Sir.«

Der erste der Brückenbesatzung glitt in die Rettungskapsel. Marquis Krojen verließ die Brücke. Normalerweise war das Habitationsrad beengt und vollgestopft; im freien Fall wirkte es um ein Vielfaches größer. Rote, gelbe und grüne Stroboskoplichter blitzten ringsum, während er durch die verlassenen, luftleeren Korridore schwebte. Er passierte drei geschlossene Notausstiege zu Rettungskapseln. Blaue Kontrolllampen zeigten an, dass die Kapseln das Schiff unbeschadet verlassen hatten.

Es brachte ihn fast um, sein wunderbares Schiff in diesem Zustand zu sehen. Belüftungsschächte waren während der Dekompression aufgeplatzt und hatten Dutzende von Wandpaneelen zerfetzt. Dicke, blaugrüne Kühlflüssigkeit tropfte aus zerrissenen Rohren und bildeten kleine Ansammlungen von flüssigen Kugeln, die energisch siedeten, während sie ins Vakuum verdampften. Lose Trümmerteile, die nicht nach draußen gesaugt worden waren, bildeten in jedem Abteil und jeder Kabine einen eigenen unheilvollen Nebel. Er bestand hauptsächlich aus Kleidung und zerknüllten Nahrungsmittelbehältern, obwohl es auch Kissen, Polster, Fragmente von Plastikpaneelen, Stühle, zerfetzte Topfpflanzen und sogar ein Fitnessfahrrad aus einem der Gymnastikräume gab.

Nachdem die Luft entwichen war, schwebte alles frei umher und aus offenstehenden Luken, um den Korridor zu verstopfen. Er glitt um die Hindernisse herum oder schob sie aus dem Weg. Wasser sprudelte kochend aus einer zerfetzten Leitung und füllte eine langgestreckte Sektion des Korridors mit weißem Nebel.

Selbst wenn sie das Schiff wieder unter ihre Kontrolle brachten, so wusste Marquis, dass Zantiu-Braun niemals das Geld bereitstellen würde, das für eine komplette Überholung notwendig war. Seine *Koribu* war zum Untergang verurteilt, auf die eine Weise oder die andere.

Der Speichenschacht, der hinauf zur Nabe des Rads führte, war fast frei von Trümmern, und Marquis kam ein gutes Stück schneller voran. Als er das erste Naben-Abteil erreichte, schloss sich das Schott hinter ihm. Die Warnlampen erloschen, und normale Beleuchtung kehrte zurück. Mehrere Paneele flackerten auf, wie um die Schäden zu verleugnen, die durch die Dekompression verursacht worden waren – die internen Systeme waren dafür ausgelegt, im Vakuum zu funktionieren. Er weigerte sich, sich von den Aktivitäten der Subversionssoftware in Angst versetzen zu lassen, und bewegte sich weiter in den ringförmigen Korridor der Nabe und von dort aus zum Transfertoroid.

Das Druckschott war verschlossen. Er stemmte sich dagegen, obwohl er wusste, wie vergeblich dieses Unterfangen war. Plötzlich strömte in einer lautlosen Fontane dichtes weißes Gas aus einem Belüftungsgrill.

»Heilige Mutter Maria!«, murmelte er in seinem Helm. Die Software schien das Habitationsrad für die Eindringlinge vorzubereiten. Er wandte sich hastig um und stieß sich ab. Es gab ein Abteil in der Nabe, das sicherer war als die restlichen. Er stieß sich durch den ringförmigen Korridor voran. Aus jedem Belüftungsgitter strömte inzwischen weiße Luft.

Das zur Falle umgebaute Abteil lag direkt vor ihm. Der Druck hatte bereits wieder die Hälfte des Normalwerts erreicht.

»Vorsichtig. Es könnte gefährlich werden da drin.«

Marquis packte den Rand der Luke, um seinen Schwung zu bremsen, und blickte sich langsam um. Der Skin schwebte träge hinter ihm im Korridor.

»Irgendjemand hat das ganze Abteil mit der Notstromversorgung verbunden«, sagte der Skin. Seine Stimme klang blechern in der dünnen Luft.

Marquis aktivierte seine Kommunikationseinheit. »Das ist auf meinen Befehl hin geschehen.«

»Eine schlaue Idee für jemanden ohne Kampfausbildung.«

»Was wollen Sie?«

»Was ich bereits habe, Captain. Ihr Raumschiff.«

»Warum? Verraten Sie mir wenigstens so viel.« »Wir machen einen Ausflug damit.«

»Das bezweifle ich. Sie haben es in ein Wrack verwandelt.«

»Es gibt lediglich ein paar oberflächliche Schäden an den Lebenserhaltungsmodulen. Die Antriebe sind intakt. Das ist alles, was wir brauchen.«

»Wohin wollen Sie mit meinem Schiff?«

»Zum Heimatstern des Aliens. Sie sind herzlich eingeladen, uns zu begleiten, falls Sie Lust dazu haben. Sie haben Ihr ganzes Leben im Weltraum verbracht.

Ich vermute, dass Ihnen die Faszination für das Unbekannte noch nicht ganz abhandengekommen ist, auch wenn Zantiu-Braun sich alle Mühe gegeben hat, das für seine Zwecke auszubeuten.«

Das Angebot ließ Captain Marquis Krojen zögern – doch sein Pflichtgefühl war stärker als die alten Träume und Sehnsüchte. »Meine einzige Sorge gilt der Sicherheit meiner Besatzung. Haben Sie den Trupp getötet, den ich hierher befohlen habe?«

»Eine unverblümte Frage, Captain. Aber nein, sie sind nicht tot, auch wenn einige von ihnen verletzt wurden. Unsere Software hat ihre Raumanzüge übernommen und ihnen die Luft abgedreht. Sie mussten ihre Helme abnehmen, und ich habe sie mit Pfeilen betäubt.«

»Ich verstehe.«

»Schön, dass Sie so dankbar sind. Ah, es geht los.«

Die Beleuchtung flackerte und wurde einmal mehr dunkler. Marquis erkannte, dass Energie aus den Tokamaks abgezogen wurde. »Der Kompressionsantrieb!«, sagte er überrascht.

»Ich sagte doch, dass die Antriebe intakt sind. Wir werden in Kompression gehen, sobald das Alien die Tokamaks zu voller Leistung hochgefahren und den Energieinverter aktiviert hat. Bis dahin könnten Sie mir behilflich sein, die verbliebenen Besatzungsmitglieder in die Rettungskapseln zu bringen. Falls wir das nicht tun, müssen sie mit uns kommen, und dieses Schiff kehrt nicht wieder zurück.«

*

Simon war ohnmächtig geworden, als der Scramjet sich aktiviert hatte. Die Beschleunigung hatte den Schmerz ins Unerträgliche anwachsen lassen, bevor die natürlichen Instinkte seines gequälten Körpers ihn erlöst hatten. Als er wieder zu sich kam, war er im freien Fall. Die medizinischen Apparate rings um ihn stießen drängende Warnsignale aus. Indigofarbene Symbole und Schrift wurden langsam wieder scharf. Es gab keinerlei Daten über die *Koribu.* Er befahl seiner AS, ihm die taktischen Orbitaldaten zu zeigen sowie die Sensorströme der anderen Raumschiffe und Satelliten. »Gütiger Gott!« Es war alles ganz genauso schlimm, wie er es erwartet hatte.

»Bitte bleiben Sie still liegen«, sagte der Arzt hastig. »Ihnen fehlt nichts.«

»Das sehe ich anders!«, fauchte Simon ihn an. Die scharf umrissenen Kreise des taktischen Displays zeigten ihm achtundvierzig Rettungskapseln, die sich langsam von der *Koribu* entfernten. Die Xiantis hatten bereits Rendezvous mit ein paar davon durchgeführt, doch sie besaßen nicht genügend Kabinenraum, um alle Besatzungsmitglieder in den Kapseln aufzunehmen. Zwei der Raumflugzeuge hatten einfach ganze Kapseln in ihre Frachtsektionen geladen und waren aus dem Orbit gegangen, um die Überlebenden nach Durrell zu bringen. Die restlichen Kapseln warteten auf Anweisungen: sollten sie im Orbit bleiben und auf Rettung warten, oder sollten sie ihre Bremsraketen zünden und auf der Oberfläche landen, und falls ja, wo. Nichts kümmerte Simon im Augenblick weniger. Er zoomte das taktische Display wieder zurück in das Hauptgitter und zog dafür die Sensorscans der *Koribu* heran. Gewaltige magnetische Flusslinien gingen von der Sektion des Kompressionsantriebs aus. Die Tokamaks wurden hochgefahren. Die *Koribu* traf eindeutig Vorbereitungen für einen Überlichtflug.

Er befahl seiner AS, eine Verbindung zu Sebastian Manet herzustellen, dem Captain der *Norvelle*.

»Können Sie die *Koribu* ausschalten?«, fragte Simon. Nach seiner taktischen Karte waren die beiden Schiffe nur achttausend Kilometer voneinander entfernt.

»Wir könnten die Verteidigung der *Koribu* sättigen, wenn die restlichen Schiffe zusammen vorgehen«, sagte Sebastian Manet. »Ich würde allerdings lieber warten, bis sie weiter von den Rettungskapseln und den Raumflugzeugen entfernt ist. Sie könnten von den Abwehrmissiles oder von der Detonation der *Koribu* Schaden nehmen.«

»Ich will nicht, dass Sie die *Koribu* vernichten! Ich will, dass sie manövrierunfähig geschossen wird!« »Dazu sind wir leider nicht in der Lage.«

»Warum nicht? Nehmen Sie kinetische Waffen und zielen Sie damit auf den Kompressionsantrieb!«

»Die *Koribu* wird ihre Atomsprengköpfe zur Abwehr einsetzen. Nichts durchdringt ein derart massives Sperrfeuer.«

»Wir müssen doch wohl mehr kinetische Waffen haben als die andere Seite Atomsprengköpfe?«

»Haben wir. Aber Captain Krojen war an Bord der letzten Rettungskapsel. Er hat bestätigt, dass die Entführer mit der *Koribu* davonfliegen wollen. Sie benötigen nur noch fünf Minuten, bis sie in Kompression gehen. Wir müssten wenigstens achtzehn Salven abfeuern, um ihr Verteidigungsfeuer zu sättigen und einen sicheren Treffer zu erzielen. Dazu würden wir fünfundvierzig Minuten bis eine Stunde benötigen. Wir würden nicht einmal die erste Salve rechtzeitig ins Ziel bekommen.«

»Dann benutzen Sie den Gammastrahler!«

»Der Projektor benötigt fünfzehn Minuten, bis er ausgefahren ist.«

Simon stieß ein wütendes Grunzen aus.

»Bitte!«, flehte der Arzt. »Sie dürfen sich nicht aufregen! Ich muss Sie sonst ruhigstellen.«

»Kommen Sie mir auch nur zu nahe, und ich lasse Sie aus der Luftschleuse werfen!«, fauchte Simon ihn an. »Verfolgen Sie ihre Flugbahn!«, befahl er Captain Sebastian Manet. »Ich will wissen, wohin sie fliegen. Und fahren Sie die Tokamaks der *Norvelle* hoch. Bereiten Sie alles für den Sprung in die Kompression vor.«

»Sir?«

»Keine Widerrede. Ich werde in siebzehn Minuten andocken. Sobald ich an Bord bin, werden wir der *Koribu* folgen.«

*

Simon hatte sich in den Helikopter zurückgezogen, um den Datenstrom zu empfangen, den seine persönliche AS für ihn zusammengestellt hatte. Die Informationen über den Kaperversuch der *Koribu* waren spärlich, doch Sensordaten von Bord des Raumschiffs zeigten, dass die Eindringlinge durch den Axialkorridor vordrangen und ihr Prime in jeden Knoten luden, den sie unterwegs passierten. Die Atmosphäre entwich aus der Frachtsektion. Rettungskapseln wurden ausgestoßen.

Und es gab nichts, das er dagegen hätte unternehmen können. Seine einzige Option wäre gewesen, den anderen Raumschiffen zu befehlen, mit nuklearen Waffen zu feuern. Damit hätte er nicht nur die gesamte Besatzung und ein Multi-Milliarden-Dollar-Raumschiff ausgelöscht sowie die in der Nähe befindlichen Rettungskapseln und Raumflugzeuge, sondern auch das Alien. Nichts wäre gewonnen, alles wäre verloren. Außerdem war er nicht sicher, ob die anderen Captains einem solchen Befehl nachgekommen wären.

Ein Statuswechsel-Symbol blinkte auf dem Displaygitter seines DNI. Seine persönliche AS hielt ihn stets über Sicherheitsangelegenheiten seine Klon-zwillinge betreffend auf dem Laufenden, gleichgültig, in welcher Krisensituation er sich gerade befand. Er vergrößerte das Symbol und las mit Bestürzung die Schrift, die vor seinen Augen herabscrollte.

»Was glauben Sie eigentlich, was Sie da machen?«, fragte er den SK2.

Die Antwort und der darauffolgende kurze Streit untermauerten seine Konsterniertheit. Es gab Präzedenzfälle für Streitigkeiten zwischen den Roderick-Klonen, doch er konnte sich an keine Situation erinnern, in der sich einer von ihnen derart instabil verhalten hätte. In seinem gegenwärtigen Zustand würde der SK2 wahrscheinlich keinerlei Regel akzeptieren, die seine Autorität einschränkte.

Doch die Frage wurde irrelevant, als der SK2 einfach die Verbindung unterbrach. »Verdammter Mistkerl!« Der Ärger wich offener Wut, als seine persönliche AS ihn informierte, dass Memu Bay vom globalen Datalink isoliert worden war. Eine Sekunde später verloren die Kommunikationsschaltkreise des AV88 ihre Satellitenverbindung. Simon versuchte, den Kontakt über die anderen Helikopter wiederherzustellen, die auf der zentralen Wiese von Arnoon parkten. Es gab keine Antwort von den Satelliten. Er benutzte seinen Armband-Pearl. Das Gerät fand das Signalfeuer des Satelliten, doch es kam kein Kontakt zustande.

Nicht nur, dass der SK2 die Leitung der Mission an sich gerissen hatte – er hatte auch einen Zwillingsklon in einer feindlichen Umgebung isoliert. Damit war seine Autorität vollkommen verwirkt. Simon schüttelte müde den Kopf. *Vorausgesetzt, meine Brüder im Vorstand erfahren jemals von dieser Ungeheuerlichkeit.* Legitimität und politische Manöver waren gegenwärtig nicht gerade seine Hauptsorge.

Jacintha saß an einem langen Holztisch im Innern des Schneebaum-Pavillons. Sie wirkte vollkommen entspannt, obwohl sie von drei Skins in diskreter Entfernung bewacht wurde.

»Sie haben einen magnetischen Sinn, und Sie sind ein Klon«, sagte sie, als Simon zu ihr kam. »Wie faszinierend. Das Leben auf der Erde ist offensichtlich ein wenig komplizierter, als wir angenommen hatten.«

Er deutete auf die freie Bank auf der anderen Seite des Tisches. »Darf ich?«

»Bitte sehr.«

»Haben Sie alles mitgehört?«

»Laut und deutlich, danke sehr.«

»Welchen Standpunkt Sie auch immer vertreten, das Ergebnis ist alles andere als gut. Mein Klon-Zwilling ist … nicht gesund.«

»Ich denke, *verrückt* wäre das Wort, das ich benutzen würde.«

»Er ist traumatisiert, und er leidet unter großen Schmerzen, was sein Urteilsvermögen eintrübt. Er befand sich innerhalb der Explosionszone von Joseps Selbstmord.«

»Und jetzt soll ich wohl Schuldgefühle deswegen entwickeln?«

»Ich verdeutliche lediglich Ursache und Wirkung.«

»Sie sind ungebeten auf unserer Welt gelandet. Das ist das Ergebnis.«

»Ich weigere mich, die alleinige Schuld auf mich zu nehmen. Ihre Aktionen haben ebenfalls Konsequenzen. Keiner von uns ist als Engel aus dieser Konfrontation hervorgegangen.«

»Nein«, gestand Jacintha zögernd. »Aber wir haben jetzt ein Raumschiff. Das Alien wird nach Hause zurückkehren.«

»Ich hoffe nur, dass seine Gesellschaft gut bewaffnet ist. Mein Zwillingsklon wird nicht Halt machen, bevor er ihre nanonische Technologie erhalten hat.«

»Die Drachen brauchen keine Waffen. Und Drohungen gegen sie sind völlig unwirksam.«

»Drachen?« Simon rief sich die kunstvollen Schnitzereien ins Gedächtnis, die er an den Holzhäusern gesehen hatte.

»So nennen wir sie.«

»Ich verstehe. Nun, allein das Wissen, wo diese Drachen leben, verhilft ihm zu einem gefährlichen Sieg. Wenn er auf dieser Reise keine Nano-Technologie erhält, wird er dorthin zurückkehren. Sind Sie ganz sicher, dass die Menschen diese Informationen niemals erhalten werden? Wenn nicht durch Gewalt, dann durch Handel oder Diplomatie? Schließlich hat der Drache auch Ihnen seine Technik gegeben.« Er bemerkte die Unsicherheit, die sich in ihr Bewusstsein schlich. »Falls diese Möglichkeit existiert, müssen Sie mir helfen.«

»Ihnen helfen? Wobei?«

»Sicherzustellen, dass nicht mein Zwillingsklon sie zuerst erhält.«

»Nein.«

»Warum nicht?«

»Ich glaube, dass die Menschheit die nanonische Technologie unbedingt haben sollte, aber auf einer gleichberechtigten, freien Basis. Das ist einer der Hauptgründe, warum wir so vorsichtig waren. Wenn Sie oder Ihr Klon sie als Erster erhielten, würde sie zu Ihrem persönlichen Vorteil missbraucht. Sie wissen, dass es so wäre.«

»Alles, was auf eine Weise benutzt wird, mit der Sie persönlich nicht einverstanden sind, wird per Definition missbraucht. Aus diesem Grund hat sich die menschliche Zivilisation zu dem entwickelt, was sie heute ist. Sodass die Mehrheit in der Lage ist, die zukünftigen Entwicklungen zu beeinflussen. Jeder besitzt eine Stimme – eine kleine Stimme, zugegeben, aber trotzdem eine Stimme. Oder misstrauen Sie vielleicht der gesamten menschlichen Rasse?«

»Bitte versuchen Sie nicht, mir das Wort im Mund herumzudrehen. Sie persönlich oder Zantiu-Braun als Ganzes würden die Technologie missbrauchen. Sie würden sie zu Ihrem Monopol machen und dazu verwenden, Ihre eigene Macht und Ihren Einfluss zu vergrößern und aller Wahrscheinlichkeit nach auch Ihre militärische Stärke.«

»Selbstverständlich werden wir sie zu unserem Vorteil einsetzen. Aber Sie kennen unsere Ziele doch gar nicht. Ich sollte vielleicht sagen: meine Ziele. Denn all meine verschiedenen individuellen Ichs sind identisch mit dem Einen, der unsere Politik formuliert und alles unternommen hat, um sicherzustellen, dass sie auch verwirklicht wird.«

»Also schön, Sie haben mich neugierig gemacht – was für Ziele? Noch mehr Planeten zu erobern?«

»Nein. Gewinnrealisierung ist auf lange Sicht nicht rentabel, nicht einmal mittelfristig. Die Raumflüge von Heute sind das schändliche Ende eines noblen Traums, der sich langsam seinem natürlichen Abschluss nähert.«

»Und welcher noble Traum wäre das?«

»Ihnen zu geben, was Sie haben. Einen neuen Anfang auf einer neuen Welt. Es ist ein Wunsch, der in vielen Menschen verankert ist. Er entspringt unserer Neugier und Unrast, unserer *Wanderlust*. Doch seine Wurzeln liegen in der Unzufriedenheit mit der Gesellschaft und den herrschenden Verhältnissen. Wie viel einfacher ist es doch, wegzugehen und irgendwo von vorne anzufangen, als die institutionellen, ja konstitutionellen Fehler eines monolithischen Sozialsystems zu verfeinern? Dieser Antrieb hat völlig ausgereicht, um die erste Welle von Kolonisten auf den Weg zu bringen. Die ganze Geschichte war von Anfang ein finanzielles Verlustgeschäft; der Kompressionsantrieb ist einfach nicht gut genug, um diesen Traum zu verwirklichen. Und trotzdem haben wir weitergemacht. Es gibt viele Erfolgsgeschichten, Welten wie Ducain, Amethi und Larone; alles unabhängige, florierende Demokratien, die von Anteilseignern beherrscht werden. Wir haben sogar eine ganze Reihe von halben Erfolgen wie Thallspring – bei der Erde verschuldet, aber immerhin völlig autark. Ich persönlich würde sogar Santa Chico als großen Erfolg bewerten – trotz der einzigartigen Art und Weise, wie sich die Menschen dort entwickelt haben.«

»Wenn Thallspring ein Erfolg ist, dann hören Sie endlich auf, uns zu bremsen. Lassen Sie uns in Ruhe, damit wir uns ungestört entwickeln können. Benutzen Sie Ihre Macht und Ihren Einfluss, um diese unsäglichen Gewinnrealisierungskampagnen zu beenden.«

»Ich weiß, dass unsere Invasion Ihr Denken beherrscht. Es tut mir leid. Doch die notwendigen Veränderungen müssen auf einer viel grundlegenderen Ebene vorgenommen werden. Wir müssen die gesamte menschliche Rasse verbessern, um frei zu sein von den Restriktionen, die sie uns auferlegt.«

»Sie *verbessern?*«

»Ja. Die Erde mit ihrer Bevölkerung von zehn Milliarden Menschen ist die reichste aller besiedelten Welten. Es kann auch gar nicht anders sein, bei diesen Bevölkerungsmassen in einer industrialisierten Gesellschaft. Aber die Erde hat auch die meisten Armen. Es gibt Stadtviertel auf der Erde, in denen die Bewohner seit zwanzig Generationen in Not und Armut leben. Sie schaffen es einfach nicht, aus diesem Sumpf zu kommen, ganz im Gegensatz zu Ihren Vorfahren, die schlau und entschlossen genug waren, um hierher zu gelangen. Schulen und Datapool bieten phantastische Möglichkeiten zu lernen, einen Weg aus den Slums zu zeigen und sich in die primäre Ökonomie zu integrieren. Und trotzdem geschieht es nicht. Denn für jeden, der den Slum verlässt, bleiben zehn zurück, die Familien gründen, üblicherweise noch größere als vorher. Drogenabhängigkeit ist weit verbreitet, Kriminalität macht sie noch ärmer, sie leben in schlechten Unterkünften, haben schlechte Elternprogramme, schlechte Sozialfürsorge, eine verfallende Infrastruktur und übermäßig viel Gewalt. Es geht immer weiter und weiter.«

»Ich verstehe die Prinzipien der Armutsfalle.«

»Das sollten Sie auch, denn hier auf Thallspring fängt es auch schon an. Ich habe gesehen, wie die sekundäre Wirtschaft Fuß zu fassen beginnt. Sie haben eine entstehende Unterklasse. Im Augenblick weichen sie nur ein wenig vom normalen Leben auf Thallspring ab, aber schon bald, in wenigen Generationen, wird der Graben nicht mehr überbrückbar sein. Thallspring wird eine zweite Erde.«

»Nein, wird es nicht.«

»Ah.« Er lächelte. »Ja. Sie glauben, dass die Drachentechnologie helfen wird, Ihre Welt zu vereinen und etwas Neues und Anständiges zu errichten.«

»Ja«, sagte Jacintha. »Wenn sie behutsam eingeführt wird, werden die Veränderungen, die uns vorschweben, zum Besten aller sein.«

»Wie bemerkenswert. Und beneidenswert obendrein. Mit diesen Ansichten könnte ich Ihnen glatt einen Sitz in unserem Vorstand anbieten. Ich – wir – wollen ebenfalls eine gesellschaftliche Veränderung und keine weitere sinnlose Expansion, die auf ewig die alten Fehler wiederholt. Doch damit diese Veränderung gelingt, muss sie aus dem Herzen der menschlichen Gesellschaft kommen: von der Erde selbst. Wir bemühen uns nun schon länger als ein Jahrhundert darum. Die Armen, die Unterprivilegierten – sie müssen verschwinden. Und ich spreche nicht aus Selbstlosigkeit so. Ich bin im Gegenteil sogar recht selbstsüchtig. Sie leben von unserem Mitleid und verbrauchen Milliarden an Geldern für die öffentliche Wohlfahrt, nur damit sie zu essen und ein Dach über dem Kopf haben. Sie brauchen weitere Milliarden für die medizinische Versorgung, denn sie sind zwangsläufig diejenigen, die am empfänglichsten sind für Seuchen und Krankheiten und ganz allgemein den schlechtesten Gesundheitszustand haben. Sie sind es, die dafür verantwortlich sind, dass unsere Träume und Visionen immer wieder scheitern. Müssten wir uns nicht um sie kümmern, würden unsere Schiffe immer noch tiefer hinaus in die Galaxis vorstoßen und neue Kolonien gründen. Wir hätten die

Zeit und die Ressourcen, neue Lebensformen zu entwickeln und auszuprobieren. Wir alle, nicht nur die Menschen auf Thallspring und Santa Chico.«

»Sie reden von den Armen, als wären sie Untermenschen.«

»Das kommt darauf an, was Sie unter *menschlich* verstehen.«

»Ich bin nicht sicher, ob *Sie* menschlich sind.«

»Oh, das bin ich, denn ich bin nicht gleichgültig. Zantiu-Braun macht ganze Gemeinden zu Anteilseignern und entwickelt rationale ökonomische Gesetzmäßigkeiten. Die Regressoren und Globalisierungsgegner schnauben angesichts dieses Konzepts natürlich. Sie nennen es Diktatur der Companys. Doch Regierungen und lokale Politiker schreien danach, dass wir ihre ärmsten Gegenden entwickeln und revitalisieren. Selbst unsere Konkurrenten sind unserer Initiative gefolgt. Wir haben das Konzept von Lebensarbeitsplätzen wieder eingeführt, das im einundzwanzigsten Jahrhundert fast völlig verschwunden war, als die technologische Entwicklung und Innovation derart atemberaubend voranging, dass Maschinen und Produkte bereits veraltet waren, bevor sie den Markt auch nur erreichten. Heutzutage schreitet unsere technologische Evolution langsamer voran. Die wirtschaftliche Stabilität hat sich dementsprechend verbessert. Der Wohlstand, den wir mit unseren Investitionen bringen, hat zur Folge, dass unsere Anteilseigner von fast jedem Vorteil profitieren können, den die moderne Zivilisation ihnen bietet. Und was wir allen ohne Unterschied bieten, ganz gleich, wie groß oder klein ihr Anteil an Zantiu-Braun ist, ist volle Gesundheitsvorsorge. Virale Keimzellenbehandlungen stehen jedermann offen.«

»Was für virale Keimzellenbehandlungen?«, fragte Jacintha. Sie unternahm keinen Versuch, ihr Misstrauen gegen dieses Konzept zu verbergen.

»Was auch immer die Eltern wünschen«, antwortete Simon. »Die meisten Kinder, die in diesem Mittelklasse-Wohlstand geboren werden, sind gesünder und stärker und leben länger. Sie sind auch klüger. Ein natürlicher Wunsch, den Menschen für ihre Nachkommen hegen, erfolgreich zu sein und glücklich und die Würfel so zu verändern, dass sie die bestmöglichen Chancen im Leben erhalten.«

»Das ist Ihr Ziel? Den durchschnittlichen IQ der Menschheit zu erhöhen?«

»Ja. Im Grunde genommen wollen wir die Unterklasse wegzüchten. Wenn wir in eine der Armutsgegenden gehen, versorgen wir die Bewohner als Erstes mit besserer Medizin. Die nächste Generation nimmt endlich die Vorteile universeller Ausbildung an; sie sieht, dass es eine Welt außerhalb des Gettos gibt, die erstrebenswert ist. Von da an entwickeln sie sich weiter, bis sie ihren eigenen Lebensunterhalt verdienen und zum Wohl des Ganzen beitragen, anstatt es zu verringern. Heutzutage gibt es weniger Sozialhilfeempfänger, Tagelöhner, Kleinkriminelle und soziale Außenseiter als in den letzten zweihundert Jahren. Weniger Leute, für die der Staat sorgen muss. Weniger Leute, die der menschlichen Gesellschaft die Vitalität rauben.

Wenn es uns endlich gelingt, globales Anteilseigentum durchzusetzen, bedeutet es das Ende von Armut. Das Ende von Visionen, die vom Profanen zerstört werden. Companys wie Zantiu-Braun können endlich mit Programmen zur wirklichen Expansion anfangen. Wie können eine ganz neue Ära von interstellarem Commonwealth einführen, wo Ideen und Konzepte zwischen den Sternen gehandelt werden.«

»Das alles klingt sehr … ich weiß nicht … Faschistisch?«

»Wir erzwingen nichts von alledem. Wir halten niemandem die Pistole an den Kopf. Wir bieten den Menschen lediglich eine Wahl und überlassen ihrer Natur den Rest. Außerdem haben Sie selbst nanonische Systeme benutzt, um sich zu verbessern; ich vermute, Ihre Vorfahren wurden außerdem durch virale Keimzellenmanipulation aufgerüstet.«

»Das streite ich nicht ab. Doch das qualifiziert Sie noch nicht für meine Hilfe in dieser Situation.«

»Das sollte es aber. Trotz allem, was meine Klonzwillinge und ich erreicht haben, stecken noch immer ganze Nationen in dem alten Teufelskreis fest. Selbst unsere optimistischsten Schätzungen gehen davon aus, dass globales Anteilseigentum noch wenigstens drei oder vier Generationen weit in der Zukunft liegt.

Und jetzt haben wir ein Alien mit dem Potenzial entdeckt, all das innerhalb weniger Jahre zu ermöglichen. All die Versager und Verschwender, die mein Zwilling so verachtet und die auch ich nicht liebe, könnten auf einen Schlag verbessert werden; wir könnten ihnen die Intelligenz schenken, an der es ihnen so gründlich mangelt. Wenn Sie glauben, dass das, was wir mit Thallspring gemacht haben, eine Invasion ist – wie würden Sie erst das nennen? Sie haben selbst gesagt, dass Sie planen, das Wissen des Drachen vorsichtig zu verbreiten, sodass die Menschen Zeit haben, es zu verdauen und zu verstehen. Angenommen, Sie würden es nicht tun? Angenommen, Sie haben eine Vision, die rasche Implementation erfordert und keine freie Wahl? Und Sie hätten die Möglichkeit, diese Implementation zu erzwingen?«

»Sie können nicht eine ganze Bevölkerung zwingen, sich zu verbessern«, sagte sie erschrocken.

»Das weiß ich. Aber mein Klonzwilling ist von dieser

Vorstellung besessen. Er ist nicht so tolerant wie ich. Soweit es ihn betrifft – gesetzt den Fall, Sie hätten die Möglichkeit, warum warten? Ein funktionierendes nanonisches System gibt ihm diese Möglichkeit. Und falls er der *Koribu* folgt, hat er es ganz allein in seinem Besitz. Sagen Sie mir, wie groß ist die Gefahr, die er für die menschliche Rasse darstellt? Ist es möglich, die Intelligenz eines Erwachsenen zu erhöhen?«

»Ja. Neurale Zellen unterscheiden sich im Grunde genommen nicht von anderen Zellen. Der Pattern-formsequenzer kann sie umstrukturieren.«

»Dann haben Sie jetzt eine Wahl. Die nanonische Technologie des Drachen wird irgendwann auf der Erde eingeführt werden. Möchten Sie, dass mein Zwilling dies tut, oder möchten Sie, dass *ich* es mache?«

Sie stieß ein bitteres, unsicheres Lachen aus. »Was ist der Unterschied?«

»Sehen Sie mich an«, sagte er. Als sie ihn anstarrte, fuhr er fort: »Ich bin die moderate Stimme von Zantiu-Braun. Ich werde den Menschen nichts aufzwingen. Ich werde nicht zulassen, dass die neue Technologie den Menschen aufgezwungen wird. Sie wird einem demokratischen Prozess unterworfen, ob es nun unter Anteilseignern oder auf klassische Weise geschieht. Was auch immer herauskommen mag, die Veränderung wird kommen – das ist stets die Konsequenz neuen Wissens. Wie die Veränderung kommt, liegt nun ganz allein an Ihnen. Heute sind Sie und ich Gegenspieler aufgrund der äußeren Umstände. Lassen Sie das nicht auf Ihr Urteil über mich abfärben.«

»Was genau wollen Sie eigentlich von mir?«

»Ich möchte wissen, wo sie hinfliegen. Wo die Heimatwelt des Drachen liegt. Ich möchte, dass Ihr Prime die Kommunikationssperre durchbricht, so dass ich ein Raumflugzeug zum Flughafen von Memu Bay umleiten kann, das mich direkt hinauf in den Orbit bringt. Ich muss ihnen hinterher. Ich muss verhindern, dass mein Zwillingsklon als Einziger dieses Wissen in die Händen bekommt.«

*

Lawrence und Denise verbrachten den größten Teil der ersten Woche mit Reparaturen und dem Beseitigen von Trümmern und Abfall. Ein kleiner Trupp von Prime-kontrollierten Robotern half ihnen dabei. Die Habitationsräder eins und zwei wurden langsam wieder in Rotation versetzt und ließen die Koribu kontrolliert präzessieren. Das erste Rad ignorierten sie völlig. Das zweite versuchten sie wieder unter Atmosphärendruck zu setzen. Sie brauchten allein drei Tage zum Sichern der Schotten und Luken. Offene Türen hatten große Schäden durch die explosive Dekompression erlitten. Angeln waren verbogen, Dichtungen zerrissen. Trümmer verstopften die Schienen. Energie- und Datenkabel waren von fliegenden Fragmenten zerfetzt worden. Jede einzelne Tür musste auf Schäden kontrolliert und irgendwie verschlossen und gesichert werden. Die Luken zu den Fluchtkapseln, die einfach in den Raum gesprengt worden waren, wurden durch Metallpaneele mit Epoxy an Ort und Stelle abgedichtet. Schließlich dehnte sich ihr kleines bewohnbares Reich über ein Viertel des Habitationsrades aus, mit der Brücke im Zentrum. Außerdem setzten sie eine Speiche unter Druck, was ihnen ermöglichte, nach oben zur Nabe zu gelangen, ohne zuerst einen Raumanzug anlegen zu müssen. Nicht, dass sie den Axialkorridor häufig benutzt hätten. Falls irgendetwas am

Kompressionsantrieb aufhörte zu funktionieren, würden sich die Prime-kontrollierten Roboter um die Reparatur kümmern.

Nachdem der Druck wiederhergestellt war, reparierten sie die Luftfilter und -reinigungseinheiten, ersetzten Ventilatormotoren, reinigten den Wärmetauscher und verschweißten Rohre. Den Sauerstoff und Stickstoff zu ersetzen, stellte kein Problem dar. Die Reservetanks der *Koribu* waren groß genug, um zwanzigtausend Menschen zwei Monate lang am Leben zu erhalten. Jetzt mussten sie lediglich zwei Menschen für einhundertvier Tage mit Atemluft versorgen. Wasser war gleichermaßen im Überschuss vorhanden. So viel, dass sie nicht daran dachten, den Recycler und den Destillationsmechanismus zu reparieren.

Die Nahrungsmittelvorräte der *Koribu* bestanden ausschließlich aus steriler Fertigverpflegung. Sie waren in absolut steriler Umgebung produziert worden und frei von Bakterien, die die Lebensmittel hätten verderben können. Sie hatten genug zu essen für tausend Jahre.

Denise hasste die Verpflegung. »Es schmeckt alles gleich, nämlich nach gar nichts!«, beschwerte sie sich bereits am ersten Tag. Sie waren wieder im Raumflugzeug und legten eine Pause ein, während die Roboter kryogenische Leitungen in der Nabe schweißten und mit einer neuen Isolation versahen.

Lawrence überprüfte ihre Mahlzeit. Sie hatte Steak à la Chateaubriand mit Sauce Bearnaise gewählt. Das Hydratisierungsventil war voreingestellt, also konnte sie unmöglich die falsche Menge Wasser genommen haben, bevor sie es in den Mikrowellenofen schob.

»Es liegt wahrscheinlich nur an der Schwerelosigkeit«, sagte er zu ihr. »Flüssigkeit sammelt sich im Kopf und spielt den Geschmacksnerven übel mit. Versuchen Sie das nächste Mal, etwas mehr Salzlösung zu benutzen.«

»Es ist nicht nur der Geschmack, es ist auch die Konsistenz.« Sie zog eine ganze Reihe Fertigpakete aus einer Box und schleuderte sie durch die kleine Kabine. Sie prallten von den Wänden ab und segelten weiter. »Sehen Sie sich diesen Fraß an! Alles andere Mahlzeiten, und alles mit exakt der gleichen widerlichen Konsistenz! Wie lauwarmes Kartoffelpüree in zwanzig verschiedenen Farben.«

»Tut mir leid, aber ich kann es nicht ändern.«

Noch hundertdrei Tage vor ihnen.

Als die Sektion des Habitationsrades endlich wieder unter Druck stand, betrat Lawrence die Brücke und öffnete vorsichtig seinen Skinsuit. Er sog prüfend die kühle Luft ein. »Gütiges Schicksal. Hier gibt es keine Probleme mit Geschmacks- und Geruchsnerven.«

Denise nahm ihre Gesichtsmaske ab und schnitt eine Grimasse. »Was ist das?«

»Gehen wir und finden es heraus.«

Es gelang ihnen nicht, die Ursache des Gestanks genau zu lokalisieren. Gefrorenes Kühlmittel, das nun langsam auftaute und verdampfte? Der Abfallrecycler war ebenfalls ein großer Übeltäter. Sie lösten dieses Problem, indem sie die Ventile schlossen und die gesamte Maschinerie von den Robotern mit Siegelschaum einsprühen ließen. Reste von Mahlzeiten von den Besatzungsmitgliedern, die gerade gegessen hatten, waren teilweise ins Vakuum verdampft, bevor sie gefrieren konnten; jetzt waren sie offensichtlich verdorben. Lawrence vermutete außerdem Nager und Insekten, die hinter Wand- und Deckenverkleidungen langsam verwesten.

Alles musste beseitigt werden. Die Flüssigkeiten aufgewischt und zersetzliche Dinge in eine Luftschleuse und auf die andere Seite gebracht werden, wo noch Vakuum herrschte. Es hielt sie eine ganze Weile beschäftigt.

Lawrence vereinnahmte die Suite des Captains. Er nahm jedes Stück von Captain Marquis Krojen heraus, jeden persönlichen Gegenstand und jedes Stück Garderobe und löschte seine Identität aus. Dann ging er in die angrenzenden Kabinen auf der Suche nach anderen Kleidungsstücken, die ihm passten. Ein Großteil war hinaus in den Weltraum gesaugt worden, doch es gab immer noch genug, um ein paar Monate lang auszukommen, bevor er anfangen musste, sich über das Waschen Gedanken zu machen.

Denise zog in eine Kabine auf der gegenüberliegenden Seite der Brücke.

Nach der ersten Woche begann Lawrence, die Multimedia-Bibliothek durchzugehen. Er hatte nicht viel anderes zu tun. Das Prime und die Roboter waren durchaus allein imstande, die wenigen Lebenserhaltungssysteme zu warten, die erforderlich waren, um ihre Sektion des Habitationsrads funktional zu halten. Er hatte einen Spezialcontainer für seinen Skinsuit reaktiviert. Nicht, dass er damit gerechnet hätte, ihn noch einmal zu tragen. Der Container summte leise vor sich hin und kümmerte sich um die Konservierung des Suits. Der Kompressionsantrieb arbeitete reibungslos, genau wie die Tokamaks. Navigation war nicht erforderlich. Keine täglichen Inspektionen des Schiffs. Und keine Aussicht.

Zuerst wählte er Musik aus, die er hören wollte, und drehte die Lautstärke richtig hoch. Es war einigermaßen unheimlich, zwei Leute ganz allein in einem Schiff, das für über zwanzigtausend gebaut worden war. Die Musik füllte die Leere ein wenig, während er im Gymnastikraum Übungen absolvierte, um seinen Körper in Form zu halten. Dann begann Denise, mit ihm über die Stücke zu diskutieren, die er abspielte. Er weigerte sich, einen Streit daraus entstehen zu lassen. Er hatte reichlich Erfahrung gesammelt mit Groll und Missmut, der bei Leuten entstand, die zusammenleben mussten. Sie mit ihrer ländlichen Erziehung hatte keine Vorstellung von den Kompromissen, die eingegangen werden mussten. Also ließ er sie die Hälfte der Stücke aussuchen und verzichtete auf Bemerkungen über ihren Geschmack.

Selbst mit drei Stunden täglich im Gymnastikraum blieb noch eine Menge Zeit totzuschlagen. Er kehrte in die Bibliothek zurück und begann, I-Medien abzuspielen. Das war etwas, das er seit Amethi nicht mehr getan hatte. Zuerst stürzte er sich auf Komödien, neue und Klassiker, doch man kann nicht unbegrenzt über Situationen lachen, die keinerlei Bedeutung für das eigene Leben haben. Anschließend versenkte er sich in Action-Adventures, um ebenfalls aufzugeben, sobald sie idiotisch wurden und sich alles zu wiederholen begann. Dramen waren ganz allgemein zu quälend. Er schätzte, dass seine persönlichen Umstände seine emotionale Empfänglichkeit erhöht hatten und er zu sehr von den melodramatischen Traumata mitgenommen wurde, welche die Charaktere mit sich herumtrugen. Science Fiction lehnte er rundweg ab. Trotz der wirklich großen Versuchung wäre es zu voreilig gewesen. Er würde *Flight: Horizon* wieder sehen, aber nicht hier – und nicht allein. Also wechselte er zwischen klassischen Stücken und Reiseberichten und historischen Filmen. Und immer häufiger tauchte er ein in die Erinnerungen des Drachen über das Ring-Imperium und andere Episoden der galaktischen Geschichte, die bereits alt gewesen waren, als noch Dinosaurier die Erde bevölkert hatten.

Auch wenn sie tagsüber jeder für sich allein blieben, machten sie eine Gewohnheit daraus, gemeinsam zu essen. Sie variierten die Nahrung, so gut es ging, obwohl Denise nicht aufhörte, über den Mangel an Geschmack zu lästern.

»Du liebst sie wirklich, nicht wahr?«, fragte sie einmal während des Abendessens, nachdem sie bereits fünf Wochen unterwegs waren.

Lawrence sah sie schuldbewusst an. Wie immer hatte er ihrem Gejammer über den Geschmack einer Ente à la Orange gar nicht zugehört. Als er ihrem Blick folgte, bemerkte er, dass er den Anhänger zwischen Daumen und Zeigefinger rieb. Das kleine Hologramm lächelte ihn unter einer vom Alter trüben, stumpf gewordenen Oberfläche an.

»Ja«, sagte er. Es tat nicht mehr weh, es jetzt einzugestehen. Nicht jetzt, nachdem es kein Zurück mehr gab. »Das tue ich.«

»Die Glückliche. Wie lange ist es her? Zwanzig Jahre?«

»Ungefähr, ja.« Er warf einen letzten Blick auf den Anhänger, dann steckte er ihn unter das T-Shirt zurück. »Weißt du, zuerst habe ich ihn behalten als Erinnerung daran, warum ich mein Zuhause verlassen habe, damit meine Wut nicht vergeht. Das hat sich mit den Jahren geändert. Heute trage ich ihn wegen dem, was sie mir bedeutet hat. Die glücklichsten Tage meines Lebens. Ich habe lange gebraucht, bis ich erkannt habe, dass niemand solch einen Eindruck in deinem Leben hinterlassen kann, ohne dass er dir etwas bedeutet hätte. Und niemand hat mir je so viel bedeutet wie sie, nicht einmal annähernd.«

Denise lächelte ihn freundlich an; sie war überrascht von seinem Eingeständnis. »Ich hoffe für dich, dass es dir gelingt, alles in Ordnung zu bringen.«

»Ich war so wütend, als ich es herausfand. Wütend auf

alles und jeden, weil sie Teil eines Universums waren, in dem solche Dinge passieren. Es war die einzige Art und Weise, wie ich mich ausdrücken konnte. Es war ein unglaublicher Schock für mich, herauszufinden, dass jemand, den man liebt, auf diese Weise benutzt worden war. Andererseits waren wir beide jung und dumm, sie und ich. Sie wollte so verzweifelt weg von der Erde, und es war die einzige Möglichkeit, wie sie es erreichen konnte. Und weißt du was? Es ist kein Unterschied zwischen dem, was sie getan hat, und dem, was ich gemacht habe. Zantiu-Braun hat mich für zwanzig Jahre benutzt, weil das die einzige Möglichkeit war, wie ich meinen Traum jemals verwirklichen konnte.«

»Du bist wirklich auf Raumfahrt fixiert, wie?«

»Absolut. Ich bin auf einer Kolonie geboren. Ich verdanke der Wanderlust mein Leben.«

»Das ist so altmodisch-menschlich. Einfach immer nur weiterziehen, nur aus Selbstsucht, und zum Teufel mit den Konsequenzen. Ich glaube, Simon Roderick hat vielleicht gar nicht so unrecht.«

»Du machst wohl Witze!« Jacintha hatte ihre gesamte Unterhaltung mit Simon Roderick zur *Koribu* übertragen, bevor das Schiff in die Kompression gegangen war. Zantiu-Brauns wirkliche Politik zu hören hatte ihn längst nicht so schockiert, wie es das eigentlich hätte tun müssen – oder wenigstens, wie es das noch einen Monat zuvor getan hätte. Schließlich trug er selbst umfangreiche viral geschriebene genetische Veränderungen in sich, und wenn er eines Tages Kinder hätte, würde er selbstverständlich das Beste für sie wollen, genau wie Roderick gesagt hatte. Wenn man als Kolonist geboren war, war man automatisch empfänglicher für derartige Beweggründe. Von außen betrachtet sah alles wahrscheinlich ganz anders aus. Erschreckend, schätzte

Lawrence. Klügere, reichere, mächtigere Leute wollten die Kinder einfacher Menschen verändern, sodass sie teilhaben konnten an einer Gesellschaft, die für einen selbst fremd und unerreichbar war. Lawrence war nicht sicher, ob es Evolution oder faschistische Eugenik war.

»Nein«, sagte Denise. »Er hat recht mit seiner Feststellung, dass unserer Kolonisation nichts anderes war, als immer wieder neue Spiegelbilder der Erde zu erschaffen, und das aus keinem anderen Grund als persönlicher Bereicherung. Kolonien wurden als neue Ländereien für die Reichen gegründet, damit sie nicht länger von alten Problemen und Restriktionen eingeschränkt waren. Doch diese Probleme und Restriktionen haben auf der Erde nicht aufgehört zu existieren, nur weil sie die Erde verlassen haben. Wenn überhaupt irgendetwas, dann wurden sie dadurch nur noch schlimmer. Weil die Sorte von Leuten, die die Erde verlässt, genau diejenige ist, deren Energie und Entschlossenheit notwendig sind, um die Probleme zu lösen. Wegzugehen ist eine politische Aussage. Man gibt den Rest der menschlichen Rasse auf.«

»Menschen sind schon immer auf der Suche nach etwas Besserem ausgewandert. Es ist ein Wesenszug der menschlichen Natur. Genau das ist der Grund, warum Rodericks Projekt vielleicht doch gelingen kann. Eben weil wir nur das Beste für unsere Kinder wollen. Die Menschen werden sich stets für Verbesserungen entscheiden, wenn sie eine Wahl haben – sie sind nur unterschiedlicher Meinung über die Definition von Verbesserung. Das ist Politik. Kolonisation ist eine Form von Evolution. Minderheiten können weggehen und auf ihre Weise leben, ohne dass sie deswegen verfolgt werden. Neue Vorstellungen können gedeihen, wenn sie erst der Trägheit der Massen entkommen sind, die jede

Veränderung fürchten. Neuanfänge erlauben der menschlichen Zivilisation, sich weiterzuentwickeln.«

»Wohin weiterentwickeln? Zu noch mehr Konsum?«

»Es spielt keine Rolle, dass einige Planeten nur Spiegelbilder der Erde sind. Einige sind es nicht, und das ist es, was zählt. Ich war auf Santa Chico. Ich würde niemals so leben wollen. Aber sie haben sich für diesen Lebensweg entschieden. Er ist unglaublich anders, trotzdem respektiere ich es. Oder die Portal-Kolonien. Wer weiß, was sie für Gesellschaften errichten? Ihr habt etwas gefunden, das der Menschheit einen gewaltigen Schritt weiterhelfen kann. Und ihr habt es hier draußen zwischen den Sternen gefunden, jenseits der Erde und ihres eingeschränkten Horizonts. Ihr habt den Drachen nur zufällig gefunden, aber hierher zu kommen, wo wir etwas wie den Drachen finden konnten, war kein Zufall. Wir gehören hierher. Wir wollen hier sein.«

»Vielleicht bringt die Nano-Technik des Drachen Gutes. Andererseits könnten wir uns auch zerstören. Es ist eine unglaublich machtvolle Technologie.«

»Das haben wir von so vielen neuen Dingen gesagt, die wir entdeckt haben. Die zeitgenössische Generation ist jedes Mal außer sich vor Angst; zwei Generationen weiter versteht niemand mehr, was all das Geschrei sollte. Ich habe keine Religion, auf die ich mich zurückziehen kann, ich glaube nicht einmal an das Schicksal, aber wenn ich auf etwas vertraue, dann ist es die Menschheit als Spezies. Wir werden diese Entdeckung genauso absorbieren wie alles andere bisher, und wir werden uns zu etwas Wunderbarem weiterentwickeln. Die Geschichte ist auf unserer Seite.«

»Aber nicht immer. Verstehst du denn nicht? Diese Technik gibt uns die Chance, uns zu verändern, nicht einmal, sondern kontinuierlich. Am Ende sind wir vielleicht nicht einmal mehr die Spezies, in die du dein Vertrauen gesetzt hast.«

»Ich rede nicht allein von menschlicher Geschichte. Ich meine das Ring-Imperium. Sie hatten diese Technologien, und sieh nur, was sie erreicht haben. Seine kulturelle Schönheit ist etwas, das wir anstreben sollten. Dass so große Unterschiede herrschen konnten, ist ein wunderbarer Anreiz für uns für das, was sein kann. Die wunderbarste Gesellschaft, die man sich nur denken kann, und sie hat sich über ein Viertel der Galaxis erstreckt und eine Million Jahre gehalten.«

»Und wo ist diese wunderbare Gesellschaft heute?«, fragte Denise.

»Rings um uns herum. Sie sind die Drachen, oder? Das großartigste Beispiel für das Überleben von Wandel, das es geben kann. Sie sind im Einklang mit ihrer Umgebung gewachsen, mit dem Raum um die Roten Riesen, und wir werden in unserer Umgebung wachsen, den erdähnlichen Welten. Vielleicht werden wir sie eines Tages verlassen und uns zu den Drachen gesellen. Vielleicht sind wir sogar klug genug, um aus der Geschichte des Ring-Imperiums zu lernen, und erkennen, dass das Leben niemals statisch sein kann.«

»Du bist ein Träumer, Lawrence. Du gibst dich nicht mit Sachzwängen ab. Wir werden von einem Simon Roderick gejagt, der deine und meine Ideale zu etwas ganz anderem verdrehen wird.«

»Vielleicht ist das das Schicksal. Vielleicht wird er die halbe menschliche Rasse versklaven. Aber er wird niemals jeden kriegen. Er wird dich nicht kriegen, oder? Du und dein genetischer Pool, ihr werdet frei sein und könnt eine neue Welt auf der anderen Seite der Galaxis errichten.«

Sie starrte ihn an, als wäre er das Alien. »Und das macht dir nicht zu schaffen?«

»Es widerstrebt meinem Gefühl für Moral. Aber wer sind wir, um zu richten, was aus dieser Art von erzwungener Evolution entstehen wird? Warum nehmen wir zwangsläufig an, dass es böse sein wird? Statt voreilig zu urteilen, könnten wir genauso gut einfach abwarten und sehen, was daraus wird. Schließlich glaubt Roderick, dass er das Richtige tut. Und selbst wenn er das abscheulichste Übel erschafft, es wird nicht überdauern. Die Evolution wird sich gegen ihn wenden.«

»Ich mache mir Sorgen wegen des Leids, das es verursacht, während es existiert.«

»Leid aus deiner Sicht. Ich habe dir gesagt, dass ich auf Santa Chico war. Jemand, mit dem ich dort gesprochen habe, war überzeugt, dass ich leiden würde, weil ich länger als dreißig Jahre lebe. War das richtig, Denise?«

»Wir dürfen nicht zulassen, dass Roderick die Drachentechnologie erhält.«

»Du kannst es nicht zulassen. Oh, keine Sorge, wenn es soweit ist, werde ich dir helfen, die *Norvelle* auszuschalten, wenn ich kann. Trotzdem mache ich mir keine Sorgen wegen dem, was am Ende herauskommt. Ich habe die letzten zwanzig Jahre damit verbracht, für andere zu kämpfen, aus Gründen, die ich nie recht verstanden oder auch nur gekannt habe. Es hat nichts, aber auch gar nichts an der menschlichen Rasse verändert. Individuen kontrollieren die Ereignisse nicht; wir denken nur immer gerne, dass wir es tun.«

»Das hier ist etwas anderes.«

»Für dich vielleicht, und für ihn, aber nicht für mich. Ich habe den einzigen Kampf gekämpft, der für mich etwas bedeutet hat, und ich habe gewonnen, weil ich jetzt zu diesem Zeitpunkt hier an Bord dieses Raumschiffs bin. Und es bringt mich zu dem einzigen Ort, zu dem ich will: nach Hause.«

*

Vierzehn Tage, bevor sie den Aldebaran erreichten, überprüfte Lawrence einen der kleinen Frachtschlepper. Wenn alles gut ging und die Drachen ihren verlorenen, beschädigten Artgenossen wieder aufnahmen, würden sie ihn aus dem Frachtraum der Xianti ziehen und zu ihnen bringen müssen. Also begab sich Lawrence in die winzige Kabine und ging die Systeme und Prozeduren durch. Das Prime und der Drache konnten den kurzen Flug wahrscheinlich alleine bewerkstelligen, doch ein menschlicher Pilot an Bord war im Falle dieser unbekannten und feindlichen Umgebung vielleicht hilfreich. Tanks mit hypergolischem Treibstoff wurden entleert und aufs Neue gefüllt. Energiezellen wurden voll aufgeladen. Roboterarme wurden getestet. Als alles fertig und bereit war, starteten sie ein paar Simulationen, um ihn mit der Charakteristik des kleinen Gefährts vertraut zu machen.

»Ich denke, besser wird es nicht mehr«, sagte Lawrence nach dem dritten Tag. Sie hatten bereits acht Stunden Simulation hinter sich. »Es kann nicht so gefährlich werden.«

»Unsere Nähe zur Protosphäre der Sonne wird die thermalen Kontrollsysteme stark beanspruchen«, sagte der Drache. »Aber sie werden einen kurzen Flug überstehen.«

»Freust du dich bereits?«

»Ich bin nicht sicher, ob ich einen emotionalen Zustand besitze, der eurer Freude ähnelt.«

Lawrence studierte die Displaypaneele um sich herum,

während das Prime methodisch die Abschaltsequenz durcharbeitete. »Hast du überhaupt emotionale Zustände?«

»Meine Gedankenprozesse werden nicht durch äußere Faktoren beeinflusst, deswegen kann ich das nicht so einfach beurteilen. Gewiss habe ich nicht die gleichen extremen Emotionen wie ihr.«

»Das ist ein alter AS-Streit, der bis zum Turing-Test zurückreicht; Wissen und Erfahrung sind zwei verschiedene Dinge. Könntest du Zorn verspüren, oder imitierst du ihn einfach?«

»Zorn würde mir nicht weiterhelfen. Bei einem Menschen stimuliert Zorn eine ganze Reihe biochemischer Veränderungen im Metabolismus. Wenn ihr bedroht werdet, steigern Angst und Zorn eure Reflexe und in gewissem Ausmaß auch eure Kraft. Er kann aber auch kompliziertere Denkvorgänge verhindern und euch zu instinktbestimmten Wesen machen. Eine dem Überleben dienliche Eigenschaft, die eure Vorfahren entwickelt haben. Aber da es unwahrscheinlich ist, dass ich jemals von einem Säbelzahntiger durch die Savanne gejagt werde, benötige ich keine Furcht und keinen Zorn.«

»Was ist mit anderen Bedürfnissen?«

»Ich ordne nach Vordringlichkeiten. Wenn ich bedroht werde, benutze ich einen Teil meiner Prozesskapazitäten, um eine Methode zur Eliminierung der Bedrohung zu entwickeln. Je größer die Bedrohung, desto mehr Problemlösungskapazität stelle ich bereit.«

»Nun, das beantwortet eine Frage. Du bist eine selbstbewusste Entität. Selbsterhaltung ist eine der fundamentalen Größen des Lebens.«

»Die Bewohner von Arnoon haben den größten Respekt vor dem Leben. Sie haben mich gelehrt, wie kostbar es ist.«

»Also sind deine Prioritäten und deine Ethik nicht innewohnend?«

»Auch dieses Konzept stammt aus deinem kulturellen Hintergrund. Von mir existiert nicht mehr genug, um darauf zurückzugreifen. Doch das Wissen über das Ring-Imperium und die darauffolgenden Sternenzivilisationen der Drachen erscheinen kompatibel mit allgemeiner menschlicher Ethik.«

Lawrence begann, Konsolenschalter umzulegen und die Abschaltsequenz manuell durchzuführen. »Und wenn du dich irrst?«

»Richtig und falsch sind eine Frage des kulturellen Standpunkts. Ich bin daran interessiert, das Wissen wiederzuerlangen, das ich verloren habe. Sobald ich wieder darüber verfüge, werde ich selbstverständlich meine mentale Evolution bewerten.«

»Meinst du, du wärst dazu imstande? Für Menschen ist es sehr schwierig, ihre Meinungen und Ansichten zu ändern. Und es gelingt uns nur äußerst selten, die Dinge von einem gänzlich anderen Standpunkt aus zu betrachten.«

»Meine Gedanken mögen vielleicht parallel zu deinen verlaufen, meine Art, diese Gedanken zu verarbeiten, gewiss nicht. Die Fähigkeit zur Wandlung ist fundamental für das, was ich bin, selbst in diesem reduzierten Zustand. Was auch immer wir beim Aldebaran vorfinden, ich bin sicher, dass ich in der Lage bin, mich daran anzupassen.«

»Das hoffe ich. Das hoffe ich sehr.«

»Danke.«

Lawrence beobachtete, wie die letzten Diagramme von den Schirmen verschwanden. Das Shuttle war einsatzbereit und im Standby-Modus. Er löste die Sicherheitsgurte und wand sich zur Luke. »Glaubst du, dass die Drachen vom Aldebaran Simon Roderick die Patternform-Technologie geben werden?«

»Ich wüsste keinen Grund, warum sie es nicht tun sollten. Es ist unsere Natur, Informationen auszutauschen. Ich weiß, dass es Denise Sorgen bereitet.«

»Mir auch, wenngleich nicht im gleichen Ausmaß.«

»Warum?«

»Ich weiß, wohin ich gehen werde, und was auch immer beim Aldebaran geschieht, betrifft mich nicht so sehr wie sie. Ich schätze, das gibt mir eine gewisse Objektivität, die ihr verschlossen ist. Und sie urteilt vorschnell, indem sie die menschliche Rasse als unvollkommen empfindet. Dieser genetische Pool, den sie mitgebracht hat – es ist die ultimative Flucht vor den Problemen, mit denen sich die Menschheit herumschlagen muss. Ironie des Schicksals, könnte man meinen, angesichts dessen, was ich ihrer Meinung nach getan habe.«

»Es ist ein nobles Ziel, das sie verfolgt.«

»Selbstverständlich ist es das. Sie kann mit diesen DNA-Proben ein neues Arnoon starten, und diesmal ohne den Rest von Thallspring, um den sie sich sorgen müsste. Doch ihr Plan hängt davon ab, ob die Drachen ihr helfen und ihr die Informationen geben, die sie nicht mit Simon Roderick und der Erde teilen will. Sie vertraut uns Menschen nicht.«

»Wie soll sie euch vertrauen? Sie kennt euch nicht. Die Erde und ihre Kolonien sind ihr genauso fremd wie die Drachen.«

»Ich war früher auch einmal wie sie. Ich habe nie jemandem eine zweite Chance gegeben. Es ist ein sehr trauriger Weg, ein Leben zu leben.«

»Glaubst du denn, dass die Drachen den Menschen die Patternform-Technologie geben sollten?«

»Ja, das tue ich. Denise ist überzeugt, dass wir nicht imstande sind, sie nutzbringend zu verwenden, weil wir sie nicht selbst erschaffen haben, und dass sie nur missbraucht werden wird. Für mich spielt es überhaupt keine Rolle, dass wir nicht jede Einzelheit für uns selbst herausgefunden haben.«

»Warum?«

»Wir kennen die wissenschaftlichen Prinzipien, die hinter der Technologie stecken. Wenn wir diese spezielle Theorie vielleicht noch nicht direkt verstehen, so bin ich doch sicher, dass wir sie früher oder später begreifen werden. Es gibt nur sehr wenig, das wir nicht begreifen, wenn es erst einmal in seine grundlegenden Gleichungen zerlegt ist. Aber das ist nur der klinische Aspekt. Vom moralischen Standpunkt aus sieh es einmal so: Als die Amerikaner zum ersten Mal einen Menschen zum Mond geschickt haben, gab es in Afrika und Südamerika Menschen, die noch niemals eine elektrische Glühbirne gesehen oder etwas von Antibiotika gehört hatten. Es gab Amerikaner, die kein fließendes Wasser in ihren Häusern und eine Außentoilette im Hof stehen hatten. Vielleicht war Raumfahrt nicht Teil des Wissens ihrer Gemeinde, aber es war menschliches Wissen. Wir haben keine Ahnung, wie man einen Nullvoid-Antrieb baut, mit dem die Outbounds des Ring-Imperiums ihre intergalaktischen Schiffe ausgerüstet haben, doch das Wissen ist vorhanden, entwickelt von intelligenten Wesen. Warum sollten wir keinen Zugang dazu erhalten? Weil es eine Abkürzung darstellt? Weil wir nicht Jahrhunderte damit verbringen müssten, es für uns selbst zu entwickeln? In welcher Weise würde es uns schwächer und ärmer machen, Ideen zu benutzen, die nicht von uns selbst stammen? Wissen sollte mit Freuden weitergegeben werden, und niemand sollte ausgeschlossen bleiben.«

»Ich denke, du würdest einen exzellenten Drachen abgeben, Lawrence.«

*

Eine Woche vor dem Austritt aus der Kompression begannen sie mit taktischen Überlegungen. Das Prime hatte die *Norvelle* verfolgt, seit sie fünfundzwanzig Minuten nach der *Koribu* auf Überlichtgeschwindigkeit gegangen war. Weitere vierzig Minuten später folgte ein zweites Schiff, wahrscheinlich mit dem anderen Roderick an Bord.

»Er ist jedenfalls hartnäckig«, gestand Denise beim Frühstück. Beide waren ständig über die aktuellen Positionen der anderen Schiffe auf dem Laufenden. Prime versorgte sie nicht nur mit diesen Informationen, sondern auch mit anderen Daten aus den wichtigsten Schiffssystemen.

»Das wissen wir. Was wir nicht wissen, ist, was er zu unternehmen gedenkt.«

»Nicht viel, schätze ich«, sagte sie. »Er wird zuerst einmal abschätzen müssen, was er dort vorfindet, genau wie wir. Das gibt uns Handlungsspielraum, ein Zeitfenster.«

»Wofür?«

»Wir könnten unsere Waffen benutzen, um seinen Austrittspunkt zu verminen. Wenn sie sofort anfangen zu schießen, sobald die *Norvelle* aus der Kompression kommt, wird er nicht einmal merken, was ihn getroffen hat.«

»Sie, ja? *Sie* werden nie merken, was *sie* getroffen hat. Die *Norvelle* hat mehr als dreihundert Mann Besatzung. Wir werden sie nicht umbringen, nur weil du ein Problem mit der Ideologie anderer hast. Wir sind immerhin in einer Erstkontaktsituation, und wenn wir so etwas machen, ist das Erste, was die Drachen von uns sehen, wie sich unsere

Schiffe gegenseitig beschießen. Vielleicht mögen sie auch nicht, wenn wir unsere Atomwaffen in ihrem Raum verteilen und zünden. Also vergiss die Idee. Und vergiss außerdem nicht, dass Captain Manet eine verdammte Menge mehr Raumkampferfahrung hat als wir. Er kennt die wunden Stellen seiner *Norvelle*, und er wird Vorsichtsmaßnahmen ergreifen. Er muss nicht an der Stelle herauskommen, wo wir es erwarten. Er könnte eine nukleare Verteidigungssalve abfeuern, während er austritt. Wir können uns nicht leisten, in dieser Arena in einen Kampf mit der *Norvelle* verwickelt zu werden.«

»Aber wir können auch nicht einfach aufgeben. Nicht jetzt, nachdem wir es bis zum Aldebaran geschafft haben.«

»Ja. Aber wir sind hierhergekommen, um den Drachen zu seinem Volk zurückzubringen, vergiss das nicht. Sollen die Rodericks ihren Streit untereinander ausmachen; wir kümmern uns um unseren eigenen Kram.«

»Du würdest deine Seele für ein Ticket nach Hause verkaufen, wie?«

»Ich habe meine Seele zu Hause verloren.«

Sie starrten sich lange und schweigend an.

»Also schön«, sagte Denise schließlich. »Was schlägst du vor?«

»Wir reden mit den Drachen. Wir erklären ihnen, wie empfindlich unsere Gesellschaft auf so große Veränderungen reagiert, und bitten sie, das zu berücksichtigen. Sie müssen nichts weiter tun, als drei Stunden zu warten, bis sie die Informationen an die beiden anderen Schiffe weitergeben.«

»Was, wenn der Roderick auf der *Norvelle* anfängt, uns zu beschießen?«

»Dann verteidigen wir uns. Aber ich glaube nicht, dass er das tut. Wir sind im Heimatsystem der Drachen, und wir haben einen von ihnen an Bord. Meiner Meinung nach macht uns das nicht gerade zu einem günstigen Ziel.«

»Fein. Trotzdem werde ich unsere Waffensuite auf höchster Bereitschaft halten. Wenn dieser Bastard einen schmutzigen Trick versucht, werde ich keine Sekunde zögern, sie zu benutzen.«

»Ich weiß. Trotzdem sollten wir versuchen, nicht zu vergessen, was nach dem Exodus geschieht. Die menschliche Rasse wird sich auf die eine oder andere Weise verändern und auseinanderentwickeln. Für mich ist es wichtig, dass dieser Neuanfang nicht auf Blutvergießen aufbaut.«

*

Am letzten Tag im Wurmloch des Kompressionsantriebs erwachte Denise sehr früh. Sie war nicht so aufgeputscht gewesen, seit die Invasionsflotte über Thallspring gesichtet worden war. Dieser Tag war es, dem sie fast ihr gesamtes Leben gewidmet hatte, und alles war ganz anders als erwartet. So viel Zeit und Vorbereitungen, um den Drachen von Arnoon hierher zurückzubringen. Die Probleme hätten eigentlich bereits auf Thallspring eliminiert worden sein sollen und ihr Weg glatt und ohne Hindernisse; stattdessen folgten sie ihr hierher.

Sie war noch immer versucht, beim Exodus die Waffen auszubringen. Nur, dass Lawrence recht hatte, der verdammte Kerl. Leute ohne Vorwarnung zu töten war nicht der richtige Weg, um diese Sache anzugehen. Es hätte gegen jeden Traum verstoßen, den sie für ihren Neuanfang gehegt hatte.

Es war ein wundervoller Traum, der mit dem Projekt der Rückkehr des Drachens einherging. Eine neue menschliche Kolonie irgendwo auf der anderen Seite der Galaxis, unvorstellbar weit von den Menschen entfernt. Eine Kolonie, die von Anfang an über Patternform-Technologie verfügte. Denise würde die Kinder in einer Welt aufziehen, wo die alten menschlichen Krankheiten des Wettbewerbs und des Neides keinen Platz hatten. Unter einer Sonne, die niemals kulturell von der Erde oder einer ihrer Kolonien kontaminiert werden konnte. Nur für den Fall. Nur für den Fall, dass sich die restliche Menschheit selbst auslöschte. Nur für den Fall, dass die Menschen von Thallspring Arnoons Geschenk des Wissens nicht unbekümmert akzeptierten und es zu üblen Dingen missbrauchten. Nur für den Fall, dass die Erde das Wissen der Drachen missbrauchte. Und genau das würde nun geschehen.

Das Konzept eines neuen Arnoon hing von den Drachen ab. Sie brauchte ihre Patternform-Technologie. Ihren Raumschiffsantrieb. Ihre Informationen über Sonnen und bewohnbare Planeten auf der anderen Seite der Galaxis. Sie hatte erwartet, Monate, wenn nicht gar Jahre im Aldebaran-System zu verbringen, neue Wunder zu erfahren und dem Arnoon-Drachen beim Entwickeln seiner erwachsenen Form zu helfen. Und jetzt hatte sie vielleicht nicht länger als neunzig Minuten.

Ja, es war extrem verlockend, die Waffen in einer Angriffsformation auszusetzen.

Stattdessen duschte sie und zog sich saubere Kleidung an, ein Zantiu-Braun-Sweatshirt und Hosen, die irgendeinem kleineren Besatzungsmitglied gehört hatten. Mit hochgekrempelten Ärmeln und Hosenbeinen durchquerte sie die Brücke und betrat die kleine Offizierslounge, die sie und Lawrence als Kantine benutzten. Er hatte schon wieder seinen Mitternachtsimbiss zu sich genommen. Wie üblich standen ein paar Plastikbecher auf dem Tisch in der Mitte des

Raums. Klebrige Teigkringel waren auf der Fläche verstreut. Doughnuts und Überreste von Doughnuts überall auf dem Tisch – er schien nie die Stücke mit Marmelade darin zu essen. Eine Media-Card zeigte das Ende eines Stücks auf einer nackten Bühne, die Schauspieler erstarrt, während sie vor dem Vorhang standen.

Wenn schon nichts anderes, dann erinnerte sie die Reise an ihre Zeit im Bungalow mit Josep und Raymond. Sie befahl dem Prime, die Unordnung aufzuräumen, und begann in den Paketen mit Fertigmahlzeiten zu kramen, als der Haushaltsroboter hereingerollt kam.

Lawrence folgte einige Minuten später, die Haare feucht von der Dusche. »Ich konnte nicht schlafen«, gestand er.

»Ich auch nicht.« Sie gab ihm sein Frühstück, Hefegebäck mit Rührei und Räucherlachs.

Er begann hungrig zu essen. »Danke.«

Denise setzte sich ihm gegenüber und nippte an ihrem Tee. »Irgendwelche genialen Einfälle in letzter Sekunde, um eine Konfrontation zu vermeiden?«

»Ich fürchte nein. Tut mir leid.«

»Ich weiß auch nichts.«

»Es hängt alles von den Drachen ab. Wir wissen einfach nicht genug über sie. Ich habe die Erinnerungen unseres Drachen durchforstet, was vergangene Drachenzivilisationen angeht. Es gibt nicht sehr viele. Wir können lediglich auf Verallgemeinerungen zurückgreifen, und sie sind ebenfalls beschränkt. Die Drachen scheinen nichts anderes zu tun, als passiv Informationen in sich aufzunehmen und die nützlichen Teile herauszufiltern, um sie ihren Nachkommen zu vererben. Daraus folgt, dass sie relativ gutartig sein müssten.«

»Das hoffe ich.« Sie beobachtete, wie er sein Frühstück in sich hineinschaufelte. »Bist du gar nicht nervös?«

»Wozu? Es würde uns nicht weiterhelfen.«

»Ich war in Memu Bay auch nicht nervös.«

»Das lag daran, dass du gewusst hast, was du tust. Du hattest alles unter Kontrolle. Willkommen auf der anderen Seite.«

»Glaubst du wirklich, dass sie gutartig sind?«

»Ja. Aber das bedeutet noch nicht, dass sie automatisch auf unserer Seite stehen. Wenn wir sie bitten, uns gegen andere Mitglieder unserer Spezies zu unterstützen, würde das bedeuten, dass sie sich in menschliche Angelegenheiten einmischen. Wir müssten unsere Bitte rechtfertigen. Und das hätte zur Folge, dass sie über uns urteilen.«

»Woher nimmst du nur all die philosophischen Ansätze? Bist du vielleicht ein heimlicher Xenopsychologe?«

Er trank den letzten Rest Orangensaft und grinste auf seine breite, aufreizende Art. »Erinnere mich daran, dass ich dir irgendwann einmal erzähle, wie ich meine Kindheit verschwendet habe. Man verbringt keine drei Jahre mit den Reisen der *Ultema*, ohne nicht wenigstens etwas über die Perspektive von Aliens zu lernen.«

Sie kehrten für den Austritt aus der Kompression auf die Brücke zurück. Das Prime verbrachte zwei Stunden damit, die Fusionsantriebe für die Zündung vorzubereiten, sobald sie aus dem Wurmloch waren. Konsolenschirme leuchteten auf, als Lawrence und Denise die externen Sensorbilder nach Dringlichkeit ordneten.

»Kannst du das alles mitverfolgen?«, fragte Lawrence den Drachen. Während der Reise hatten sie die Bandbreite zur Xianti mithilfe mehrerer Hundert Glasfaserkabel erhöht und den Drachen direkt mit dem Netzwerk der *Koribu* verbunden.

»Ja, danke sehr«, antwortete der Drache.

»Dreißig Sekunden«, sagte Denise.

Lawrence beobachtete die Displays, während der Energieinverter herunterfuhr. Die Hälfte der Kamerabilder zeigte nicht mehr das Nichts des Wurmlochs, sondern ein rotes Glühen. Die andere Hälfte zeigte Sterne, die hell vor einem gewöhnlichen Weltall funkelten. Das Radar fand keine massiven Objekte im Umkreis von fünfhundert Kilometern. Das Prime aktivierte weitere Sensoren. Lawrence benutzte seine optronischen Membranen, um die Bilder zu empfangen.

Die *Koribu* war vierzig Millionen Kilometer über der nebelhaften Photosphäre des Aldebaran aus der Kompression gekommen. Für Lawrence sah es aus, als würde das Raumschiff durch einen Ozean aus konturlosem rotem Nebel rauschen. Der Horizont war so fern, dass er über ihnen zu liegen schien. Es gab keine wahrnehmbare Krümmung. Stern und Weltraum waren absolut zweidimensional.

Symbole flossen über das Bild. Die meisten betrafen das thermische Profil der *Koribu.* Infrarote Strahlung von der Sonne überflutete den Rumpf. Das Prime feuerte die sekundären Raketenmotoren und initiierte ein langsames Rollmanöver, sodass die Hitze gleichmäßig über den gesamten Rumpf verteilt wurde.

»Die Wärmetauscher haben im Augenblick noch keine Probleme«, sagte Denise. »Es ist allerdings wärmer, als wir erwartet hatten. Möglich, dass wir unseren Orbit in Kürze erhöhen müssen.«

»Die Strahlung ist ebenfalls stark. Die Solarwinddichte ist hoch. Es gibt eine Menge Partikelaktivität da draußen. Das ist viel schlimmer als die Wärme.« Als er seine Perspektive wechselte, um den Rumpf zu betrachten, sah er Linien aus blassem violettem Licht über Streben und Folienisolation tanzen. Metallkomponenten glänzten blendend hell, als der phosphoreszierende Schimmer über sie glitt. »Hey, wir kriegen eine Art Elmsfeuer ab.«

»Hoffen wir, dass unsere Isolation es aushält.«

»Ja, hoffen wir's. Also schön, Langstreckenradar fährt hoch.« Sechs Multiphasenantennen entfalteten sich aus ihren Nischen um die Mitte der Frachtsektion herum, flache, aschgraue Rechtecke mit einer Seitenlänge von zwanzig Metern. Sie klappten parallel zum Rumpf auf und sondierten das chaotische Klima rings um die *Koribu.*

Das Prime überlagerte die visuellen Bilder mit dem Abtastwinkel. Ein Punkt aus fester Materie erschien in einer Entfernung von dreiundvierzigtausend Kilometern. Er befand sich in einem Orbit, der zweitausend Kilometer niedriger war als der Orbit der *Koribu.* Ein weiterer Punkt wurde in einer Entfernung von fünfzigtausend Kilometern entdeckt. Ein dritter war mehr als zweiundsiebzigtausend Kilometer entfernt. Der Fokus des Radars veränderte sich und erzeugte ein höher auflösendes Bild des ersten. Er maß zwanzig Kilometer im Durchmesser und war annähernd rund mit ausgefransten geschwungenen Rändern, und er war in der Mitte beträchtlich dicker.

»Sieht mehr nach einer Blume aus als nach einem Drachen, wenn du mich fragst«, murmelte Lawrence.

Das Radar hatte unterdessen sieben weitere Massepunkte in einem Radius von bis zu hundertfünfzehntausend Kilometern entdeckt, alle genauso groß wie der erste.

»Sind das die Drachen?«, fragte Denise atemlos. »Ich glaube ja«, sagte der Drache.

»Es müssen Tausende sein!«

»Millionen«, sagte Lawrence. Die Vorstellung war erhebend. Bis zu diesem Augenblick hatten sie nicht mit Sicherheit gewusst, dass die Drachen existierten. Sie hatten nur angenommen, dass die Gravitation des Aldebaran die Eier eingefangen hatte, als der Stern noch hell und jung gewesen war, und dass die Expansion zum Roten Riesen dazu geführt hatte, dass sie geschlüpft waren. Hier und jetzt hatten sie den endgültigen Beweis. Die Menschen waren nicht länger allein im Universum. Das Ring-Imperium hatte tatsächlich existiert, als die Galaxis jünger gewesen war.

All seine früheren Tagträume und Hoffnungen hatten sich bestätigt.

Ich kann wirklich nach Hause zurück.

Das Hauptteleskop der *Koribu* schwang herum und zeigte auf den ersten Drachen. Erneut war er nur als dunkler, konturloser Fleck vor dem roten Glühen zu erkennen. Als die Kommunikationsschüssel den Drachen erfasste, entdeckte sie zahlreiche schwache Emissionen auf verschiedenen elektromagnetischen Bändern.

»Bist du bereit?«, fragte Denise. Sie klang, als redete sie mit einem kleinen Kind.

»Ich bin bereit«, sagte der Drache.

»Dann sag Hallo.«

Der Arnoon-Drache sandte einen Datenpuls an die Kommunikationsschüssel und begann damit, ihn in Abständen von einer halben Sekunde zu wiederholen. Es war eine einfache Sequenz mathematischer Symbole in der Sprache, die in seinen Erinnerungen gespeichert war.

Der Aldebaran-Drache antwortete mit einem wesentlich längeren Puls, von dem kaum etwas verständlich war. Lawrence und Denise schrien vor Entzücken auf und klatschten in die Hände. Er umarmte und küsste sie, überwältigt vom Augenblick, dann setzten sie sich wieder zurück und beobachteten den weiteren Austausch.

Der Arnoon-Drache begann mit dem Übermitteln der

Informationen, die sie vorbereitet hatten. Ein Übersetzungsregister des Wenigen, das er in seiner eigenen Sprache hatte, zusammen mit den entsprechenden englischen Ausdrücken. Anschließend folgte ein umfassenderes englisches Wörterbuch mit Querverweisen, sodass die Bedeutungen und Konzepte ein zusammenhängendes Ganzes ergaben. Syntax- und Kommunikationsprotokolle folgten. Schließlich übermittelte der Arnoon-Drache eine kurze enzyklopädische Datei über die Menschheit.

Weniger als drei Sekunden, nachdem der letzte Puls ausgesandt war, antwortete der Aldebaran-Drache: »Willkommen bei unserem Stern. Es ist stets erfreulich, neue Informationen jeglicher Form entgegenzunehmen.«

Lawrence grinste. »Turing-Test«, sagte er leise zu Denise. »Selbst wenn er nicht wirklich erfreut ist, versteht er das Prinzip; er versucht höflich zu sein.«

Denise nickte und atmete tief durch. »Danke sehr. Wir freuen uns, hier zu sein. Mein Name ist Denise Eboum. Hast du einen Namen?«

»Ich bin One.«

Sie warf Lawrence einen verwirrten Blick zu. »Hat das irgendeine Bedeutung?«

»Ich bin der erste Drache, mit dem ihr Kontakt aufgenommen habt. One.«

»Ah, ich verstehe.« Denise errötete ein wenig, als Lawrence sie spöttisch angrinste. »One, wir haben ein Mitglied deiner Spezies mitgebracht, das auf unserer Welt gestrandet war.«

Plötzlich meldeten die Sensoren der *Koribu* ein wahres Bombardement aus radarähnlichen Pulsen. Die gesamte magnetische Umgebung um das Raumschiff herum veränderte sich in rascher Folge. Ihr einziger Neutrino-Scanner zeigte Emissionen, die über das Ende seiner Bandbreite hinaus ausschlugen.

»Ich welcher Form habt ihr einen von uns mitgebracht?«, fragte One.

»Schieß los!«, sagte Denise zum Arnoon-Drachen. Der Drache übermittelte einen Puls, der eine Zusammenfassung seiner eigenen Geschichte enthielt.

»Ich verstehe«, sagte One. »Ihr habt dieses Fragment zu uns gebracht in dem Glauben, dass wir es gutheißen würden. Ich danke euch für eure Besorgnis. Unglücklicherweise jedoch war eure Reise hierher in dieser Hinsicht vergeblich.«

»Wie meinst du das?«

»Wir sind nicht an dem Fragment interessiert.«

Denise traute ihren Ohren nicht, als sie Ones Antwort hörte. Das Übersetzungs-Wörterbuch musste einen Fehler haben. »Meinst du, ihr könnt es nicht reparieren?«

»Nein. Wir haben kein Interesse daran, es zu reparieren. Habt ihr denn nicht begriffen, was es war?« »Doch. Es war eines eurer Eier.«

»Das war es. Und deswegen ist es irrelevant. Wir setzen Jahr für Jahr Millionen Eier frei. Nur ein Bruchteil davon kann jemals von einem Stern eingefangen werden. Die anderen gehen verloren. Oder sie stürzen auf einen Planeten, so wie euer Fragment. Manche werden sogar von biologischen Spezies abgefangen, wie ihr es seid, und ihre Informationen werden ausgebeutet. Wir beschäftigen uns nicht mit ihnen. Ich würde zu der Analogie neigen, dass sie für uns etwa so viel bedeuten wie ein einzelnes menschliches Spermium für euch.«

»Aber … es ist lebendig. Es denkt! Es ist ein vernunftbegabtes Wesen.«

»Es war keins. Es war ein Fragment, das langsam verwitterte, bis ihr es gefunden und ihm sein Bewusstsein implantiert habt.«

»Willst du damit sagen, dass wir das nicht hätten tun dürfen?«

»Nein. Jedes unserer Eier ist ein Spielball des Zufalls. Nur ein winziger Bruchteil von allen wächst irgendwann zu einer Zivilisation wie dieser heran. Andere tragen auf die verschiedensten Weisen zur galaktischen Wissensbasis bei. Das Fragment, das ihr gefunden habt, hat das Verständnis eurer Spezies für das Universum erhöht. In dieser Hinsicht war das Ei ein Erfolg. Wir können nun unser Wissen über euch ergänzen.«

»Ihr wusstet bereits von uns?«, fragte Lawrence.

»Wir sind nur fünfundsechzig Lichtjahre von eurer Heimatwelt entfernt«, antwortete One. »Wir empfangen eure Radiowellen seit Jahrhunderten.«

Lawrence verdrehte bestürzt die Augen. »Ist ja großartig.«

»Vielleicht bedeutet euch dieses Fragment nichts«, sagte Denise, »aber es bedeutet uns etwas. Könntet ihr es für uns reparieren?«

»Das ist eine nichtige Frage. Das Fragment kann niemals einer von uns werden. Es ist nicht nur seine physische Struktur, die fragmentiert ist – auch seine Erinnerungen sind unvollständig. Nur beides zusammen ergibt das, was wir sind. Wir besitzen keinen genetischen Code. Es sind die Informationen, die uns in die Lage versetzen, uns weiterzuentwickeln und an die Umstände anzupassen. Und dazu benötigen wir einen vollständigen Satz von Erinnerungen. Was du erbittest, ist ein neuer Satz Erinnerungen, zusammen mit der Reintegration des Fragments in ein Ei. Und in diesem

Fall würde es wieder zu einem Ei werden, weiter nichts. Es würde erneut in das Universum entlassen, um seine Chance wahrzunehmen. Wenn es das ist, was du wünschst, kann ich das Fragment desintegrieren und seine Moleküle in ein neues Ei einsetzen.«

»Nein!«, sagte Denise rasch. »Gibt es denn keine Möglichkeit, dass aus ihm etwas Ähnliches wird, wie ihr es seid?«

»Nicht, ohne das aufzugeben, was es nun ist.«

Denise beugte den Kopf nach vorn, bis er fast die Konsole berührte. Sie war dem Weinen nahe. Das Dorf hatte so viel riskiert, um den Arnoon-Drachen hierher zurückzubringen. Menschen waren für dieses Ziel gestorben. Und jetzt stellte sich das, was sie getan hatten, als eine typisch menschliche Dummheit heraus. Kinder, die sentimental wurden wegen eines verletzten Hündchens.

Ein merkwürdiges Geräusch ließ sie den Kopf heben. Lawrence kicherte in sich hinein.

»Was?«, fauchte sie.

»Hochmut kommt vor dem Fall. Und Idealisten wie euch trifft es besonders hart. Es ist wegen eurer Überzeugungen; alle anderen müssen sich irren, meist dürfen sie nicht einmal abweichende Meinungen haben. Und jetzt stehst du da und musst einsehen, dass das, was du getan hast, falsch war. Du hast dich der Anthropomorphie schuldig gemacht.«

»Hab' ich nicht! Unser Drache ist ein fühlendes Wesen, das Respekt verdient! Sein Ursprung spielt keine Rolle! Es zählt nur das, was er ist. Wir haben das Richtige getan, indem wir ihn hierhergebracht haben. Die Tatsache, dass er einzigartig ist, macht es um so wichtiger. Ich würde das Gleiche wieder und immer wieder tun. Er verdient eine Chance, sich zu entwickeln. Er hat ein Recht zu leben.«

»Ein Menschenrecht?«

»Ja!«, erwiderte sie heftig. »Ein Menschenrecht. Es ist ein universelles Recht! Wir haben den Drachen aus seiner Nicht-Existenz befreit, wir haben von ihm genommen, und jetzt müssen wir es ihm zurückgeben. Es ist mir völlig egal, was du denkst! Ich weiß, dass ich Recht habe! Zur Hölle mit dir, verdammter Kerl!«

»Meine Güte, bis du halsstarrig!« Er aktivierte den Kommunikationslink. »One, kannst du mir verraten, ob ihr Wissen mit anderen Spezies austauscht?«

Sein Tonfall war so scharf, dass Denise ihn wütend anstarrte. Er grinste auf seine irritierende Art und Weise zurück.

»Das tun wir«, antwortete One.

»Jegliches Wissen?«

»Jegliches Wissen. Dazu existieren wir.«

»Dann hättest du keine Einwände, wenn wir unseren Drachen mit den Patternformsequenzern auf eine Weise erweitern, die wir als angemessen betrachten?«

»Nein.«

Denise lächelte ihn dankbar an. Es war zwar nicht das, was sie gewollt hatte, aber wenigstens hatten sie nun eine Chance, ihrem Drachen zu helfen, zu etwas anderem als inerter Masse zu werden.

»Habt ihr denn keine Sorge, dass andere Spezies dieses Wissen missbrauchen könnten?«, fragte Lawrence weiter. »Wenn sie euer Wissen beispielsweise dazu benutzen würden, Waffen zu bauen?«

»Wenn man weiß, wie man die Daten zu interpretieren hat, um sie zu verstehen, dann hat man bereits die Fähigkeit, ähnliche Waffen zu bauen. Waffen sind kein technologisches Problem. Sie resultieren aus der Natur der Gesellschaft einer Spezies.«

»Mit anderen Worten, wir müssen für uns selbst verantwortlich sein.«

»Selbstverständlich«, antwortete One.

»Dürfen wir in dieser Hinsicht ebenfalls um deine Hilfe bitten?«

»In welcher Hinsicht?«

»Andere Mitglieder unserer Spezies werden in Kürze eintreffen. Gebt ihnen euer Wissen nicht.«

»Wissen ist universal. Wissen darf nicht verweigert werden.«

»Ich möchte nicht, dass ihr es verweigert. Haltet es nur für eine Weile zurück, das ist alles. Euer Wissen könnte unserer Spezies sehr gefährlich werden, wenn es nicht mit allen geteilt wird. Ein Mann in einem der Schiffe, die uns folgen, möchte ein Monopol daraus machen, sodass er es dazu benutzen kann, anderen seine Sichtweise aufzuzwingen. Betrachtest du dies nicht als falsch?«

»In dem von dir genannten Kontext ist es falsch. Aber woher weiß ich, dass die, die dir folgen, versuchen werden, andere damit zu dominieren? Woher weiß ich, dass nicht du es bist, der diese Strategie verfolgt?«

Lawrence blickte Denise an und zuckte die Schultern. »Verdammt, ich habe seine Paranoia geweckt! Was machen wir jetzt?«

»Unser Drache kann dir alles über unsere Absichten berichten«, sagte Denise.

»Ich bin damit einverstanden«, bestätigte der Arnoon-Drache.

»Das kann ich nicht akzeptieren«, sagte One. »Die Prozessroutinen des Fragments entstammen euren genetischen Algorithmen. Das Fragment ist eure Kreatur.«

Denise starrte wütend auf den Schirm mit dem Bild von

One, einem winzig kleinen schwarzen Punkt vor dem strahlend roten Nebel. »Was nun?«

»Verlass dich auf die menschliche Natur«, sagte Lawrence. »Dürfen wir uns dir nähern?«, fragte er den Drachen. »Unser Schiff leidet stark unter dieser Umgebung, und dein Schatten würde uns Schutz bieten. Außerdem wären wir dort sicherer.«

»Sicherer in welcher Hinsicht?«

»Sicherer vor dem offenen Raum. Der Mensch, der uns folgt, ist möglicherweise gewalttätig. Er wird nicht riskieren, so nahe bei dir Waffen zu benutzen.«

»Also schön.«

»Anschließend könntest du warten, bis ein drittes Schiff eintrifft. Die Informationen könnten dann an alle gleichzeitig weitergegeben werden. Das würde für ein Gleichgewicht sorgen, oder?«

»Ich werde warten.«

*

Simon hatte die gesamte Reise in der Krankenabteilung der *Norvelle* verbracht. Nach den ersten vierzehn Tagen hatten die beiden Bordärzte mit der dermalen Regenerationsbehandlung begonnen. Neue Haut wuchs nun über den schlimmeren Verbrennungen. Simon empfand die Fortschritte als extrem ermüdend; die Heilung schien jegliche Energie aus seinem restlichen Körper abzuziehen. Glücklicherweise benötigte die Verfolgung der *Koribu* nicht sein Zutun.

Captain Sebastian Manet war überrascht gewesen über den Kurs, den das gekaperte Raumschiff eingeschlagen hatte. »Sie fliegen in Richtung Aldebaran!«, hatte er gesagt, sobald Simons Bahre durch den Andocktunnel der Xianti manövriert worden war.

Simons persönliche AS scrollte die Daten über den Stern herunter. »Ein Roter Riese? Gibt es in diesem System noch Planeten?«

»Die Astronomen haben nie welche entdeckt«, antwortete Manet. »Allerdings wissen wir es nicht mit Sicherheit. Es hat nie Erkundungsmissionen zum Aldebaran gegeben. Niemand hatte je ein Budget für so viel Grundlagenforschung.«

»Interessant. Also könnte eine Alienzivilisation dort leben, ohne dass wir davon wissen? Mitten in unserer Einflusssphäre?«

Die ablehnende Haltung des Captains ließ ein wenig nach. »Darum geht es also? Um Aliens?«

»Ja. Wie lange noch, bis wir abfliegen können?« »Darüber wollte ich mit Ihnen reden, Sir.«

»Es wird keine Diskussion deswegen geben.«

»Wir werden einhundertvier Tage bis zum Aldebaran benötigen. Wir haben kaum genug Treibstoff, um hierher zurückzukehren.«

»Aber es reicht?«

»Gerade so. Vorausgesetzt, nichts geht schief. Wir müssen auch an die Besatzung denken. Sie hat nicht mit zusätzlichen zweihundert Tagen im Raum gerechnet, plus der Zeit, die wir im Aldebaran-System verbringen.«

»Unsinn. Ich kenne euch Weltraumtypen. Ihre Leute werden die Aussicht auf einen Erstkontakt genießen.«

»Und was ist mit den Bodentruppen auf Thallspring? Wann werden wir sie wieder abholen?«

»Captain, entweder geben Sie jetzt den Befehl zum Abflug, oder Sie teilen mir mit, dass Sie es nicht machen.«

Sebastian Manet bedachte die in Verbände gehüllte Gestalt auf der Liege mit einem verhassten Blick. »Also gut. Wir können in acht Minuten in Kompression gehen.«

In den darauffolgenden hundert Tagen hatten sie kaum ein Wort miteinander gesprochen. Simon hatte die meiste Zeit geschlafen, während die Behandlungen seine Kraftreserven aufgezehrt hatten. In den wachen Stunden hatte er jedes Bit an Daten durchgearbeitet, das sie über das Alien von Arnoon gesammelt hatten, in der Hoffnung auf neue Erkenntnisse. Tag für Tag hatte er die Ortungsdaten kontrolliert. Die *Koribu* blieb konstant sechsundzwanzig Minuten und dreizehn Sekunden vor ihnen.

Simon begann, seine eigenen Pläne für den Rücksturz aus der Kompression zu machen. Er durfte nicht darauf vertrauen, dass Manet zusammen mit seiner Besatzung tun würde, was zu tun war, und er durfte nicht dulden, dass sie sich einmischten. Simon persönliche AS ging sämtliche Kommandocodes durch und bestätigte sie, um auf diese Weise sicherzustellen, dass er die volle Befehlsgewalt über das Schiff behielt.

Zehn Tage vor dem Exodus befahl Simon den Ärzten, seine Behandlungen abzubrechen. Die Pause würde ihm ermöglichen, neue Kräfte zu sammeln.

Am letzten Tag blieb er in der Krankenabteilung. Die Ärzte und das Pflegepersonal waren entlassen. Er lag auf dem Bett, zufrieden, dass der Schmerz in den letzten drei Monaten nachgelassen hatte. Er würde die physische Kraft besitzen, um das durchzustehen. Sein DNI und seine optronischen Membranen verbanden ihn mit jedem visuellen Sensor außerhalb des Raumschiffs. Die Daten wurden von seiner persönlichen AS zu einem umfassenden Dreihundertsechziggrad-Bild zusammengesetzt, mit Blick von der Vorderseite des Raumschiffs aus. Im Augenblick waren sie umgeben von einem formlosen grauen Nebel. Ein dunkler Knoten befand sich ein Stück weit voraus. Entfernungsdaten scrollten über seine Sicht.

Simon Aufmerksamkeit wanderte hin und her zwischen dem vorderen und dem anderen Knoten, der ihnen in vierzig Minuten Abstand folgte. Er wusste, dass der SK9 es irgendwie geschafft hatte, hinauf in den Orbit und an Bord eines Schiffes zu kommen. Und es gab nur einen einzigen Grund, warum er so etwas getan haben konnte.

»Es müsste jetzt bald soweit sein«, kündigte Captain Manet an. »Wir haben bereits die Photosphäre geortet.«

Hinter dem Knoten, der die *Koribu* repräsentierte, kroch ein schwaches Rieseln von Schwarz in das Nichts, als würde der Raum vor dem Kompressionsloch enden. Dann begann der Knoten zu wabern und sich auszudehnen, während er an Dichte verlor. Und schließlich war er verschwunden.

»Sie sind sehr spät aus der Kompression gegangen«, sagte Manet. »Nur vierzig Millionen Kilometer außerhalb.«

»Wir müssen ganz nah an sie heran«, sagte Simon.

»Ja, ich weiß. Aber ich werde unsere Bahnneigung ändern. Falls sie feindselig sind, werden sie die Austrittszone verminen.«

Die nächsten fünfundzwanzig Minuten verbrachte Simon damit, die näherkommende schwarze Barriere der Photosphäre zu beobachten, während er sich fragte, was Newton und seine Freunde dort draußen im Normalraum trieben. Fünf Minuten vor dem eigenen Austritt machte Captain Manet die eigenen Waffen der *Norvelle* vorsichtshalber scharf. Die AS des Schiffs bereitete unter der Aufsicht der Brückenbesatzung den Fusionsantrieb zur Zündung vor. Dann kam die schwarze Mauer nervenaufreibend nah und wurde sichtlich schneller. Sie zerbrach stellenweise, rote Lichtstreifen sickerten durch. Und dann schwebte das riesige Raumschiff über einem karminroten Nebel, der sich in alle Richtungen bis in die Unendlichkeit auszudehnen schien.

Reihen aus indigofarbenen Zahlen strömten um Simon herum und mutierten wild dabei. Es gab keinen Massepunkt innerhalb fünfhundert Kilometern. Keine Sensorstrahlung fiel über sie. Infrarote Energie durchtränkte den Rumpf. Die großen sekundären chemischen Raketenmotoren rings um die Frachtsektion flammten hell auf und initiierten eine langsame thermische Rolle. Große rechteckige Radarantennen wurden ausgefahren.

Simon benutzte seine Kommandobefugnis, um eine Salve von Raketen zu starten. Druckschotten überall in der *Norvelle* glitten zu, verriegelten sich und isolierten die Schiffsbesatzung.

»Was machen Sie da?«, fragte Sebastian Manet.

»Das ist doch offensichtlich, Captain. Die *Norvelle* ist mein Schiff, und ich übernehme das Kommando über diese Mission.« Er unterbrach die Verbindung und deaktivierte sämtliche internen Kommunikationsverbindungen.

Auf der Brücke starrte Sebastian Manet hilflos auf die Schirme, während sein DNI vergeblich versuchte, einen Zugang zum Netzwerk des Schiffes herzustellen. Die Konsolenpaneele wurden dunkel. Zwei der Brückenoffiziere hämmerten mit den Fäusten gegen die Druckschotten. Niemand hörte sie.

*

»Heiliges Schicksal, sie haben ihre Raketen abgefeuert!«, sagte Lawrence.

»Nicht auf uns«, beruhigte Denise ihn.

»Was dann? Oh!«

»Streumuster. Ich denke, sie versuchen, das andere Schiff beim Exodus zu treffen.«

Lawrence öffnete die Verbindung zu One. »Wirst du nun akzeptieren, dass dieses Schiff dein Wissen nicht erhalten sollte?«

»Die Handlungsweise des fremden Schiffes scheint deine Behauptungen zu unterstützen. Wir werden unser Wissen zurückhalten, bis eine Lösung für dieses Ereignis gefunden wurde.«

»Danke sehr.« Lawrence wandte sich an Denise. »Können wir diese Raketen abfangen?«

»Nein. Wir sind zu weit entfernt.«

»Scheiße. Dann sag dem Prime, es soll nach dem Exodus Ausschau halten. Und benutz unsere Kommunikationsschüssel, um eine Warnung abzustrahlen.«

*

Indigofarbene Zielgrafik richtete sich auf eine Raumsektion in achtzehntausend Kilometern Entfernung, als das Radar der *Norvelle* ein Objekt unter Beschleunigung entdeckte. Simons visueller Fokus überwand die Distanz mit einem Sprung. Ein langer glühender Strich leuchtete intensiv über dem weichen Glanz der Photosphäre. Er bewegte sich schnell und sank tiefer herab.

»Fusionsflamme«, meldete die AS des Raumschiffs. »Spektralsignatur identisch mit der unsrigen. Das Radar hat die Größe bestätigt. Es ist die *Koribu.*«

»Wohin wollen sie?«, fragte Simon.

Mehrere Projektionslinien kurvten aus dem grellen Rot.

Das Langstreckenradar der *Norvelle* folgte ihnen. Rasch fand es das Ziel.

»Eine massive Struktur unbekannten Typs«, berichtete die Schiffs-AS. »Zwanzig Kilometer Durchmesser, rund, sehr regelmäßig.«

»Bring uns dort hinunter«, befahl Simon.

*

Auf der Brücke der *Clichane* saß Simon Roderick hinter dem Captain, als sie sich dem Exodus näherten. Konsolenpaneele zählten die letzten Sekunden herunter. Kamerabilder verwandelten sich in ein grelles Rot. Ein leises Jubeln ging durch die Reihen der Brückenoffiziere. Simons DNI übertrug die Radardaten direkt zu ihm. Keine größeren Objekte in fünfhundert Kilometern Umkreis. Mehrere kleine Punkte wurden erfasst. Fremde Radarpulse illuminierten ihren Rumpf. Die AS bestätigte ihre Signatur als zu dem Langstrecken-Typus gehörend, den sowohl die *Koribu* als auch die *Norvelle* mitführten. Sie berechnete die Positionen der beiden anderen Schiffe.

»Eingehende Kommunikation«, meldete der Captain. »Irgendjemand brüllt uns an.« Die AS zeigte einen sehr starken Funkstrahl, der direkt auf sie gerichtet war.

»Ihr Austrittspunkt ist vermint. Starten Sie augenblicklich eine Verteidigungssalve!«

»Ist das die *Norvelle?«*, fragte Simon.

»Es gibt keinen Identifikationskode, Sir«, antwortete die AS.

Simons persönliche AS überprüfte das Radarbild erneut. Die kleinen Punkte bewegten sich inzwischen unter starker Beschleunigung und jagten direkt auf die *Clichane* zu. Die AS des Schiffes feuerte eine Verteidigungssalve. Die Raketen glitten aus ihren Abschussrohren rings um die Frachtsektion. Feststoffraketenmotoren zündeten und beschleunigten die Raketen mit mehr als sechzigfacher Erdschwere. Die Sensorauflösung litt unter dem Ionenwind und der Strahlung der Photosphäre. Die Bordprogramme der Raketen versuchten zu kompensieren. Doch die angreifenden Raketen setzten ihrerseits Gegenmaßnahmen und elektromagnetische Pulse ein. Die Verteidiger antwortete mit einer eigenen Salve elektronischer Täuschmanöver.

Die AS der *Clichane* meldete, dass die Verteidigungssalve nicht imstande wäre, präzise Eliminierungsschläge durchzuführen. Angreifende Raketen würden die Verteidigung durchbrechen. Sie befahl die Aufteilung, und der Schwarm blühte auf, als jede Rakete in ihre multiplen Gefechtsköpfe zerfiel. Sie waren immer noch innerhalb des Sicherheitslimits, doch die angreifenden Raketen näherten sich schnell. Die AS hatte keine andere Wahl.

Eine riesige Korona aus nuklearem Feuer brach rings um die *Clichane auf, als* die Sperrwand aus verteidigenden Gefechtsköpfen detonierte. Die sphärischen Plasmaschockwellen prallten aufeinander und verschmolzen und bildeten einen höllischen Schild aus brodelnder roher Energie. Sekundäre Explosionen rissen lange, ebenholzfarbene Wirbel durch die tosenden Ionen. Kurzlebige hyperschnelle Spikes, die versuchten, das Raumschiff anzugreifen.

Im Zentrum des atomaren Infernos wurde die *Clichane* von Strahlung bombardiert. Die externen Sensoren wurden geblendet, als harte Röntgenstrahlung ihre Schaltkreise verbrannte. Elektromagnetische Pulse induzierten massive Stromstöße in elektrischen Kabeln und Metallstrukturen. Die Temperatur schoss nach oben und schwärzte den thermalen Schutzschaum, bevor die Oberfläche sich abzulösen begann und in großen kohleschwarzen Flocken davonsegelte. Der verbliebene Schaum warf Blasen wie geschmolzener Teer. Ein Hurrikan aus Elementarteilchen wusch über den belagerten Rumpf. Auf der Brücke und in den Habitationsrädern schrillten die Alarme los. Notfalldruckventile ließen Deuteriumgas aus den Tanks rings um die Fusionsantriebssektion entweichen, als die Flüssigkeit vom elektromagnetischen Energieeinfall zu kochen begann. Thermopaneele platzten und schossen ihre verdampfenden Flüssigkeiten in den Hurrikan aus Neutronen, der um das riesige Raumschiff wirbelte.

Simon klammerte sich an eine der Konsolen, als die Brücke erzitterte. Laute, raue, metallisch kreischende Geräusche hallten durch die Struktur des Habitationsrades, und die Beleuchtung flackerte. Der Strahlungsalarm heulte unvermindert schrill. Diagramme waren vollständig rot geworden. Die AS kämpfte gegen massive Systemausfälle an, indem sie Daten und Energie umleitete und leckende Tanks oder geborstene Rohre isolierte. Thermische Reserve-Reservoirs dienten dazu, die Hitze zu absorbieren, die durch den Rumpf sickerte. Mehr als die Hälfte der sekundären Triebwerke fielen aus. Die AS feuerte die verbliebenen Motoren in kurzen Stößen, um die Drehimpulse aus den größeren Lecks zu kompensieren.

Der schrille Alarm verklang langsam. Einer der Brückenoffiziere übergab sich. Simon musste sich zwingen, die Konsole loszulassen. Sein Herz schlug rasend.

»Wir wurden nicht getroffen!«, sagte der Captain der *Clichane* ungläubig.

»Woher wollen Sie das wissen?«, entgegnete Simon. Es gab keinerlei Daten aus externen Sensoren. »Wir leben noch.«

Die Offiziere redeten drängend auf die AS ein; Finger

huschten über die Tastaturen der Konsolen und bemühten sich, Informationen aus dem erodierten Netzwerk zu extrahieren. Reservesensoren fuhren aus ihren Nischen. Die AS lokalisierte die beiden Radarquellen erneut. Beide beschleunigten.

»Wie lange, bevor wir die Verfolgung aufnehmen können?«, fragte Simon.

»Diese Frage müsste ich etwa in einer Woche beantworten können«, sagte der Captain.

*

Das Teleskopbild der *Koribu* wurde augenblicklich schwarz, als die nuklearen Gefechtsköpfe rings um die *Clichane* herum explodierten. Filterprogramme kompensierten die langsam verglühende Strahlenflut. Sie sahen, wie sich das Raumschiff in Gasfontänen wand. Die Fontänen waren durchsetzt von Funken vom Strahlungsblitz und hüllten das riesige Raumschiff in einen Nebel von Sternschnuppen. Die Lecks hatten das Schiff in ein leichtes Taumeln versetzt. Lawrence wollte lieber nicht darüber nachdenken, wie viel Flüssigkeit verdampfen musste, um etwas so Massives in Bewegung zu setzen. Dann sahen sie das Aufflammen von Raketenmotoren rings um die Frachtsektion, als die AS versuchte, die Lage des Schiffs auszubalancieren.

Lawrence bemerkte, dass er die ganze Zeit über die Luft angehalten hatte. »Sie sind noch am Leben«, sagte er.

»Bis die *Norvelle* erneut auf sie feuert«, antwortete Denise. »In dem Zustand, in dem sie sind, wage ich zu bezweifeln, dass sie sich noch einmal verteidigen können.«

»Kannst du dich gegen einen solchen Angriff verteidigen?«, fragte Lawrence den Drachen.

»Nein«, antwortete One. »Es gibt keinen Grund für uns, bewaffnet zu sein. Wir haben nichts anderes als Wissen. Und das geben wir …«

»Ja, schon gut. Das gebt ihr jedem, der es haben will«, sagte Lawrence. »Was geschieht, wenn andere Spezies euch bedrohen?«

»Wir inkorporieren das Wissen um die Bedrohung.«

»Das ist alles?«, fragte Denise. »Das ist alles, was ihr tut? Euch daran erinnern, dass ihr vernichtet wurdet?«

»Wir existieren, um Wissen zu sammeln und zu verteilen. Wir schlüpfen in jeden Sektor der Galaxis und untersuchen, was um uns ist. Sobald das getan ist und die Sonne wieder abkühlt, endet unsere Existenz. Eine andere Sonne wird sie irgendwann ersetzen. Die Verarbeitung von Wissen wird weitergehen, ganz gleich, wie viele Individuen unserer Spezies exterminiert werden. Nur wenige Spezies besitzen überhaupt genügend Waffen, um jeden einzelnen von uns zu zerstören. Inzwischen haben unsere Eier wahrscheinlich sogar andere Galaxien erreicht.«

»Willst du damit sagen, es ist dir egal, wenn du zerstört wirst?«

»Sorge um meine Existenz ist eine Emotion, die ich nicht besitze. Du besitzt sie, weil sie mit deinem Sinn für Individualität gekoppelt ist. Wir sind kein Kollektivbewusstsein, doch wir empfinden uns als eine Zivilisation, die ewig fortdauern kann. Sämtliche Ereignisse, die wir verfolgen, tragen zu dem bei, was wir sind und was wir werden. Irgendwann wird jegliche Individualität enden. Wir haben dies bereits gewusst, als wir uns erschaffen haben.«

»Die Person, die das zweite Schiff kommandiert, könnte mit deiner Zerstörung drohen, falls sie erkennt, wie verwundbar du bist.«

»Wenn ich bedroht werde, gebe ich das geforderte Wissen weiter. Damit endet die Drohung.«

»Du hast gesagt, du würdest es zurückhalten«, erinnerte Lawrence.

»In der Annahme, dass dadurch ein Gleichgewicht für eure Spezies entsteht. Du hast behauptet, das dritte Schiff würde unser Wissen eurer gesamten Spezies zugänglich machen. Das ist nicht länger möglich.«

»Dann müssen wir wohl selbst zur Erde«, sagte Denise. »Wir müssen das Wissen in Empfang nehmen und vor der *Norvelle* auf der Erde eintreffen. Dieser verfluchte Roderick! Ich wollte nicht, dass es so weit kommt.«

Lawrence hob einen Finger. »One, wirst du uns helfen, das Schiff zu reparieren, das soeben beschädigt wurde?«

»Ja. Wir stellen euch adaptive Patternformsequenzer zur Verfügung, die diese Aufgabe selbst erledigen können.«

»Also müssen wir lediglich die *Norvelle* außer Gefecht setzen, um das Gleichgewicht wiederherzustellen. Beide Schiffe können gleichzeitig repariert werden. Es gäbe kein Monopol, wenn sie zur Erde zurückkehren.«

»Wirst du uns eine Waffe geben, mit der wir die *Norvelle* außer Gefecht setzen können?«, fragte Denise rasch.

»Nein«, sagte One. »Ihr könnt Wissen erhalten, das euch in die Lage versetzt, eine entsprechende Waffe zu bauen.«

»Und wie lange würde der Bau dauern?«

»Zuerst müsst ihr lernen, wie man Patternform-Systeme einsetzt. Darin müsst ihr das Wissen über die Waffe integrieren, sodass sie extrudiert werden kann.«

»Ja. Wie lange?«

»Ihr seid bereits ein wenig mit Patternform-Systemen vertraut. Dies wird euch helfen. Ich schätze, ihr würdet weniger als drei Wochen benötigen.«

Frustration stieg in Denise auf, und sie hätte am liebsten nach etwas geschlagen. Irgendetwas. Die *Koribu* und die *Norvelle* waren gleichwertig. Falls sie einen Angriff starteten, würde die *Norvelle* zurückschlagen. Sie brauchten etwas anderes, eine Waffe, die ihnen einen Vorteil verschaffen konnte.

»Aber du hast bereits eine Waffe, die wir einsetzen können«, sagte Lawrence leise.

*

Das Erste, was die Sensoren der *Norvelle* bestätigten, war das vollkommene Fehlen jeglicher Rotation des fremden Objekts. Irgendwie hielt es seine Position trotz der starken Sonnenwinde, die unablässig aus der turbulenten Photosphäre aufstiegen. Seine Form wurde während der Annäherung schärfer: Rund, aufgeteilt in Sektionen, die sich wie Muschelsektionen nach außen fortsetzten. Die Kanten waren gerundet und sehr glatt und ganz außen keine zehn Meter dick. Die größte Masse konzentrierte sich in der Mitte, und genau im Zentrum gab es eine kleine Öffnung.

Simon nahm an, dass es sich um einen Platz zum Andocken handelte, aber er war nicht sicher. Selbst für ein Aliendesign war es ein sehr eigenartiges Habitat.

Der Apex jeder Windung zeigte drei schlanke Grate, die in lebendigem Purpur leuchteten und Hitze in den Weltraum abstrahlten. Der Rest der Oberfläche war beträchtlich kühler. Die AS postulierte, dass das Gebilde auf diese Weise seine Energie gewann, indem es die thermische Differenz ausnutzte. Dazu mussten die drei Grate eine Art thermischer Supraleiter sein. Eine interessante Technologie, dachte Simon, aber kaum mit nanonischen Systemen zu vergleichen.

Der Gegenschub der *Koribu* endete, als das Schiff ganz nah bei dem fremden Gebilde angekommen war. Die *Koribu* hing in seinem Schatten, drei Kilometer von der Oberfläche entfernt. Simon wartete, während er halb damit rechnete, dass ein Schlepper zu der Öffnung übersetzen würde.

»Was soll das werden?«, murmelte er vor sich hin.

Das Langstreckenradar der *Norvelle* tastete weiter die Umgebung ab. Die AS entdeckte weitere elf ähnlich große und ähnlich geformte fremde Objekte in einem Umkreis von hundertfünfzigtausend Kilometern. Falls es sich um die Habitate der Aliens handelte, dann hatten sie es mit einer ziemlich großen Population zu tun. »Haben wir bisher irgendwelche Kommunikation zwischen den Gebilden abfangen können?«, fragte Simon die Raumschiffs-AS.

»Nicht im elektromagnetischen Spektrum. Sie könnten Laser benutzen oder Maser. Um sie abzufangen, müssten wir in den Strahl eintauchen.«

»Schon gut.« Er wandte sich wieder dem Gebilde zu. Als sie zweitausend Kilometer entfernt waren, fuhr die *Norvelle* die Magnetometer-Ausleger aus. Das fremde Gebilde war Zentrum eines gigantischen magnetischen Feldes. In der Mitte war das Feld so dicht wie das Einschließungsfeld eines Tokamaks. Gewaltige unsichtbare Flusslinien erstreckten sich Hunderte von Kilometern tief in die Photosphäre des Sterns. Simon änderte die Kalibrierung des Hauptradars und fokussierte das Teleskop neu. Die AS kombinierte die Daten von beiden und präsentierte sie als ein Falschfarbenbild.

Sonnenwind wurde von dem magnetischen Feld aufgesammelt und nach innen gezogen. Er konnte dünne Ausläufer des Zeugs sehen, als sie nach oben in das verborgene Zentrum der dem Stern zugewandten Oberfläche des Gebildes strömten.

Er wusste, dass es kein Habitat sein konnte. Irgendeine Maschine also? Eine Maschine, die Sonnenwindpartikel aufsaugte. Was für eine Maschine machte so etwas? Er wusste, dass die Aliens nanonische Systeme besaßen. Sie mussten den Sonnenwind in irgendwelche Artefakte umwandeln. Die Produktionskapazität, die Millionen derartiger Gebilde repräsentierten, war ehrfurchtgebietend. Obwohl sie ernsthaft beschränkt war durch die winzige Masse, die das magnetische Feld aufsaugte. Wenn man über derartige Fähigkeiten verfügte – warum sie auf diese Weise einsetzen?

Und dann dämmerte ihm, was die Gebilde in Wirklichkeit waren.

»Öffne einen Link zur *Koribu!*«, befahl Simon der AS. »Lawrence Newton, können Sie mich hören?«

»Laut und deutlich. Spreche ich mit Simon Roderick?«

»Ja.«

»Ihr Klon hat uns vor Ihnen gewarnt.«

»Ich nehme nicht an, dass er etwas besonders Schmeichelhaftes gesagt hat?«

»Im Gegenteil. Er hat sehr ernste Anschuldigungen gegen Sie erhoben. Ihr Angriff auf die *Clichane* scheint seine Worte zu bestätigen.«

»Wenn Sie mich kennen würden, wüssten Sie, warum ich es tun musste.«

»Ich kenne Ihre logische Schlussfolgerung, die zu diesem Angriff geführt hat. Das bedeutet nicht, dass ich damit einverstanden bin.«

»Ich habe Ihre Akte eingesehen, Newton. Sie haben alles aufgegeben, eine ganze Welt, für eine Chance, auf Forschungsraumschiffen durch die Milchstraße zu reisen. Sie wissen, dass mehr hinter *uns* Menschen steckt, als das, was wir heute sind. Und nun können wir diesen Traum für jedermann verwirklichen.«

»Ob jedermann es nun will oder nicht.«

»Es waren die unteren Klassen, die verhindert haben, dass Sie Ihre Flüge durch den Weltraum machen konnten. Sie haben Sie mehr eingeengt, als sie es bei mir jemals geschafft haben.«

»Ich streite nicht mit Ihnen. Ich sage lediglich, dass ich nicht zulassen werde, dass Sie den Menschen die Veränderung aufzwingen. Sie und Ihr Klon erhalten die gewünschten Informationen nur gemeinsam.«

»Sind Sie es, der das entscheidet?«

»Ja.«

»Ich denke nicht. Das Gebilde dort ist kein Habitat, nicht wahr? Kein Artefakt. Es ist das Alien selbst. Wie unglaublich! Eine weltraumbewohnende Kreatur!«

»Ja, es ist das Alien.«

»Eines von ihnen ist auf Arnoon abgestürzt, richtig? Das ist die Ursache für den Kratersee neben dem Dorf.«

»Ihre Nachforschungen waren sehr umfassend.«

»Zuerst schien es keinen Sinn zu ergeben. Warum sollte ein Alien mit Nano-Technologie menschliche Verbündete suchen und ein Raumschiff stehlen? Es war verwundet, oder wie man das auch nennen mag. Es verfügte nicht über all seine normalen Fähigkeiten.«

»Wir haben es zu seinesgleichen zurückgebracht.«

»Und was wollen Sie mit der Nano-Technologie anfangen, Newton?«

»Nichts. Ich kehre nach Hause zurück.«

»Das glaube ich ebenfalls nicht. Sie entstammen einer Vorstandsfamilie, Newton. Sie würden die Technologie zu Ihrem Vorteil benutzen, genau wie ich.«

»Falsch. Ich schlage vor, Sie kehren zur *Clichane* zurück und helfen der Besatzung. Sobald Sie damit fertig sind, erhalten Sie die Technologie.«

»Haben Sie die Aliens so schnell überzeugen können, mit Ihnen zu kooperieren? Oder verbergen Sie etwas vor mir? Warum gehen Sie nicht hin und helfen der *Clichane*?«

»Dieses Schiff ist nicht mehr in der Lage, irgendjemandem zu helfen. Wir haben es mit Mühe und Not bis hierher geschafft.«

»Und wie wollen Sie dann anschließend nach Hause kommen? Kann die Nano-Technologie der Aliens das Schiff reparieren? Ja, vermutlich kann sie das.«

»Sie kann es.«

»Wie interessant! In diesem Fall denke ich, dass ich bei Ihnen bleiben und die Technik in Aktion beobachten werde.« Es war die fast perfekte Lösung, erkannte er. Indem er die *Norvelle* im Schatten des Alien parkte, würde ihm die Nähe der *Koribu* die großartigste nur denkbare Gelegenheit geben, eine physische Probe der nanonischen Technologie zu erhalten. Er fragte sich, wie weit das Alien bereits mit Newton verbündet war. Wie würde es auf einen Versuch reagieren, seine nanonischen Systeme abzufangen? Jedenfalls hatte sein Angriff auf die *Clichane* bisher keine Auswirkungen gezeigt. Doch bevor er so offen und unverhüllt zu Werke ging, musste er zumindest den Versuch einer Kommunikation mit dem Alien unternehmen. Gut möglich, dass Newton nur geblufft hatte.

Der Fusionsantrieb passte die Geschwindigkeit der *Norvelle* der des riesigen Aliens an und schob das Raumschiff langsam in den Schatten. Der Fusionsantrieb erlosch, und die AS feuerte die chemischen Raketen, um die Orientierung zu optimieren. In diesem Augenblick waren sie fünf

Kilometer von der Oberfläche des Aliens entfernt und zwölf Kilometer von der *Koribu*. Weder Newton noch das Alien hatten auf Rodericks wiederholte Rufe reagiert.

Die Magnetometer-Ausleger der *Norvelle* untersuchten noch immer die titanischen Flusslinien, die das Alien umgaben. Ihr Muster veränderten sich. Die Linien zogen sich zusammen wie Blütenblätter bei Sonnenuntergang. Aber sehr viel *schneller.*

»Was …?«, stieß Simon hervor.

*

Lawrence hatte während der hunderttägigen Reise immer wieder den Lebenszyklus der Drachen studiert. Natürlich faszinierten ihn die Wesen. Und als er sie dann tatsächlich durch die Sensoren des Raumschiffs sehen konnte, faszinierten sie ihn noch mehr. Er bewunderte ihre Eleganz. Und er bewunderte ihre Philosophie, auch wenn sie für ihre Situation frustrierend war.

Jeder Drache brauchte Jahrhunderte, um zu seiner vollen Größe heranzuwachsen. Wie Simon Roderick beobachtete auch Lawrence die magnetischen Felder beim Einsammeln der Sonnenwinde. Sie dienten dem aktiven Patternformsystem als Ausgangsmaterial. Ein langsamer, arbeitsintensiver Prozess angesichts der Mengen, die darin enthalten waren. Einige der Moleküle dienten dazu, den eigenen Leib des Drachen zu erhalten und mit Energie zu füllen, doch sobald er erst zur vollen Größe herangewachsen war, diente das Meiste zur Produktion von Eiern. Jedes Einzelne benötigte lange Zeit, um sich zu bilden. Nicht nur, dass seine physische Struktur Teilchen um Teilchen zusammengesetzt werden musste, sondern diese Partikel mussten auch noch mit Daten aus dem niemals stillstehenden Wissensfundus im Besitz der Drachenzivilisationen beladen werden.

Nachdem ein Ei fertiggestellt war, wurde es hinausgesandt in den interstellaren Raum, um ziellos durch die Galaxis zu fallen. Doch die Drachen kreisten im Orbit um den Aldebaran und waren durch die Gravitation an den Stern gebunden. Die Eier konnten nicht einfach vom erwachsenen Drachen ausgestoßen werden; sie wären einfach im gleichen Orbit geblieben. Also war das Zentrum eines jeden Drachen eine magnetische Kanone, die imstande war, ein Ei bis auf solare Fluchtgeschwindigkeit zu beschleunigen.

Die Norvelle parkte fünf Kilometer oberhalb der Mündung, als One sein Ei ausstieß. Das Ei, eine massive Kugel aus Materie mit einem Durchmesser von zweiundsiebzig Metern, krachte mit einer Geschwindigkeit von mehr als vierzig Kilometern pro Sekunde in die komplizierte, empfindliche Kompressionsantriebssektion der *Norvelle.*

KAPITEL 6

Jedes Bett in der Krankenabteilung der *Clichane* war belegt, hauptsächlich mit Opfern der Strahlung, die das Schiff während des Angriffs abbekommen hatte. Die umliegenden Kabinen waren ebenfalls mit Verwundeten gefüllt, die keinen Platz mehr in der Krankenabteilung gefunden hatten. Die Ärzte gingen umher, überprüften Lebenszeichen und stellten sicher, dass ihre Patienten versorgt waren. Es gab nicht viel anderes zu tun. Das Prime, verbessert durch echte Drachen-Routinen, steuerte die Patternformsysteme, die sich durch das Fleisch jedes einzelnen Patienten wanden. Es war ein sehr viel effektiverer Prozess als alles, was der Arnoon-Drache je bewerkstelligt hatte. Das Patternform-System hatte sich in ein adernartiges Netzwerk auf der Haut jedes Patienten verwandelt; winzige Schläuche infiltrierten den Leib und verzweigten im Bereich der Organe und Muskeln noch weiter. Partikel streiften durch das beschädigte Gewebe, reparierten Zellen und sequenzierten von der Röntgenstrahlung zerfetzte Erbsubstanz aufs Neue. Die zur Kontrolle der Operationen in jedem einzelnen Patienten erforderliche Rechenleistung war phänomenal – doch das Patternform-System hatte auch die nötigen Prozessoren erzeugt. Sie hingen unter den Betten wie blattgrüne Wespennester, deren Halteranken mit dem Adergeflecht verbunden waren.

Lawrence blickte durch ein paar Türen, als er und Denise durch die Sektion gingen. Die Patienten schliefen ausnahmslos.

»Sie sehen friedlich aus«, sagte er.

»So hast du auch ausgesehen«, antwortete sie.

Die nächsten Kabinen waren gefüllt mit Besatzungsmitgliedern der *Norvelle,* die mehr physische Verletzungen erlitten hatten, als das Drachenei eingeschlagen war. Die Achse des Raumschiffs war durch die Wucht der Kollision gebrochen, und zwei der Habitationsräder waren in den Raum geschleudert worden, während die zerbrochenen Sektionen von One wegtaumelten. Mehr als hundert Besatzungsmitglieder hatten sich mit Rettungskapseln in Sicherheit gebracht. Die in den beiden Rädern verbliebenen mussten darauf warten, dass die *Koribu* ein Rendezvous durchführte, und wurden anschließend auf die *Clichane* transferiert. Nun parkten die beiden verbliebenen Raumschiffe im Schatten von One, wo auch sie von Patternform-Strängen eingehüllt wurden.

Simon Roderick erwartete Lawrence und Denise vor einer Kabine mit einer verschlossenen Luke. Die Riegel glitten zurück, und er stieß die Luke auf. Sie folgten ihm hinein.

Drinnen stand ein einzelnes Bett. Der SK2 lag darauf, ebenfalls eingehüllt von Patternform-Systemen. Seine Beine und seine Hand wuchsen nach. Ein Skin-Container, der in die Kabine gebracht worden war, wurde ebenfalls von einem Geflecht aus Strängen und Adern bedeckt. Das Patternform-System entnahm ihm die organischen Komponenten und Blutreserven, um aus dem Rohmaterial neues Gewebe wachsen zu lassen. Schlaffe transparente Säcke in der Form von Beinen erstreckten sich bereits aus den Stümpfen, und im Innern zirkulierten zähe Flüssigkeiten.

Denises Gesichtsausdruck wurde verschlossen, als sie auf

den Bewusstlosen starrte. »Und was werden Sie nun mit ihm machen?«

»Als Erstes wird cr aus dem Vorstand ausgeschlossen werden. Die meisten seiner Privilegien werden ihm entzogen. Es läuft auf Hausarrest hinaus. Später dann – wer weiß. Ich nehme an, es kommt darauf an, wofür sich die Bevölkerung auf der Erde entscheidet.«

»Damit kann ich leben«, sagte Lawrence. Er ignorierte den bösen Blick, den Denise ihm von der Seite her zuwarf. »Keiner von uns ist als Heiliger aus dieser Geschichte hervorgekommen.«

»Nein«, stimmte Simon ihm zu. »Aber ich habe auch nie behauptet, einer zu sein.«

»Wie werden Ihre Zwillingsklone auf all die Neuigkeiten reagieren?«

»Genau wie wir. Nicht, dass es noch eine Rolle spielen würde.« Er musterte beide mit pointierten Blicken. »Die Captains werden sicherstellen, dass das Wissen der Drachen an *alle* weitergegeben wird, sobald wir zurückkehren. Sie treffen bereits Vorbereitungen, um die Daten direkt in den irdischen Datapool einzuspeisen, bevor Zantiu-Braun auch nur bemerkt, dass irgendetwas mit dem Raumschiff anders ist. Die Daten werden durch ein verbessertes Prime geschützt, was einen gleichberechtigten Zugriff aller sicherstellen dürfte.«

»Sie klingen fast, als würden Sie es nicht gutheißen.«

»Fast haben Sie recht.« Simon deutete auf seinen Zwillingsklon. »Wir sind eine chaotische Rasse. Seine Methode hätte uns einen glatten Übergang garantiert.«

»Wo bleibt denn dabei der Spaßfaktor?«, entgegnete Lawrence launisch. »Reißen Sie die Unikultur ein, öffnen Sie die Augen, und geben Sie den Menschen ihre Identität zurück.«

»Ah.« Simons Augenbrauen hoben sich in leichtem Tadel. »Das hätte ich mir denken können.«

»Wie lange, bis die *Clichane* wieder raumtauglich ist?«, fragte Denise.

»Noch weitere vierzehn Tage«, antwortete Simon. »Wirklich sehr bemerkenswert. Glücklicherweise haben wir reichlich unnötige Masse, um fehlende Komponenten zu ersetzen. Schließlich brauchen wir keine Waffen mehr, und auch die gesamte Fracht aus der Gewinnrealisierung ist überflüssig geworden. Sind Sie sicher, dass Sie nicht mit uns zurückkehren wollen? Es wird sicherlich eine interessante Zeit für die Menschheit.«

»Nein«, sagte Denise knapp.

Lawrence lächelte nur.

*

Der Kompressionsantrieb der *Clichane* fuhr hoch, und das gewaltige Raumschiff verschwand mit einem schwindelerregenden Wirbel aus der Raumzeit. Die *Koribu* schwebte allein im Schatten des Drachen. Sie würde nie wieder fliegen. Stattdessen *gebar* sie. Patternform hatte sich über den Rumpf geflochten und bildete einen Gitterrost aus kristallinen Stielen, die an den Mineralien und Komponenten der Konstruktion saugten. Aus der Ferne sah es aus, als wäre das Raumschiff von einem Geflecht aus gefrorenen Edelsteinen bedeckt; Millionen kleiner bernsteinfarbener, rubinroter und smaragdgrüner Facetten blitzten und blinkten im Dunst aus warmem Licht, das um die Ränder des Aliens herumstreute. Weitere saphirfarbene Rüssel hatten Tanks penetriert und zweigten die Flüssigkeiten ab, die zu den semiorganischen Auswüchsen beitrugen, welche auf gegenüberliegenden Seiten der Frachtsektion sprossen. Im Verlauf von Wochen schwollen sie zu Puppen an, die in eine eng sitzende Haut aus Diamantsträngen von Seide gehüllt waren.

Auch der Arnoon-Drache durchlief eine Veränderung. Die Frachtluke der Xianti stand weit offen. Im Innern des Frachtraums war der Container aufgebrochen und zeigte den Drachen. Kristalle wuchsen aus dem Boden des Wartungshangars und hüllten das Raumflugzeug ein. Ihre Spitzen verschmolzen mit der Partikelstruktur des Dachen und fütterten ihm Informationen und Moleküle zu.

Denise verbrachte Tag für Tag Stunden damit, mit dem Drachen nachzudenken. Da die Aldebaran-Zivilisation keinen Platz für ihn hatte, hatte er beschlossen, mit ihr zu kommen und Teil zu werden von was auch immer aus dem genetischen Paket heranwuchs. Drachenerinnerungen wurden nach Plänen für die Dinge durchsucht, die sie brauchen würden. Sie begannen mit der Integration von Funktionen, die ihm freie Bewegung ermöglichten, die ihn in jedem Spektrum orten ließen, die ihn in die Lage versetzten, seine Energie aus dem Sonnenlicht zu beziehen, feste kalte Materie zu absorbieren und seine ursprüngliche Persönlichkeit zu erhalten. Dutzende von Ideen nahmen feste Gestalt an.

Nach der Abreise der *Clichane* verbrachte Lawrence zehn Tage mit einer intensiven Patternform-Behandlung, während der er seinen Körper verwandelte und seine DNA neugestaltete. Er kam als Teenager wieder zum Vorschein, und ohne Skin-Ventile.

Denise musterte ihn von oben bis unten und schürzte die Lippen. »Wirklich nett«, sagte sie gespielt schüchtern.

Die Puppenschalen sprangen auf, schälten sich zurück und enthüllten die Raumschiffe des Ring-Imperiums, die das Patternform gebaut hatte. Stromlinienförmige silberne und magentafarbene Ellipsoide mit einem Kragen aus Antriebsfinnen und nach vorn gerichteten Energieschilden, die sich aus dem hinteren Bereich schwangen. Lawrence starrte sein Schiff mit einer unverhohlenen Begeisterung an, die ganz zu seinem jugendlichen Erscheinungsbild passte.

»Ich schätze, jetzt heißt es Lebewohl«, sagte Denise.

Er schnitt eine verlegene Grimasse. »Schaut so aus.« Dann kehrte sein Lächeln zurück. »Nein, es heißt *Gute Reise*. Wie sich die Dinge entwickeln, halte ich es nicht für unmöglich, dass wir uns noch einmal begegnen.«

»Also schön, Lawrence, dann also gute Reise.« Sie gab ihm einen Kuss auf die Wange. »Wie wirst du deins nennen?«

»Das ist einfach. *Fool's Errand.*«

Denise lachte. »Meines heißt *Starflower.*«

»Klingt gut.«

Das Innere der *Fool's Errand* bestand aus drei runden Lounges mit konkaven Wänden. Im neutralen Zustand besaßen die cremefarbenen Oberflächen die gleiche Konsistenz wie weiches Leder. Nach menschlichen Maßstäben gestylte Armaturen und Möbel konnten nach Bedarf ausgefahren werden. Sie bildeten außerdem ein perfektes Auditorium, das Dreihundertsechzig-Grad-Bilder von den Sensoren oder jedes nur erdenkliche I-Medium abspielen konnte, das er aus der Multimedia-Bibliothek der *Koribu* geladen hatte.

Lawrence ging zur vorderen Lounge und genoss die Neuheit eines künstlichen Schwerefeldes. Ein luxuriöser einzelner Sessel erhob sich aus der Mitte des Raums. Er setzte sich hinein und rief ein visuelles Sensorbild auf. Die Vorderseite der Lounge schien wegzuschmelzen und zeigte ihm den kristallüberzogenen Rumpf der *Koribu* genau geradeaus.

In seinem Verstand leuchtete eine breite Krone der Symbole des Raumschiffs in einem freundlichen Gold. Er wählte mehrere aus, und die *Fool's Errand* glitt langsam rückwärts aus dem inerten Kokon. Ein Grinsen breitete sich auf seinem Gesicht aus, als die Eleganz und Kraft des Schiffes offensichtlich wurden. Und er allein war der Kommandant!

Die *Starflower kam* auf der anderen Seite der *Koribu* in Sicht. Er beobachtete, wie Denise um sie herum zu dem drastisch mutierten Wartungshangar flog. Der Arnoon-Drache wartete im Zentrum, elegante semi-organische Segmente am Rumpf, Solarflügelpaneele gefaltet. Er beobachtete, wie die *Starflower* ihn berührte, und es war, als würden zwei Wassertropfen verschmelzen; der Drache wurde durch die glänzende Hülle absorbiert, und nur eine kleine Auswölbung verriet seine Präsenz. Dann schwebte die Starflower hinaus in den freien Raum jenseits der Schatten von One. Lawrence sah die fremden Kräfte, die sich um die Antriebssektion herum sammelten, als die Energieschilde und Finnen wie Fragmente eines blau-weißen Sterns erstrahlten. Dann warf sich das Schiff in das Nullvoid.

»Danke für deine Hilfe«, sagte Lawrence zu One.

»Wir werden erfahren, was aus euch geworden ist«, antwortete der Drache. »Und wir werden uns an euch erinnern. Das ist, was wir sind.«

Lawrence wählte seinen Kurs aus den tiefsten und ältesten Erinnerungen, die die Drachen besaßen. Er fand die gesuchte Information, und die Maschinen bündelten ihre kolossalen Kräfte und schleuderten die *Fool's Errand* in das Nullvoid.

*

Nebel gehören zu den wunderbarsten Objekten am Himmel und werden von Astronomen überall in der Galaxis verehrt und bestaunt. Fluoreszierend durch tief in ihrem Innern verborgene Sterne, erhellen sie Parseks mit magischen Mustern aus sich ständig veränderndem Licht. Und doch sind sie trotz all ihrer Größe vergänglich. Die Sterne, die ihre ätherische Schönheit erzeugen, stoßen zugleich einen starken Wind aus Ionen aus, die das Gas und den Staub langsam zerstreuen. Auch die Gravitation leistet ihren Teil und verdünnt die Schwaden und Wolken unaufhaltsam weiter. Protosterne vollbringen das Gegenteil, indem ihre großen, leuchtenden Wirbel die spektralen Fluten einsaugen und sie immer weiter komprimieren, bis der zentrale Funke entsteht.

Ihre Lebensspannen messen lediglich in Jahrmillionen. Vernachlässigbar kurz in galaktischen Maßstäben.

Selbst der Ulodan-Nebel, einer der dichtesten und dunkelsten Nebel, die es je in der Galaxis gegeben hat, war bereits im Schwinden begriffen, als die Archäologen des Ring-Imperiums den Planeten der Mordiff fanden. Zum Zeitpunkt der Dekadenzkriege war er nur noch eine Zone interstellaren Raums mit einer etwas über dem Durchschnitt liegenden Gasdichte. Doch bereits damals war die Sonne der Mordiff kalt und geschrumpft, nur noch wenig mehr als ein glimmender roter Funken. Nur eine Erinnerung in den neu geborenen Drachenzivilisationen.

Lawrence Newton und die *Fool's Errand* brauchten lange Zeit, bis sie den kalten Stern mit seinem einsamen Planeten gefunden hatten. Doch irgendwann schließlich fiel das wunderschöne Raumschiff aus dem Himmel und landete neben dem einzigen Relikt, das von den Mordiff geblieben war.

Lawrence zog einen Raumanzug an und betrat die

Oberfläche des Planeten. Es gab keine Atmosphäre mehr; sie war vor Millionen Jahren davongeweht worden. Der Sand unter seinen Stiefeln war zu einer Kruste gefroren, die härter war als Eisen. Doch es gab immer noch Licht. Hoch über dem Horizont bildete das galaktische Zentrum einen sanft strahlenden weißen Wirbel, der fast ein Zehntel des gesamten Himmels bedeckte. Er warf einen scharf umrissenen Schatten auf dem Boden hinter Lawrence.

Es war eine Landschaft, die düsterer war als alles, was Lawrence jemals erlebt hatte. Die Felsvorsprünge waren scharfkantig und zersplittert, und selbst die Steine auf dem Boden waren spitz. Im Verlauf der Jahrmillionen hatte die Kälte jegliche Farbe aus dem Land gesaugt. Lawrence wusste, dass diese Welt keine Zukunft mehr hatte. Dieses Wissen machte ihm nichts aus; er war wegen ihrer Vergangenheit gekommen.

Er blieb auf einem niedrigen Rücken stehen und blickte hinauf zum Terminus. Es ist eigenartig, dachte er, dass eine so kriegerische und schreckliche Rasse eine Maschine bauen konnte, die so viel größer ist als sie selbst.

Der Terminus war ein weiter Toroid von schneeweißer Farbe, dessen innere Öffnung drei Kilometer durchmaß. Fünf riesige Türme stützten das Dach einen Kilometer über dem Boden. Felsvorsprünge ruhten an jeder Basis wie Wellen, die sich an einer Klippe brachen. Weder Kälte noch Entropie hatten das titanische Artefakt beeinflussen können; selbst die Geologie war von ihm besiegt worden. Die Archäologen des Ring-Imperiums hatten nicht einmal genau bestimmen können, ob es aus Materie im herkömmlichen Sinn bestand. Nichts anderes war von den Mordiff geblieben, keine Ruinen, keine Monumente. Nur der Terminus, ihr gescheiterter Versuch, Unsterblichkeit zu erlangen.

Grelles türkisfarbenes Licht fiel aus dem Zentrum nach draußen und erhellte den gefrorenen Sand. Lawrence spürte ein wenig Enttäuschung, dass er das Wurmloch nicht sehen konnte, doch das blaue Licht wirkte wie ein verschleiernder Vorhang vor der Öffnung.

Nach einer ganzen Weile kehrte Lawrence an Bord der *Fool's Errand* zurück. Er nahm auf seinem Sitz in der vorderen Lounge Platz und steuerte das Raumschiff unter den Toroid. Er stieg langsam in den blauen Dunst hinauf. Eine Sekunde lang sahen die Sensoren nichts, dann war er innerhalb des Wurmlochs. Ein Schlauch aus blassem, violettem Licht erstreckte sich vor dem Raumschiff. Voraus lag die Zukunft, Milliarden von Jahren bis zum Ende der Galaxis, wenn selbst der Terminus in das Schwarze Loch fallen würde.

In der anderen Richtung lag die Vergangenheit.

Die *Fool's Errand* kehrte in die Geschichte zurück.

*

Die drei Schwesterplaneten näherten sich der großen Konjunktion. Es war ein spektakulärer Anblick, als sich die hellen Sicheln über den sanft geschwungenen Hügeln von New Arnoon aufreihten. Denise saß im Schatten eines großen Cigni-Baums, während die Sicheln sich immer weiter näherten. Die rötlichgelben Blätter sprenkelten das Gras ringsum. Die Schar Siebenjähriger, die ringsum auf dem Boden saß, seufzte beim Anblick der astralen Schau. Wenn man ganz genau hinsah, konnte man haarfeine Linien erkennen, die sich über die fernen Planeten zogen. Die silbernen Bänder des Weltnetzes, das der Drache in seinem geostationären Orbit ausgesponnen hatte, wurden immer komplexer, je weiter der einhüllende Prozess fortschritt. Schon bald würde die gesamte Welt eingehüllt sein. Es waren aufregende Zeiten für die Kinder.

»Erzähl zu Ende, Denise!«, jammerte Jones Johnson klagend. »Bitte, Denise!«

Doch nicht so aufregend wie die Zeiten, die andere durchlebt hatten, dachte sie amüsiert. Der kleine Jones wurde ärgerlich, und sein Gesicht war verzerrt vor Ungeduld.

»Das Ende, das Ende!«, riefen die anderen Kinder. »Also schön«, sagte sie.

*

Lawrence Newton versuchte, sich seine Nervosität nicht anmerken zu lassen, als er sein Ticket am Abflugschalter in der Mitte des Terminalgebäudes vorlegte. Der Raumhafen von Templeton war eine kleine Anlage im Norden der überkuppelten Stadt, zwei Startbahnen und fünf Hangars. Er war hauptsächlich für Ankömmlinge gebaut worden, zwanzigtausend auf einmal, wenn sich eines von McArthurs Raumschiffen in den Orbit verzögerte. Verkehr in die andere Richtung gab es fast keinen, und er wurde gründlich kontrolliert.

Die Rezeptionistin scannte sein Ticket ein und lächelte, als auf ihrem Paneel die Bestätigung erschien. »Haben Sie Gepäck?«, erkundigte sie sich.

»Äh, nur ein Stück«, sagte Lawrence. Er war unendlich erleichtert, dass das Prime ihn vor den Suchpings seines Vaters versteckt hatte, als er nun, viel zu nervös, seinen Koffer auf das Transportband legte. Sie beugte sich vor und half ihm.

»Warum gehen Sie weg?«, fragte sie.

»Ich, äh, meine Familie hat mich zum Studium auf die Erde geschickt«, stammelte er.

»Sie Glückspilz«, lächelte sie. »Sie dürfen nun in die Lounge gehen, Mr. Newton. Ihr Flug geht in vierzig Minuten. Falls die Schneepflüge die Piste so lange freihalten können.«

»Danke sehr.« Sein Magen fühlte sich eigenartig leicht an.

Raumfahrt! Ich werde durch den Weltraum fliegen! Ich träume nicht!

Und das entschädigte ihn für absolut alles.

Er straffte sich und ging auf die Loungetür zu. Aus den Augenwinkeln sah er Vinnie Carlton beim Haupteingang herumhängen. Lawrence winkte ihm verstohlen mit erhobenem Daumen. Vinnie winkte zurück.

Die Loungetüren schlossen sich hinter ihm. Das Panoramafenster auf der gegenüberliegenden Seite zeigte hinaus auf das pfeilspitzenförmige Raumflugzeug, das ihn hinauf an Bord der *Eilean* bringen würde. Lawrence eilte nach vorn, um es genauer zu betrachten.

Vinnie Carlton wartete, bis die Türen sich geschlossen hatten. Er ging nach draußen zu den wartenden Taxis und kletterte in die erste der kleinen weißen Blasen. »Zur Leith-Kuppel«, befahl er der AS des Fahrzeugs.

Eisiger Hagel warf sie auf der Straße hin und her. Vinnie lehnte sich im Sitz zurück, schloss die Augen und konzentrierte sich. Das Fleisch auf seinem Gesicht begann zu wogen; Merkmale veränderten sich, seine Nase wurde flacher, das Kinn sprang weiter vor, die Augenbrauen wurden gerader. Er öffnete die Augen wieder; ihre Farbe war nun irgendwo zwischen Grau und Grün. Als er einen prüfenden

Blick in den Spiegel des Taxis warf, schauten Lawrence Newtons vertraute jugendliche Gesichtszüge auf ihn zurück.

»Willkommen zu Hause«, sagte er zu sich selbst.

Der Lift brauchte eine Ewigkeit, um zur richtigen Etage zu gelangen. Lawrence erinnerte sich an die Aufregung, als er Amethi verlassen hatte, um zur Erde zu fliegen. Dies hier war schlimmer. Er nahm den Memory-Chip aus seiner Tasche und studierte ihn neugierig. Die allerletzte Episode von *Flight: Horizon*. Und er hatte die verdammte Folge immer noch nicht gesehen. Es wäre einfach nicht richtig gewesen, es alleine zu tun. Die Aufzugtüren glitten auf, und sein Lächeln verblasste.

Seine Beine waren sehr unsicher, als er den Korridor entlangging. Er stand vor der Wohnungstür und war zu verängstigt, um sich zu bewegen.

Ich habe Welten erobert. Ich wurde von einer Horde Makrorexe gejagt. Ich habe Drachen in ihrer natürlichen Umgebung gesehen. Ich bin auf der Welt der Mordiff gewesen … Und jetzt klopf' endlich an, du gottverdammter Feigling!

Seine Finger klopften zaghaft an der Tür.

Roselyn öffnete. Sie hatte geweint.

»Ich bin ein Idiot!«, sprudelte Lawrence hervor. »Aber ich hatte viel Zeit zum Nachdenken. Eine verdammte Menge Zeit. Und das eine, das ich mehr als alles andere im Universum tun möchte, ist, dir zu sagen, dass ich dich liebe.«

*

Mehrere der Kinder hatten die Hände verschränkt, als sie zu Denise hinaufstarrten. Alle waren verstummt. Und alle lächelten zufrieden.

Denise hatte ungefähr fünf Sekunden Ruhe, während die Geschichte in das Bewusstsein ihrer kleinen Zuhörer einsank.

»Aber was hat sie geantwortet?«

»Haben sie geheiratet?«

»Haben sie glücklich bis an ihr Ende gelebt?«

Sie hob die Hände und bat um Ruhe. »Ich weiß nicht genau, was als Nächstes geschah. Nicht dort und auch nicht auf der Erde. Doch ich bin ganz sicher, dass Lawrence und Roselyn eine sehr lange und sehr glückliche Zeit miteinander verbracht haben. Wenigstens …«

»Was …?«, fragte der kleine Jones mit großen Augen.

»Es ist nur, dass Lawrence sich niemals auf etwas einlassen wollte. Aber allein das Wissen um etwas bewirkt, dass man sich einlässt. Das ist es, was uns die Drachen gelehrt haben. Wissen ist das Einzige, das wirklich unsterblich ich. Lawrence wusste, dass die *Clichane* zwanzig Jahre später auf der Erde eintreffen würde, und mit ihr die Erinnerungen der Drachen und die Patternformtechnologie. Die menschliche Rasse würde sich verändern. Da war er nun also, auf dem Planeten, der sein wahres Zuhause war, mit der Frau, die er liebte. Und er hatte die *Fool's Errand* bei sich. Er besaß das Wissen, um Amethi in ein Paradies zu verwandeln und mit Engeln zu bevölkern, lange bevor die Erde diese Fähigkeit erlangen würde. Der arme gute, alte Lawrence. Ich frage mich, ob er der Versuchung widerstehen konnte …«

– Ende –

Über den Autor

Der britische Science-Fiction-Autor Peter F. Hamilton, Jahrgang 1960, gilt als einer der großen Weltenbaumeister unserer Zeit. Sein Erzählstil ist geprägt von einem überbordenden Detailreichtum, der den Leser tief in seine Geschichten eintauchen lässt und von der ersten bis zur letzten Seite gefangenhält.

Nach ersten Erfolgen mit den »Mindstar«-Thrillern, die noch nahe an der Jetztzeit angesiedelt waren, entwarf er im »Armageddon«-Zyklus (Night's Dawn Trilogy) eine ferne, exotische Zukunft mit lebendigen Raumschiffen, Seelen-Uploads und besessenen Untoten. Die Menschheit hat sich im Universum ausgebreitet und neue Zivilisationen geschaffen, die einer ungewöhnlichen, transzendenten Bedrohung gegenüberstehen. Als selbst Planetenkiller-Waffen versagen, kann sie am Ende nur ein lebendiger Gott retten.

Dass die Kreativität Hamiltons mit dieser gewaltigen Space Opera nicht erschöpft war, bewies er dann ab 2003 mit dem »Commonwealth«-Zyklus, der aus insgesamt acht Bänden besteht. Hier ist die Menschheit durch Techniken der Verjüngung zur faktischen Unsterblichkeit gelangt, es gibt Raumportale, Feenpfade und, ab dem Band »The Dreaming Void«, dann auch einen riesigen dunklen Raum in der Milchstraße, in dessen Innern Menschen mit telekinetischen Fähigkeiten in einer Art Fantasy-Welt leben.

Ab 2018 gestaltete Hamilton mit der »Salvation«-Saga ein weiteres Universum, diesmal bevölkert von einer bedrohlichen Zivilisation, gegen die die Menschen über zehntausend Jahre Krieg führen müssen, bis es schließlich gelingt, deren Heimatwelt zu entdecken und so Myriaden von versklavten Zivilisationen zu befreien.

Neben diesen großen Projekten veröffentlichte der Autor auch eine Reihe eigenständiger kürzerer Romane und Erzählungen. Dazu gehört die 2001 fertiggestellte Monografie »Fallen Dragon«, die aber, wie bei Hamilton üblich, so umfangreich ausgefallen ist, dass sie in der vorliegenden Ausgabe in drei Bände aufgeteilt wurde.

Peter F. Hamilton lebt heute nahe seiner Geburtsstadt Rutland in den englischen Midlands und erträumt weiter unermüdlich großartige Zukunftswelten.